FISCHER SAUERLÄNDER

Weitere Bücher von Stefanie Gerstenberger
bei Fischer Sauerländer:

Emmas Herzdilemma – Alle Umwege führen zu dir
Plötzlich vertauscht!
Die Wunderfabrik – Keiner darf es wissen!
Die Wunderfabrik – Nehmt euch in Acht!
Die Wunderfabrik – Jetzt erst recht!

STEFANIE GERSTENBERGER

Gondelküsse & Zeitensprünge

FISCHER Sauerländer

Erschienen bei Fischer Sauerländer

© 2025, Fischer Sauerländer GmbH,
Hedderichstraße 114, 60596 Frankfurt am Main
Die Nutzung unserer Werke für Text- und Data-Mining
im Sinne von § 44b UrhG behalten wir uns explizit vor.

Dieses Werk wurde vermittelt durch die
Literarische Agentur Thomas Schlück GmbH, Hannover

Lektorat: Frank Griesheimer, Starnberg
Vignetten: Adobe Stock
Umschlaggestaltung: Kristin Pang, unter Verwendung von Motiven
von Adobe Stock und Shutterstock
Satz: Pinkuin Satz und Datentechnik, Berlin
Druck und Bindung: GGP Media GmbH, Pößneck
ISBN 978-3-7373-7396-8

Kontaktadresse nach EU-Produktsicherheitsverordnung:
produktsicherheit@fischer-sauerlaender.de

I. KAPITEL

»*Look! Look!*«
»Schau mal!«
»*That's amazing!*«
»Guck doch! Da unten!«
»Wie schön!«

Die Stimmen im Flugzeug klangen so begeistert, dass ich tatsächlich ein klein wenig den Kopf drehte, denn Papa Michele hatte einen Fensterplatz für mich gebucht. Eigentlich unnötig, ich hatte seit dem Start in München kein einziges Mal hinausgeschaut. Aber jetzt warf ich doch mal einen Blick aus dem ovalen Fensterchen.

Der Seufzer kam ganz automatisch. Warum die Aufregung? Richtig cool war das von hier oben nun wirklich nicht. Außerdem sah man ja kaum etwas, so weit weg waren wir. Der Himmel war dunkelgrau, und es regnete. Da gab es eine lange, schnurgerade Straße, die die Stadt mit dem Festland verband, von oben sah es aus wie ein Stock, auf den sie aufgespießt war. Eine Insel aus Stein. Umgeben von einem grauen Meer und durchzogen von ebenso grauen Kanälen, die sich mit ihrem Wasser überall zwischen die Gebäude mit den blassroten Ziegeldächern zu drängen schienen und sie dadurch irgendwie zerstückelten. Komische Stadt. Auf Italienisch: *Venezia*. Auch *La Serenissima* wurde sie noch genannt. Die Durchlauchtigste. Was sollte das überhaupt heißen? Mein Italienisch war zwar recht gut, aber diesen Namen kapierte ich nicht mal auf Deutsch.

Das Flugzeug drehte in einer steilen Linkskurve ab. Die Passagiere jauchzten auf. Ich hielt den Atem an, als mein Magen zwischen meine Knie sackte, und krallte die Finger in die Armlehne. Gott sei Dank war die Maschine ziemlich leer, und ich hatte die Sitzreihe für mich. Ich flog nicht gerne, aber mit dem Zug hatte Mama mich nicht fahren lassen wollen. Warum das denn nicht? Ich war schließlich seit Kurzem sechzehn! Nein, Mama, die sonst immer so viel Wert legte auf die Umwelt und den ökologischen Fußabdruck, hatte auf dem Flug bestanden. Denn die Zugfahrt dauert über acht Stunden, wenn alles normal läuft, und stell dir vor, der Zug bleibt stehen, und das in deinem Zustand, ach, weißt du … *Wenn* du schon dort *hinmusst* …

Doof, aber irgendwie hatte sie recht, *normal* lief bei mir in letzter Zeit gar nichts.

»Lucia, komm zu mir, komm nach Venedig«, hatte Papa am Telefon gesagt. Bei ihm wurde mein Name Lucy automatisch zu Lucia. »Vergiss mal die Schule, vergiss München, vergiss einfach alles, was war. Denk für ein paar Wochen nicht mehr daran. Autos und Fahrräder gibt es hier übrigens auch nicht!«

Ich spürte, wie meine Lippen sich zu einem Lächeln verzogen. Mein Vater kannte mich immer noch sehr gut, obwohl wir uns seit der Scheidung vor drei Jahren nicht mehr so oft sahen. Er musste gespürt haben, dass Autos und Fahrräder seit Monaten meine Albträume bevölkerten. Ich stieß die angehaltene Luft aus und atmete endlich wieder tief ein. Es war bestimmt cool, beides eine Zeit lang nicht sehen zu müssen. Und vergessen, oh ja, das konnte ich, seit diese Sache passiert war, sowieso fantastisch!

Mein Vater Michele … so *sweet*! Natürlich war er pünktlich und stand winkend hinter dem Geländer, als ich mit meinem Koffer durch die gläserne Schiebetür trat. Wir fielen uns in die Arme. Er roch so gut, seine Schultern waren stark, er war eben mein *Babbo* von früher, der mich immer auf den Schultern getragen hatte, auch als ich schon etwas zu alt dafür war.

»Was in letzter Zeit auch alles passiert sein mag, es hat dich nicht vom Wachsen abgehalten«, sagte er in seinem weichen Italienisch. »*Madonna mia*, du bist ja beinahe so groß wie ich!« Babbo hielt mich von sich ab. »Und du hast die Haare anders.« Er strahlte mich an. Klar, er hatte mich nur mit dem Kopfverband gesehen, und das war schon wieder über sechs Monate her. »Ziemlich kurz, steht dir aber gut!«

Ich zuckte mit den Schultern. Du weißt doch, warum, wollte ich schon sagen. Hier an der Seite habe ich sogar einen Undercut, bis auf die Kopfhaut abrasiert und noch nicht wieder richtig nachgewachsen … Doch ich blieb stumm.

»Ich habe noch öfter in München vorbeikommen wollen, aber Barbara hat mich abgehalten, du weißt ja, wie sie ist.«

Die Barbara, von der er sprach, war natürlich meine Mutter. »Mama hat sich dauernd nur Sorgen gemacht.« Ich schüttelte genervt den Kopf. »Macht sie immer noch, sie kann gar nicht mehr anders.«

»Okay, das vergessen wir jetzt auch. Willkommen, Lucia, *benvenuta a* Venezia.« Er sprach es *Vänäzia* aus, wie alle Italiener. »Lass dich verzaubern von der Magie der *Serenissima*!«

Ich verdrehte die Augen. Da war sie wieder, die *Serenissima*. Alle schwärmten von Venedig, es gab tausend Filme und Bücher darüber, aber was sollte ich in einer Stadt voller Wassergräben, in der ich niemanden kannte außer meinem Vater? Mich erholen, ausruhen, Kraft schöpfen …? Danke, sehr nett, und jede andere Sechzehnjährige hätte ein paar weitere Wochen schulfrei sicherlich gefeiert, aber ich verlangte nur eins: Mein Leben sollte gefälligst wieder sein wie vorher!

»Wir nehmen die *Linea Arancia*, hier entlang.« Mein Vater schob meinen altrosafarbenen Koffer mit der linken Hand, den anderen Arm hatte er sanft und vorsichtig auf meine Schulter gelegt, gemeinsam verließen wir die Ankunftshalle. Papa, süß wie immer, tat, als merkte er mein leichtes Hinken nicht, ging aber langsamer als sonst.

»Mit dem Boot kannst du die Stadt gleich vom Wasser aus begrüßen, wie sich das gehört! Wir haben Glück, es fährt in wenigen Minuten ab!«

Papa! Ich mag doch keine Boote, und vor allen Dingen kein Wasser, beschwerte ich mich im Stillen. Schon vergessen? Ich habe manchmal richtig Panik davor. Wasser ist meistens dunkel und unberechenbar, und besonders gut schwimmen kann ich auch nicht … und guck mal raus! Ich zog die Stirn in Falten, als wir jetzt auf die durchnummerierten Bootsanleger am Ende der Halle zugingen. Es regnete in Strömen, es war grau, der Wind pfiff durch die Pfeiler, warum sollte es jetzt im November auch anders sein. Ich würde nichts sehen können, gar nichts.

Doch ich sah etwas anderes, als wir an der Reihe der Passagiere entlangliefen, um uns hinten anzustellen. Einen Jungen, groß, mit einem auffälligen Mantel, der weit und schwarz, beinahe wie ein Cape geschnitten war. Er trug eine Wollmütze, die darunter hervorlugenden Haare waren dunkelblond, an den Schläfen scheinbar etwas länger, er war so alt wie ich, oder vielleicht ein, zwei Jahre älter, das Gesicht war … wow, es war richtig hübsch, *der ganze Typ* war richtig hübsch, mit diesen ernsten Augen und der geraden Nase, überhaupt war alles ziemlich gerade an ihm, registrierte ich in den Sekunden, während ich auf ihn zuging. Bis auf seinen Mund, der war geschwungen, breit und wunderschön ... Nicht nur der weite kurze Mantel war auffällig. Die anderen Gestalten in der Reihe hatten alle den Nacken gebeugt und starrten gebannt auf die Displays in ihren Händen. Er dagegen stand einfach nur da. Frei und ruhig um sich schauend, keine Kopfhörer in den Ohren, nicht mal Musik hörte er. Unsere Blicke trafen sich kurz, helle Augen, grau oder blau, keine Ahnung, er lächelte nicht, doch er schaute freundlich, ja, er zog sogar ein ganz kleines bisschen eine Augenbraue hoch, und ich grinste und senkte den Blick, während ein warmer Blitz durch meinen Magen schoss; dann war ich auch schon an ihm vorbei. Der erste richtig süße, coole Typ seit einem halben Jahr! Schade.

Das Boot war knallgelb von außen, von innen eng und schon beinahe voll, wir stiegen ein paar schmale Stufen herab, drängten uns auf den ledernen Bänken im Inneren zusammen. Koffer, Rucksäcke und Reisetaschen der Passagiere standen oben an Deck, wenn auch geschützt unter einem Dach, denn es regnete immer noch heftig und schien auch nie wieder aufhören zu wollen. Der Bootsmann bretterte mit uns durch die Wellen, der Motor brummte laut, und es roch nach Diesel und nasser Wolle, die Fenster knapp über unseren Köpfen waren beschlagen, ich konnte nichts sehen. Gar nichts.

»Die Stadt richtig begrüßen, ja klar«, raunte ich Papa zu. Er lächelte nur und drückte meine Hand. »Ich bin sehr froh, dass du da bist!«

Die Japaner um uns herum sahen alle nach unten, auch für

die anderen Mitreisenden schienen ihre Handys der wichtigste Besitz zu sein. Und er, mein schöner Wollmützen-Junge aus der Warteschlange? Als ich sah, dass er auf derselben Seite wie ich, direkt neben der Treppe saß, war das Kribbeln wieder da. Er hatte ein kleines Buch hervorgezogen und schrieb irgendetwas hinein. Ich lehnte mich wie zufällig vor, um ihn anzuschauen. Mehrfach. Unauffällig. Doch er blickte nicht mehr zu mir herüber.

Mein Wollmützen-Junge?! Eine fiese kleine Stimme lachte in mir auf. Wohl kaum! Er hat deinen Gang gesehen, immer noch etwas schief und vorsichtig, wie eine lahme Gazelle, zwar ohne die auffälligen Krücken, die haben sie dir in der Reha ja einfach weggenommen. Aber gerade eben auf den Stufen abwärts hast du dich ziemlich unbeholfen angestellt. Auch das hat er garantiert mitbekommen.

Ich wurde rot bei der Vorstellung und starrte auf meine Jogginghose und die bequemen Schuhe ohne Schnürsenkel an meinen Füßen, völlig unpassend für die Jahreszeit, aber easy anzuziehen. Dazu die hässlichste meiner dicken Winterjacken, in der ich wie eine verpackte Wurst aussah, eine Wurst, umhüllt von Currysauce indische Art. Vor einem Jahr hatte ich die Farbe noch cool gefunden, jetzt, zwölf Monate später, gefiel sie mir nur noch so mittel. Doch bei meiner Abreise in München war mir mein Aussehen nicht wichtig vorgekommen. Hauptsache, meine Klamotten waren bequem und hielten warm!

In den letzten Monaten war es absolut egal gewesen, wie mein Äußeres wirkte, viel dringender war es, jederzeit für die Übungen bereit zu sein, ich hatte dreimal Physio am Tag gehabt. Und wenn ich nicht laufen übte oder mein Handgelenk stärkte, hatte ich mich in den Sachen auf mein Bett gelegt, um auszuruhen. Sorry, da war keine Zeit zum Umziehen. Üben, ausruhen, weiter üben. So sah mein Leben immer noch aus, Dr. Gudrun Gralla hatte es sich natürlich nicht nehmen lassen, mir am letzten Tag persönlich einen Plan in die Hand zu drücken. Vier Seiten lang. Ich hasste sie dafür nicht, ich hasste nur mein Leben!

Warum nur kann nicht alles so wie früher sein …, begann in diesem Moment mal wieder die endlose Fragerei in meinem Kopf. Ich hörte ihr ein paar Sekunden zu, versuchte dann aber, mich auf meinen Vater zu konzentrieren, der von dem Bistro erzählte, das er seit einem Jahr führte, und von den aufregenden Dingen, die wir zusammen machen würden.

»Und es gibt auch ganz viele Sachen, die du allein unternehmen kannst!« Er zählte irgendwelche Plätze, Palazzi und Kirchen auf. Ich nickte, als ob mich das alles interessieren würde … Der Motor war laut und eintönig, und weil ich mir streng verboten hatte, ein weiteres Mal zu dem *cuten* Typ, der mich aber nicht *cute* fand, hinüberzuglotzen, fielen mir in der feuchten Wärme die Augen zu.

Zwanzig Minuten später wurde das Boot langsamer.

»Komm, die erste Haltestelle ist gleich unsere.« Mein Papa – er wollte seiner ungelenken Tochter etwas mehr Zeit verschaffen, weil sie für alles immer noch länger brauchte. Kein Wunder also, dass auch Wollmützen-Junge sein Notizbuch interessanter fand als mich. Alle Jungs fanden irgendetwas interessanter als mich. Besonders, seit *die Sache* passiert war.

»Madonna dell'Orto!«, rief es von draußen, als wir uns dem Landesteg näherten. Wir waren die Einzigen, die aussteigen wollten. Der Bootsmann drosselte den Motor, die schwarz-gelbe Kante des Anlegers kam dennoch bedenklich schnell auf uns zu. »Halt dich gut fest!«, sagte mein Vater. Mit einer letzten Welle wurden wir mit der Breitseite des Bootes dagegen geschleudert, *rumms*! Ich verlor fast das Gleichgewicht! Das Gitter der Reling öffnete sich kurz.

»Vorsicht, nass und glitschig!«, rief jemand auf Italienisch, zwei Hände halfen mir von dem schwankenden Boot, aber auch der Steg, auf dem ich nun stand, bewegte sich ächzend unter uns. Mein Vater wuchtete meinen Koffer hinüber. Schon legte das Boot wieder ab und verschwand im grauen Vorhang des Regens. Keine halbe Minute hatte es gedauert, weg war es, und mit ihm auch der Mützenjunge. Ein für alle Mal aus meinem Leben verschwunden.

Zwei Sekunden später standen wir unter dem schützenden Dach des Wartehäuschens, doch die Zeit hatte gereicht, um meine Haare ordentlich zu durchnässen. Vor uns ragten braun abgeblätterte Häuserfronten in den grauen Himmel, unten waren die winzigen Fenster vergittert, oben hingen alte Gardinen dahinter. Nicht gerade schick, vielleicht sogar unbewohnt. Ich sah mich um, das sollte das großartige *Vänäzia* sein …? Strömender Regen, Kälte, und es roch … nach Wasser und Schlamm und nach etwas Modrigem, das ich nicht benennen konnte. Na toll, dachte ich nur. Hier bleibe ich nicht!

»*Benvenuto a Vänäzia*«, wiederholte Papa.

Mist. Was habe ich mir nur dabei gedacht, hierherzukommen? Papa schien der Regen nichts auszumachen. »Ich würde uns ja ein Taxi auf vier Rädern spendieren, aber wie du weißt, gibt es hier bei uns weder Autos noch Fahrräder. Und um einen dieser kleinen nervigen Roller fahren zu dürfen, muss man in dieser Stadt unter acht Jahre sein!« Er strich mir liebevoll die nasse Haarsträhne, die an meiner Wange klebte, aus dem Gesicht. »Drei Minuten zu Fuß, Lucia, schaffst du das? Na ja, vielleicht fünf. Ich habe auch einen Schirm für dich!« Er zog einen hellblauen *ombrella* aus der Tasche seines Mantels und spannte ihn auf.

»Mit mir dauert es mindestens zehn Minuten länger!«, sagte ich und bemühte mich um ein cooles Grinsen, doch ich hörte selbst die Tränen in meiner Stimme.

»Ach, komm, so *eingeschränkt*, wie der gute Dr. Dr. Klaus dich beschrieben hat, bist du doch gar nicht!« Mein Vater betonte das Wort »eingeschränkt«, wie mein Stiefvater es getan hätte. »Du musst jetzt nur …«

»… üben, üben, üben!«, fiel ich in Papas restlichen Satz mit ein, und schon musste ich gegen meinen Willen lachen, und die Tränen verzogen sich. »Ich bemühe mich ja, aber ich mag ihn nicht«, sagte ich leise, während wir das Häuschen auf dem Steg verließen.

»Wahl deiner Mutter.« Typisch Babbo, er sagte nie etwas Schlechtes über andere Personen, selbst über Mama nicht, die ihn für den blöden Dr. Dr. Klaus verlassen hatte.

Meine etwas bessere Laune dauerte nur ein paar Sekunden an, denn schon beim nächsten Schritt zerrte der Wind so übertrieben wild an meinem Minischirm, dass er umklappte und ich bei dem Versuch, ihn festzuhalten, beinahe auf den glatten Steinen ausgerutscht wäre. Ich war erschöpft, ich war nass, ich blieb stehen.

Papa warf mir einen fragenden Blick zu, und da war sie auch schon über ihm: die Wolke! Eine Wolke, die niemand sehen konnte, nur ich. Als diese komischen Erscheinungen zum ersten Mal auftauchten, wusste ich nicht, was sie zu bedeuten hatten. Ich lag in meinem Krankenhausbett, eingegipst, Riesenkopfverband, und wunderte mich. Ich sah Wolken, die wie auseinandergezerrte Zuckerwatte aussahen und auch noch in unterschiedlichen Farben leuchteten? Erst dachte ich, ich halluziniere, Schädel-Hirn-Trauma eben, gerne von meinen Ärztinnen als SHT abgekürzt. Aber nach und nach wurde es immer offensichtlicher: Seit dem Unfall sah ich Gefühle.

Ja, sorry, ich habe mich nicht um diese Fähigkeit gerissen, lieber wollte ich normal sein. Ich sah die Farben und spürte dann ziemlich schnell, was sie zu bedeuten hatten. Wut wurde vor meinen Augen zu einer metallblauen Wolke, Eifersucht zu einer grüngelben, starke Abneigung loderte als orange Zuckerwatte über den Köpfen. Und egal, was die Menschen in dem Moment aussprachen – ich wusste, ob sie es wirklich so meinten.

Mittlerweile gab es nur noch selten eine Farbschattierung, mit der ich zunächst nichts anfangen konnte, das kam vor, wenn mir der Mensch fremd war und er oder sie sich gut verstellen konnte. Doch für alle anderen führte ich mittlerweile ein richtiges Farblexikon in meinem Kopf. Angst, Schadenfreude, Arroganz, blutrot, grün, blau, alles hatte einen eigenen Eintrag.

Manchmal hörte ich aber auch direkt ihre Worte, ungefiltertes Zeug, das hervorströmte, ohne Punkt und Komma, wie man eben so denkt.

Ist doch toll, könnte man meinen, so wusste ich also immer, ob die Leute mich anlogen. Aber nein, mich nervte es nur noch. Es war total unangenehm, als ob ich jemanden beim Telefonieren belauschte oder die geheimsten Seiten ganz privater Tagebücher lesen würde. Und wer möchte solche Peinlichkeiten schon wissen? Ich jedenfalls nicht! Deswegen war ich froh, dass das mit dem Gedankenhören nur sehr selten vorkam.

Bei meinem Vater war die Wolke jetzt hellgrau. Dank meines Lexikons wusste ich, dass er nur leicht besorgt war, denn je dunkler das Grau, desto schwerer die Besorgnis.

Würde ich ihm von meiner seltsamen Fähigkeit, die nach dem Unfall aufgetreten war, je erzählen? Hatte ich es meinen Ärztinnen oder sonst einem Menschen erzählt? Mama vielleicht? Absolut nicht! Die Untersuchungen in der riesigen Röhre hatten mir schon gereicht – was, wenn sie feststellen würden, dass ich jetzt auch noch »fantasierte«? Dass ich Stimmen hörte, seltsame Farben sah und behauptete, das seien die Gefühle und Gedanken anderer Menschen. Zu verrückt, oder? Eben.

Es war also nicht nur meine gebrochene Hüfte, die noch nicht wieder richtig funktionierte, es waren auch die Dinge in meinem Kopf, die mich fertigmachten!

»Es ist alles ...« Zu viel, wollte ich sagen, mich in Papas Arme werfen und dort erst einmal richtig heulen, aber gleichzeitig hatte ich Angst, er würde sich dann noch mehr Sorgen machen. »... in Ordnung, geht gleich wieder.«

Mit meinem durchgedrehten Kopf würde ich allein klarkommen müssen. Dass diese uralte Stadt mit ihren milliardenfachen Geschichten dafür absolut nicht der richtige Ort war, spürte ich in diesem Moment so stark wie nie zuvor. Venedig, das war klar, würde alles nur noch schlimmer machen. Eine Woche, mehr nicht, dachte ich, dann fahre ich nach München zurück. Sorry, Papa. Und, sorry auch an dich Mama, diesmal nehme ich den Zug!

Wir entfernten uns vom Ufer, gingen über einen Platz, der sich zwischen den abweisenden Häusern öffnete, und kamen an einen Kanal. Super, schon wieder Wasser! Diesmal zwischen zwei gemauerten Ufern. Papa wandte sich nach links, wir gingen an einer Kirche aus rötlich braunen Backsteinen vorbei, von der er behauptete, dass sie sehr berühmt für die Bilder sei, die ein gewisser Tintoretto gemalt hatte.

Wir überquerten den Kanal auf einer Brücke, mittlerweile war es dunkel geworden, Häuserreihen, der nächste Kanal, Wasser, in dem sich die gelben Lichter der Laternen verschwommen spiegelten, noch mehr Brücken mit Stufen, ein Platz mit einem Brunnen, eine verrammelte orangefarbene Bude, die die besten Sommerdrinks versprach, all das nass und kalt im strömenden Regen. Meine Schuhe waren durchweicht, die Kälte kroch mir an den Beinen hoch.

»*Ecco, la Fondamenta de la Sensa*, jetzt sind es nur noch ein paar Meter. Da vorne ist es schon!« Papa wies auf das schmale Haus, in dessen Untergeschoss sich anscheinend ein kleines Café befand. »*Il Boccadoro!*«, sagte Babbo stolz. *Das Goldmund.* Er hatte mir sogar ein T-Shirt mit dem Schriftzug »*Tochter des Chefs vom Il Boccadoro!*« bedruckt und ins Krankenhaus geschickt. Auf die Karte hatte er geschrieben: *Das gibt es nicht zu kaufen, das ist nur für dich!* Mittlerweile war es so ausgeleiert, dass ich es nur noch zum Schlafengehen anzog. Aber eingepackt hatte ich es, denn es würde ihn freuen, es an mir zu sehen.

In diesem Moment fing es noch stärker an zu regnen, die Tropfen wurden von einer Windböe waagrecht durch die Luft unter unsere Schirme gepeitscht, wir suchten dicht an den Häusern Schutz und fingen an zu laufen, so schnell es mit mir eben ging. Da wurde kurz vor dem Café eine Tür aufgerissen, und jemand rief auf Italienisch: »Herein, kommt schnell herein!«

»Cosimo!« Mein Vater stoppte überrascht und rettete sich

dann samt Schirm und Koffer durch die Tür ins Trockne. Ich schmiss den kaputten Minischirm von mir und folgte ihm. Keuchend schaute ich mich um und schüttelte meine nassen Haare.

Was sollte das hier bitte schön sein? Ein höchst chaotischer Antiquitätenladen? Ich betrachtete die unzähligen hässlichen Tonfigürchen, die in der Auslage des Schaufensters neben Madonnenfiguren und einem Wecker standen. Zwei orange Haartrockner hingen an verdröselten Kabeln von oben herab, davor ein oller Toaster. Schick, sehr schick!

»Darf ich vorstellen, das ist unser Nachbar und Vermieter Cosimo«, sagte Babbo. »Lucia, meine Tochter!«

Cosimo war ein uralter Typ, er trug Clogs mit dicken Socken an den Füßen, seine grauen Haare waren zu einem schütteren Pferdeschwanz zusammengebunden, und den lilagrünen Trainingsanzug hatte er ganz sicher schon dreißig Jahre vor meiner Geburt getragen. Bei dem Gedanken musste ich ein bisschen grinsen, wir schüttelten uns die Hand, und während Cosimo aufgeregt auf meinen Vater einredete, irgendwas mit Geld, das die Stadt von ihm wollte, checkte ich den Laden ab.

In jeder Ecke stapelten sich Bücher, schiefe Türme, die in der nächsten Sekunde zusammenkrachen konnten. Alte Lampen, Bilder in verschmutzten Goldrahmen, ein Garderobenständer, schief und krumm, mit abgebrochenem Fuß. Dies war ganz offenbar ein auf Sperrmüll spezialisiertes Fachgeschäft.

»Schau dich um, Lucia, nur eine Minute, dann gehen wir!« Mein Vater nickte mir entschuldigend zu. Okay, aber bitte nicht zu lange, dachte ich und schlenderte durch den völlig zugestellten Laden.

»Such dir doch was Hübsches aus!«, rief Cosimo hinter mir her, dann redete er weiter auf Babbo ein.

Die Mauern waren unverputzt, über die recht hohe Decke zogen sich zerfaserte Holzbalken, Neonröhren tauchten alles in ein grelles Licht. Um Cosimo nicht zu beleidigen, nahm ich mal den einen, mal den anderen Gegenstand in die Hand. Was sollte ich mir hier schon aussuchen?! Ein angelaufenes Messingtablett? Oder eine Kuhglocke? Ein gewelltes Mickey-Mouse-Heft von 1995 oder ein rötlich braunes, staubiges Apothekerglas, auf dessen Boden sich ein paar getrocknete Würmer befanden? Na toll. *Verpuppte Seidenraupen*, stand seltsamerweise in akkurater deutscher Handschrift auf dem Etikett. Wie waren die wohl hierhin geraten?

Schnell stellte ich das Glas wieder an seinen Platz, suchte vergeblich nach etwas, an dem ich mir die Finger abwischen konnte, und schob mich langsam an Holzschränken und übervollen Regalen vorbei, bis ich weiter hinten im Gewölbe vor einer Tür stand, die nur angelehnt war. Neugierig drückte ich sie auf, sie öffnete sich aber nur ein Stück weit, gerade breit genug, um hindurchzuschlüpfen. Ich machte einen Schritt in den kleinen, unbeleuchteten Raum, aber meine Neugier war unbegründet gewesen; sobald meine Augen sich an das wenige Licht gewöhnt hatten, sah ich mich bloß noch mehr unnützem Schrott gegenüber. Ein auseinandergenommenes, altes Bettgestell, ein paar Kartons, vor allem aber mehr Bilder. Nebeneinander lehnten sie an der Wand, große Formate, in bröckelnden Rahmen.

Es roch muffig, nach Dingen, die vor langer Zeit einmal nass und wieder trocken und wieder nass geworden waren, und ich wollte schon umdrehen, als ich etwas hinter der Tür hörte. Eine Ratte? Mich überlief eine Gänsehaut, ich hatte keine Angst vor Mäusen oder Spinnen, aber bei Ratten hörte der Spaß auf! Trotzdem lugte ich hinter die Tür, bereit, jede Sekunde davonzurennen.

Jetzt erst sah ich, dass die Tür von einem Sessel mit hoher Rückenlehne gestoppt worden war, und darin saß … ein Mensch, ein Junge!!! Er glotzte mich mit großen, runden Augen an, ohne zu blinzeln.

Wow! Ich machte einen Satz zurück und stieß dabei an irgendwelchen alten Krempel. Mein Herz klopfte wie wild, meine Arme und Beine waren schlaff. Er musste mich doch gesehen haben! Aber er sagte ja gar nichts! »*What the f…*«, flüsterte ich, brach aber mitten im Satz ab, denn jetzt verstand ich. Es musste eine Puppe sein. Wie gruselig – eine lebensgroße Puppe! Ich lauschte, was schwierig war, weil mein Herz immer noch brüllend laut, bis in meine Ohren schlug: *Pattatumm, pattatumm!* Hörte ich da was hinter der Tür atmen? Nichts!

Ich stieß die Luft aus, um mich zu beruhigen. Mann, was bewahrte Babbos Vermieter für *creepy* Zeug in dieser Kammer des Schreckens auf? Doch ich wollte nicht wie ein kleines Kind zu ihm und meinem Vater rennen, also wagte ich mich noch mal vorsichtig hinter die Tür …

… *iiirrghs*, die Haare von dem Ding wirkten so echt, die Haut war milchig weiß, es sah wirklich übelst realistisch aus! War das Teil aus Wachs? Ich traute mich nicht, es anzustupsen. Die Puppe trug eine kurze Jacke und komische Hosen, die über den Knien zusammengeschnürt waren, so viel konnte ich sehen. Dazu lange Strümpfe und Schuhe mit einer fetten Schnalle vorne drauf, die im Dunkeln schimmerte. Ich hatte genug und rannte hinaus.

»Was ist das dahinten in der kleinen Kammer für ein Ding?«
Außer Atem kam ich bei den beiden an.

»Was meinst du?«, fragte Cosimo. »Die Bilder? Das Bettgestell? Oh, das ist schon uralt, aber aus Messing, müsste man aufarbeiten lassen ... Hast du dir was Hübsches ausgesucht?«

»Nee, noch nicht ... Ich meine diese gruselige Figur ...« Noch war es etwas ungewohnt, hier öffentlich die Sprache zu benutzen, die immer nur zu mir und meinem Vater gehört hatte. Ich war stolz, dass mir die Wörter *figura spaventosa* eingefallen waren.

»Welche Figur? Auf einem der Bilder? Ach, die Gemälde habe ich bei der Auflösung eines Lagers gekauft.«

»Mimmo, wir müssen jetzt los, Lucia ist ja gerade erst angekommen, durchnässt und müde ...«, sagte mein Vater, doch Cosimo redete weiter: »Wenn diese Aasgeier von der Regierung Ernst machen, muss ich alles verkaufen. Wenn die wirklich die Haussteuer erhöhen, muss ich es tun, verstehst du, Michele«, sagte Cosimo-Mimmo, seine Hand lag auf Babbos Unterarm, »da bleibt mir nichts anderes übrig!«

»Nein, Papa, ich bin zwar nass, aber gar nicht so müde«, sagte ich. »Aber können Sie bitte mal kurz mitkommen, Herr Cosimo?« Ich brachte es nicht fertig, ihn einfach zu duzen, weil er so alt war, dafür wollte ich unbedingt wissen, warum er diese lebensechte Puppe in der Kammer herumsitzen hatte.

»Für dich bin ich Mimmo!« Cosimo-für-mich-Mimmo klopfte auf Babbos Schulter und kam mit mir. Ich war froh, denn noch mal hätte ich mich nicht allein in die Kammer gewagt.

»Welches Bild meinst du denn?«, fragte Cosimo. »Eins von denen hinter den Kisten?«

»Äh, nee, da ...?« Ich zeigte auf die Lehne des Samtsessels, auf der – sehr *spooky* – eine weiße regungslose Hand lag, die aus einem Ärmel mit Spitzenmanschetten ragte.

Cosimo zog den Bauch ein und quetschte sich hinter die Tür. »Die hinter dem Sessel? Ja, wie gesagt, die kamen alle aus der Lagerauflösung, ich habe die danach zwar begutachten lassen ... war aber nichts wirklich Wertvolles dabei, alles nur Kopien von einer Kopie.«

Ich schaute zwischen ihm und der fiesen Figur hin und her. Keine Reaktion! Er sah sie nicht! Das war doch unmöglich!

»Ein paar unechte Schinken hab ich mir da andrehen lassen. Angeblich aus dem Barock, aber nix da.« Cosimo zog eines der Bilder halb hervor und strich rau über die Oberfläche. »Die vergoldeten Rahmen sind ja ganz hübsch, aber fast alle wurmstichig, nichts Besonderes, und die Leinwände ...? Vielleicht sind die alten Leinwände ja noch zum erneuten Bemalen gut. Malst du?«

Ich schüttelte den Kopf und blickte zu der Puppe mit der grünen Brokatjacke. Sie rührte sich immer noch nicht, aber eines ihrer runden Augen, das rechte, hatte leicht gezuckt und die Augenbraue darüber auch, hundertpro! Ich starrte sie entsetzt an, sie starrte seelenruhig zurück, als ob sie erst mal gründlich über mich nachdenken müsste.

Wie unheimlich, wie grässlich! Mein Hirn hatte also beschlossen, komplett verrückt zu spielen, und zeigte mir etwas Lebloses, Totes, das aber blinzeln konnte, danke, Gehirn! Oder waren es die vielen Medikamente? Wie sollte ich denn weniger davon nehmen, wenn die Schmerzen immer noch jeden Tag und jede Nacht da waren?

»Und sonst?« Meine Stimme zitterte leicht. »Gibt es in diesem Raum nicht doch noch etwas anderes ... dessen Wert man auf den ersten Blick vielleicht nicht erkennen kann?«

»Nun ja ...« Cosimo schaute sich um, als ob er den kleinen Abstellraum zum ersten Mal sah.

»Geben Sie sich keine Mühe, *Signorina*«, sagte die Blinzelpuppe plötzlich leise, »er sieht mich nicht!«

»Scheiße, wer *bist* du?!«, rief ich auf Deutsch, denn vor Schreck war mein Italienisch weg.

»Was?«, fragte Cosimo, der neben mir ein wenig zusammengezuckt war.

»Haben Sie, äh, hast du das eben gehört?«, fragte ich auf Italienisch, obwohl ich die Antwort schon ahnte.

»Er *hört* mich auch nicht«, sagte die Figur und lehnte sich jetzt auch noch ein Stück vor. »Niemand sieht oder hört mich außer Ihnen!« Er sprach ein seltsam klingendes Italienisch, das ich trotzdem verstand.

»Na toll, du blödes, zusammengestauchtes Hirn«, sagte ich heiser auf Deutsch. »Bitte sag sofort, dass das nicht wahr ist!« Aber mein Hirn sagte gar nichts mehr, dafür meldete sich Mimmo.

»Was denn ›gehört‹?« Babbos Nachbar kratzte sich unter seiner Kappe am Kopf. »Ich geb ja zu, hier steht ziemlich viel Gerümpel. Müsste man mal sichten, aussortieren, ausräumen, vielleicht sogar einiges wegtun. Komm, dein Vater wartet auf dich!« Schon klapperte er auf seinen Clogs davon. »Morgen, das mache ich morgen«, hörte ich ihn sagen. »Oder übermorgen. Schauen wir mal ...«

Oh Mann, ich hatte es doch sofort gewusst! Hier in Venedig sah ich noch verrücktere Sachen als in Deutschland! Ich atmete tief aus, machte die Tür hinter mir fest zu und drehte den verrosteten Schlüssel zweimal um.

2. KAPITEL

Zunächst blieb alles ruhig, ich schaute mich mehrfach um, aber keine lebensechte Puppe kam aus der Mauer hervorgeschwebt, um mir zu folgen. Glück gehabt! Wir verabschiedeten uns von Cosimo-nenn-mich-Mimmo und traten wieder hinaus in den Regen.

»Entschuldigung für die Verzögerung, Cosimo ist ein toller Mensch! Im ersten Jahr, als das *Boccadoro* eröffnet wurde, hatte er eine sehr geringe Miete von mir verlangt, und jetzt, im zweiten Jahr, hat er anscheinend vergessen, sie zu erhöhen. Es ist nicht fair, dass die Stadt ihm solche Probleme macht! Schwierig genug, das alles zu erhalten!« Babbo zeigte auf die Fassade des Nachbarhauses, an der wir jetzt hastig im Regen vorbeieilten. Sie war blassblau, ziemlich schäbig und fleckig. Rechts und links der Tür hingen zwei Schaukästen mit Büchern, daneben jeweils ein Fenster, aus dem Licht schimmerte. Ich erwartete, jeden Moment irgendwo das Gesicht von Blinzelpuppe auftauchen zu sehen und dass ich deswegen schreien müsste; doch ich riss mich zusammen, ich tat es für Papa, der ja so megastolz auf das abgeblätterte Ding war.

»Wow, das sieht toll aus!« Ich lächelte schwach. »Ist es denn nun ein Café oder ein Buchladen?«

»*Libreria e Bistro!*« Er ging an dem Buchladen-Bistro vorbei und bog in eine Gasse, die gleich dahinter begann. Nein, keine Gasse, eher ein verdammt schmaler Gang, der das Haus vom Nebenhaus trennte. Man könnte auch sagen, kofferbreit, denn mein Koffer passte gerade so hindurch. Ich bekam leichte Platzangst zwischen den Mauern und versuchte, ruhig zu atmen.

»Viel Arbeit, aber jetzt im November ist weniger los, also haben wir ein bisschen Zeit.« Babbo schloss die Haustür auf. »Komm, ich zeig dir erst mal dein Zimmer! Oben ziehst du dir trockene Sachen an, und dann gehen wir runter in den Laden, was Warmes trinken, eine Kleinigkeit essen, wie du willst!«

Bis jetzt war *Vänäzia* ein ziemlicher Horror gewesen, zu viel Wasser von oben und unten, und mein Gehirn gaukelte mir sprechende Horrorpuppen vor, *mille grazie*, aber im Haus wurde es besser: Ich hatte ein eigenes Zimmer! Winzig, aber richtig gemütlich, mit einem breiten Bett, einem Kleiderschrank und einem Fenster, das auf den Kanal hinausging. Wohin sonst, hier ging alles auf einen Kanal hinaus, denn sie waren ja überall, diese üblen Kanäle voller Wasser. Das Schönste war das kleine Badezimmer, das dazugehörte, nur für mich! Es war kuschelig warm darin und die Wände von braunen und kupferfarbenen Mosaiksteinchen bedeckt. Echt toll sah das aus, mit dem glitzernden Kronleuchter an der hohen Decke und der gläsernen Duschkabine.

Ich wusch mir die Hände und sah mich dabei in dem großen Spiegel an. Beruhig dich, sagte ich mir, der Typ da unten in der Kammer war nicht echt! Eine Idee deines durchgeknallten Gehirns, ein schlechter Tagtraum, mehr nicht.

Und jetzt raus den nassen Klamotten! Bequeme Jogginghose an und trockene Strümpfe und Schuhe! Vorsichtig kippte ich den Koffer und ließ ihn auf den Perserteppich gleiten. Warum ist das Ding so schwer, so viel habe ich doch gar nicht eingepackt, dachte ich, und ist das Rosa schon immer so blass gewesen, oder liegt das nur am Licht des Kronleuchters, das vom Bad ins Zimmer scheint?

Ich ließ die Schlösser aufschnappen und hob den Deckel an. Was? Nein! Das waren nicht meine Sachen, ganz bestimmt nicht! *Oh shit*, auch das noch!! Hatte Papa auf dem Boot den Koffer vertauscht, oder hatte ich bereits am Gepäckband im Flughafen nach dem falschen Gepäckstück gegriffen? Aufgeregt wühlte ich in den fremden Klamotten herum. Alles war dunkel, alles schwer, weich, warm. Die Stoffe fühlten sich teuer an, und dieser Pullover da, ich strich darüber, war das etwa Kaschmir? Dazwischen steckten ein Ladekabel, ein kleiner Tuschkasten, ein Zeichenblock, ein Etui mit Kohlestiften, eine Einmalkamera, eine graue Wollmütze, genau das Modell, das auch ... und nun war mir plötzlich klar, wem der Koffer gehören musste! Dem Wollmützen-Jungen! Seltsame Farbe allerdings, für einen coolen Typ wie ihn ...

Obwohl, warum sollte ein Mann nicht auch mit einem rosa Koffer reisen dürfen? Er war ja eher altrosa, fast grau, egal. Wie in Trance zog ich eine schmale schwarze Hose mit leicht ausgestellten Beinen hervor, danach einen von den superweichen, dünnen Rollkragenpullovern, von denen es eine Menge gab, in Dunkelgrün und auch in einem dunklen Violett. Ich fand kein Schild, keinen Hinweis, wo vorne und hinten war, keine Marke. Auch in den anderen Kleidungsstücken nicht. Doch ich wusste, auch wenn sie mir viel zu groß sein sollten, ich würde diese Sachen tragen – und freiwillig nicht so schnell wieder hergeben!

Langsam ging ich die zwei Stockwerke hinab, bloß nicht mit den riesigen Turnschuhen stolpern. Größe 45 stand darin, aber sie waren wenigstens trocken. *Attenzione!* Ich wollte mir nicht noch mal die Hüfte brechen, bei meinem Glück wäre es diesmal die andere, die linke …

Unten im Foyer hielt ich einen Moment lang inne. Vor mir lag die Tür zum Bistro, dahinter hörte ich Stimmengewirr. Normalerweise wäre ich jetzt aufgeregt, fremden Leuten begegnete ich nach dem Unfall höchst ungern. Mein Kopf schmerzte dann schnell, weil alle Eindrücke ungefiltert auf mich einprasselten; doch die fremden Klamotten, die ich trug, schienen eine weiche Schutzschicht zwischen mir und dem, was ich nicht kannte (und auch nicht kennen wollte), zu bilden.

Beherzt grinsend öffnete ich die Tür und wappnete mich schon mal dagegen, die komische Gruselpuppe von nebenan vor mir sitzen zu sehen … Doch ich landete nur direkt in einem dunkelgrünen Filzvorhang. Als ich ihn auseinanderschob, stand ich im Café. An den Backsteinwänden gab es Regale, die mit unzähligen Büchern gefüllt waren, dazwischen Bilder, auf den blanken Holztischen Vasen mit Blumen, ein buntes, gemütliches Durcheinander. Die gigantische Kaffeemaschine brummte und fauchte, und draußen klatschte noch immer der Regen an die Scheiben.

Die Frau hinter der Theke hatte schwarze Locken und trug auffällige, goldene Ohrringe. Ihre Haut war dunkel, ihr Mund rot geschminkt, und als sie mich entdeckte, ließ sie den Topf mit der aufgeschäumten Milch sinken und zeigte ein breites Lächeln.

»Du musst Lucia sein!«

Ich nickte und schüttelte über den Tresen hinweg ihre Hand. »Ich bin Amanda!«, sagte sie, und da war auch schon mein Vater, der mich mit stolzem Blick in Empfang nahm und sich räusperte, um die Kaffeemaschine zu übertönen: »Lucia, darf ich dir vorstellen, das *Boccadoro*! *Boccadoro, mia figlia*, Lucia!«

Die wenigen Gäste, die an den kleinen Holztischen saßen, hoben zwar den Kopf und nickten mir freundlich zu, aber ... Mann, waren die alle alt hier! Das amerikanische Pärchen dort vorne, das sich lautstark die Karte vorlas, war mindestens hundert. Das daneben bestimmt achtzig, so runzelig, wie die aussahen! Der Rest so um die fünfundvierzig, wie Papa und Amanda, ich konnte das schwer einschätzen, aber unter zwanzig war hier niemand, und Leute in meinem Alter gab es schon mal gar nicht.

Doch die Stimmen, die mich sonst ungefragt mit den Gedanken der alten Menschen versorgt hätten, schwiegen. Was für eine herrliche Ruhe! Kam das wirklich von dem, was ich anhatte? Langsam strich ich über den weichen Kaschmirstoff an meinem Unterarm.

»Schönes Outfit, so ...« Mein Vater suchte nach Worten. »So ...«

»Du meinst, zu groß für mich?« Ich zuckte mit den Schultern. Die zu langen Hosenbeine verdeckten die riesigen Turnschuhe, die Ärmel hatte ich extra nicht umgeschlagen, ich mochte es, dass meine Hände daraus nur halb hervorragten. Außerdem war die Hose oben am Bund schön weit, ohne zu rutschen. Die Narbe an meiner rechten Seite war höllisch rot und immer noch sehr empfindlich.

»Trägt man jetzt so!«, behauptete ich. Niemals würde ich ihm von meiner albernen Vision in der Kammer erzählen, und ich hatte auch nicht vor, ihm von dem Koffertausch zu berichten, jedenfalls noch nicht, vielleicht irgendwann mal. Vielleicht. Denn zu viel Aufregung sollte ich ja auch vermeiden, hatte die allwissende Frau Dr. Gralla aus der Reha empfohlen. Danke, Dr. Gralla! Ich musste über mich selbst und meine Ausreden lächeln.

»Was möchtest du essen?« Mein Vater führte mich zu einem der Tische und reichte mir die Speisekarte. »Wir haben Kuchen, wir haben vegane Snacks, die *crostini* mit Auberginenmus sind besonders zu empfehlen!«

Die Erinnerung an die fiese Blinzelpuppe verblasste hinter dem coolen Gefühl, Tochter des Chefs zu sein.

Wenn jetzt noch Wollmützen-Junge neben mir säße, dachte ich … der war schon ziemlich *sweet*, gib's zu! Du kannst ja versuchen, ihn zu finden, müsstest dann allerdings auch seine Klamotten wieder hergeben. Ich umarmte mich selber, um den weichen Pullover noch besser auf der Haut spüren zu können. Nein, alles zurückzugeben, darauf hatte ich im Moment dann doch keine Lust! Und hatte er nicht mehr als deutlich demonstriert, dass er nichts von mir wollte? Auf dem Flughafenboot hatte er mich kein zweites Mal angeschaut. Also würde er wohl auf seine Sachen verzichten müssen. Und ich auf meine. Was er wohl gedacht hat, als er den falschen Koffer öffnete?

Bei dem Gedanken an meine drei Jogginganzüge, in Grau, Gelb und Flaschengrün, die verwaschenen Hoodies, die ausgeleierten T-Shirts mit den Aufdrucken des Schulmarathons von vor drei Jahren und den komischen Flamingos, rutschte ich unruhig auf dem Stuhl hin und her. Meine geliebten Gummilatschen inklusive Schriftzug der Klinik, die vielen Packungen Schmerztabletten, von denen ich Gott sei Dank auch einige im Handgepäck untergebracht hatte. Wahrscheinlich dachte er, ich bin süchtig oder so was.

Und ach nee, das nicht auch noch: meine Unterwäsche!

Mein Gesicht wurde ganz heiß. Oh Gott, wenigstens die abgetragenen Unterhosen und die etwas angegrauten BHs hätte ich durch ein paar neue hübsche Teile ersetzen sollen, so wie Mama es mir angeboten hatte. Warum sollte ich?, hatte ich gedacht. In Venedig sieht doch niemand mehr von mir als meine dicke, currygelbe Winterjacke. Tja, falsch! Der Wollmützen-Junge hatte vermutlich schon die oberpeinlichen Details gesehen und wusste jetzt alles von mir, na ja, vieles.

Besser, wenn ich ihn nie mehr träfe. Zwei Dinge waren mir klar: Ich würde Venedig auf keinen Fall nach ihm absuchen und auch keinen Schritt mehr in Cosimos Laden setzen! Und in einer Woche wäre ich schon wieder weg.

Am nächsten Morgen erwachte ich mit einem wohligen Grunzen und streckte mich vorsichtig, ausnahmsweise taten mir weder die rechte Hüfte noch das rechte Handgelenk besonders weh. Doch ich würde heute natürlich trotzdem meine Schmerzmittel brauchen, ich musste mir meinen Vorrat aus dem Rucksack also gut einteilen. Dr. Gralla hatte gesagt, es wäre an der Zeit, die Menge zu reduzieren. Ich bewegte mein Handgelenk in kleinen Kreisen und besah mir die Narbe. Darunter lag jetzt eine Metallplatte, fixiert mit drei Schrauben, auch an meiner Hüfte waren zwei von den Dingern angebracht worden, die mussten alle irgendwann wieder raus.

Um nicht schon wieder an Krankenhaus, OP oder Reha zu denken, duschte ich erst einmal heiß und hüllte mich dann in den weißen Bademantel, der für mich im Bad gehangen hatte. An den Füßen trug ich warme Socken, natürlich von

Wollmützen-Junge, die schwer nach »selbst gestrickt« aussahen. So verpackt, hängte ich mich aus dem offenen Fenster und sah nach draußen, während ich mir gut gelaunt die Zähne putzte. In seinem Koffer hatte ich gestern Abend eine neue Zahnbürste gefunden, dazu eine superminzige, leckere Zahnpasta.

Es war zwar kühl, doch die Sonne schien vom knallblauen Himmel und das Wasser im Kanal zwei Stockwerke unter mir war nicht mehr dunkelgrau und bedrohlich, sondern leuchtete sauber und türkisfarben. Auf unserer Seite gab es ein breites, mit alten Marmorsteinen gepflastertes Ufer, drüben nur Hauswände in Gelb und Terrakotta. Bei allen blätterte am Sockel die Farbe ab, vielleicht vom Wasser? Stieg es wirklich manchmal so hoch? Doch die Fenster waren mit Blumenkästen geschmückt, in denen sich jetzt, Ende November, rote Weihnachtssterne mit vertrocknetem Gestrüpp abwechselten. Dazwischen eine alte Lagerhalle aus Backsteinen, mit einem breiten Tor, dessen Schwelle vom Wasser überspült wurde.

Ich hörte das Geräusch eines Motors. Ein langes, schmales Boot kam ziemlich schnell durch den Kanal gefahren, der Typ darauf schien es echt eilig zu haben, die Umzugskartons, das Bettgestell und die Matratze, die im Heck zu sehen waren, irgendwohin zu bringen. Als er vorbei war, schwappte das Wasser unheilvoll an den Hauswänden hoch und über das Ufer. Noch ein Boot. Diesmal aus der anderen Richtung. Die zwei kräftigen Typen in schwarzen Latzhosen, die rauchend am Steuer standen, hatten mehrere gelbe und blaue Tonnen an Bord. Ihm folgte, mit heulender Sirene und Blaulicht, eine knallorange Ambulanz. Meine Güte – Umzüge, Müll, Krankentransporte … die machten hier ja wirklich alles auf dem Wasser!

Ich gab meinen Platz am Fenster auf, zog die Gardinen vor und begann, mich anzuziehen. Schnell schlüpfte ich in eine der vermutlich von Wollmützen-Junge sorgsam gefalteten Unterhosen, na und, sie war frisch gewaschen, schwarz und von Calvin Klein. Die einzige Marke übrigens, die ich unter seinen Klamotten hatte entdecken können. Ich zog ein langärmeliges T-Shirt an, darüber wieder den schönen Pullover und stieg in die Hose von gestern. Ich hatte seine Sachen systematisch durchsucht. Nirgendwo war sein Name zu finden, auch nicht in den zwei Romanen über Venedig, die er mitgeschleppt hatte. Er schien altmodisch zu sein, denn er las noch auf Papier, nicht wie ich auf dem Reader. Auch in der italienischen Architekturzeitschrift von 1995 fand ich keinen Namen. Was wollte er bloß damit? Der einzige Artikel über Venedig handelte von einer Kirche und war schon uralt!

Außer mehreren schwarzen Hosen, extrem schönen Pullovern in dunklen Farben und einer coolen Jacke hatte ich noch ein weiteres Paar Schuhe gefunden, schwarz, Leder, verpackt in einem extra Schuhsäckchen, eine Tube Schuhcreme dabei, ein ordentlicher Mensch, jawohl! Sogar an Gummistiefel für das Hochwasser hatte er gedacht.

Es war schon fast elf Uhr, als ich endlich unten im Café ankam und leise die Tür hinter mir zuzog. Doch ich hätte mir die Rücksicht sparen können, es waren noch keine Gäste da, dafür ertönte in dieser Sekunde lauter Reggae aus den Boxen.

»*Buon giorno*, Lucia!« Amanda kam aus der Küche mit einem Tablett *cornetti*, stellte es auf die Theke und machte die Musik leiser. »Hast du Hunger? Willst du frühstücken? Michele macht Einkäufe für das Bistro, ich soll dich grüßen, er ist gegen eins wieder da!«

Ich lächelte. »Ein Cappuccino wäre großartig«, antwortete ich auf Italienisch.

»Setz dich, setz dich! Wir öffnen gleich, doch noch habe ich Zeit!«

Es war warm hier drin, ich zog den Pullover über den Kopf und suchte mir einen der Tische aus. Dabei entdeckte ich mich in einem der Spiegel, die an der Wand zwischen den Regalen hingen, und hielt inne. Mein dunkelbraunes, dickes Haar umhüllte meinen Kopf wie ein Helm, die Spitzen bogen sich wie von allein nach innen, mein Pony war lang und fransig cool, fast ragte er über meine schwarzen Augenbrauen. Tatjana aus meinem Zimmer hatte ihn mir oft geschnitten, sie konnte das ziemlich gut, klar, sie wollte ja auch Friseurin werden. Plötzlich musste ich auch an Paula und Kajsa und alle, mit denen ich wochenlang zusammengelebt hatte, denken. Wir hatten oft zusammen geweint, hatten uns gegenseitig getröstet, besonders nachts, wenn alles so schwer und hoffnungslos und scheiße erschien, und waren dann wieder total albern gewesen. Die »*Gäng* von Station vier« hatten sie uns genannt, und manchmal waren sie mir auch auf die Nerven gegangen. Aber nun vermisste ich sie! Noch stärker als meine Freundinnen aus der Schule. Unglaublich!

Ich ging näher an den Spiegel heran. Mein Schminkzeug hatte ich schlauerweise auch in meinem Rucksack bei mir gehabt, darauf brauchte ich also nicht zu verzichten, mehr als ein bisschen Abdeckpuder und Lipgloss hatte ich zwar nicht benutzt, doch ich fühlte mich so gut wie lange nicht mehr.

»Du siehst toll aus«, sagte nun auch Amanda, die mit einem Tablett an meinen Tisch kam und meine prüfenden Blicke bemerkt haben musste. Sie stellte einen Cappuccino, ein Glas mit frisch gepresstem Orangensaft und einen Teller voller kleiner *Tramezzini*-Dreiecke auf den Tisch, und dann ging es los: *Aha, aha, das ist sie also ... Als ich das erste Mal hörte, dass Michele eine Tochter hat, habe ich ja gedacht, das wird Probleme geben. Wer weiß, wie sie es findet, wenn ihr Vater mit einer Frau zusammen ist, die eine dunkle Hautfarbe hat und dazu noch ein paar Jahre älter ist als er. Aber diese Lucia hier sieht recht nett aus ...*

Es war mal wieder so weit: Ohne Pause strömten Amandas Erinnerungen und Gedanken durch mein Gehirn, und das war wirklich zu viel Information für meinen Kopf!

Sie ist sogar sehr hübsch, genau wie er, er ist auch so gut aussehend, ja, sie sieht ihm ähnlich, ach, ich liebe diesen Mann ... allein, wie er mich manchmal ... STOPP!

Schnell zog ich den Pullover wieder an und rollte den Kragen bis zu den Ohren hoch, gleich wurde das Gebrabbel leiser.

»Käse, Schinken, pikantes Auberginenmus«, sagte Amanda jetzt. »Dein Vater hat gesagt, du liebst es salzig zum Frühstück, so wie er!«

Ich nickte und sog den köstlichen Kaffeeduft ein, der in der Luft lag. Sie wusste ganz schön viel über meinen Vater, denn sie war mit ihm zusammen, und ich war mir nicht sicher, ob mir das gefiel. Amanda musterte mich von oben bis unten und wieder zurück. »Ich mag deinen Style!«

Okay, das waren nicht bloß Komplimente, um sich bei mir einzuschleimen ... Ich spürte, dass sie meinte, was sie sagte, und das war eigentlich ganz cool, *sie* war eigentlich ganz cool. Sollte mein Vater doch auch eine Freundin haben, schließlich hatte Mama ihn verlassen, und nicht er sie ...

»Und ich mag deinen!«, sagte ich.

Wir grinsten uns an, wir konnten unterschiedlicher nicht

aussehen. Sie klein und mit vielen Rundungen, gehüllt in bunte, afrikanische Kleidung mit großen Mustern, wieder mit den großen Ohrringen geschmückt und heute auch noch mit einem zur Schleife gefalteten grüngelben Tuch auf dem Kopf. Ich dagegen eher dünn und groß, in dunkle Farben gehüllt. Ohne Schmuck.

»Willst du später rausgehen? Venedig entdecken?« Sie zeigte auf meinen kleinen Rucksack und die Jacke (von Wollmützen-Junge), die ich dabeihatte.

»*Siiiii, forse*«, antwortete ich gedehnt. Ja, vielleicht. »Ich habe nur keine Schuhe.« Ich wies auf die Wollsocken an meinen Füßen. Bisher hatte ich niemandem von dem vertauschten Koffer erzählt. »Meine sind immer noch nass, ich habe vergessen, sie auf die Heizung zu legen, und auch, ein zweites Paar einzupacken.« Ich vergaß echt viel, seitdem der Unfall passiert war, vielleicht hatte Babbo Amanda ja eingeweiht.

»Welche Größe?«

»Neununddreißig.«

»Könnte passen.« Sie eilte davon und kam mit einem Paar grüner Gummigaloschen wieder. »Haben wir immer hier rumliegen, bei dem ewigen Hochwasser kommen wir hier morgens gerne mal mit nassen Füßen an!« Sie kniete sich mit den Schuhen vor mich hin.

»Ich kann das allein«, sagte ich. »Aber danke!«

»Ich wusste nicht …« Sie sah mich von unten mit ihren großen dunklen Augen an. »Michele hat nur ein bisschen erzählt. Wie ist es passiert? Tut dir was weh? Jetzt? Im Moment? Wie geht es dir damit? Träumst du noch davon?«

Ich zögerte. Noch nie hatte sich jemand so offen nach dem, was passiert war, erkundigt. Doch dann musste ich lächeln, und obwohl ich sie gar nicht kannte und sie ziemlich viel älter als ich war, griff ich nach ihrer Hand und zog sie nach oben. Ich mochte ihre Neugier, die war ehrlicher als das blöde Rumgedruckse, das mir bisher begegnet war.

»Es war ein Unfall, jemand hat mich übersehen und angefahren, Auto gegen Fahrrad, na ja, das war übel, ich bin ziemlich weit geflogen.«

»*Oh Dio!*« Sie setzte sich neben mich und schob mir die Tasse zu, ohne mich aus den Augen zu lassen.

»Ja. Das war schon echt krass ... Meine Hüfte rechts war gebrochen und mein rechtes Handgelenk, und obwohl ich einen Helm aufhatte, habe ich mir beim Aufprall auf der Straße ordentlich den Kopf angestoßen. Schädel-Hirn-Trauma.«

»Ach, wie fürchterlich!«

»Ja, Horror! Keine Ahnung, warum ausgerechnet mir das passiert ist. Ich war *safe* auf dem Fahrradweg unterwegs, bin nicht bei Rot gefahren, hab keine Musik per Kopfhörer gehört, trotzdem hat das Auto mich voll erwischt. Der Typ wollte rechts abbiegen und hat mich übersehen ...«

Amanda schüttelte wortlos den Kopf, während sie mich anschaute, die Hand vor dem Mund.

»Die Brüche waren heftig und der am Handgelenk ziemlich kompliziert, aber am schlimmsten war das mit dem Kopf. Als ich nach ein paar Tagen im Krankenhaus aufwachte, saß Mama an meinem Bett und Babbo auch, beide weinend und mit dieser furchtbaren Angst in den Augen, in meinem Kopf könnte durch die schwere Gehirnerschütterung alles nur noch Brei sein.«

»War es aber nicht!« Amanda tätschelte begeistert meine Hand.

»Na ja, als ich so langsam wieder normal wurde, habe ich festgestellt, dass Mathe weg war, nur plus und minus rechnen konnte ich noch, aber ab den Hunderterzahlen wurde auch das schwierig ... Viele andere Sachen von früher waren zunächst auch nicht mehr da.« Dafür kamen plötzlich diese anderen Fähigkeiten dazu, dachte ich, und die scheinen auch nicht mehr verschwinden zu wollen ... Fähigkeiten, die ätzend, unnötig, nervig waren. Doch das sagte ich ihr natürlich nicht.

»Ich wurde viermal operiert, zweimal am Kopf, einmal an der Hüfte, einmal am Handgelenk, es tut immer noch weh, ich muss ziemlich oft Tabletten gegen die Schmerzen nehmen.«

»Jeden Tag?«

»Jeden Tag.« Ich sah zu meinem Rucksack und dachte an die Tabletten darin, irgendwann, ziemlich bald sogar, würde ich Babbo von dem vertauschten Koffer erzählen müssen, hoffentlich konnte er mir mehr Schmerzmittel besorgen und mehr Magentabletten und natürlich auch das Zeug, von dem ich schlafen konnte.

»Und ich musste danach vieles wieder neu lernen, zum Beispiel laufen.«

»Aber jetzt geht das doch wieder ganz wunderbar, man sieht es gar nicht.«

Na klar sieht man es, dachte ich und wurde wütend, ich wusste nur nicht, auf wen eigentlich. »Aber der liebe Dr. Dr. Chefarzt Klaus, zufällig auch ...« Mein Mund fing an zu mahlen und zu zucken, wie immer, wenn ich nach Worten suchte, ich hatte mich dabei mal im Spiegel gesehen, es sah grässlich aus! Ich hielt meinen Kiefer mit beiden Händen fest, tat so, als ob ich mein Kinn abstützte. Was hieß »mein Stiefvater« auf Italienisch? Keine Ahnung. Sowieso ein Scheißwort, das ich auch auf Deutsch nie benutzte.

»Na ja, jedenfalls redet der neue Typ von meiner Mutter nur über mein wahnsinniges Glück, überhaupt überlebt zu haben, und er labert von Feinmotorik und ›üben, üben, üben‹, und auch Mama liegt mir mit ›Dankbarkeit verspüren‹ und ›Geduld haben‹ in den Ohren und mit ›das wird schon wieder‹.«

Aufgebracht trank ich einen Schluck Cappuccino und biss von einem der Mini-Tramezzini ab. Verdammtes Üben! Warum der ganze Stress? Es würde trotzdem nie mehr so wie früher, auch wenn ich es mir tausendmal wünschte!

»Wie alt bist du jetzt?«, fragte Amanda.

»Sechzehn«, antwortete ich mit vollem Mund. Es schmeckte grandios. »Im Oktober geworden.«

»Hast du einen Freund, *un ragazzo*?«

»Pfff, nee!«

»Oder *una ragazza* ... Magst du Frauen?«

»Äh, also schon lieber Jungs ...« Ich verdrehte die Augen. Ich war Single, und das würde ich auch noch lange bleiben ... Kein cooler Junge würde sich doch jemals für mich interessieren, solange ich ab und zu noch nach Worten schnappte wie ein Fisch auf dem Trockenen und ständig Dinge fallen ließ. Und auch nicht, solange ich durch die Gegend humpelte. Man sah es immer noch, jeder zufällige Blick in eine Schaufensterscheibe bewies es mir doch.

Außerdem gab es ja ein ganz frisches Beispiel: Wollmützen-Junge. Der hatte einfach nicht hingeschaut. Das war echt hart, aber leider die Wahrheit. Schnell spülte ich den bitteren Geschmack der Enttäuschung mit dem fruchtig süßen Orangensaft hinunter. Ich will wieder wie früher sein, dachte ich, normal und wie alle anderen, keine komischen Farben, kein Gedankenlesen, keine Visionen, kein schiefer Gang, einfach nicht auffallen! Ist das zu viel verlangt?

»Ach, das mit den *ragazzi*, das kommt noch«, unterbrach Amanda meine Gedanken. »Venedig kann man auch allein ganz wunderbar entdecken!«

Ich nickte, absolut nicht überzeugt, aber egal. »Danke für das tolle Frühstück, Amanda, ich mache mich mal auf den Weg, wenn diese Schuhe hier passen.« Ich bückte mich und unterdrückte einen Schmerzensstöhner. Die blöde Hüfte. Dann streifte ich mir die Schuhe über die dicken Socken, sie passten ausgezeichnet. Nachdem ich eine meiner Tabletten genommen hatte, brachte ich das benutzte Geschirr zur Theke, Amanda schloss die Ladentür auf und ich marschierte hinaus.

Ich atmete tief durch, machte drei Schritte und stoppte, sonst wäre ich in den Kanal gefallen. Es war kühl, vielleicht zwölf Grad, aber die Sonne schien immer noch vom wahnsinnsblauen Himmel, und dort, wo ihre Strahlen mich trafen, wurde es wohlig warm. Wie gut, dass ich meine elende indisch-currysaucen-gelbe Winterjacke gegen die schwarze Jacke von Wollmützen-Junge getauscht hatte. Der Stoff war dünn und aus einer Art dickem Neopren, absolut windundurchlässig, in der Mitte gab es gleich zwei silberne Reißverschlüsse, die Enden der Ärmel waren abgeschnitten, kein Saum, einfach so. Ich strich über den glatten Stoff, die »Taucheranzugjacke«, so hatte ich sie getauft, sah megacool an mir aus! Ich hoffte nur, dass ich ihrem Besitzer nicht zufällig begegnen würde!

Das Wasser schwappte schon leicht über den Rand des Kanals, ich wich zurück, es war überraschend sauber, man konnte die Stufen sehen, die alle paar Meter eingelassen waren. Wozu brauchten sie hier Stufen in Venedig? Um besser in ihre Kanäle hineinsteigen zu können? Okay, *Vänäzia*. Dann also los. Eine Woche werde ich ja wohl mit dir durchhalten. Aber keinen Tag länger!

Ich hatte mir die Karte nur einmal kurz im Flugzeug angeschaut, sah aber den Plan und die darauf gedruckten Namen immer noch so deutlich vor mir, als ob sie vor meinen Augen eingebrannt wären. Auch das war eines dieser höchst seltsamen Symptome, die von meinem Unfall übrig geblieben waren: ein fotografisches Gedächtnis, das meinen Kopf mit den unwichtigsten Sachen zumüllte. Na gut, manchmal waren sie auch nützlich.

Venedig erinnerte an eine von einem Kind gemalte, platte Flunder. Die Flunder bestand aus sechs Stadtbezirken, die, weil es eben sechs waren, schlauerweise nicht *quartieri*, »Viertel«, genannt wurden, sondern *sestieri*, »Sechstel«. Cannaregio, unser Sechstel, lag im Norden, da, wo die Flunder ihre Rückenflosse hatte. Außerdem hatte sich mein Gehirn bereits die Namen der anderen Bezirke angeeignet und wollte sie nicht mehr hergeben: Santa Croce, San Polo, Dorsoduro, San Marco und – am Schwanz des Fisches – Castello. Der Bahnhof bildete sein Auge, und durch den Fisch hindurch schlängelte sich als krakeliges Fragezeichen der *Canal Grande*. Und den wollte ich mir jetzt anschauen!

Also erst mal nach links, dort ging es über die nächste Brücke, an die sich eine *Calle* anschloss, die wiederum am Ufer des nächsten Kanals endete. Schon musste ich erneut nach einer Brücke suchen, wenn ich weiter vorankommen wollte.

Diese Stadt wäre vielleicht wirklich faszinierend, dachte ich, wenn es nicht überall so viel grässliches Wasser geben würde. Total überflüssig und unangenehm!

Mittlerweile stand es eine Handbreit hoch in der Gasse vor mir. Ich pflügte in meinen Gummistiefeln vorsichtig voran, damit es mir nicht von oben in die Schuhe spritzte, weiter und weiter, kam am alten Ghetto und unzähligen Kirchen vorbei, ganz ohne Wasser, überquerte eine breite Einkaufsstraße mit vielen Geschäften, selbst so was hatten sie hier, und landete schließlich am *Canal Grande*. Er musste es sein, denn so breit wie dieser war bis jetzt kein Kanal gewesen. Plötzlich merkte ich, dass meine Hüfte schmerzte und meine Beine ziemlich wehtaten, ich konnte nicht mehr, ich vermisste meine Krücken. Was sollte ich tun? Ich biss die Zähne zusammen.

Vor mir standen die Tische und Stühle einer Bar mit ihren dünnen Metallbeinen über zehn Zentimeter tief im Wasser. Euer Ernst? Ich sollte mich ins Wasser setzen? Auf keinen Fall!

Was jetzt? Die bunten Palazzi am Ufer waren ja ganz nett, aber was sollte ich hier? Unschlüssig sah ich einem der vielen Lastenboote hinterher, dann kam endlich eine Gondel vorbei, *yeah*, meine erste Gondel! Das Paar darin machte ununterbrochen Selfies von sich, jeder für sich, während ein Typ, der in einem gestreiften Pullover am Ende der Gondel stand und sie mit einer langen Stange vorwärts stakte, herzhaft gähnte.

Ich zuckte mit den Schultern. Um wieder zurück nach Cannaregio zu kommen, musste ich leider mit einem dieser *vaporetti* fahren, anders ging es nun mal nicht.

Mithilfe der Wochenkarte, die mir mein Vater gestern Abend im Café zugesteckt hatte, kam ich easy durch die automatische Sperre. Schon rauschte das nächste Linienboot von rechts heran. Das war zwar die falsche Richtung, aber wenn ich mich auf einer Rundfahrt ausruhen wollte, war das jetzt die Gelegenheit. Genau in dreißig Minuten würde ich wieder an meiner Haltstelle *Madonna dell'Orto* eintreffen.

Zack, zack, anlegen, Leute runter vom Boot, wir, die neuen Passagiere, wieder drauf, das Ganze dauerte nur eine Minute, schon legten wir wieder ab. Das Boot war breiter als das Flughafenboot, es hatte im Inneren einen großen Raum, mit mehreren Reihen grüner Sitze, und man saß auch nicht tief unten, sondern knapp über dem Wasserspiegel. Ich suchte mir einen Platz in der Mitte, ließ mich mit einem Stöhnen nieder und schaute nach rechts und links, wo das Wasser hinter den dünnen Bootswänden immer noch viel zu dicht an uns vorbeirauschte. Es war dunkelgrün schillernd und bestimmt supertief! Nicht so schlimm, gar nicht so schlimm, beruhigte ich mich. Keine Panik, die anderen halten das doch auch aus!

Die anderen, das waren Touristen und alte Leute mit ihren Einkaufs-Trolleys um mich herum. Ich spürte, wie mein Hals eng wurde, ich war so verdammt allein, ich wollte zurück in die Reha, zurück zu meinem festen Tagesplan mit den Physiostunden, zu Paula, Tatjana und Kajsa und dem Mittagessen zwischen zwölf und eins! Ich musste Papa nun bald auch gestehen, dass ich wieder nach München wollte. Ob Mama eine weitere Reha in Bad Tölz für mich beantragen konnte? Sie schaffte doch sonst immer alles, und vielleicht konnte der arrogante Dr. Dr. Klaus ja auch mal was für mich tun?

Draußen johlten die Touristen an Deck, als wir unter einer weiteren Brücke entlangfuhren, und von oben johlte es zurück. Eine der alten Damen blinzelte mir unter ihrer Pelzmütze zu. *I turisti* … sollte das wahrscheinlich bedeuten. Ich nickte und versuchte zu lächeln, doch meine Mundwinkel machten nicht mit. In diesem Moment wollte ich einfach jemandem die Schuld geben, dass mein Leben so war, wie es seit dem blöden Unfall war!

3. KAPITEL

Wieder in meinem Zimmer, tat ich etwas, was ich in meiner Reha und in den Therapiestunden dort gelernt hatte. Ja, wir alle hatten bei Eric Weihenräucher auch Gesprächstherapie machen müssen, abgekürzt GT, um das Trauma, das wir durch unsere Verletzungen oder Krankheiten erlitten hatten, zu verarbeiten. Manchmal war das nervig, aber meistens ganz okay. Mit seinen Klamotten und vor allem der Baseball-Cap versuchte Eric so wie wir auszusehen, als ob er nachmittags skaten ging, aber wir fanden schnell heraus, dass das nur eine Verkleidung war. Kajsa hatte ihn nach der Arbeit auf dem Parkplatz vor der Klinik beobachtet, wo er die Cap auf die Rückbank warf und sein cooles Shirt durch ein gebügeltes Hemd ersetzte, was in einer Plastikhülle an einem Haken hing. Ein gebügeltes Hemd! Unser Eric!

Er war trotz der peinlichen Verkleidung in Ordnung, und ich schrieb in den Stunden brav meine Wünsche und Ängste für ihn auf, weil er das so wollte. Und wofür ich dankbar war, schrieb ich auch auf, obwohl mir da nicht so viel einfiel. Von meinem verwirrten Hirn und meinen komischen neuen Fähigkeiten erzählte ich auch Eric nichts.

Ich entwarf nun also einen Plan. Venedig bekam von mir noch eine Chance, sich zu bessern! Fünf Tage, keinen Tag länger. Ich würde in einer extra Zeile eintragen, was ich an jedem Tag gemacht hätte, was gut, was schlecht gelaufen war. Und eine Wunschliste schrieb ich auch gleich noch dazu:

1. Normal sein.

2. Normal sein.

3. Normal sein.

4. Flirting-Skills verbessern!

(Flirten hatte ich nämlich überhaupt nicht drauf – und es war höchste Zeit, das zu ändern! Sonst würde die Sache nie über einen ersten zufälligen Blick wie mit Wollmützen-Junge hinausgehen.)

5. Und bitte schick mir einen supernetten, *sweeten* Typ, nicht nur zum Flirten, auch zum Rumalbern, zum Reden und Wie-wahnsinnig-Lachen, und ja, auch zum Küssen und Rummachen und Händchenhalten und was so dazugehört. Aussehen egal, Haarfarbe auch, Hauptsache, mein Geschmack!

Und das alles in den nächsten fünf Tagen, na, das war doch nicht zu viel verlangt, oder? Ich musste grinsen, als ich las, was ich da, ohne den Stift einmal abzusetzen, aufs Papier gehauen hatte. Ganz einfach eben: Nur das Beste für mich!

Aber wer sollte ihn mir eigentlich schicken? Die Göttin der Lagune? Das Universum? Keine Ahnung, dachte ich, aber das ist dein Countdown, *Vänäzia*, nutze die Gelegenheit und zeig mir, was du draufhast!

Tag eins: Sightseeing in Venedig. Übungen mit dem Thera-Band in meinem Zimmer. Wollte Papa von meiner Countdown-Liste erzählen, habe mich aber nicht getraut.

Tag zwei: Sightseeing in Venedig. *Spaghetti Vongole* in diesem teuren Restaurant mit Babbo. Leider zu salzig und zu fischig. Übungen mit dem Thera-Band in meinem Zimmer. Babbo immer noch nichts gesagt. Mama nicht angerufen, wegen Reha.

Tag drei: Sightseeing in Venedig. *Panna cotta* zum Dessert. Sehr lecker. Übungen für die Gelenkigkeit in meinem Zimmer. Plan gemacht, Papa allerspätestens morgen zu eröffnen, dass ich nicht bleibe, und Mama anzurufen, wegen der Reha.

Sightseeing, das waren übrigens Museen, Palazzi, oder Palazzi mit Museen drin, der Markusplatz, andere Plätze, berühmte Gassen und Brücken, von denen mal jemand gefallen war, ein noch berühmteres Theater, das schon dreimal abgebrannt war und von den Venezianern immer wieder aufgebaut wurde. Berühmte Kirchen, mit berühmten Bildern von Tintoretto, Tiepolo und Caravaggio an den Wänden, und noch ein paar mehr Maler, mehr Namen. Meistens war ich mit meinem Vater unterwegs, manchmal auch ohne ihn.

Als ich an Tag vier keine Lust mehr auf Sehenswürdigkeiten, *canali*, und Fahrten mit den *vaporetti* hatte, verkroch ich mich in mein Zimmer und begann mit der englischen Serie, die ich schon seit Langem hatte sehen wollen. Nur noch eine, sagte ich mir nach jeder Folge, dann stehe ich auf und sage

Papa, dass ich am Wochenende wieder nach München möchte! Doch von dem endlosen Gestarre auf den Bildschirm bekam ich so starke Kopfschmerzen, dass ich eine Tablette nehmen musste. Nicht mal das ging also. Immer noch hatte ich nichts gesagt. Morgen! Irgendwann musste Babbo ja schließlich auch das Ticket für die Bahn buchen.

Tag fünf: Shopping!

Na toll. Babbo hatte mir echt supergroßzügig ein paar Scheine gegeben. Doch kaum hatte ich das Geld in der Tasche, wusste ich überhaupt nicht mehr, was ich eigentlich kaufen sollte. Obwohl der Himmel knallblau war und die Sonne schien, schlich ich lustlos durch die Einkaufsstraße, die in der Nähe lag. Mir gefiel nichts, was nicht aussah wie die Klamotten aus dem Koffer von Wollmützen-Junge.

Bekam ich ein schlechtes Gewissen, wenn ich an ihn dachte? Natürlich. Er, der mich in der Warteschlange noch so nett angelächelt hatte, war ohne Klamotten, ohne Unterhosen, ohne Zahnbürste in Venedig gestrandet, und auf meine Reha-Jogginganzüge hatte er bestimmt keine Lust. Ich sah seine Beine vor mir, auf halber Höhe der Waden hingen die etwas ausgeleierten, hellgelben Bündchen … Doch auch, wenn ich ihn hätte suchen wollen, wie hätte ich das denn machen sollen? … Wo denn, bitte schön? Ich hatte alles im Koffer mehrfach durchgeschaut: kein Name, keine Adresse, nicht mal Etiketten in seinen Sachen. Äußerst mysteriös, als ob er nicht gefunden werden wollte …

Aber würde er denn *mich* finden können, wenn er wollte? Plötzlich fiel mir ein, dass ich vor der Reise das weiße Namensschild des Koffers herausgenommen, neu und ordentlich beschrieben, aber nicht wieder hineingefriemelt hatte ... Wollmützen-Junge hatte also keine Chance, seine Sachen zurückzubekommen. Ich grinste, obwohl das natürlich gemein war. Wenn er auf dem Flughafenboot wenigstens noch mal zu mir rübergeschaut hätte, wäre alles vielleicht anders verlaufen, aber nein, er musste sich ja auf sein blödes Notizbuch konzentrieren. Pech für ihn, sorry. Und außerdem: Konnte ich mir eigentlich sicher sein, dass der Koffer ihm überhaupt gehörte?

Ich zuckte mit den Achseln und ging langsam weiter. Das, was hier vor mir im Fenster hing, war nicht gerade berauschend, und allein shoppen gehen war sowieso doof ... Mit jemandem an meiner Seite dagegen, der einen guten Klamottengeschmack und Stil hatte ... Warum fiel mir in diesem Moment schon wieder Wollmützen-Junge ein? Dauernd sah ich sein Gesicht vor mir, und sein lächelnder Mund verfolgte mich. Ich ertappte mich dabei, wie ich mit offenen Augen davon träumte, dass wir in Slow Motion an den Schaufenstern vorbeigingen. Er spiegelte sich dicht neben mir in einer der Scheiben, wir lachten zusammen und probierten in den Läden die verrücktesten Klamotten aus, irgendwann schummelte seine Hand sich in meine ... und ...

Ach ja? Bevor das geschieht, musst du ihm aber gestehen, dass du seinen Koffer behalten hast. Und wenn du dich das wirklich trauen solltest, wird er dir jemals verzeihen?

Keine Ahnung, ich zuckte mit den Schultern. Wenn ich ihm begegne, würde ich unbeirrt auf ihn zugehen und entwaffnend lächeln, nahm ich mir vor! Was sollte er da schon tun, außer zurückzulächeln?

Beflügelt von der Idee, grinste ich schon mal auf Vorrat vor mich hin und warf mir im nächsten Spiegel einen Blick aus großen Flirt-Augen zu. Na ja, ging so. Bald kehrte ich wieder um.

Als ich über die letzte Brücke hinkte, die mich über den Kanal auf die *Fondamenta de la Sensa* führen sollte, bemerkte ich eine Gestalt vor dem *Boccadoro*. Ich erkannte nur die Umrisse, doch diesen kurzen Mantel, der manchmal aufflatterte wie ein Cape, und die langen Beine hätte ich aus noch größerer Entfernung erkannt. Mein Herz machte einen erschreckten Satz und ich blieb abrupt stehen. Wollmützen-Junge! Er war es! Wie hatte er mich gefunden? Da war doch nichts in meinem Koffer, keine Adresse, kein Brief von Papa ... Oh Mist! Mein verwaschenes, aus der Form geratenes Schlaf-T-Shirt, natürlich. *Figlia del Capo ... Tochter des Chefs vom Il Boccadoro!* Gut kombiniert, Wollmützen-Junge!

Doch er traute sich offenbar nicht hinein in Papas Bistro, sondern schaute nur durch die Scheiben, ging dann ein paar Schritte zurück und starrte nach oben. Woher wusste er, dass ich dort wohnte? Oder vermutete er es nur? *Oh Dio*, was sollte ich nur tun? Ich presste die Zähne zusammen. Lächeln?!

Er sah so toll aus, mein Herz klopfte wie wild vor Aufregung und bescheuerter Freude, aber anstatt mit großen Flirte-Augen in Slow Motion auf ihn zuzuschweben, wie ich mir das so schön ausgemalt hatte, versteckte ich mich! Ja, megapeinlich, aber ich haute ab und sah mir selbst dabei zu, wie ich die letzten Meter über die Brücke hinabhuschte, dann rechts abbog und an Tintorettos Haus in den kleinen Gang neben der komischen Figur lief. In dem engen Hinterhof saß ich auf einem leeren Blumenkübel, wagte kaum zu atmen, beschimpfte mich zehn Minuten wegen meiner Feigheit und meiner fehlenden Flirting-Skills und ging erst dann wieder hinaus.

Niemand mit Cape mehr zu sehen. Mensch, ich war so blöd! Und nun? Musste ich unbedingt mit Babbo reden! Sofort!

»Weißt du, Babbo, es ist ja cool hier, in der Stadt und bei dir«, sagte ich zu meinem Vater, der an einem der Tische saß, einen Espresso vor sich. Ich setzte mich umständlich. Ich war so dumm, ich war so peinlich, ich würde das mit den Jungs doch niemals hinbekommen! »Also ... das Einzige, was mich stört, ist, dass hier alle so alt sind! In der ganzen Stadt. Sorry, aber ist doch so. Und deswegen will ich bald zurück nach München!« Meine Stimme war immer leiser geworden. »Vielleicht schon übermorgen?« Puuh, ich hatte es geschafft!

»München? Ja, aber ... bist du sicher? Hier ins *Boccadoro* kommen doch auch recht junge Menschen!« Mein Vater schaute irritiert um sich. Ich folgte seinem Blick.

»Die beiden da?«, fragte ich. »Die sind mindestens Mitte zwanzig!«

»Na und? Und du bist schon sechzehn.«

Ich schüttelte den Kopf. Das war ein Riesenunterschied, wusste er das denn nicht?

»Die Stadt ist jetzt im November natürlich nicht so voll wie sonst.« Mein Vater zuckte entschuldigend mit den Achseln.

»Aber es laufen immer noch 'ne Menge Touris rum«, warf ich ein. »Und von denen ist eben niemand in meinem Alter.« Na gut, einen gab es da, dachte ich, aber das habe ich gründlich verkackt. »Sind alle zu Hause in Deutschland, Frankreich oder Amerika geblieben, haben wohl Schule. Oder sie hatten keinen Bock, mit ihren Eltern mitzukommen.« Wer kann es ihnen übel nehmen, fügte ich für mich hinzu.

»Amanda!«, rief mein Vater. »Lucia langweilt sich hier bei uns und will zurück nach Deutschland, kennst du nicht jemanden?«

»Nur meinen Neffen Achille! Ein wirklich netter Junge!« Amanda kam an unseren Tisch. Ich sah sie fassungslos an. Was? Und damit rückte sie erst jetzt heraus? »Lustig, unterhaltsam, gut erzogen, richtig süß!«

Wow! Hörte sich doch recht vielversprechend an, der *nipote* … vielleicht war er ja wirklich ganz witzig und *sweet* und wir würden zusammen etwas unternehmen können, rüber nach Murano fahren oder auf die Friedhofsinsel, ich mochte Friedhöfe, hatte es aber noch nicht dorthin geschafft, oder wir gingen mal Pizza essen … Schon wurde das oberpeinliche Erlebnis vor ein paar Minuten mit Wollmützen-Junge in meinem Kopf nach hinten geschoben und ich wandte mich dem unbekannten Achille zu. War er etwa der, den ich mir auf meiner Wunschliste herbeigebeten hatte?! Dann musste ich ihn mir unbedingt anschauen und ein paar Tage dranhängen!

»Aber Achille ist zwölf!« Babbo brachte mein Fantasie-Flirt-Gebäude krachend zum Einstürzen, während Amanda zwei Teller mit je einem Stück ihrer selbst gebackenen *crostata* vor uns stellte.

Okay. Ich schnalzte mit der Zunge. Gutes Essen bekam ich hier, keine Frage, aber statt dem Stück Kuchen hätte ich lieber einen sechzehnjährigen Achille serviert bekommen, mit einem umwerfenden Grinsen, und nun vermisste ich wieder … jaja, die Reha. Da lief zwar auch nichts zum Flirten herum, nur mittelalte Pfleger und Physiotherapeuten und Eric Weihenräucher, aber dort war ich wenigstens nicht so allein wie hier. Ich hatte bei Mama deswegen immer noch nicht nachgefragt.

»Es wohnen eben immer weniger echte Venezianer hier«, sagte Amanda. »Die sind alle nach Mestre gezogen, wegen der Wahnsinnsmieten, die hier seit Jahren verlangt werden. Das kann sich doch niemand mehr leisten! Eine weiterführende Schule gibt es auch nur noch dort drüben, auf dem Festland. Wir sind noch knappe 59 000 Einheimische, *Vänäzia* ist also fast schon eine Geisterstadt, die im Jahr von dreißig Millionen Touristen besucht wird. Kein Wunder, dass Lucia niemanden findet!«

Danke! Ich nickte ihr zu.

»Vielleicht hast du ja Lust, hier im Café zu helfen?« Amanda hob fragend die Hände.

Was? Seltsame Idee von ihr. »Also … na ja. Keine Ahnung«, stotterte ich. Servieren statt Reha? Allein dass Amanda mir die Arbeit zutraute, fand ich allerdings sehr cool.

Babbo sah mich skeptisch an, und ich konnte plötzlich seine Gedanken hören, glasklar ertönten sie, mit einem Mix aus dunkelroter Liebe und hellgrauer Besorgnis unterlegt. *Sie ist nicht belastbar! Sie vergisst dauernd etwas. Was meinst du, was los war, als sie wieder in die Schule gehen sollte? Herzrasen, Durchfall, das ganze Programm.*

Nein, nein, das waren nicht seine eigenen Gedanken, das musste Mama ihm neulich am Telefon, kurz vor meiner Abreise, erzählt haben.

»Traust du dir das zu?«, fragte er und griff nach meiner Hand.

»Weiß nicht, aber ich würde es probieren!« Woher kam dieser Satz jetzt? Ich wollte doch weg!

»*Meraviglioso!*« Wunderbar. Mein Vater klopfte mir begeistert auf den Rücken. »*Allora.*« Er schob mir die Karte hinüber. »Dann präg dir das hier alles ein, und sobald du weißt, was wir anbieten, kannst du loslegen.«

»Ich soll das auswendig lernen? Kann ich doch schon.«

An den Tagen, an denen ich beschäftigungslos herumsaß und auf Papa wartete, hatte ich *il menu* mehrmals durchgelesen.

»Okay?« Er nahm die Karte an sich und schaute hinein. »*Signora*, können Sie mir etwas empfehlen, was haben Sie denn so als kleinen Snack zum Wein?«

»Wir haben die *crostini con formaggi*, einmal mit *Ricotta leggera e pomodorini confit...*«

Locker, ohne Pause zu machen, zählte ich ihm die zehn unterschiedlichen *crostini* auf. »Dazu einen Saft? Oder Wasser? Wir haben Pellegrino, San Fontana und San Angelo.«

Papa Michele zog die Augenbrauen nach oben. »Haben Sie auch Champagner?«

»Nein, aber einen ausgezeichneten Prosecco, unseren Prosecco Boccadoro, den gibt es in *superiore extra dry* oder *frizzante bio* oder *tranquillo bio*.«

»Kostet?«

»Das Glas vom *superiore* 6,50 Euro, die Flasche 30 Euro, vom Bio-Prosecco jeweils das Glas 6,00 Euro, die Flasche 25 Euro.« Ich musste mich gar nicht anstrengen, ich konnte Namen und Preise ablesen, als ob ich die Karte vor Augen hätte.

Babbo sah überrascht aus. *Von wegen, sie vergisst dauernd etwas. Das schaffen die meisten meiner Aushilfen in einer Woche nicht*, konnte ich seine Gedanken erspüren, untermalt von einem goldflackernden Gefühl des Stolzes und himmelblauer Erleichterung. »*Signora*, Sie sind ab sofort angestellt!«

Tja, so kam es, dass ich den Countdown um einen Tag verlängerte und zu arbeiten anfing! Am nächsten Nachmittag drückte Amanda mir einen Stift, Notizblock und ein Tablett in die Hand. »Wenn du auf den Tischen leere Gläser, Teller oder Tassen siehst, sammle sie beim Zurückgehen bitte ein, die Teller bringst du in die Küche, Gläser und Tassen kommen bei mir hinter der Theke in die Spülmaschine!« Ich nickte. Kein Problem!

An meinem ersten Tisch saßen drei Frauen, Mitte, Ende zwanzig, keine Ahnung, sie kamen aus Deutschland und strahlten alle drei den neongrünen Ehrgeiz aus, jede Bestellung in einem fürchterlich falschen Italienisch abzugeben. Ich lächelte nur und ließ ihnen die Freude. Sie aßen sich durch die Speisekarte, erzählten lautstark von ihren untreuen Boyfriends und ihren fürchterlichen Müttern und tranken Weißwein dazu. Pinot Grigio, die Flasche zu 27 Euro. Außer um sie musste ich mich auch um eine ältere Singledame aus Amsterdam kümmern, die mich konsequent *Señorita* nannte, um zwei Typen aus Texas, die an diesem Tag, Ende November, kurze Hosen und Turnschuhe trugen (ein unglücklicher Koffertausch vielleicht?), und um eine französische Familie, deren Kinder sich nicht rühren durften, sonst wurden sie sofort auf Französisch angezischt.

Schließlich zahlten die drei Frauen und gaben auch noch Trinkgeld. Jede zwei Euro! Hochzufrieden steckte ich die Münzen in die kleine Schatzkiste auf der Theke.

Nach einer Stunde tat mir meine Hüfte dermaßen weh, dass ich mich hinsetzen musste. Auch mein rechtes Handgelenk schmerzte vom Tragen der Tabletts. Aushilfe Laura übernahm meinen Job und ich den ihren. Ich nahm eine weitere Schmerztablette, räumte mit der linken Hand die Spülmaschine in der winzigen Küche ein, knackte dann im Sitzen eine ganze Stiege Walnüsse und rührte mit links etwas unbeholfen einen Kuchenteig an, bis mir Amanda Rührschüssel und Schneebesen lächelnd aus der Hand nahm und mich nach oben schickte. »Ruh dich ein bisschen aus, dann kommst du wieder zurück, wir schaffen das hier schon!«

Laura kam mit einem Tablett voll benutzten Geschirrs auf mich zugeeilt und drückte sich an mir vorbei. »Einen heißen Kakao, zweimal den *Grillo*, einmal die *crostini* mit *ricotta*!«, rief sie Amanda zu.

Ich stand im Weg. Na, *grazie*, dachte ich mit einem tiefen Seufzer. Durch diesen Scheißunfall bin ich zu nichts zu gebrauchen, nicht mal zum Servieren, ich werde doch nach München zurückfahren. Unbemerkt schmuggelte ich mich durch den Filzvorhang, öffnete die Notausgangstür und humpelte die Stufen hinauf.

Oben im ersten Stock saß ich einen Moment im geräumigen Salon. Von hier aus sah man direkt auf den Kanal, denn die Fenster gingen bis zum Boden. Und jetzt? Serien gucken, lesen, schlafen? Papas Wohnung war zwar gemütlich, und gar nicht mal so klein, doch ich wollte keine Minute länger im Haus bleiben. Die Tablette wirkte wie immer schnell, ich stieg also die Stufen ohne Schmerzen wieder hinunter, schnappte mir die Jacke von Wollmützen-Junge, die an der Garderobe hing, und trat auf die superschmale Gasse hinaus.

Ich ging vor zum Kanal und schaute hinein. Draußen auf dem Meer war offenbar Ebbe, die vertäuten Boote schaukelten ein ganzes Stück tiefer im Wasser an den Mauern. Der Himmel war blau an diesem Novembernachmittag, die Farben klar und knallig, ein paar weiße Wattewolken schoben sich vor die Sonne, in ein paar Minuten würde langsam, langsam die Dämmerung einsetzen. Ich fröstelte und zog die Jacke enger um meine Schultern. Musste ich mich jetzt verstecken? Ich spürte einen kleinen Blitz im Magen, als ich an Wollmützen-Junge dachte. Aber wahrscheinlich würde er in den nächsten Tagen wieder abreisen. Und das würde ich auch tun. *Vänäzia* hatte seine Chance gehabt und vertan. Morgen? Spätestens übermorgen! Ich musste nur vermeiden, einem gewissen Jungen am Flughafen zu begegnen.

»*Ciao, Lucia!* Unterwegs zu großen Abenteuern?«

Oh, der Cosimo-Mimmo von nebenan. Ich drehte mich um, da stand er wieder mit Trainingsanzug und den Clogs im Türrahmen. Babbo hatte erzählt, er habe nie etwas anderes an.

»Ja, unterwegs!«, antwortete ich auf Italienisch. Ich habe zwar keine Ahnung, was ich mit den restlichen Stunden des Tages tun soll, dachte ich, aber das muss Cosimo ja nicht wissen.

»Komm mal mit, ich habe was für dich!«, rief er. »*Un regalo.*«

Ich presste die Zähne aufeinander, mein Lächeln erstarb. Ein Geschenk? Was von seinem Schrott wollte er an mich loswerden, und musste ich dazu den Laden betreten? Ich hatte in den letzten Tagen nur noch ganz selten an die Gruselpuppe gedacht ...

Ach komm, es wäre auch unhöflich, draußen stehen zu bleiben, wo er doch so nett zu Babbo gewesen war, oder?

Ich folgte ihm in seinen Laden.

»Hier!« Er reichte mir ein Bild, nur etwas größer als eine

Postkarte, das in einem wackligen Rahmen steckte. Das Glas war staubig und an einer Ecke gesprungen, darunter sah ich die Zeichnung eines Bootes, das ruhig in der Lagune vor Venedig lag. Wie passend. Wo ich doch Wasser und Boote so liebte. »Danke!« Ich drehte das Bild zwischen meinen Fingern und sah mich unsicher um. Konnte ich jetzt einfach wieder gehen?

»Du kannst dir auch etwas anderes aussuchen, ein größeres Bild, einen Föhn, etwas, was du gut gebrauchen kannst, wonach du schon lange gesucht hast! Oder, na ja, eben eine Kleinigkeit von all den Schätzen hier!«

Gute Idee, ich wusste gar nicht, bei welcher hübschen Kleinigkeit der ausgestellten Schätze ich beginnen sollte. Bei der Teekanne ohne Deckel? Oder dem Plastikkorb voller geschliffener Glastropfen, die scheinbar mal zu einem prächtig glitzernden Kronleuchter gehört hatten, nun aber verstaubt und grau auf einem Haufen lagen? Oder die Maske aus Samt, die abgewetzt und einsam zwischen dunklen Bildern von abgestorbenen Blumen und toten Hasen an einem Nagel an der Wand hing?

»Schau dich in Ruhe um, ich habe hier reichlich zu tun!« Cosimo kniete sich hin und versuchte, etwas unter dem Tisch hervorzuziehen, der mitten im Verkaufsraum stand und noch mehr von dem kaum vorhandenen Platz wegnahm. Ich sah auf die abgelaufenen Sohlen seiner Clogs, dann nach hinten zu dem Flur, wo sich die Tür befand ... Bloß nicht an das, was dahinter saß, denken! Das Ding, das ich Gruselpuppe getauft hatte!

Schon schob ich mich zwischen den Bücherstapeln hindurch. Nur mal schauen, ob die Tür ... Ich drückte die Klinke hinunter. Okay. Sie war abgeschlossen.

»Oh ja, es ist immer noch abgeschlossen! Wem habe ich das denn zu verdanken?!«, rief eine Stimme auf Italienisch in meinem Kopf. *Oh no*, da fing es wieder an! Mein Herz galoppierte ängstlich los. Ich wollte sofort umdrehen, doch plötzlich wusste ich, wenn ich jetzt wegliefe, würden meine Wahnvorstellungen mich für immer begleiten. Besser, ihm gegenüberzutreten, zu sagen, dass es ihn nicht gibt, und ihn damit ein für alle Mal zum Schweigen zu bringen!

Ich drehte den Schlüssel im Schloss, hielt die Luft an und schaute hinter die Tür. Er saß immer noch da. Ich biss die Zähne zusammen, und mein Mund wurde trocken.

»Es gibt dich gar nicht! So! Nur damit du es weißt!«, zischte ich. »Du bist eine Vision, nichts weiter!« Ich fuchtelte wie wild mit meinen Händen in der Luft herum. Wie sprach man mit einer Vision, damit sie verschwand? Die Vision schien das auch nicht recht zu wissen, die Arme der Puppe lagen immer noch wie gelähmt auf den Lehnen des zerschlissenen, roten Samtsessels.

»Also?« Ich verschränkte die Arme, hob das Kinn und tat so, als ob mein Herzschlag sich wieder ein bisschen beruhigt hätte. »Tu dir keinen Zwang an, du kannst dich jetzt verpissen.«

»Sie sehen mich«, stellte die Puppe leise fest.

»Wie bitte? Natürlich sehe ich dich!«, fuhr ich ihn an. Doch dann stockte ich. Meine Güte, er war keine Vision, er war ein Geist! Ich wollte keine Geister sehen! »Bist du ein Geist?«

»Aber nicht doch!« Jetzt schüttelte er auch noch den Kopf. »Ich muss doch sehr bitten!«

Klar, wer gab das schon gerne zu? Hektisch schaute ich mich um und entdeckte dabei den Lichtschalter an der Wand. Vielleicht war er dann ja weg, vielleicht machte Licht ihn unsichtbar und still und alles wieder so, als ob er nie da gewesen wäre!

Ich legte den alten Schalter um. Es klickte trocken, eine Glühlampe funzelte ihr Licht von der Decke und … natürlich hatte ich kein Glück, denn der Geist saß noch da, und ich musste ihn wohl oder übel genauer in Augenschein nehmen.

Er hatte helle, lockige Haare bis zu den Schultern, ein Gesicht, das sich aus großen, etwas vorstehenden Augen, leichten Pausbäckchen und einem herzförmigen Mund zusammensetzte, ganz hübsch sogar, doch in dem Licht schien es jetzt, als ob er irgendwie durchsichtig wäre. Nein, er *war* beinahe durchsichtig, er war also wirklich ein Geist! Allerdings einer, der aussah, als ob er mit seiner grünen Brokatjacke gleich zu einer Vorstellung auf die Theaterbühne musste.

»Darf ich mich vorstellen?« Wieder fing der Durchsichtige an zu reden, und nun stand er auch noch auf und verbeugte sich tief. »Ugo Giacomo Antonio Goldonini! Geboren 1724 in Venedig, zu Ihren Diensten!«

Na bitte, der Typ war seit … keine Ahnung, schnelles Kopfrechnen fiel mir immer noch schwer … seit fast dreihundert Jahren tot! Er sah allerdings noch ziemlich jung aus.

»Wie alt … wie alt warst du, als du gestorben bist?«

»Gestorben?! Aber ich habe doch bereits erwähnt, dass ich keinesfalls gestorben bin!!!« Erbost richtete er sich auf und machte einen Schritt auf mich zu. Ich wich zurück. Typischer Fall von Selbstverleugnung, wahrscheinlich eine verbreitete Störung unter Geistern. Sie wollen es einfach nicht wahrhaben, tot zu sein.

»Verzeiht meine Aufregung! Aber ich bin sechzehn Jahre jung! Darf ich Euren Namen erfahren?«

Auf keinen Fall. Ich räusperte mich und sagte den ersten Namen, der mir einfiel. »Mickey Mouse.« Eine Sekunde später flippte er aus!

»*Signorina Mikki Maus*! Teuerste! Allerbesten, unendlichen Dank! Auf diesen köstlichen Augenblick warte ich seit Monaten!« Im nächsten Moment warf er sich auf dem einzigen freien Stück Boden vor mir auf die Knie und reckte mir wie ein Ertrinkender die Hände entgegen. »Helfen Sie mir, *Signorina Mikki Maus*! Helfen Sie mir, wieder zurück in mein Bild zu gelangen!«

»Hä? Zurück in dein Bild, was für ein Bild?«

»Oh, dieses grandiose Werk des großen Meisters Tiepolo, hier!« Er sprang vom Boden auf und zeigte auf den Bilderrahmen, den Cosimo vor ein paar Tagen schon zur Hälfte hervorgezogen hatte. »In das ich im Jahre 1740 so mutig und arglos gestiegen bin!«

Na klar, dachte ich, ein echter Tiepolo? Niemals ... Der Typ hatte die komplette *Scuola Grande di San Rocco* ausgemalt, der war total berühmt! (Das ganze Sightseeing-Programm präsentierte mir mein Gehirn natürlich auch, einmal gelesen und schon war es da, seitenweise unnützes Wissen.)

»Können Sie es für mich ganz hervorholen? Mir sind leider die Hände gebunden.« Er machte eine Bewegung, doch seine Hände gingen durch den Rahmen hindurch. *Spooky*. Der ganze Typ war *spooky!* »Ich bitte Sie inständig!«

Also tat ich ihm den Gefallen, zog und rüttelte das Gemälde mit Mühe zwischen den anderen Bildern hervor. Ich konnte kaum erkennen, was darauf dargestellt werden sollte, so grau und dunkel war es während der Jahrhunderte angelaufen, wenn es denn tatsächlich so alt war.

»Und nun einmal drehen, es ist ja falsch herum!«

Okay … Mit einiger Mühe wuchtete ich es herum und lehnte es an die Wand. »Bitte schön!«

»Sehen Sie, sehen Sie doch, *Signorina Mikki Maus*, dieser wunderbare Jüngling dort oben auf der Wolke, das bin ich!« Er sprang wie irre vor und zurück, drehte sich im Kreis, wie ein Tier, das man endlich aus einem zu engen Käfig gelassen hatte.

»Dieser wunderbare Jüngling«, wiederholte ich leise und streckte den Kopf vor. Das Gemälde war recht groß, mindestens einen Meter breit und ein Meter zwanzig hoch. Links konnte ich jetzt mit Mühe einen jungen Typ erkennen, der tatsächlich auf einer Wolke saß, er war nackt, bis auf ein Tuch zwischen seinen Beinen, das herabbaumelte. In der rechten Hand hielt er eine kleine Harfe, links eine Art Pokal, in dem Pfeile steckten.

»Also dieser Engel da, das bist du?«

»*Engel?* Ich bitte Sie! Das Bild heißt *Apollo und Diana*.«

»Okay?«

»Okay? Okay? Was bedeutet dieses Wort überhaupt? Ja, kennen Sie denn nicht die griechische Mythologie?«

»Weniger.«

Er verdrehte die Augen. Sie waren wirklich außergewöhnlich rund mit Augenlidern, die ein bisschen zu schwer schienen und jeden Moment herunterzuklappen drohten.

»Und wo ist diese Diana?« Ich zeigte schulterzuckend auf das Bild.

»Na, dort, rechts neben mir!«

Ich zog den Rahmen mit dem Bild näher ans Licht. Er hatte recht – unterhalb von ihm, ziemlich versteckt, streckte sich eine andere Figur aus, vielleicht eine Frau, man sah nur den nackten Rücken und einen Teil des Gesichts.

»Für die Griechen war Apollo der Feind der Finsternis

und allen frevelhaften Handelns. Er sorgte für das Gedeihen der Früchte, beschützte Hirten und Weidevieh und pflegte den Umgang mit der männlichen Jugend!«

»Aha. Die männliche Jugend also.«

Er sank wieder auf die Knie, als ob er das Bild anbeten wollte. »Und ich würde nur allzu gerne wieder dort in das Meisterwerk hineinsteigen, werte Dame, um in mein Leben im Jahre 1740 zurückzukehren! Verstehen Sie das? Können Sie das möglich machen? Ich bitte Sie!«

In das Meisterwerk zurücksteigen? »Das ist nur eine Kopie einer Kopie, hat Cosimo gesagt.«

»Kopie einer Kopie?!«, rief der Apollo, er ballte die Fäuste und sprang auf. »Frechheit! Des großen Meisters Werke sind natürlich oft kopiert worden, doch dieses hier ...« Er ließ die Hände sinken. »Ich muss da wieder hinein, ich muss zurück, ich bin nicht tot! Niemals bin ich tot, das wäre ja schrecklich!«

»Okay, okay!« Aber er verstand ja kein *Okay*. »›Okay‹ bedeutet so viel wie ›Nun gut‹.« Umständlich schob ich das Bild wieder zwischen die anderen zurück. Ich musste hier weg, und zwar so schnell wie möglich. Ohne diesen Streich, den mein Kopf mir gerade unter immer stärker werdenden Schmerzen spielte. Waren es die Schmerzmittel? Ich brauchte eine Tablette, eine von den starken! Und Luft und Platz zum Laufen!

»Du bleibst schön hier, verstanden?«, zischte ich dem Jungen zu, der unbedingt Apollo sein wollte, und machte ihm mit den Händen ein Zeichen: *Setz dich da wieder drauf!* Es wirkte tatsächlich, ganz ohne Worte; er ließ sich brav auf dem Sessel nieder. Zufrieden klopfte ich mir die dreckigen Finger ab, ging aus dem Raum, drehte schnell den Schlüssel im Türschloss und war schon weg!

4. KAPITEL

»Ich geh dann mal!«, rief ich und schnappte mir den Rahmen, in dem die kleine Zeichnung steckte. In meinem Kopf hämmerte es. »Und danke fürs Geschenk!«

»Immer gerne«, murmelte Cosimo-Mimmo, der unschlüssig zwischen all dem Kram stand. »Wo hatte ich denn ...? Wo war denn noch gleich ...?«

Ich zählte, die Schritte bis zum Ausgang, eins, zwei, drei ... Bei vier stand ich auf der *Fondamenta* und atmete tief durch. Ich sah zwar Geister, aber ich konnte sie einsperren und nicht mehr an sie denken. Problem halbwegs gelöst, oder? Ich starrte gerade noch eine Runde entspannt auf den Kanal, da hörte ich auch schon Schritte von jemandem, der hinter mir aus dem Laden gerannt kam. Ich schaute mich kurz um und lief los. Dieser Apollo. Verdammt, ich hatte ihn doch eingeschlossen! »So bleiben Sie doch stehen, werte Dame!«

»Nee, danke.« Ich hielt im Laufen inne und drehte mich um. »Mach, dass du wieder in deine Kammer kommst!«, flüsterte ich laut. »Mann, du nervst!« Ich machte ein paar Bewegungen mit den Armen, als ob ich eine Herde Kühe zurück in den Stall scheuchen müsste. »Ksch! Ksch!«

»Wie meinen? *Signorina Mikki Maus,* das können Sie mir nicht antun!«

»Oh doch« – jetzt wurde ich lauter –, »das kann ich, und wie ich das kann!«

»Was? Was kannst du?« Cosimo-Mimmo war hinter dem verrückten Geist aufgetaucht und sah mich fragend an, in jeder Hand trug er einen massiven Kerzenleuchter. »Ich war gerade noch mal hinten in der Kammer, hach, was da für Schätze stehen!« *What the ...* es war unglaublich, hatte der den nervigen Apollo wieder herausgelassen! »Gibt's Probleme?«, fragte er.

»Nein, alles gut, sorry, ich rede manchmal mit mir selbst.« Schnell drehte ich mich wieder um und ging weiter, irgendwohin, ich musste atmen, ich musste mich bewegen, nur nicht stehen bleiben. Leicht hinkend lief ich am Ufer des Kanals entlang, da hörte ich Apollo schon herantraben.

»*Signorina Mikki Maus!*« Er tauchte neben mir auf.

»Verdammt, ich heiße nicht *Mikki Maus*«, zischte ich.

»Aber ... haben Sie das nicht selbst über sich preisgegeben, werte Dame?« Obwohl er die komischen Schnallenschuhe trug, hielt er locker mit mir Schritt.

»Ja, ich weiß.« Ich blieb stehen und schaute mich um. War jemand in der Nähe und beobachtete uns? Nein, wir standen ausnahmsweise allein auf der *Fondamenta*, auch auf dem Kanal kam gerade kein Boot entlang.

»Ich heiße Lucia«, sagte ich genervt und schnalzte mit der Zunge, »und ich habe nicht vor, hier in Venedig Tag und Nacht mit einem Geist, den sonst keiner sieht, herumzulaufen!« Mein Ton war leise, aber dafür umso bestimmter. »Denn mein Gehirn spinnt sowieso schon, und das ist anstrengend. Du weißt nicht, was ich in den letzten Monaten durchgemacht habe, all diese fremden Gedanken und Gefühle, die ich als Farben sehe, es ist wie fremde Stimmen in meinem Kopf, und nun auch noch du! Ich habe *Kopfschmerzen*, wenn ich dich nur ansehe, verstehst du das, werter Herr

Apollo? Kopfschmerzen!« Ich suchte in meiner Hosentasche nach dem Tablettendings, drückte eine heraus, und schluckte sie herunter. Trocken, das ging ohne Probleme, ich hatte reichlich Übung darin.

»Oh, fremde Gefühle und Schmerzen, das ist schlimm und macht mich untröstlich, aber ich muss Sie untertänigst darauf hinweisen, dass mein Name Ugo lautet, *Signorina*.«

»Ugo ist ein Kackname!«

»Werte Dame, ich … ich bitte um etwas mehr Respekt!«

Ich schien ihn mit meinem Kommentar wirklich verletzt zu haben, denn er sah mich bestürzt an, seine sowieso immer etwas heruntergeklappten Augenlider schlossen sich noch mehr und flatterten.

»Ich nenne dich, wie ich will, und jetzt erklär mir kurz, wie das alles passiert ist, Apollo. Aber dann hau bitte wieder ab!« Ich setzte mich erneut in Bewegung, bog links in einen Torbogen ein, hinter dem eine weitere Gasse lag, denn die *Fondamenta* war hier zu Ende.

Erfreut lief er neben mir her, sodass die Ärmel seines weißen Hemdes, die lang unter der Brokatjacke hervorragten, flatterten.

»Nun, werte Dame Lucia, ich nehme an, Sie haben noch nicht von der seltenen Kunst der Bilderspringerei gehört, ein mystischer Vorgang, der im Jahr 1740 nur wenigen Leuten bekannt war, und heute völlig in Vergessenheit geraten ist. Einige wenige Personen ließen sich in meinem Zeitalter malen und konnten dann in Gestalt ihres Ebenbilds das Gemälde zu einer selbst gewählten Zeit verlassen. Ein Trank, gebraut aus äußerst raren, schwer zu beschaffenden Zutaten spielte dabei eine nicht unbedeutende Rolle.«

»Aha.« Ich war nicht sicher, ob ich alles verstanden hatte. Sein Italienisch hörte sich sehr altmodisch, verschlurt und verstümmelt an.

»So wurden wir also in die Lage versetzt, für ein paar Stunden die Welt der Zukunft zu betrachten. Der Wiedereintritt in das Gemälde, und damit die Rückreise, war allerdings nur in einem kurzen Zeitfenster möglich.«

»Und das hast du etwa gemacht?!« Ich blieb stehen und schüttelte den Kopf.

»Ja, selbstverständlich! Diese Möglichkeit wollte ich mir nicht entgehen lassen, also ließ ich mich vom großen Meister Tiepolo abbilden, er nahm mich ohne Zögern zum Modell für den Apollo, bin ich doch von adliger Herkunft und gefälliger Gestalt!«

Ich schnaubte durch die Nase. Wer immer dieser Geistertyp auch war, Probleme mit seinem Selbstbewusstsein hatte er nicht.

»Mein erstes Mal, der Sprung nach 1741, war ein Kinderspiel, ebenso wie meine sofortige Rückkehr. Ja, ich konnte Familie und Nachbarn sogar vor der hohen Flut im kommenden Frühjahr warnen, deren verheerende Auswirkungen ich mit eigenen Augen sah!«

Ich schüttelte ungläubig den Kopf. In diesem Moment hätte ich gerne seine Gedanken gelesen, doch bei Geistern funktionierte das offenbar nicht. Zumindest er selbst schien zu glauben, was er da erzählte.

»Auch mein zweiter und viel kühnerer Versuch, nun gleich um hundert Jahre in die Zukunft zu springen, war von Erfolg gekrönt. Ich konnte mit Leichtigkeit unseren Palazzo betreten, sah meine Enkel und deren Kinder!«

»Krass«, murmelte ich auf Deutsch. »Wie viele Enkel hast du gesehen?«

»Nun denn, meine vier Kinder hatten anno 1840 leider alle schon diese Welt verlassen, ein etwas befremdliches, trauriges Gefühl, das mich mit Kummer erfüllte, doch sie hatten fünfzehn Kinder in die Welt gesetzt und die wiederum … ach, es war eine beträchtliche, muntere Schar!«

»Haben sie *dich* gesehen?«

»Nein, werte Dame, natürlich nicht! Als Bilderspringer ist man unsichtbar für andere, man darf nur schauen, aber nichts bewirken, was den Lauf der Geschichte ändern könnte!« Er versuchte, eine leere Coladose, die vor ihm lag, in den Kanal zu kicken, doch nichts tat sich, es war, als ob er durch die Dose hindurchtrat. »So ist es mit allem. Ich kann keine Türen öffnen, kann keine Buchseite umblättern, gar nichts …«

»Aber kannst du nicht durch Wände gehen?« Ich hob die Dose auf und warf sie in den nächsten Abfallkorb, während wir weitergingen.

»Nein.«

»Nicht? Aber das ist doch komplett unlogisch. Wenn du nicht aus Materie bestehst, müsstest du Materie durchdringen können. Das ist Physik!«

»Mit der Wissenschaft, die die Gesetze der Natur erforscht, bin ich nicht sehr vertraut, aber in meinem Falle die Logik herbeizurufen, betrachte ich als eher nicht angebracht.« Er hob frustriert die Hände. »Ob logisch oder nicht: Ich kann Materie nicht durchschreiten, und diese ach so wohlgeratenen Werkzeuge sind mir leider gebunden!«

Ich schnaubte wieder, meine Güte, war der eingebildet! »Ist irgendetwas eigentlich *nicht* wohlgeraten an dir?«

»Wie meinen? Natürlich ist alles wohlgeraten, ich bin schließlich von adliger Geburt!«

»Ach so, und da ist dann sowieso alles super?«

»Super? Sie meinen im Sinne von ›überlegen, einnehmend, gewinnbringend‹? Aber natürlich!« Er lächelte mich zum ersten Mal an. Seine Zähne waren erstaunlich weiß und regelmäßig. Hatten die Leute vor knapp dreihundert Jahren nicht alle recht miese Zähne im Mund, das war doch bekannt, oder? Log er vielleicht? War er ein viel jüngerer Geist?

Doch schon redete er weiter: »Und nicht nur die große Schar meiner Nachfahren machte mich glücklich, auch all die neumodischen Erfindungen, werte Dame Lucia. Sie hatten da etwas Vielversprechendes, was mit Magnetfeldern und elektrischem Strom zusammenhing, es gab sogar etwas, was sie ›Elektromotor‹ nannten. Oh ja, 1840 war ein rechtes Abenteuer! Ein paar Stunden später stieg ich still und heimlich zurück in *Apollo und Diana* und kam auch voll Freude daraus wieder hervor, weil es selbstverständlich noch an seinem Platz in unserem Familienpalast hing. Denn das Gemälde muss sich bei der Rückkehr im selben Raum befinden, wie vor der Zeitreise, so viel weiß ich leider nun! Hätte ich denn damit rechnen können, dass irgendein Barbar es aus unserem Palazzo entfernt?!«

»Moment, Moment, das geht mir zu schnell!« Ich zog mein Handy hervor und googelte *Apollo und Diana* von Giambattista Tiepolo.

»Ha, Sie haben auch so einen Zauberkasten, *Signorina* Lucia! In den schauen heutzutage alle Menschen, immer und zu jeder Zeit. Sie sitzen in den Gondeln und halten ihre Kästchen hoch. Ich habe das beobachtet, überall tun sie das, in den Straßen, in den Schenken, an den Tischen dort habe ich ihnen über die Schulter geschaut ...«

»Du warst also nicht immer in der Kammer eingesperrt?«

»Aber nicht doch, oh nein, sie stand immer offen! Auf diesen absurden Einfall, den Schlüssel umzudrehen, kamen nur Sie!« Er schaute mich anklagend an.

»Entschuldigung.«

»Entschuldigung angenommen«, sagte er feierlich. »Sie haben mich glücklich befreit!«

Ja, und ich ahne schon, dass das eine ganz dumme Idee war, dachte ich, doch ich fragte ihn: »Also, du hast die Leute dabei beobachtet, wie sie in ihre Zauberkästchen starrten?«

»Ja, jedoch die Menschen mochten das nicht, sie fühlten sich unwohl, wenn ich das tat. Sie blickten auf bunte Bilder, lebendige Bilder. Was ist das, was sehen sie darin? Die Zukunft?«

»Erkläre ich dir später.« Das Gemälde poppte auf. Okay, was das anging, hatte er nicht gelogen. Da war er, mein Apollo – ziemlich ähnlich sogar, sein Tuch war golden, das Haar auch, der Hintergrund war hell, und nun sah ich auch die Frau rechts von ihm besser. »1740, sagst du, war das? Hier steht, das Bild wurde 1759 von Tiepolo gemalt, allerdings als Fresko, als Wandbild in der Villa Valmaran in der Nähe von Vincenza.« Ich schaute ihn mit hochgezogenen Augenbrauen an, seine Geschichte war also erfunden!

»Natürlich mag es später ein Fresko gewesen sein, *Signorina*, aber Maestro Giambattista hat dieses Thema oft gemalt, und eben auch viel früher schon, als kleineres Bild auf Leinwand, für die Familie Goldonini, schauen Sie rein in Ihr Kästchen, sicherlich sagt es Ihnen das!«

Ich schaute tatsächlich rein in mein Kästchen, aber nur um schnell und unbemerkt ein Foto von ihm zu machen. Und? Nichts! Nur die Gasse, Mauern und der rote Briefkasten, vor dem er stand. Er war nicht drauf, wie sich das für einen echten Geist gehörte! Eine Gänsehaut rieselte über meinen

Rücken, denn ich wusste ja, was wesentlich wahrscheinlicher war: Er war eine Einbildung meines durchgeknallten Gehirns. Was sonst?

Ich ließ das Handy sinken. Das war wirklich *crazy*, und wenn ich diese Tatsache irgendwem verraten sollte, würde ich in einer geschlossenen Station einer psychiatrischen Einrichtung landen, aber diesmal ohne einen netten Eric.

Doch noch wusste niemand von dem Geist neben mir, und ich suchte wieder nach dem Fresko *Apollo und Diana*. Es gab tatsächlich mehrere Versionen davon. »Hier steht, eins der Bilder ist seit 1939 verschollen.«

»Verschollen? Aber ja! Weil es in der Kammer dieses unseligen Ladenbesitzers Cosimo steht.«

»Warum ist er unselig?!«

»Haben Sie gesehen, was er für Schuhe trägt? *Zoccoli*, ein Mann!! *Un uomo! Con gli zoccoli!*«

»Na und?« Was hatte er gegen die Clogs?

»Diese Schuhe tragen nur, na ja, Sie wissen schon, Frauen, die ... das ist ihr Zeichen. Wenn Sie bei uns eine Frau mit diesen Schuhen auf der Gasse sehen, dann ...«

»Okay, okay! Und nun beruhige dich!« Ich ahnte, was er hatte sagen wollen. »›Bei uns‹, wann war das noch mal genau?«

»*Anno domini* 1740, das sagte ich der werten Dame doch bereits.«

»Nun gut. Und jetzt erzähl mir bitte, was weiter passiert ist.« Ich war neugierig, wie dieser *weirde* Typ seine Gegenwart in der Gegenwart erklären würde.

»Der dritte Versuch, werte *Signorina*, den ich ein paar Wochen später unternahm, ging schief. Wagemutig, wie ich nun mal bin, hatte ich als Ziel gleich 285 Jahre später anvisiert. Das war zu viel, wie ich heute weiß.«

»Warum gerade 285 Jahre?«

»Ich wollte sehen, wie wir Menschen am Himmel wie Vögel fliegen, und wollte auf Nummer sicher gehen: Im Jahr 2025 *mussten* wir doch einfach fliegen! Oder etwa nicht?« Er sah auf einmal sehr traurig aus.

»Tut mir leid«, murmelte ich. »Das können wir immer noch nicht.«

»Doch, doch! Sie fliegen ja, die Menschen. In großen und kleinen Metallvögeln kreisen sie über und um die Stadt. Nun aber wollte es mein Schicksal, dass ich in der dunklen Rumpelkammer des unseligen Meisters Cosimo landete, wo sich das fast unkenntliche Gemälde nun befindet, und es gelang mir trotz des mitgeführten Tranks nicht, zurückzukehren.«

»Du musst also vorher etwas Bestimmtes trinken, um mithilfe des Bildes durch die Zeit springen zu können?«

»So ist es! Ich trug einen Vorrat von dem Gebräu bei mir, doch während all meiner vergeblichen Sprungversuche ist es zur Neige gegangen, und über seine exakte Zubereitung plagen mich arge Zweifel. Im Buch über die Geheimnisse des Bilderspringens ist das Rezept notiert, leider habe ich es damals nicht genauer studiert.«

»Es gibt also ein Buch über … dieses ›Bilderspringen‹? Cool.« Ich überlegte kurz. »Du könntest es suchen.«

»Gewiss, werte Dame! Aber wie nach etwas suchen, wenn man nichts mehr bewirken kann? Wenn du weder in der Lage bist, Truhen oder Türen zu öffnen? Wenn du nicht um Hilfe bitten kannst, weil niemand dich hört, geschweige denn sieht? Ich, der hochwohlgeborene Zeitreisende Ugo, bin nur noch ein … vermaledeiter *Geist*! Der absolut nichts an seinem Schicksal ändern kann!«

Ich blieb stehen. Obwohl ich auf keinen Fall wollte, dass er weiter hinter mir herlief, tat er mir gerade ziemlich leid. Seine Augenlider hingen mal wieder supertief, er sah trotzdem gut aus mit diesem Herzmund und den coolen Locken. »Seit wann bist du denn hier?«

»Ich weiß nicht genau, es war Sommer, das Wasser stand niedrig, die Kanäle rochen etwas faulig, aber längst nicht so stark wie bei uns. Doch es waren Tausende von Menschen in der Stadt, wie beim jährlichen Fest des Dogen, wenn er sich mit seinem goldgeschmückten, riesigen Boot durch die Lagune rudern lässt, und ich vermutete, dass es sich um ebendiese Feierlichkeit handelte. Am nächsten Tag musste ich feststellen, es war gar nicht das Fest des Dogen, denn sie kamen jeden Tag wieder, zum Teil entblößt, alle halb nackt, auch … und vor allem die Frauenzimmer! Und jeder mit diesen großen, dunklen Gestellen vor dem Antlitz, man kann die Augen dahinter gar nicht sehen! Und Schiffe kamen, viele Schiffe, jedes gigantisch groß, wie eine Stadt!«

»Und du hast andauernd versucht, zurückzuspringen?«

»Aber ja doch, nur leider vergebens!«

»Moment mal, das ist alles echt verwirrend. Verstehe ich das richtig: Hinauszusteigen aus einem Bild geht auch, wenn es woanders hängt, aber zum Wiederhineinsteigen muss es an seinem ursprünglichen Platz hängen?«

»So sind jedenfalls meine Erfahrungen und Vermutungen bis zu diesem Zeitpunkt, ja. Ich habe meines Vaters Palazzo aufgesucht, das war nicht einfach, es stehen jetzt Wächter davor, als ob er ein Gefängnis wäre, dabei hat man ihn zu einer prunkvollen Herberge ausgebaut! Wie Sie schon bemerkt haben, ich kann Materie nicht durchdringen, also schmuggelte ich mich unter Aufbietung aller Kräfte hinein!«

»War das wirklich so schwer? Du hast gesagt, du bist für die anderen Menschen unsichtbar!«

Er winkte nur ab. »Ach, wie dem auch sei, drinnen ist nichts mehr so, wie es war. Furchtbar, ganz furchtbar, überall Wände, wo sonst unsere Säle waren. Man hat meine Familie augenscheinlich davongejagt, und auch deswegen liegt ein großer Felsbrocken des Schmerzes auf meiner Brust!«

»Hey!« Obwohl er so ein Angeber war, wollte ich ihn tröstend an der Schulter berühren, doch meine Hand griff ins Leere. Schnell zog ich sie zurück.

»Ich irrte tagelang durch die Stadt, die nicht mehr die meine war, essen musste ich ja nicht, auch nach trinken war mir nicht zumute. Irgendwann habe ich mich nicht mehr fortbewegt von meinem Gemälde in der unseligen Abstellkammer, denn ich war ohne jede Hoffnung, jemals zurückkehren zu können, ich trug nur noch die Sehnsucht in mir, sterben zu dürfen. Aber jetzt sind Sie da, werte Dame! Und Sie können mich sehen!!«

»Ja, aber was soll ich denn tun?« Meine Schritte wurden wieder schneller, bis ich beinahe rannte, doch meiner Hüfte gefiel das gar nicht, ich war einfach zu langsam, um Apollo abzuschütteln.

»Helfen Sie mir, werte Dame!«, rief er andauernd und stellte sich mir immer wieder mit ausgebreiteten Armen in den Weg. Ich wich ihm aus, lief die Gassen entlang, bog linksherum, rechtsherum, es war inzwischen dunkel, die Laternen warfen ihr weiches gelbes Licht an die Ziegelsteinwände der dicht an dicht stehenden Häuser.

»Mann, jetzt hau doch ab! Ich kann dir nicht helfen, wie soll ich das denn machen?«, sagte ich atemlos. In meinem Kopf hämmerte es. Meinem armen Gehirn gefielen Geister anscheinend nicht, und der hier schon mal gar nicht, auch wenn er gut aussah.

»*Signorina*?«

»Und hör auf, ›*Signorina*‹ zu mir zu sagen!«

»Warum denn nicht ›*Signorina*‹? Mit Verlaub, sind Sie denn verheiratet, werte Dame?«

Es war unglaublich! »Was? Nein, ich bin sechzehn.«

»Oh, tatsächlich? Ich doch auch! Nun, aber dann sind Sie doch eine ›*Signorina*‹!«

Ich rollte nur mit den Augen und wollte weiterlaufen, da warf er sich wieder vor mir auf die Knie. »Glauben Sie mir? Sprechen Sie es aus, glauben Sie mir?«

Ich blieb notgedrungen vor ihm stehen und rieb mir mit der Hand die Schläfen und meine schmerzende Stirn. »Keine Ahnung!«

»Verzeiht, wenn ich frage, aber könnten Sie … mich vielleicht küssen?«

»Was?! Bist du wahnsinnig? Warum sollte ich?«

»In den Geschichten von Meister Basile muss die Prinzessin den verzauberten Prinzen doch auch küssen.«

»Verzauberter Prinz? Du bist kein Prinz, du bist halb durchsichtig und nicht in der Lage, den kleinsten Stein zur Seite zu treten. Wie soll ich dich also küssen, wenn ich dich nicht mal wegschubsen kann. Außerdem bin ich keine Prinzessin.«

»Versuchen Sie es dennoch! Bitte!« Er verzog Gesicht und Mund zu einem Duckface und streckte seinen Kopf in die Höhe.

»Steh auf«, herrschte ich ihn an, denn jetzt reichte es mir. Mein Kopf schien zerspringen zu wollen, und ich hatte nur noch einen Wunsch, nämlich dass dieser blond gelockte, etwas pausbäckige Engel einfach nicht mehr da war. Er gehorchte.

»Gib mir deine Hand, hier, aber dann verzieh dich …!« Ich näherte mich seiner ausgestreckten Hand und versuchte, ihm ein Küsschen darauf zu hauchen. »Aber mehr gibt es dann nicht!« Verdammt, wo fing seine Hand überhaupt an? Hinter meiner Stirn pochte es immer stärker, ich beugte mich noch etwas weiter vor. Hier gab es nur Luft … und dann … plötzlich spürte ich, wie die Leere um ihn herum dicker wurde, zäher, es war, als ob ich auf etwas Weiches traf, das Weiche wurde weniger weich, es wurde fest … und …

Da war Haut unter meinen Lippen, recht kalt, doch schon wurde sie wärmer! Ich verharrte eine Sekunde, vielleicht zwei, dann fuhr ich zurück und starrte ihn fassungslos an, denn in diesem Moment kehrten stärkere Farben in ihn zurück, er schien fest zu werden, wie ein erstarrender Pudding.

»*Signorina!* Lucia!« Er klopfte sich mit den Händen auf die Brust, tastete seine Arme ab, warf sie in die Luft. »Ich kann mich spüren, ich bin wieder echt, ich bin ein Mensch, ein echter Mensch!«

Ich atmete aus, ich hatte gar nicht gemerkt, dass ich während meiner kleinen Kussübung die Luft angehalten hatte. Und die Kopfschmerzen? Waren weg! Ich seufzte erleichtert und sah Apollo bei seinem Freudentanz zu.

»Ich habe Hunger, mein Magen knurrt, und ich kann wieder Dinge bewegen! Sehen Sie doch nur!« Er kickte voller Kraft einen Pappbecher über die *Calle*, drehte sich im Kreis, machte einen Hüpfer in die Luft und schlug dabei die Füße zusammen. »Unglaublich, ich bin ein Mensch!«

»*No, sei una creatura pazza*«, murmelte ein mittelalter Typ, der in diesem Moment an uns vorbeiging.

»Haben Sie gehört, er bezeichnet mich als eine verrückte Kreatur, das heißt, auch er sieht und hört mich!«, rief Apollo, während er meine Oberarme ergriff und mich mit einem glücklichen Schrei herumwirbelte.

»Natürlich höre und sehe ich dich, und wenn du weiter so rumbrüllst, komme ich zurück, du Affe!« Der Mann hob drohend die Faust.

»Alles gut«, rief ich, »wir sind ja schon leise.«

Selbst Apollo hatte es kapiert, er flüsterte nur noch: »Was machen wir jetzt? Ach, ich bin so glücklich! Darf ich es wagen, zum Dank Ihre Hand zu küssen?«

Ich zuckte mit den Schultern, na gut, meinetwegen. Er nahm mit weit ausholender Gebärde meine Hand und drückte seine Lippen auf den Handrücken, dabei nahm ich den scharfen Schweißgeruch wahr, der aus seiner grünen Brokatjacke emporstieg.

»Okay«, sagte ich und zog meine Hand zurück. »Wann hast du zum letzten Mal geduscht? 1740?«

»Ge-was, meine Dame?«

»Dich gewaschen?«

»Oh, was für eine intime Frage.« Seine Augenlider flatterten. Er schien mal wieder verletzt zu sein. »Nun. Das dürfte am Tag meines Bildersprunges gewesen sein, warum fragen Sie?«

»Ach, nur so. Und die Jacke, das Hemd?«

»Die Wäscherinnen kommen alle zwei Wochen ins Haus«, sagte er, nun wieder fröhlich auf und nieder wippend. »Meine Verlobte, Claudia Margherita Sparapani Boccapaduli hat sich nie beschwert. Oh, ich werde zu ihr zurückkehren, ich werde sie heiraten, ich werde all das tun können, wie es mir gebührt!« Plötzlich hielt er sich die Hand auf den Magen. »Es grummelt und knurrt dort drunten in meinen Eingeweiden! Können wir irgendwo speisen, etwas Brot, Käse und Wein zu uns nehmen?«

Wein? Mir fiel natürlich sofort das *Boccadoro* ein, doch ich zögerte. Sollte ich es wagen, ihn dorthin mitzunehmen?

Er schien mein Zögern zu bemerken. »Ich lade Sie ein, werte Retterin, ich will Sie fürstlich belohnen!«

»Hast du denn Geld?«

»Aber ja, ein paar Soldi und diese zwei Zechinen habe ich immer in den Taschen gehabt, nur keine Möglichkeit, sie dort herauszukramen, geschweige denn, auszugeben.« Er zog ein paar Münzen hervor, zwei davon schimmerten golden und kamen mir bekannt vor.

»Darf ich?« Ich besah mir die Münze näher, eine Sekunde später meldete mein Superhirn mir, dass ich eine ganz ähnliche im *Museo Archeologico Nazionale* gesehen hatte. Das dazugehörige Schild tauchte vor meinen Augen auf: *1620–1789. Einzige Goldmünze der Handelsmacht Venedig.*

»Tja, die gelten heute nicht mehr, aber wahrscheinlich sind sie sehr viel mehr wert als damals! Was konntest du zum Beispiel mit dieser Goldzechine kaufen?« Während wir redeten, wandte ich mich in Richtung Bistro. Vielleicht doch der beste Platz, um ungestört zu reden.

»Kaufen?« Wie ein junger Hund sprang er neben mir her. »Oh, einen großen Käse, ein billiges kleines Gemälde eines unbekannten Malers, ein Wams, wie dieses hier!« Er zeigte stolz auf seine nach Schweiß riechende Jacke.

Ich nickte und googelte schnell die Goldmünze. Ich hatte recht, heute bekam man über tausend Euro für eine von ihnen. Wir liefen wieder an der *Fondamenta de la Sensa* entlang, schon war das gemütlich warme Licht des *Boccadoro* zu sehen.

»Nein, *Signorina*!« Apollo blieb stehen und hielt mich zurück. »In den vermaledeiten Laden gehe ich nur, um mein Bild an mich zu nehmen, aber sonst setze ich keinen Fuß mehr hinein!« Seine großen Augen waren geweitet, sein Mund klein und zusammengepresst.

»Keine Sorge! Wir gehen nach nebenan, mein Vater hat dort ein ... ein Gasthaus, wo wir etwas zu essen bekommen!«

»Oh, das *Goldmund*, das kenne ich, da habe ich oft über Stunden herumgesessen. Ungesehen natürlich! Ich hätte es gewollt, aber ich konnte nicht mal eine der kleinen Pasteten vom Teller schubsen.«

Ich musste lächeln: Wenn Babbo wüsste, dass ein Geist in seinem Café abgehangen hatte.

»Ich danke Euch unendlich und von Herzen!« Er schlug sich an die Brust.

Meine Güte, seine übertriebene Ausdrucksweise ging mir echt auf die Nerven, und sein Schweißgeruch nahm mir den Atem, aber wenigstens war er kein Geist mehr.

»Ab jetzt nennst du mich einfach Lucia, ja? Und kein *Ihr*, *Euch* oder *Sie*, sag einfach *Du*. Wir sind sechzehn, Mann, nicht fünfzig.«

Wir betraten das *Boccadoro*. Es war warm, voll, laut; Amanda und Laura hatten alle Hände voll zu tun. Mein Vater stand an der Bücherkasse und beriet eine Dame, die sich anscheinend nicht zwischen zwei Bildbänden entscheiden konnte. Ich machte ihm ein Zeichen, er winkte mir zu und zog lächelnd die Augenbrauen hoch, als er Apollo neben mir sah. Seine Gedanken fluteten zu mir herüber: *Sie hat einen netten jungen Mann in ihrem Alter gefunden, wie schön!* Untermalt von nichts anderem als rotgoldener, purer Vaterliebe. Ich war immer wieder erstaunt, wie klar und rein seine Gefühle für mich waren.

Ich zog Apollo hinter mir her an die Kasse. »Babbo, das ist ...«

»Ugo Giacomo Antonio Goldonini!«

»Apollo!«, sagte ich im gleichen Moment.

»Äh, nein, werte Dame!«, protestierte er.

»Äh, ja, werter Herr! Über seinen Namen haben wir uns noch nicht geeinigt.« Ich grinste Babbo an.

»Zu Euren Diensten!«, sagte Apollo und verneigte sich. *Dio*, wenn er so weitermachte, verriet er sich sofort, mit der Jacke und den Kniehosen sah er schon aus, als ob er in einem altmodischen Theaterstück mitmachte, warum hängte er sich nicht auch noch ein Schild um den Hals: *Achtung, ich komme aus dem Jahr 1740!*

»Kriegen wir was zu essen, Babbo?«

»Aber ja, die Gäste an Tisch zwei haben gerade die Rechnung verlangt.« Er sah mir einen Moment lang prüfend in die Augen. *Alles in Ordnung?* Ich nickte. Ja, Papa, völlig in Ordnung.

Wir aßen. Das heißt, Apollo futterte sich durch die Speisekarte, und ich schaute ihm nach meiner ersten Schale Couscous-Salat dabei zu.

Wahnsinn, was er alles verschlingen konnte! Aber das war wahrscheinlich normal, wenn man 285 Jahre gefastet hatte ...

»Apollo, hör mir jetzt mal zu!«

Er schaute von seinem Teller auf, über den er sich tief gebückt hatte. »Ja, werte Dame?«

Ich kicherte, es nervte, aber irgendwie gefiel es mir auch, wenn er mich so nannte. Und er sah cool aus, mit den blonden Locken und den riesigen Augen. War das der Junge, um den ich in Punkt 5 auf meiner Liste gebeten hatte? Hatte Venedig ihn mir geschickt, zum Rumalbern und Reden, zum Wie-wahnsinnig-Lachen und Küssen und Rummachen? Punkt 4 *(Flirting-Skills verbessern)* war auf jeden Fall ab sofort mit ihm möglich, blieben nur noch die Punkte 1 bis 3: *Normal sein.* Aber was war das überhaupt? Für Apollo war alles unnormal, weil er sich 285 Jahre nach seiner Zeit befand. Also auch ich ...

»Werte Dame?«

Erst jetzt merkte ich, dass er mich anstarrte. Schnell nahm ich das Grinsen aus meinem Gesicht, das sich unbemerkt dort hingeschlichen hatte. »Sorry, äh, also ... wenn du hier nicht auffallen willst, musst du dich an ein paar Regeln halten!«

»Welche Regeln?« Er wischte sich den Mund mit dem Handrücken ab, griff nach dem Brot und tunkte eine Scheibe in das Glas mit dem Orangensaft. »Kein Wein, warum keinen Wein? Nun denn, so geht es auch«, nuschelte er vor sich hin und stopfte sich das tropfende Brot in den Mund.

»Wie man isst, wie man sitzt, wie man die Gabel hält!«

»Ah, *sì?*« Verwundert hielt er im Kauen inne. »Wie man sitzt?!«, fragte er, immer noch mit vollem Mund.

»Wir machen das ... anders.« Ich zuckte mit den Schultern. »Wenn ich dir helfen soll, dann ...«, doch ich kam nicht dazu, den Satz zu Ende zu sprechen, denn da unterbrach er mich mit einem Schrei! »Du willst mir helfen?! Hurraaaaa! Habt ihr gehört, *la Signorina* Lucia will mir helfen!« Er sprang auf, sodass sein Stuhl umfiel. Selbst bei dem herrschenden Gemurmel und der Musik konnte man das Gepolter hören.

»Setz dich doch wieder!« Ich lächelte verschämt in die

Runde. *Alle* starrten uns an, und Babbo kam an unseren Tisch gelaufen. Toll gemacht, Apollo, wirklich!
»Alles in Ordnung hier?« Mein Vater hob den Stuhl auf.
»Verzeiht, mein Herr, es war nicht meine Absicht …«
»Alles okay, Babbo, ich habe Apollo gerade nur versprochen, mit ihm für die Aufnahmeprüfung zu üben. An dieser Schule für klassische Theaterausbildung, wie hieß die noch mal?«
Ich grinste den »Bilderspringer« neben mir aufmunternd an, doch der grinste nur zurück, bis ich ihm unter dem Tisch ans Bein trat. Er zuckte leicht zusammen, ließ sich aber in seinem Gesicht nichts anmerken.
»Die Schule? Jaja, gewiss doch, die Schule!« Er stotterte leicht, sah meinen Vater aber erfreut an. »Die *Accademia*, die *Accademia* der Künste natürlich! *Fondamenta Bonlini*, in der Nähe vom *Zattere*, wo sie eben immer war! Oh ja.«
Ich nickte und hoffte, dass Babbo sich nicht so gut in der Theaterszene auskannte, während ich mich nach einem Tablett umsah. »Ich glaube, wir nehmen das Essen mit, gehen nach oben und fangen schon mal an mit dem Üben. Eine Menge Arbeit liegt vor uns!«
Apollo räumte Teller und Gläser auf das Tablett, das ich ihm gegeben hatte, doch mein Vater trug sich mit besorgten, hellgrau eingefärbten Gedanken. »Bist du dir sicher, Lucia, du kennst diesen jungen Mann doch gar nicht! Wo kommt er eigentlich her, ist das ein venezianischer Akzent?«
»Es ist ein altmodisches Theaterstück, auf das er sich vorbereitet, Babbo, und er ist da voll drin, deswegen spricht er auch so komisch, er kann gar nicht mehr anders …« Ich umarmte meinen Vater schnell. »Er ist total lieb und korrekt, Babbo. Er hat nur diese Prüfung im Kopf und seine Freundin

Claudia-Margherita-Nochirgendwas, von der redet er ständig. Und ich hätte dann etwas zu tun hier in Venedig und fahre vielleicht doch nicht nach München.«

Babbo strahlte. »Na, dann los!«

Gut, dass niemand außer uns oben in Papas Wohnung war, als wir sie betraten. Wie hätte ich sonst Apollos Überraschungsschreie erklärt? »*Nooo!* So klein und beengt wohnt ihr, wie gewöhnliche Menschen?«

»Wir *sind* gewöhnliche Menschen, Apollo, mehr Platz brauchen wir nicht!«

»Und der Salon? So winzig? Was macht ihr, wenn einmal hundert Menschen zu einem Empfang kommen?«

Ich schüttelte nur den Kopf.

»Aha, ich verstehe, es kommen bei euch wohl keine hundert Menschen zu einem Empfang?«

»Eher nicht.«

Das Waschbecken im Bad, mit fließendem Wasser beeindruckte ihn schon mehr. »Hohooo! Mit fließendem und sogar *warmem* Wasser! Heissassaa!« Als er die Toilette daneben entdeckte, wollte er sich fast ausschütten vor Lachen. »Direkt im Haus verrichtet Ihr Euer ... nun ja, all das Unaussprechliche? Nicht draußen im Hof? Aber ja, die Schüssel ist so sauber und weiß wie die feinste, größte Suppenschüssel, die ich je erblickt habe! Und oha – sie riecht gar nicht, sie riecht tatsächlich nicht!« Apollo drückte auf die Spülung und dann noch einmal, er konnte es kaum glauben.

»Und das da?« Er hatte den Heizkörper entdeckt und drückte sich an ihn. »Darum ist es hier so warm, macht ihr ein Feuer darin?«

»Nicht direkt, die Wärme kommt von weiter weg.«

»Und überall ist alles immer beleuchtet, ganz ohne Fackeln, die Häuser, die Palazzi, die *canali*, die Stadt ist zu jeder Zeit hell wie am Tage! Was für eine Verschwendung!«

Die Dusche wiederum fand er klasse. *Eureka!* Ein wahres Wunderwerk! »Etwas, unter das man sich drunterstellt, und mit nur ein wenig Kurbelei beginnt das Wasser zu strömen?« Er wollte es sofort ausprobieren, und auch ich wäre ganz froh gewesen, ihn sauber und nach Shampoo duftend am Tisch sitzen zu haben, doch das musste ich erst mit Babbo besprechen. Was sollte er statt seinem Hemd und der kurzen Kniehose überhaupt anziehen, und durfte man eine Jacke aus derart schwerem Vorhangstoff denn in die Waschmaschine stopfen? Im Koffer sind noch genug Sachen, dachte ich, er ist ein bisschen größer als ich, sie müssten also passen. Doch ich verdrängte den Gedanken, denn es gab vorher genug anderes zu tun.

Nach dem kleinen Wohnungsrundgang setzten wir uns in der Küche an den Tisch. Apollo schaute gierig auf die Teller und Schüsseln, die wir mitgebracht hatten, doch er sah mich abwartend an.

»Also.« Ich wusste nicht, wo ich beginnen sollte. »Zunächst einmal sitzen wir in diesem Jahrhundert gerade!« Ich fühlte mich wie Mamas nerviger neuer Mann, Dr. Dr. Klaus, aber wenn Apollo nicht wieder auffallen wollte, musste er wenigstens ein paar Umgangsformen lernen.

»Die Gabel hält man links, wenn man ein Messer hat, sonst rechts, wenn du Rechtshänder bist, aber man umschließt den Griff nicht mit der geballten Faust, und der andere Arm hängt nicht vom Tisch.«

»Nein?! Wohin begibt der Arm sich denn anstatt?«

»Er liegt neben dem Teller.« Ich seufzte und zeigte es ihm.

»Und der Mund bleibt geschlossen beim Kauen, wir schlürfen und wir schmatzen nicht.«

»Ja, schlürfe und schmatze ich denn, *Signorina* Lucia?«

»Leider ja.«

»Schon gut, schon gut, ich sehe ein, dass ihr mich so erziehen müsst, wie euer neues Jahrtausend es nun mal verlangt. Ich will ja nicht auffliegen, sondern möglichst unbehelligt zurück in unseren Palazzo gelangen, das Buch finden, sodann den Trank zusammenbrauen, um zurück in meine wundervolle Zeit reisen zu können!«

In deine *wundervolle* Zeit?, dachte ich. Hatte es im Jahr 1740 nicht noch die Pest gegeben? Gab es da nicht immer noch Sklaven, Frauen hatten kaum Rechte, Kinderkriegen war eine der gefährlichsten Sachen der Welt, und wurde nicht Dieben die Hand abgehackt?

»Erzähl mir von dem Trank. Meinst du, man kann ihn heute noch mal herstellen, und wer gab ihn dir?«

»Da war dieser ältere Mann, der sich immer in der Werkstatt von Meister Tiepolo herumtrieb, ich mochte ihn nicht, doch ohne seinen Trank würde es eben nicht funktionieren, sagte er. Er verlangte viel dafür, drei von diesen Goldzechinen, die ich bei mir trage, habe ich ihm gegeben!«

»Und kanntest du jemanden, der schon mal ›gesprungen‹ und auch lebend zurückgekommen war?«

»Nein.«

»Was?! Und du hast es trotzdem gemacht?!«

»Das Glück ist mit den Wagemutigen!«

»Ach, ja? Der Typ hätte dich auch vergiften können!«

»Das hätte er nicht gewagt, ich bin schließlich ein Goldonini! Und es stand ja auch alles im Buch!«

»Na klar, es stand ja auch alles im Buch!«, wiederholte ich

leise. Wie hatte ich das vergessen können? »Und in diesem tollen Buch kann man auch nachlesen, woraus der Trank besteht?«

»Genau! Soweit ich mich erinnere, kommen ganz seltene, außergewöhnliche Dinge wie ein Pinienapfel darin vor, und die raren Stangen von Zimt und sogar rote Pfefferkörner.«

»Was ist ein Pinienapfel?«

»Nun, eine seltene, geheimnisvolle Frucht, die aussieht wie ein Zapfen von einem Pinienbaum, nur viel größer, es ist, als hätte sie Schuppen, wie ein Fisch, ach, ich weiß sie nicht besser zu beschreiben. Sie war auch vorne auf dem Buch abgebildet.«

»Mal sie mal auf!« Ich reichte ihm einen Kugelschreiber, den er bewundernd in den Händen drehte, und ein Stück Papier. Dann kramte ich in Papas Küchenschränken herum, bis ich gefunden hatte, was ich suchte.

»Meinst du das hier?« Ich zeigte ihm das Glas mit den Zimtstangen und ein kleines Tütchen mit roten Pfefferkörnern darin.

»Ooooh!« Er sprang auf. »Das sind schon mal zwei Dinge für den Trank!«

»Und das da soll wohl der geheimnisvolle ›Pinienapfel‹ sein?« Ich zeigte auf das Papier. »Das, was du da gemalt hast, nennen wir ›Ananas‹.«

»In der Tat?« Er wiederholte das Wort, als ob er testen wollte, wie es schmeckte, und in diesem Moment merkte ich, dass ich ihn echt mochte, und auch nicht wollte, dass er sofort wieder ging.

»Gibt es in jedem Supermarkt!« Ich hatte versucht, meinem Lächeln und meiner Stimme eine charmante Note zu verleihen.

»Auf welchem Markt? Dem *besten* Markt?«

»Ja, genau. Dem superbesten.« Ich schaute ihm tief in die Augen, was ihn nervös mit seinen Lidern klimpern ließ. Danke, Venedig! Mit Apollo wird das Leben hier eindeutig spannender werden als ohne ihn!

5. KAPITEL

»Dann ist es abgemacht, werte Dame Lucia, du hilfst mir, den Trank wieder herzustellen?«

Ich nickte und konnte ihn gerade noch davon abhalten, wieder auf die Knie zu fallen. »Dafür müssen wir erst mal das Buch haben, oder nicht?«

»Oh, aber sicher!« Er richtete sich auf und klopfte sich an seine Brust: »Wir werden gemeinsam mein Elternhaus aufsuchen und die Herausgabe fordern!«

»Hattest du nicht gesagt, sie haben ein Luxushotel daraus gemacht?«

Apollo nickte heftig. »Mit Wächtern davor, sie tragen Uniformen und tun recht wichtig, dabei sind es doch nur …« Er senkte seine Stimme zu einem Flüstern: »… ehemalige Sklaven, denke ich! Herübergebracht von Afrika.«

»Sklaven gibt es heute nicht mehr, alle Menschen sind gleich und niemand darf aufgrund seiner Hautfarbe anders behandelt werden, das ist ein Gesetz!«

»Alle Menschen sind gleich?«

Ich sah, wie Apollo seine Lippen zusammenpresste, um einen Kommentar zu unterdrücken, dennoch platzte es aus ihm heraus: »Das klingt gut. Aber Frauen sind doch sicher davon ausgenommen?«

Ich schaute ihn streng an. »Nein. Niemand!«

»Deswegen laufen sie wohl so freizügig herum, diese Frau-

enzimmer, nur halb bekleidet im Sommer und ohne Begleitung«, murmelte er. »Nun, es ist alles sehr verwirrend, wenn Ihr mich fragt, äh, wenn *du* mich fragst. Auch das ist verwirrend, dieses Du! Du bist doch nicht meine Schwester!«
»Nein, das bin ich wirklich nicht!« Ich lächelte ihn flirtig an, doch er raufte sich nur die Haare und sah es nicht. Mist. Dann also anders.

»Wo, meinst du, bewahren sie das Buch auf? Im Frühstücksraum? In einem der Zimmer oder an der Rezeption?« Es sollte ein bisschen provokant und frech klingen, doch das fiel Apollo gar nicht auf.

»Wenn ich das nur wüsste!« Er zog eine kleine Grimasse. »Wir müssen uns dorthin begeben!« Schon sprang er auf und rannte in der Küche auf und ab. »Gleich morgen!«

»Aber vorher musst du duschen und etwas Frisches anziehen!«

»Ich darf unter den warmen Wasserstrahl?«

Ich nickte. »Und wir müssen überlegen, wo du schlafen kannst, denn in den kleinen miefigen Raum bei Cosimo kannst du nicht mehr zurück.«

»Auf keinen Fall. Nun, ich werde wohl eine Kammer anmieten, Herbergen gibt es ja genug in dieser Stadt, viel mehr als früher. Ja, ich möchte sogar behaupten, die Stadt besteht nur noch aus Herbergen!« Er warf die Goldzechine in die Luft und fing sie wieder auf.

»Dafür brauchst du aber ein Dokument, irgendetwas, mit dem du dich ausweisen kannst, sonst vermieten die Herbergen dir nichts, nicht einmal ein Kabuff, wie bei Cosimo, auch wenn du mit wertvollen Goldmünzen zahlst.« Ich war schon oft mit meinen Eltern in Hotels gewesen. Ohne einen Ausweis ging es nun mal nicht.

»Nun, so etwas führe ich nicht mit mir. Oje, so bleibt mir nur noch die Straße!«

»Du kannst doch nicht draußen schlafen!«

»Und wenn ich es aber muss? *Oh Dio!* Mich werden Räuber überfallen, sie werden mich ausrauben, und dann …«

Weiter kam er nicht, denn Babbo hatte unbemerkt von uns die Küche betreten. »Ihr probt schon?« Offenbar hatte er unsere letzten Sätze gehört. Wir schauten uns an und nickten.

»Geht schon ganz gut«, sagte ich lächelnd. »Ich glaube, er schafft das!« Ich nahm meinen Vater beim Arm und führte ihn aus der Küche. »Ja, es macht Spaß, und er ist echt nett und ganz bescheiden, er will nichts annehmen und alles sofort bezahlen.« Ein paar Wahrheiten, ein paar Lügen, aber die waren nötig. »Jetzt hat er gerade erfahren, dass die Vermieter-Plattform ihm sein Zimmer für heute Nacht storniert hat. Ist das nicht unverschämt?« Das war Mama mit ihrem Dr. Dr. Klaus im Sommer in Barcelona passiert, und ich wusste noch, wie die beiden sich aufgeregt hatten.

»Vielleicht könnte er ja ein paar Nächte bei uns schlafen? Bitte, Babbo!« Ich versuchte es mit meinem liebsten nettesten Augenaufschlag. »Er hat sonst niemanden, schlägt sich hier in Venedig ganz allein durch und will es unbedingt auf die *Accademia* schaffen!«

»Na ja …« Babbo druckste herum. »Du weißt, ich unterstütze junge Menschen immer gerne, und ich habe eine Schwäche für Außenseiter.«

»Das ist so toll an dir! Und ein Außenseiter ist er wirklich, und was für einer«, rief ich, ohne groß nachzudenken.

»Aber ist er auch eine ehrliche Haut? Nicht dass der uns beklaut.«

»Auf keinen Fall würde er das tun!«
»Na gut, ich vertraue da auf dein Gefühl.«
»Danke, Babbo!« Ich umarmte ihn. Gefühle sind zurzeit meine Spezialität.

Als ich endlich in meinem Bett lag, starrte ich noch lange an die Zimmerdecke. Im Wohnzimmer, im *salotto* nebenan, schlief ein Junge auf Babbos Sofa, er trug geliehene Calvin-Klein-Unterhosen und kam aus dem Jahre 1740. Morgen würden wir uns in den Palazzo seiner Eltern begeben, um herauszufinden, ob es dort noch irgendeine Spur gab, die uns zu dem geheimnisvollen Pinienapfel-Ananas-Buch führen könnte. Ich seufzte. Wenn mir das jemand vor ein paar Tagen erzählt hätte, hätte ich die Person gebeten, sich mal den Kopf untersuchen zu lassen … Doch dann grinste ich. Nie hätte ich gedacht, dass mein Leben sich so schnell wandeln würde. Und das Verrückte daran war, es gefiel mir sogar!

Am nächsten Morgen sprang ich aufgeregt aus dem Bett. Heute würde ich mit einem Zeitreisenden, der auch noch gut aussah, durch Venedig laufen, das er aus dem Jahr 1740 kannte. Das war cool, aber es machte mich auch irgendwie nervös. Ich würde ihm noch mal einschärfen müssen, vorsichtig zu sein und sich nicht allzu auffällig zu benehmen.

Nachdem ich mich fertig gemacht hatte, suchte ich im Koffer nach Klamotten für Apollo und schlich damit in den Salon. Er lag seelenruhig schlafend auf dem Rücken, die Arme weit über den Kopf gestreckt, an den Handgelenken gekreuzt, die Brust nackt. Fast, als ob er einem Maler Modell stünde, also … läge.

Ich ging näher und betrachtete mir sein Gesicht und seinen nackten Oberkörper genauer. Er schlief ja, sonst hätte ich mich das niemals getraut. Da hatte ich mich bei Babbo tagelang beschwert, dass in Venedig nur alte Leute rumlaufen würden, und nun war da plötzlich dieser Junge in meinem Alter ganz nah bei mir. Irgendwie aufregend. Er war echt hübscher als in meinen Erinnerungen, aber auch ziemlich überzeugt von sich selbst, seinen überholten Ansichten und seiner adligen Herkunft, außerdem war er verlobt *(Oh Dio!)* und musste ja auch zurück. Egal. Er würde nun leider für den Ernstfall herhalten müssen, als mein ganz persönliches Übungsobjekt, wie man flirtet und wie man mit Jungs umgeht …

»Aus welchen Gründen starrt die werte Dame den werten Herren so an?«, sagte er in diesem Moment, immer noch mit geschlossenen Augen. Ich zuckte so sehr zusammen, dass ich einen kleinen Satz nach hinten machte. »Mann!« Ich räusperte mich, doch dann musste ich lachen. Er war witzig, ich mochte das.

»Wollte nur sehen, ob du noch lebst, schließlich müsstest du schon seit ein paar Hundert Jahren …« Nein, das hörte sich zu grausam an, das konnte ich nun doch nicht zu ihm sagen.

»… tot sein?« Er klappte seine schweren Lider hoch und öffnete seine Kulleraugen. Die Iris um die Pupillen schimmerten übrigens hellbraun wie Bernstein. »Ich weiß! Darüber habe ich lange nachdenken können.« Er streckte sich. »Umso mehr will ich mein Leben genießen, und umso schneller möchte ich wieder in selbiges zurückkehren!«

»Okay, wir fangen heute damit an. Ich habe hier ein paar

Sachen für dich, denn mit deinen Klamotten kannst du nicht rumlaufen, die fallen auf, selbst in den Gassen Venedigs.«
Außerdem müffeln sie, dachte ich.

»Lasst sehen, was für Gewänder habt Ihr mir herausgesucht?«

»Apollo! Wir duzen uns!«

»Verzeih mir, ich vergaß! Darf ich denn wieder den warmen Schauer benutzen und die herrliche kleine Bürste für die Zähne? Das ist doch etwas anderes als die Schweineborsten, die man bei uns an einen Stiel aus Holz klebt.«

»Aber ja! Wir duschen mindestens einmal am Tag!« Schweineborsten? Stiel aus Holz? Ich würde Apollo noch so vieles fragen müssen! Doch zunächst einmal brauchten wir ein Frühstück. Schnell ging ich hinüber in die Küche, um ihn nicht länger in Unterhosen zu sehen.

»Werte Dame!«, hörte ich ihn kurz darauf. »Ich werde diese Kleidung tragen, doch ich frage mich, gibt es keine Gewänder extra für den Mann? Hat man auch das abgeschafft und neu erfunden?« Er steckte seinen Kopf durch die Tür. Seine feuchten langen Haare kringelten sich zu noch mehr Locken. »Schau her! Ich sehe ja genauso aus wie ... du!«

Ich grinste, er hatte recht. Die schmale Hose mit den breiten Hosenaufschlägen, der Kaschmirpullover, seiner in Dunkelgrün, meiner war heute schwarz, aber sonst sehr ähnlich, wir liefen beinahe im Pärchen-Look rum ...

»Du bist eben mein Cousin, dem ich ein paar Klamotten geliehen habe!« Mein etwas seltsamer Cousin, dachte ich.

»*Il tuo cugino?*«, wiederholte er. »Einverstanden, warum nicht, das ist vielleicht eine recht angemessene Tarnung!«

Nach dem Frühstück machten wir uns auf den Weg zur Haltestelle des *vaporetto*. Es war kalt, aber mal wieder sonnig, das Licht war grell und ließ die Farben knallig hervorstechen, sodass ich meine Sonnenbrille aufsetzte. Neben mir lief Apollo in Papas Jacke und Papas Turnschuhen, beides hatte ich in seinem Schrank ganz hinten, ganz unten, gefunden. Babbo war schon unterwegs gewesen, ich würde ihn später um Erlaubnis fragen.

»Also, wie genau heißt heute dein Palazzo, der jetzt ein Hotel ist?«

»Nun ja, Goldonini natürlich, wie mein werter Nachname lautet. *Hotel Palazzo Goldonini.*« Apollo blieb kurz stehen und spuckte die nächsten Worte verächtlich hervor. »Sie lassen dort keinen rein! Nun ja, wir lassen natürlich auch keinen rein, außer den Boten und Dienern, am *Canal* oder am Eingang zur *Calle* hin, aber die Leute von diesem Hotel tun ja so, als ob sie den Palazzo besitzen! Dabei gehört er meiner Familie!«

Ich seufzte unhörbar. Nicht mehr, lieber Apollo, dachte ich, nicht mehr, so was passiert schon mal im Laufe von 285 Jahren …

Endlich waren wir an der Haltestelle angekommen und liefen über den kurzen Steg des Anlegers. »Das nächste Boot müsste jede Minute kommen«, sagte ich. Den Fahrplan der Linien 4.1, 4.2, 5.1 und 5.2 kannte ich natürlich längst auswendig.

»Was ist mit dem *Signor* Esel, der uns am Allerwertesten klebt? Nehmen wir den auch mit?«, fragte Apollo.

Ich drehte mich abrupt um, sodass der dünne, lange Mann beinahe in uns hineingelaufen wäre. Er trug einen grafitfarbenen, recht eng anliegenden Anzug, auch seine Haarfarbe war dunkelgrau, sein Gesicht länglich, das Kinn krönte ein kleines Bärtchen. Er sah wirklich aus wie ein Esel auf zwei Beinen, einer mit Aktentasche, denn auch die war natürlich grau. Falls er Ohren haben sollte, hatte er sie geschickt unter einem altmodischen grauen Hut verborgen. »*Oh pardon!*«, entschuldigte er sich mit französischem Akzent und blieb sofort stehen.

»Der lungerte auch schon vor dem *Boccadoro* herum, als wir aus dem Haus traten, er hat uns verfolgt und belauscht«, sagte Apollo. »Ich bin sicher, der führt nichts Gutes im Schilde!«

»Ach, Quatsch. Der war einfach nur in Gedanken, wem er die nächste Versicherung aufschwatzen könnte, und ist aus Versehen in uns reingelaufen!«

Die Linie 4.1 kam. Wir stiegen ein und gingen ganz nach hinten, weil es dort leer war. Apollo schaute sich immer wieder um. »Ha! Siehst du! Jetzt sitzt der aufdringliche, unheimliche Eselmann vorne in der ersten Reihe und tut so, als ob er uns nicht kenne!«

»Er *kennt* uns auch nicht, Apollo! Und was ist an ihm plötzlich unheimlich?« Ich schüttelte den Kopf. »Setz dich!« Ich wies auf den Platz neben mir, doch er zögerte.

»Es mag zwar die hiesige Gepflogenheit sein, doch wie kann ein Junge so nahe bei einem Mädchen sitzen, das nicht seine Schwester oder Cousine ist?«

»Jetzt stell dich nicht an, wir wollen doch nicht auffallen, oder?« Ich war froh, als er endlich Platz nahm. Es war einfach schön, zu zweit unterwegs zu sein, und vielleicht dachte ja jemand, er sei mein Freund?«»Außerdem bist du doch mein Cousin, schon vergessen?«

Apollo rutschte auf seinem Sitz hin und her und starrte nach vorne, wo der schmale Rücken des Unbekannten plus Hut zwischen den anderen Passagieren zu sehen war. »Ich hab dich im Visier, mein liebes Eselchen, immer im Visier!«

»Wenn er uns wirklich verfolgen würde, hätte er vielleicht ein weniger auffälliges Outfit gewählt!«

»Ein was?«

»Andere Kleidung!«

Aber Apollo war schon wieder abgelenkt, denn nun begann er, mit den Füßen zu trampeln. »Oh, diese Kraft! Sie fahren von allein, angetrieben nur durch die Wundermaschine dort unten im Boot. Ach, was für ein Schauspiel! Ich bin ja schon mehrfach mitgefahren, aber erst diesmal fühlt es sich echt an! Diese Vibrationen, die kommen durch den Boden.«

Ich nickte und war froh, dass uns niemand zuhören konnte. Auf meinem Handy checkte ich den Palazzo aus, zu dem wir fuhren. Gestern Abend war ich dafür einfach zu müde gewesen.

»Was betrachtest du da in deinem Zauberkästchen?« Apollo beugte sich zu mir.

»Dein ... äh ... Zuhause. Wow, das ist ja echter Luxus!« Ich hatte das Hotel gegoogelt und schaute mit jetzt die Fotos auf der Website an. »Mit Dachterrasse und diesen Wahnsinnsfenstern und ... sieh selbst!«

Gemeinsam steckten wir die Köpfe über meinem Handy zusammen, und ich schnupperte schnell und unbemerkt an ihm. Shampoo, Seife, sogar ein bisschen Zahnpasta. Cool, ging doch!

»Es ist eine Schande, unseren Palazzo so zu verunstalten!«, rief Apollo. »Hast du gesehen, die große imposante Halle, vollgestellt mit Möbeln, auf denen die Leute *sitzen* sollen! Meine Herren, was für Gründe gibt es denn, da den lieben langen Tag herumzusitzen und Maulaffen feilzuhalten?!«

»Das ist eben in einem Hotel so.« Ich zuckte mit den Schultern. »Lass uns versuchen, hineinzukommen, dann zeigst du mir, wo das Bild einmal hing und wo du das Ananas-Buch das letzte Mal gesehen hast.«

Er warf mir einen verwirrten Blick zu.

»Das Pinienapfel-Buch!«

»Aber ja.« Seine runden Bernsteinaugen leuchteten auf. »Es wird noch in der geheimen Kammer sein, dort, wo mein lieber Vater alles aufbewahrt hat, was der Öffentlichkeit und auch so manchem unliebsamen Familienmitgliede verborgen bleiben sollte! Man musste durch eine Wand gehen, sie war bestens getarnt, sah schwer und unverrückbar aus, wie aus Marmor! Das Zimmer dahinter war angefüllt mit alten Büchern und Landkarten und den Büchern, in denen alle Geschäfte aufgezeichnet waren, nicht nur die offiziellen ... Es gab da einen Onkel mütterlicherseits, der war ein rechter Hallodri und Trunkenbold, der hätte sicher bei der ersten Gelegenheit den Inhalt verraten!« Apollo stieß einen Seufzer aus, der sich unheimlich traurig anhörte. »Es duftete dort in der Kammer nach Papier und Vergangenheit, und zwischen alldem steckte eben auch das wertvolle Pinienapfel-Buch. Oben rechts, neben dem *Atlas aus der Neuen Welt*.«

»Und wo sich diese Kammer heute genau befindet, das weißt du auch?« Sollte es wirklich möglich sein, dass wir nach 285 Jahren einen verborgenen Raum fanden, in dem alles noch so herumlag wie im Jahre 1740? Unwahrscheinlich, doch ich spürte, wie die Aufregung in mir hochsprudelte.

»Aber ja, im zweiten Stock, neben meines Vaters Schlafgemach! Ich habe ja davorgestanden, doch sie haben eine Eisentüre in die Wand eingelassen, die ich in meinem erbarmungswürdigen Zustand nicht öffnen konnte.«

»Da ist es wieder, das Problem mit der Materie!« Er sollte lachen, tat mir aber nicht den Gefallen.

»Nächtelang habe ich davor gewartet, unsichtbar für alle und jeden. Aber nein, niemand hat je den Weg gefunden bis zu dieser Türe, niemand hat sie je geöffnet!«

»Dann werden wir das heute tun!« Eine Eisentür? In einem Hotel? Merkwürdig. Ich lächelte ihn aufmunternd an.

»Wie kann ich meine Schuld jemals zurückzahlen?« Apollo schüttelte den Kopf. Seine Haare waren echt cool, so lang und goldblond gelockt, ungewöhnlich für einen Italiener. Aber jetzt, mit den anderen Klamotten wirkte er, als ob er gar kein Alter mehr hätte, ich hätte nicht sagen können, ob er wirklich sechzehn oder erst vierzehn war, einem Außenstehenden mochte er vielleicht auch schon wie achtzehn vorkommen. War man im achtzehnten Jahrhundert schneller gealtert? Früher gestorben auf jeden Fall, ich hatte mal so was gelesen.

Ca'Rezzonico, unsere Haltestelle, kam. Wir stiegen aus und liefen die *Calle del Traghetto* entlang.

»Ich werde dich verschonen und dir nicht aufzählen, was hier alles anders ist.« Apollo drehte sich im Laufen einmal um sich selbst. »Ha, der unheimliche Eselmann folgt uns übrigens immer noch. Was sagst du jetzt?«

»Ich sage, beruhig dich mal!« Ich warf einen Blick nach hinten. Da schlenderte der graue Vertreter-Typ mit seiner Aktentasche entlang, tief in Gedanken, den Blick auf den

Boden gerichtet. Na und? Von mir aus sollte er schlendern.
»Was ist denn heute anders?«, versuchte ich, Apollo abzulenken.

»*Alles!*«, stieß er entrüstet hervor.

»Okay, die Menschen sind nicht so gekleidet wie bei euch, und wir haben Strom und Licht überall und Motoren, aber die Häuser sind doch alle so wie früher, und die Plätze, die Brücken, die Kanäle, oder nicht?«

»Die Gärten, wo sind all die Gärten? Jeder Palazzo hatte wunderschöne Ziergärten. Und Bäume waren überall. Die Bäume fehlen!«

In Venedig hatte es Bäume gegeben? Und Gärten? Ich musste das unbedingt googeln.

»Und die Häuser?« Apollo war noch nicht fertig. »Sind mitnichten so wie früher! Sie haben beinahe in jedes Verkaufsläden hineingebaut. Da, wo mal Mauern waren, sind jetzt Fenster, und was für große! Und überall kleben diese Papiere mit Abbildungen darauf.« Empört zeigte er auf ein riesiges Werbebanner, das die Fassade eines Gebäudes verdeckte, wahrscheinlich wurde es dahinter gerade renoviert. »Winxaiu, Winxaiu …«, murmelte er, »und wieder sehen wir das Abbild eines Zauberkästchens, zwölf venezianische Fuß hoch allerdings, was soll das bedeuten?«

»Das ist eine koreanische Firma … ach, die wollen eben, dass man das Zauberkästchen kauft, was da abgebildet ist.«

»Aber alle besitzen doch schon eines!«

»Na ja. Man soll immer das neueste kaufen.«

»Der Besitzer so eines Zauberkästchens hat also nie seine Ruhe?«

»Nein.« Ich zuckte mit den Schultern, wie sollte ich ihm das jetzt erklären?

»Ich kann dem Ansinnen der Menschen von heute nicht ganz folgen. Schau, überall soll man das Neuste kaufen, Schilder an den Häusern, Schilder in den Fenstern und täuschend echte Abbildungen von entblößten Frauen und Männern mit schwarzen Balken im Gesicht …«

»Richtig!« Ich blieb abrupt vor dem Laden stehen, an dem wir gerade vorbeigingen. »Wir brauchen eine Sonnenbrille für dich!«

»Nein.« Er schüttelte vehement den Kopf, bevor er fragte: »Eine was?«

»Sonst kommen wir vielleicht nicht in den Palazzo rein, weil wir noch nicht wirklich wie erwachsene Gäste aussehen. Eher wie die Kinder von Gästen.«

»Es ist *mein* Palazzo! Ich bin der älteste Sohn, der Erbe!«

Das warst du mal, dachte ich und verkniff mir gerade noch ein genervtes Zungengeschnalze. »Das weiß ich doch! Aber was nützt uns das, wenn die uns nicht reinlassen oder sofort wieder rausschmeißen? Wir gehen in den Laden und schauen mal, was sie haben!«

»Aber mitnichten! So viel Schwarz vor den Augen macht bestimmt blind!«

»Du wirst davon nicht blind. Komm mit, sei ein mutiger Bilderspringer!« Ich lachte, es machte mir Spaß, ihn aufzuziehen, und ich war ein bisschen stolz auf mich, denn das war eindeutig Flirten! Er lachte nicht, doch wenigstens folgte er mir.

Kurze Zeit später standen wir wieder auf der Gasse. Apollo hatte sich in dem Brillengeschäft mit sicherem Blick das hässlichste und billigste Modell ausgesucht, die Gläser waren eckig und bildeten einen breiten schwarzen Balken in seinem Gesicht. Perfekt für unsere Zwecke.

»Du siehst cool aus, ultracool!«

»Ich nehme an, diese Worte haben eine positive Bedeutung?«

»Ja. ›Cool‹ heißt ›schön, lässig, elegant‹. Sag es mal!«

»Kull.«

»Nein, kuuuhl!«

»Cool.«

»Super. Das sagen wir heutzutage andauernd. Also, wenn du mit Leuten in unserem Alter sprichst, kannst du das öfter mal verwenden, anstatt ›großartigst‹ oder ›ausgezeichnet‹.«

Apollo verzog nur den Mund und setzte die Brille wieder ab. »Erwähnte ich bereits, dass ich diese Zeit schätze, in die es mich verschlagen hat? Will sagen, es ist interessant, was alles erfunden wurde, um das Leben zu erleichtern. Doch es gibt auch vieles, das mir missfällt!«

Ich hob die Hände. »Ich habe mir 2025 nicht ausgesucht, du aber schon!«

»Weil ich fliegen wollte! Nur ein Stündchen wie ein Vogel über den Himmel schwirren, mehr wollte ich ja gar nicht, aber dann …« Dramatisch schlug er sich an die Stirn und trottete daraufhin mit hängendem Kopf neben mir her.

»Sind wir bald da? Ich bin so gespannt auf dein Haus«, versuchte ich ihn aufzumuntern.

Er blickte auf. »Mein ›Haus‹?! Mein ›Palazzo‹, wolltest du wohl sagen, aber schau, da vorne ist er ja schon, der Palazzo Goldonini. Oh, wie majestätisch er dort liegt – obwohl der Zugang vom Wasser aus ja noch viel imposanter und auch der wichtigere ist!« Er blieb stehen und stieß die Luft aus. »Hach! Da lungert er wieder herum, dieser bemützte Kerl in seiner rotgoldenen Paradeuniform!«

»Das ist ein Angestellter«, versuchte ich ihm zu erklären, »der arbeitet für das Hotel.«

»Also nur ein Diener!«
»Ein Page, ein Hotelpage.«

Aber Apollo war noch nicht fertig mit seinem Gemecker. »Und diese Fahnen! Grün-Weiß-Rot, überall dieses Grün-Weiß-Rot, aber unser Familienwappen ist nicht dabei!«
Ich nickte. »Wohl eher nicht.«
»Das haben sie dreist unterschlagen, diese Gesellen! Wenigstens gibt es die Fahne unserer geliebten Republik Venezien noch!« Er wies auf die rote Flagge, die im Wind flatterte, ein Löwe war darauf zu sehen, der gerade ein Buch zu lesen schien.

»Ja, was für ein Glück!« Ich mochte ihm nicht erzählen, dass es seine Republik schon seit 1797 nicht mehr gab, das hatte ich irgendwo in einem der vielen Museen gelesen, und mein Hirn hatte dieses Wissen mal wieder unaufgefordert gespeichert. Auch dass Venedig und alles drumherum seit 1846 nur noch Italien hieß, behielt ich schön für mich.

»Und warum dürfen diese Leute nun alle da hinein? Sieh doch nur, die haben nicht mal eine Dienerschaft, die müssen ihre Lasten selbst schleppen!« Apollo zeigte auf ein Pärchen, dem gerade die Tür aufgehalten wurde. Es war mit den Tüten von zahlreichen Luxusboutiquen beladen. »Das ist doch gemeines Volk!«, rief er aufgebracht. »Dass ihr euch nicht schämt!«

»Pssst, nicht so laut«, zischte ich ihn an. »Ich bin doch auch nicht von hohem Stand und möchte den Palazzo nun ebenfalls betreten!«

»Bei dir ist es etwas anderes, du bist meine Retterin! Dir wird der Zutritt zeit deines Lebens gewährt. Das werde ich in den Büchern festhalten, sobald ich wieder zu Hause, in meiner richtigen Zeit, bin!« Wie gnädig! Ich grinste, musste ihn dann aber am Arm zurückhalten, denn er rief: »Ich sag dem jetzt Bescheid, diesem Tunichtgut von Aufpasser!« Schon wollte er auf den Hotelpagen losgehen.

»He, vergiss das mal und zick hier nicht rum!« Ich zog ihn einige Meter vom Eingang weg. »Wir machen jetzt auf ganz cool und gehen da rein.«

»Leider bin ich noch nicht im Bilde, wie dieser Vorgang sich gestalten soll: *auf ganz cool machen*?«

»Brille auf, nicht reden, nicht lächeln. Den Rest erledige ich. Schaffst du das?« Ich schaute ihn streng über meine Sonnenbrille an. »Denk dran, davon hängt jetzt ab, ob wir das Buch mit dem Trankrezept finden und du wieder in dein Jahr zurückgelangst, *Signor* Bilderspringer!« Ich lachte, doch es klang etwas künstlich; ich war verdammt aufgeregt. Apollo nickte und setzte die Sonnenbrille auf. Ich betrachtete ihn grinsend. »Gut! Strubbel dir noch bisschen durchs Haar!« Er tat mir sogar den Gefallen.

»Okay! So wird es gehen.« Jetzt sah er aus wie dieser Typ auf TikTok, der sich im Sekundentakt der Musik in unterschiedliche Outfits schmeißt.

»Bleib neben mir.« Ich ging langsam und lässig auf den Eingang zu, spürte aber sofort, wie Apollo mich am Ärmel zupfte. »Was?!«, flüsterte ich genervt. »Geh doch bitte einfach weiter!«

»Der Eselmann ist immer noch da!«

»Mensch, Apollo, nun lass uns erst mal hineingehen ...« Doch als ich mich umschaute, sah ich ihn tatsächlich dort stehen! Nur ein paar Meter entfernt lehnte er an der Mauer und sah mir mit so stechendem Blick in die Augen, dass ich zusammenzuckte. Er schien sich aber ebenso zu erschrecken wie ich, denn er schaute sofort wieder weg. »Verdammt, ich glaube, du hast recht. Was will der denn von uns? Was sollen wir tun?«

»Zu ihm gehen und ihn zu Boden schlagen?« Apollo guckte mich mit unschuldigen Kulleraugen an.

»Nein!«

»Nicht? Nun denn, so nehmen wir stattdessen all unsere Sinne zusammen und betreten den Palazzo.«

»Schon besser! Also noch mal zur Erinnerung: nicht reden!« Ich holte tief Luft, lächelte den Pagen vor uns kurz an und erklärte ihm in meinem besten Englisch und mit einer mühsam zusammengekratzten Portion Arroganz in der Stimme, dass mein Vater in der Lobby auf uns warten würde.

Sofort hielt er uns die Tür auf: »*Please, Madame!*«

»Pliiees, Mädemm«, wiederholte Apollo knurrend, als er an dem Pagen vorbeiging.

»Mann, Apollo«, flüsterte ich und packte ihn am Ellbogen, »welchen Teil von ›nicht reden‹ hast du nicht verstanden?«

Doch er hörte mir nicht zu. »Siehst du, das meine ich!« Er machte eine Handbewegung, die die mit Fresken bemalten Wände, die goldenen Kerzenleuchter, den gigantischen Kronleuchter an der hohen Decke und die schweren Sessel mit einschloss.

»Unsere Eingangshalle: verschandelt! Sie haben hier Tische und Stühle aufgestellt und eine Theke hineingebaut, wie in der billigsten Schenke!« Anscheinend meinte er die Rezeption, hinter der zwei Mitarbeiterinnen freundlich lächelnd standen, die eine hatte uns allerdings schon entdeckt und warf uns einen unauffälligen, aber prüfenden Blick zu.

Ich zeigte auf den gesprenkelten, glänzenden Steinboden. War das Marmor? »Nach billiger Schenke sieht das nicht für mich aus, und jetzt hör auf, hier so rumzufuchteln und böse zu gucken, die beobachten uns schon!«

Einige Gäste schlenderten durch die riesige Halle, doch

leider war an diesem Morgen nicht allzu viel los, sodass wir sofort auffielen. Ich tat so, als ob ich auf meine Uhr am Handgelenk schaute, dann lächelte ich, und falls die Dame hinter der Rezeption sich mit Lippenlesen auf Englisch auskannte, hatte sie jetzt die Möglichkeit, an folgende Information zu gelangen: »Ich glaube, Dad wartet oben auf uns!«

Sanft zog ich Apollo in Richtung Fahrstuhl. »Im zweiten Stock lag das Schlafzimmer deines Vaters, hast du gesagt?«

»Auch diese Tür ist neu!« Er blieb stehen. »Was macht eine Tür mitten in der Halle?«

»Komm. Jetzt. Einfach. Mit!« Ich hatte keine Geduld mehr, mir sein Gejammer anzuhören. Ich schob ihn in den Fahrstuhl und funkelte ihn so böse an, dass er nichts mehr sagte.

Im zweiten Stock stiegen wir aus. Ein Flur lag vor uns, der sich sofort in zwei weitere Flure gabelte, hier gab es noch mehr Marmor an den Wänden und goldene Kerzenleuchter, verschnörkelte Zimmertüren und ab und zu eine gigantische Bodenvase mit – ich roch kurz daran – echten Blumen darin.

»Siehst du, überall Wände, nichts als Wände!« Apollo drehte sich mal wieder um sich selbst. »Dabei ist hier sonst alles offen, der kleine grüne Saal, der große Empfangssaal und eben die Privatgemächer meiner Eltern.«

»Sie haben offenbar mehrere Zimmer und Suiten daraus gemacht, aber sag jetzt schnell, wo geht es lang?« Ich sah mich unruhig um. »Wo ist diese Eisentür, von der du gesprochen hast.«

»Schande, was für eine Schande!« Unverständliches vor sich hin murmelnd, wandte Apollo sich nach links. »Hier, dort vorne ist Papas Tür zu seinem Gemach, die wahre, echte, so wie sie immer war, und wie sie für immer sein soll, jetzt allerdings mit einer Nummer daran.« Er schüttelte den Kopf.

»210 – *Venezia Suite*, warum um alles in der Welt dieser Name? Jeder weiß doch, dass wir in Venedig sind.«

»Vielleicht passte *Schlafzimmer von Ugo Giacomo Antonio Goldoninis Papa* nicht auf das Schild!«

Er schaute mich empört an. »Sieh an, die werte Dame weiß ja doch meinen vollständigen, ehrenhaften Taufnamen.« Doch dann schlich sich ein kleines Lächeln auf seine Lippen. »Und die werte Dame hat sich erlaubt, einen Scherz zu machen.«

Ich grinste ihn an. Es war schön und lustig, ihn ein bisschen zu ärgern, doch wenn ich ehrlich war, fühlte es sich an, als würde ich Witze mit meinem Bruder machen, den ich nie gehabt hatte. Was war los? War er doch nicht der Wunschtyp von meiner Liste, den Venedig oder wer auch immer, mir schicken sollte? Er gefiel mir zwar, und es machte Spaß, ihn zu provozieren, aber sollte es nicht auch irgendwie kribbeln? Das Kribbeln fehlte.

Er sah mich mit schief gelegtem Kopf an, als ob er etwas von meiner Liste ahnte, wandte sich aber nach ein paar Sekunden ab. »Hier entlang, oh, was habe ich an dieser Stelle schon für traurige Stunden zugebracht!« Er führte mich um die Ecke, bis zu einer schweren, grauen Metalltür. Ich las laut, was darauf in großen Lettern geschrieben stand: »*Fluchttür, nur im Notfall öffnen, im Fall eines Feuers unbedingt geschlossen halten!*« Ich atmete tief aus. »Und du bist sicher, dass an dieser Stelle das geheime Zimmer war?«

»Aber ja!« Er streckte die Arme aus und tat so, als ob er etwas sehr Großes abmessen würde. »Dahinter muss es liegen!«

»Tja, ich befürchte eher, die haben aus eurem geheimen Zimmerchen ein Treppenhaus oder so was Ähnliches gemacht.«

»Das kann nicht möglich sein! Heißt das, ich habe tagelang vor einem Treppenabgang gewartet?« Apollo raufte sich die goldenen Locken. »Nun, das möchte ich aber doch bestätigt wissen!« Er machte sich daran, die Tür zu öffnen.

»Moment!« Ich hielt seine Hand fest. »Wenn wir da jetzt nachschauen, geht vielleicht ein Alarm los, oder die an der Rezeption sehen uns, keine Ahnung, ob die das hier überwachen.« Ich sah mich um, an den Decken und Wänden war nichts Kameramäßiges zu sehen. »Zeig mir doch vorher noch, wo das Bild hing. Es muss ja wieder dahin zurück, damit du hineinsteigen kannst, oder habe ich das falsch verstanden?«

»Nein, das hast du ganz richtig verstanden. Es hing immer im breiten Flur im ersten Stock, zwischen den beiden Marmorsäulen, da, wo jetzt Zimmer 114 ist!«

»Da bist du dir sicher?«

»Aber ja, habe ich doch schon mal eine ganze Nacht darin verbracht, mit einem frisch verheirateten Paar, und ich konnte nicht entfliehen, die haben einfach nicht mehr die Tür aufgemacht, nicht einmal ein Fenster.«

Ich kicherte los. »Das gute alte Problem mit der Materie…«

»Oh nein, es war nicht so amüsant, wie es sich anhört! Die Dame hat meine Anwesenheit ganz eindeutig gespürt, sie nörgelte herum, irgendwas Seltsames läge da in der Aura des Zimmers, natürlich, ich war ja da! Sie wollte das Zimmer wechseln, doch dann hat der Bräutigam sie auf eine mir rätselhafte körperliche Art besänftigt, und sie sind nur noch umeinander herumgekugelt…«

»Okay, okay!« Ich wollte mir das jetzt nicht so genau vorstellen.

»Ich habe mich in das großzügig bemessene Waschboudoir zurückgezogen, über das Papa natürlich nicht verfügte, als ich ›gesprungen‹ bin, und saß vierundzwanzig Stunden in einer Badewanne mit goldenen Hähnen.«

»Warum so lange?«

»Die haben ihr Bett einfach nicht mehr verlassen!«

»Ach so.« Ich schaute ihn nicht an. »Und da, wo das Bild sonst hing …?«

»Zwischen den beiden Säulen? Hing ein anderes, ein seltsames Fantasiegemälde von Venedig, angeblich aus dem Jahr 1920, aber so wie der Stümper es dort verewigt hat, hat es in unserer Stadt bestimmt nie ausgesehen!«

Ich nickte und wies auf die Brandschutztür vor uns. »Schauen wir nach?«, fragte ich Apollo. »Los!«

Ich drückte die Klinke herunter – und kein Alarm ertönte, nur ein leises Summen. Obwohl ich mir absolut sicher war, hinter der Eisentür nicht plötzlich in der geheimen Kammer zu stehen, erhoffte sich ein kleiner Funken in meinem Gehirn doch genau das. Mittendrin, zwischen uralten Büchern und Karten, direkt neben dem *Atlas aus der Neuen Welt*, wollte ich das wertvolle Ananas-Buch finden!

Ich stieß die Tür auf. »Ach, nee.«

Ein kleiner Raum ohne Fenster, rechts von uns ein paar abgetretene, schmale Steinstufen, die nach unten führten.

»Die Treppe, oh, *hier* ist die jetzt?« Apollo kratzte sich am Kopf. »Sie führt bis in den zweiten Stock, ja, das ist richtig, nur die Dienstboten benutzen sie, und wir damals, als wir Kinder waren.«

Wir schauten uns einen Moment lang um, dann schlossen wir die Tür wieder. »Schade«, sagte ich leise. »Wäre ja auch zu schön gewesen.«

»Aber ... wie kann das sein?« Apollo drehte sich, als versuche er, sich zu orientieren.

»Ich glaube, sie haben das Schlafzimmer deines Vaters zur *Venezia Suite* gemacht und die geheime Kammer zu einem Badezimmer oder Ankleideraum oder was auch immer.«

»Du meinst, sie haben die geheime Kammer gefunden?!« Er schaute mich entsetzt an.

»Natürlich haben sie sie gefunden!«

»Ja, aber ... dann ist ja alles dahin!«

Ich nickte und durchforstete mein Gehirn nach etwas Ermutigendem für ihn, da fiel Apollo schon auf die Knie und streckte die Arme verzweifelt nach oben. »Das geheime Pinienapfel-Buch ist für immer hinfort, weg, verloren!«

6. KAPITEL

Ja, das Buch ist wohl weg, dachte ich, während ich meinen Bilderspringer-Freund vom Boden hochzog, um keine Aufmerksamkeit zu erregen. Konnte ja sein, dass die hier doch Kameras hatten. Und was nun?, fragte ich mich, während wir uns über einen sehr großen, sehr prächtigen Treppenabgang auf den Weg ins Erdgeschoss machten. Es gab Fresken an der Decke, goldgerahmte Bilder, vergoldete Säulen und auf jedem Treppenabsatz Pflanzen in großen Töpfen.

»Du hast ein wunderschönes Elternhaus, Apollo«, versuchte ich, ihn zu trösten. Ohne Erfolg, denn er reagierte nicht. Doch dann hatte ich eine Idee. »Aber hier ist niemand mehr von deiner Familie. Vielleicht können wir herausfinden, wo sie alle hingegangen sind, okay?«

»Was soll das bringen? Wahrscheinlich waren sie so untröstlich, dass sie keinen klaren Gedanken mehr fassen konnten! Ich bin ›gesprungen‹ und nie mehr zurückgekommen, verstehst du! Ich bin einfach verschollen, sie müssen ja denken, ich bin tot!« Er schlug sich an die Stirn, während wir durch die Eingangshalle liefen. »Ich bin der älteste und einzige Sohn, meine Schwestern, ach meine lieben Schwestern, wie oft habe ich bereits an sie gedacht. Und Claudia, meine Verlobte, welch ein liebreizendes Wesen!«

Ich nahm seine Hand. Willenlos ließ er sich durch die Tür führen, die für uns aufgehalten wurde; es musste ihm wirklich schlecht gehen, denn er hatte nicht mal für den Pagen einen verächtlichen Kommentar übrig.

»Komm, wir setzen uns vor die Bar dort drüben in die Sonne, und dann googeln wir das alles!« Ich zog ihn mit mir und schaute mich dabei verstohlen um, aber der graue Eselmann war nirgends zu sehen.

Zunächst saßen wir schweigend an einem der Tische vor unseren Cappuccino-Tassen. Gut, dachte ich, immerhin können wir mit Gewissheit sagen, wo *Apollo und Diana* mal hing, nämlich im heutigen Zimmer 114. Dort gibt es sogar eine Vorrichtung, wo wir es wieder aufhängen könnten, falls es uns jemals gelingt, das Buch wiederzufinden und den Trank herzustellen und Apollo da hineinzuschicken. Falls die ganze Bilderspringer-Sache auch 285 Jahre später überhaupt noch klappt.

»Weißt du, wir werden mein Wunderkästchen nach deiner Familie durchsuchen, und wir werden sie finden, und damit auch das Buch, und schon brauen wir das Getränk zusammen, und du springst wieder zurück!« Es klang nicht sehr überzeugend, kein Wunder, ich glaubte ja selbst nicht daran, aber das war egal, denn Apollo hörte mal wieder nicht zu.

»Mein Cousin Carlo! Er wird es sein, den sie an meine Stelle setzen, der Sohn meines Onkels, dieser Tunichtgut! Und wenn dem so ist, dann gnade unserer Familie Gott!«

»Vielleicht darf ja auch eine deiner Schwestern …«

… *den Palazzo erben*, hatte ich sagen wollen – aber nein, sicher nicht in diesen Chauvizeiten.

Und richtig, Apollo winkte nur ab. »Ein Mädchen, welch abwegiger Gedanke, ich bitte Euch, werte Dame!«

»Apollo«, unterbrach ich ihn. »Du musst mich duzen, gerade in der Öffentlichkeit, wann begreifst du das endlich?

Stell dir vor, man belauscht uns, du bist sowieso schon voll auffällig!«

»Ich?« Apollo sah an sich herunter. »Findet Ih... Findest du?«

Ich zuckte nur mit den Schultern.

»Nun, ich werde ab jetzt daran denken. Jedenfalls gilt: Einen Palazzo und die Familiengeschäfte übernehmen – das könnt ihr zarten Wesen nun wirklich nicht. Nein, dieser ungehobelte Angeber Carlo, der mich immer verspottet hat, der mein größter Feind ist, dem gehört nun alles, was mein ist, denn ich werde nie mehr ›zurückspringen‹, ich werde nicht mehr durch die Zeit reisen, ich, der so überaus mutige Bilderspringer ...«

»Dann suchen wir nach ihm!« Ich holte mein Handy hervor. *Ungehobelter Angeber Carlo, ca. 1741, Palazzo Goldonini*, das war doch ein prima Ausgangspunkt. »Wie heißt er richtig? Der hat doch bestimmt auch eine lange Reihe von Vornamen, so wie du!«

»Verzeiht, verzeiht, ihr lieben jungen Leute!« Wir fuhren zusammen, denn auf einmal war Eselmann wieder da, und zwar überraschend dicht, direkt an unserem Tisch. Er sprach mit französischem Akzent, war aber bestens zu verstehen, denn er formulierte die einzelnen Worte so langsam und vorsichtig, als ob er sie uns zum Mitschreiben diktieren wollte. »Ich habe da gerade zufällig eure letzten Sätze mit angehört ...«

»Zufällig?« Apollo sah zu ihm hoch und ballte die Fäuste. »Sie belauschen uns, mein Herr! Schon seit dem *Boccadoro* sind Sie uns mit gespitzten Ohren auf den Fersen! Siehst du, Lucia, siehst du!«

Ich trat ihm leicht gegen das Bein. Ja, toll, du hast daran gedacht!

»Hatte ich doch recht, diesem Menschen ist nicht zu trauen, er hat etwas Übles vor!«

»Aber nein, es tut mir leid, wenn dieser Eindruck entstanden ist, ich wollte nicht ...« Er lächelte und schaute sich dabei auffällig unauffällig um. »Nun, ich mag eben junge Leute, die sich für die venezianischen Palazzi und deren Geschichten interessieren.«

»Ach so. Ist ja nicht verboten, junge Leute zu mögen, die sich für die venezianischen Palazzi und deren Geschichten interessieren«, sagte ich. Was wollte der Typ von uns? »Aber können wir jetzt in Ruhe unseren Cappuccino trinken?«

Nein, konnten wir nicht. Als ob er meine Antwort nicht gehört hätte, redete er wieder drauflos. »Ihr lieben jungen Leute, darf ich mich vorstellen, Professor Alain Creuset, Professor für Geschichte an der Sorbonne.«

Creuset? Wie in Le Creuset? Meine Mutter hatte einen schweren, orangefarbenen Bratentopf, der so hieß und auf den sie sehr stolz war. *Pfff.* Ich schnaubte hörbar durch die Nase aus. Diesen Bratentopf-Namen hatte der Typ sich doch ausgedacht! Und das mit der Elite-Universität in Paris auch.

Das erste Mal seit dem Unfall wünschte ich mir, die wahren Gedanken und Gefühle eines Menschen hinter seinen Worten *sehen* zu können, denn so würde ich ganz schnell feststellen, ob der Herr Professor log.

Waren es wirklich die Klamotten von Wollmützen-Junge, die mich in diesem Moment dagegen abschirmten, wie am ersten Abend im Café und am nächsten Morgen, als Amanda mich mit ihren Gedanken überschüttete? Ein Test musste her! Während ich den Eselmann nicht aus den Augen ließ, streifte ich meine Jacke ab, dann auch noch den Kaschmirpullover. Im nächsten Augenblick saß ich im Novembersonnenschein bei vielleicht zehn Grad im langärmeligen T-Shirt da und grinste zu ihm hoch. Apollo sah mich an und zog besorgt seine hellen Augenbrauen zusammen, aber mein Trick hatte gewirkt: Ohne die dicken Klamotten konnte ich das goldflackernde Gefühl von ehrlichem Stolz, von Genugtuung, sowie seinen blaumetallischen Ehrgeiz immer noch um Monsieur Creuset herumwölken sehen, obwohl er gar nicht mehr sprach. Würde er so empfinden, wenn alles nur erfunden wäre? Ich wusste plötzlich, der Mann vor uns war kein Lügner, er schien tatsächlich Professor zu sein, der irgendetwas von uns wissen wollte. Aber was?

»Und was habt ihr in dem Palazzo gesehen, ein prächtiger Bau, nicht wahr? Wusstet ihr, dass er auf Wunsch der Familie Belloni erbaut wurde, die dem echten, also nicht ›gekauften‹ venezianischen Adel angehörte?«

»Natürlich«, brummte Apollo, bevor ich ihm unter dem Tisch mal wieder ans Bein treten musste.

»Wie schön, dein Freund scheint sehr belesen zu sein«, sagte der Professor und zupfte an seinem Bärtchen herum.

»Mein Cousin!«, berichtete ich.

»Ach, tatsächlich?« Die schleimige Stimme des Professors wurde etwas schärfer, um dann wieder sanft zu werden. Eine auseinandergezupfte Wolke apricotfarbener Überheblichkeit schwebte über seinen nächsten Worten. »Anfang des siebzehnten Jahrhunderts betraute die Familie Belloni einen der berühmtesten Architekten mit der Planung. Das monumentale Projekt erwies sich jedoch als zu ehrgeizig, die Arbeiten wurden bereits zwei Jahre später eingestellt, da die Familie nicht in der Lage war, für die enormen Kosten aufzukommen und …«

»Hach, die Belloni«, unterbrach Apollo den Professor,

»verarmt und doch immer so stolz. Die waren neidisch auf ... Aua!« Apollo blitzte mich an und schlug sich dann auf die Schenkel. »Ich wollte nur sagen, was für eine Freude, dass Sie über all dies Wissen verfügen, *Professore*!«

»Der Palazzo blieb eine Baustelle. 1710 kaufte Umberto Saverio Battista Goldonini dann schließlich den ...«

»Aber ja, das ist mein ...«, unterbrach Apollo ihn erneut, doch nun sprang ich auf. »Mensch, da haben wir doch ganz die Zeit vergessen! Dabei wartet meine Mutter an der Haltestelle *Zattere Gesuati* auf uns. Komm!« Ich raffte Pullover und Jacke zusammen, zog Apollo von seinem Stuhl und zerrte ihn über die *Calle* davon.

»*Dio!*«, sagte ich, als wir außer Hörweite waren. »Warum erzählst du ihm nicht gleich, woher du kommst?«

»Ich weiß, ich weiß, ich wurde für einen Moment mitgerissen von meinen Gefühlen, aber hast du denn nicht gehört? Umberto Saverio Battista Goldonini! Das ist mein Vater!«

»Ja, und?« Ich baute mich vor ihm auf, die Hände in die Seiten gestützt. »Eben noch war er der höchst verdächtige Eselmann, und nun verrätst du ihm fast unser Geheimnis?«

»Du meinst also, ich war unvorsichtig?« Apollos Stimme war leise und er schaute mich nicht an.

»Ja, eindeutig. Was glaubst du, warum kommt der an unseren Tisch geschlichen und macht uns bescheuerte Komplimente, *ihr lieben jungen Leute* und so? Und wieso kennt der sich so gut aus mit deiner Familie?«

»Ein Bewunderer meiner Sippschaft, der hochwohlgeborenen Goldonini?«

Oh Mann. Ich rollte nur mit den Augen und zog mir Pullover und Jacke wieder über. »Irgendwas weiß der ...«

»Und durch unseren überstürzten Aufbruch haben wir uns wohl nicht gerade unverdächtig gemacht«, warf Apollo ein.

Mist, da hatte er recht. Ich tat so, als ob ich meine Turnschuhe neu schnüren müsste, obwohl die immer noch keine Senkel besaßen, und sah mich kurz um. Niemand zu sehen, außer ein paar Touristen, die tief gebeugt, auf ihre Handys starrend, durch die Gasse taumelten. »Lass uns nach Hause fahren. Wir müssen noch mehr über deine hochwohlgeborene Sippschaft herausfinden, und wo die jetzt wohnt.«

Doch als wir an der *Fondamenta de la Sensa* auf das *Boccadoro* zugingen, stand er schon da! Mit Hut und langem Eselsgesicht trippelte der graue Professor an der Kante des Kanals auf und ab und schaute uns triumphierend entgegen.

»*Shit*, das ist ja wie in dieser Fabel mit dem Hasen und dem Igel«, murmelte ich. »In der hier spielt auch noch ein Esel mit.«

»Sieht die werte Dame jetzt auch noch Tiere?«

»Nein.« Ich lachte auf, obwohl mir nicht nach Lachen zumute war. »Vergiss es. Wie kommt der jetzt so schnell hier hin?«

»Augenscheinlich mit einem eiligeren Gefährt, als wir es genommen haben.«

Ich nickte. »Wahrscheinlich mit einem privaten Wassertaxi, das ist richtig teuer. Wir gehen einfach an ihm vorbei ins Haus«, flüsterte ich.

»Aber dann weiß er, wo wir wohnen«, wisperte Apollo zurück.

»Das weiß er auch so schon.« Ich musste kurz an Wollmützen-Junge denken und versuchte, das aufgeregte Kribbeln, das prompt in mir hochwallte, zu ignorieren. Nicht dein Ernst, Lucia! Immer noch?!, rief eine Stimme in meinem Kopf. Vergiss ihn, der hat die Suche nach dir doch längst aufgegeben!

»Sollen wir die Wachen rufen?« Apollo riss mich aus meinen Gedanken.

»Die Polizei, meinst du? Keine so gute Idee, oder willst du von denen ausgefragt werden?«

Nein, Apollo schüttelte den Kopf. Ohne den Professor zu beachten, bogen wir in die handtuchbreite Gasse ein und verschwanden im Haus.

»Und nun?« Oben im *salotto* rannte Apollo vor dem *divano* hin und her. »Was ist mit meiner Familie passiert? Wer hat sie gezwungen, unser herrliches Domizil zu verlassen? Wir hätten in die Bibliothek der Accademia gehen sollen, um die Chroniken zwischen dem Jahr 1740 und heute zu wälzen!«

»Nicht nötig, die sind alle hier drin.« Ich zeigte ihm mein Tablet.

»Die gesamten Chroniken? Das kann ich mir nicht vorstellen. Du hast die Bücher nicht gesehen, die da in den Archiven stehen, alle aneinandergereiht ist die Strecke bestimmt hundert, ach, was rede ich, zweihundert Meter lang!«

»Alles hier drin!« Ich zeigte ihm noch mal das Tablet.

»Aber wie ist das möglich?«

»Das kann ich dir nicht erklären, das haben die Menschen eben erfunden! Du kannst damit in der größten Bibliothek der Welt herumsuchen und lesen!«

Er schüttelte fassungslos den Kopf. »Und warum steht dann keine einzige Zeile über mein wertvolles Pinienapfel-Buch in dem Ding? Das hast du doch auch nachgeschlagen, in deiner größten Bibliothek der Welt, oder?«

Vielleicht weil das Buch vor zweihundert Jahren schon verloren war? Und niemand irgendetwas darüber jemals aufgeschrieben hat? Doch das sagte ich ihm natürlich nicht.
»Keine Ahnung. Ich habe wahrscheinlich nicht gründlich genug nachgeschaut!«

Wir setzten uns an den Küchentisch, und ich startete die Suchmaschine. »Also, wie hieß dein Cousin?«

»Nein, nein, beginnen wir bitte mit meinem geliebten Herrn Vater, der den halb fertigen Palazzo der verarmten Belloni aufkaufte!«

»Okay.« Eine Sekunde später wurden die Ergebnisse angezeigt.

Apollo warf seine Haare nach hinten und lehnte sich mit geschlossenen Augen auf dem Küchenstuhl zurück, während ich laut vorlas.

»*Umberto Saverio Battista Goldonini erwarb das halb fertige Gebäude um 1710, kurz zuvor war er durch den Kauf eines Adelstitels in den Stand der* Nobili *eingetreten ...*«

Apollo riss die Augen auf und setzte sich gerade hin. »Durch den *Kauf* eines Adelstitels?! Aber das ist doch eine schamlose Lüge, das kann doch nur ...!«

»Sorry.« Ich zuckte mit den Schultern. »Das steht hier so!«

»Dann steht es in deiner größten Bibliothek der Welt eben falsch!«

Ich verzichtete darauf, ihm die Zeilen vorzulesen, in denen stand, dass der Adelstitel die Familie Goldonini 100.000 Dukaten gekostet hatte.

»Soll ich weiterlesen?«

»Bitte, werte Dame!«

»*Nachdem der älteste Sohn Ugo Giacomo Antonio ...*«

»Das bin ich, ich stehe niedergeschrieben in deiner *biblioteca*!«

»Ja klar, alles steht niedergeschrieben in meiner *biblioteca*!« Ich grinste. Obwohl er meine ironischen Sprüche nie verstehen würde, mochte ich ihn wirklich und wollte ihm helfen, obwohl es nicht kribbelte, wenn ich ihn ansah, immer noch nicht. Und ich ahnte, es würde auch nichts mehr kommen.

»*Nachdem der älteste Sohn Ugo Giacomo Antonio ein Jahr verschollen war, wurde der Neffe Umbertos, Carlo Barnaba Franco, vom Familienoberhaupt adoptiert, übernahm den Familiennamen Goldonini und heiratete die Adlige Claudia Margherita Sparapani Boccapaduli. Das Paar bekam vier Kinder.*«

»Ein Jahr? Sie haben nur *ein* einziges Jahr abgewartet? Und vier Kinder? *Meine* vier Kinder hat der mit ihr gemacht?! Wie kann sie das nur tun?« Apollo krümmte sich und brach auf dem Fußboden des Salons zusammen. »Oh, welch Gram, welch Leid kommt über mich! Meine Kindeskinder, die ich im Jahre 1840 gesehen habe, die gibt es gar nicht mehr! Das sind jetzt Carlos Kinder und Enkel! Oh, wie grausam!« Apollo ließ den Kopf in seine Hände sinken. Weinte er?

»Vielleicht haben sie sie gezwungen«, schlug ich vor. »Das war doch früher so!«

»Ja, so muss es gewesen sein.« Er schluchzte und schniefte. »Wir müssen dieses Desaster verhindern, ich muss zurück, das alles darf niemals stattfinden! Ach, wäre ich doch nie ›gesprungen‹!«

»Wir schicken dich zurück!« Ich tätschelte ihm tröstend den Rücken, während ich weitersprach: »Vorher finden wir heraus, was mit der Familie Goldonini im Laufe der Jahre passiert ist!«

»Gut, denn das muss ich natürlich wissen. Ich will ja nicht die gleichen Fehler wie Carlo begehen!«

Irgendjemand pfiff draußen auf der *Fondamenta* laut vor sich hin, wir konnten es bis in die Küche hören. *Volare*, ein superbekanntes Lied in Italien, leider einen halben Ton daneben. Es hörte nicht auf.

»Einen Moment.« Apollo stand auf, schnappte sich etwas, was neben dem Herd lag, und ging nach nebenan in den *salotto*. »*Il Professore* steht immer noch da unten!«, rief er. »Und er pfeift in seltsamen Tönen.«

»Mist«, murmelte ich über meinem Tablet. »Der wird noch das halbe *Boccadoro* nach draußen locken, wenn er so weitermacht.« Ich ging hinüber und schaute durch eines der bodentiefen Fenster auf die *Fondamenta*. Der Professor hörte auf zu pfeifen und winkte mit einer würdevollen Geste seiner Hand zu uns hoch.

»Boah, für wen hält der sich eigentlich?!«, sagte ich. »King Charles bei der Kutschfahrt nach der Krönung?«

»Oh, es gibt noch Könige und Königinnen und Kutschen in eurer Zeit? Wie wunderbar!«

»Ich geh jetzt runter«, stieß ich zwischen den Zähnen hervor, »ich will jetzt wissen, was der von uns will!«

»Ich begleite dich, werte Dame, und gebe dir Waffengeleit.«

»Mit was für einer Waffe?«

»Mit der hier!« Apollo zeigte mir den hölzernen Hammer, mit dem mein Vater am zweiten Tag meines Besuchs unsere Schnitzel flach geklopft hatte. Es schien Jahre her zu sein.

»Gewalt ist keine Lösung!«

»Nun, da muss ich widersprechen: In meiner Zeit ist Gewalt oftmals die einzige Lösung! Seien wir also gerüstet.« Er stopfte den Hammer in seinen Hosenbund und folgte mir die Treppe hinunter.

»Ah, die jungen Leute haben verstanden ...« Der Professor nickte uns zu, als wir ihm entgegenliefen.

»Jawohl, der Herr, wir haben verstanden, dass wir Sie leider gewaltsam aus unserem Umkreis entfernen müssen.« Bevor ich eingreifen konnte, hatte Apollo auch schon den Hammer gezogen und wechselte ihn drohend von einer Hand in die andere.

»Lass das!«, herrschte ich ihn an. Sofort ließ er seine Waffe sinken, aber da öffnete sich auch schon die Tür des *Boccadoro* und mein Vater schaute hinaus. »Alles in Ordnung?«

»Ja klar, Babbo. Wir reden über ... Theaterproben und wie man einen echt aussehenden Schwertkampf einstudiert!«

Der Professor winkte huldvoll zu meinem Vater hinüber. »Professor Creuset, Spezialgebiet Schwertkampf!«, sagte er leise.

Ich seufzte und funkelte ihn böse an. »Kommen Sie mit«, zischte ich. »Hier können wir nicht reden!« Und etwas lauter: »*Ciao*, Babbo, bis später!«

Es war das erste Mal, dass ich in dieser Art mit einem Erwachsenen sprach, doch zu meiner Verwunderung folgte der Professor mir und begann erst zu sprechen, als wir vor der *Chiesa Madonna dell'Orto* auf dem Kirchplatz standen. Hier, wo uns in einem Radius von sieben Metern nichts umgab und jetzt, zur Mittagszeit, kaum ein Mensch unterwegs war, konnten wir sicher sein, nicht gehört zu werden.

»Ich habe da vorhin nicht ganz die Wahrheit gesagt.« Der Professor zeigte ein Lächeln, das wohl einschmeichelnd sein sollte, mir aber nur falsch und schmierig vorkam. Selbst seine Zähne hatten einen leichten Grauschleier.

»Wohlan, so berichte er!« Apollo schwenkte drohend den Hammer.

»Ich habe aus eurem Munde etwas gehört, das mich elektrisierte, und ich glaube, ihr wisst, was ich meine, wenn ich euch nur diese vier Wörter nenne.« Er senkte seine Stimme und guckte sich in alle Himmelsrichtungen um, bevor er flüsterte: »Die geheime Kunst des Bilderspringens!« Triumphierend wanderte sein Blick zwischen Apollo und mir hin und her. »Am Tisch der Café-Bar habt ihr euch darüber unterhalten, streitet es jetzt nicht ab!«

»Die geheime Kunst des Bilderspringens? Nein, sorry, nie gehört!« Ich zuckte mit den Schultern. »Außerdem waren das fünf Wörter.«

»Tatsächlich? Nie gehört?« Er zog die buschigen Augenbrauen hoch und ich langsam meine Jacke aus. Die Farben seiner Gefühle kamen zwar auch danach nur schwach herüber, aber das selbstbewusste, triumphierende Türkis der Überlegenheit reichte mir schon. Er wusste, dass wir etwas wussten …

»Nun, ich denke, diese beinahe vergessene, aber sehr zerstörerische Gepflogenheit ist mindestens einer weiteren Person auf diesem Kirchplatz bestens bekannt! Ich beschäftige mich schon seit Jahren damit, ich habe dem alles geopfert, ich habe keine Frau, keine Familie, nein, dafür blieb keine Zeit. Allerdings musste es stets und bis heute ein geheimes Unterfangen bleiben, man würde mich sonst für verrückt halten, nicht wahr …?« Während seine Lippen sich bis zu den letzten grauen Backenzähnen zurückzogen, kamen klickernde Geräusche aus seiner Kehle. Sollte das ein Lachen sein? Wir starrten ihn nur an. Als er sah, dass wir nicht mitlachten, hörte er schlagartig damit auf.

»Nun bin ich einer heißen Spur aus Frankreich bis nach Venedig gefolgt, und dann hörte ich euch vor der Bar von dem Buch reden. *Das* Buch, wenn ihr wisst, was ich meine!«

Ich sah zu Apollo hinüber. Er hatte seine Augen geschlossen, den Kiefer angespannt, und sah aus, als ob er gleich platzen würde.

»Ich glaube, diesmal bin ich wirklich kurz davor, es mir beschaffen zu können, und dann werde ich es unschädlich machen, oh ja, das werde ich!«

Apollo riss die Augen auf, sagte aber nichts.

»Warum wollen Sie denn ein *Buch* unschädlich machen?«, fragte ich beiläufig. »Und wie?«

»Nun, das heißt, ich werde dafür sorgen, dass es für niemandem mehr zugänglich ist, weil es alles durcheinanderbringt, weil es den Lauf der Geschichte verändern könnte. Stellt euch mal vor, jemand von damals spioniert hier bei uns alles aus, springt zurück und verrät Ludwig dem Sechzehnten, wann der Sturm auf die Bastille stattfinden wird, oder …«

Ein Seitenblick auf Apollo ließ ihn nur noch flüstern: »Er plaudert im Rat der Dogen aus, wann Napoleon in Venedig einmarschieren und sich alles unter den Nagel reißen wird, nicht auszudenken, was die Folgen wären …«

»Wer?!«, rief Apollo, der anscheinend gute Ohren hatte. »Wer ist dieser Napoleon? Ich mag ihn jetzt schon nicht, diesen Herrn!«

Der Professor fuhr lauter fort: »Nein, das Buch gehört aufgespürt, konfisziert und weggesperrt! Je eher, desto besser.«

»Oh, das hört sich nach ernsten Problemen an, Herr … Sorry, ich habe Ihren Namen schon wieder vergessen.« Ich sah die dunkelblaue Wolke der Empörung und des Ärgers über ihm aufsteigen und grinste. »Aber in dem Café haben Sie etwas gründlich missverstanden. Wir haben uns nämlich über die Bilderattacken von Klimaschützern unterhalten, wissen Sie, die Leute, die Kunstwerke mit Tomatensuppe oder Kartoffelbrei bewerfen, ohne sie dabei wirklich zu schädigen ...« Ich lächelte ihn so seelenruhig an, wie es mir möglich war, doch in meinem Gehirn arbeitete es. Was wusste der Typ alles? Warum wollte er das Buch wirklich haben? Ging es ihm wirklich darum, den Lauf der Geschichte nicht zu gefährden, oder wollte er vielleicht selbst zu einem Bilderspringer werden?

»Sie müssen also nicht mehr vor unserem Haus herumstehen«, sagte ich und begann an meinem Handy rumzufummeln. »Komm, *Cugino*!«

Mein »Cousin« stieß seinen Hammerstiel zurück in seine Gürtelschlaufe. »*Signor Professore*, Sie sollten mit größerer Vorsicht auswählen, wem Sie von Ihren Studien, oder was immer Sie da betreiben, erzählen. Man könnte Sie sonst für verrückt halten und nicht das Buch, sondern Sie wegsperren!« Schon liefen wir über den Platz davon.

Die ersten Meter sagte niemand von uns beiden etwas, doch kaum waren wir außer Hörweite, brach es aus Apollo heraus: »Hast du gehört, was dieser Halunke vorhat?! Er will es ganz für sich!«

»Ja, klar. Was für ein Mist, dass der graue Professor Bratentopf nun auch noch hinter dem Buch her ist!«

»Wieso nennst du ihn Bratentopf?«

»Meine Mutter hat einen Topf, der ... Ach, das ist nur so ein Witz.«

»Wie kannst du jetzt nur Witze machen?« Apollo schaute

mich nicht an, doch in seiner Stimme konnte ich Tränen hören. »Wenn er es vor uns findet, war es das für mich!«

»Mach dir keine Sorgen! Ich finde die Nachkommen deiner Familie, versprochen! Und dann sehen wir weiter, ein Schritt nach dem anderen.« Das hatte Dr. Gudrun Gralla in der Reha immer zu mir gesagt, wenn ich verzweifelt war. Ob ich mein Versprechen halten konnte, wusste ich allerdings nicht.

7. KAPITEL

Es war mühsam, doch nach zwei Stunden im Internet hatte ich schließlich etwas herausgefunden. »Den Familiennamen Goldonini gibt es in Venedig in diesem altmodischen Telefonregister allein dreiundzwanzigmal, aber dieser eine hier könnte am ehesten mit deiner Familie vor 285 Jahren zusammenhängen. Einer von deinen, äh, Carlos Kindern ist nämlich Kardinal geworden. Und dann war da auch noch etwas mit einem Papst, wobei unklar ist, wer wen bestochen hat, bla, bla, bla ... jedenfalls ist dieser Zweig der Familie ziemlich ausführlich beschrieben.«

Ich sah, wie Apollo sich ein Stück auf seinem Sofa aufrichtete, auf dem er während meiner Recherche zusammengekrümmt und reglos gelegen hatte.

»Gabriele Tiziano heißt der, den ich meine, mit Vornamen, und die Adresse lautet, *Calle Morolin* 3242. Das ist ein etwas kleinerer Palazzo, gleich gegenüber vom Goldonini-Hotel.«

»Aber ja, das ist doch einleuchtend!« Apollo hob nun auch den Kopf. »So konnten sie den geliebten Palazzo immer sehen, um nicht zu vergessen, wo sie herkamen und wo sie gewiss auch wieder hinwollten!«

»Siehst du, so habe ich mir das auch gedacht!«

»Wir gehen zu diesem Gabriele Tiziano Goldonini und fordern alles zurück!«

Ich schaute Apollo nur an. Wirklich? Nach 285 Jahren, fragte ich, ohne etwas zu sagen.

»Nun gut, werte Dame, vielleicht ergibt das für den unglückseligen Nachkommen in diesem Moment keinen Sinn. Aber das Buch! Das Buch haben sie bestimmt mitgenommen, als sie mit Sack und Pack hinübergezogen sind!«

Ich hoffe, dass sie so schlau waren, dachte ich nur. »Auch das werden wir herausfinden!«

»Jetzt liegt es an uns, wie weit wir kommen«, ermahnte ich Apollo, als wir am nächsten Morgen vor dem Palazzo standen. »Wir müssen uns andere Namen geben und können nicht gleich mit unserem Anliegen herausplatzen.«

»Ich weiß, wir werden die schändliche Wahrheit vorerst nicht erwähnen dürfen!«, rief Apollo. »Was äußerst bedauernswert ist.«

»Auch später wäre die Wahrheit nicht sehr ratsam! Wer soll uns denn glauben? Schauen wir erst mal, ob dieser Herr Gabriele Tiziano Goldonini zu Hause ist und ob seine Angestellten, oder wie immer er sie nennt, uns reinlassen.«

»Natürlich wird er *Diener* haben!« Apollo zeigte auf die herrschaftliche Front des Gebäudes. Der Palazzo hatte viele Reihen schmaler Fenster, die nach oben hin in einem spitzen Bogen endeten, mit einem weißen Gitterquadrat geschützt waren, und von einer weißen Blumenrosette gekrönt wurden. Er schien frisch gestrichen zu sein und leuchtete zufrieden wie eine Aprikosentorte mit Sahneverzierungen vor sich hin.

Leider war die Aprikosentorte von einem mächtigen Zaun

umgeben, die hohen Eisenstäbe mit den goldenen Spitzen nahmen einem die Lust, drüberklettern zu wollen. An dem Tor, das darin eingelassen war, entdeckte ich eine Überwachungskamera, aber auch eine Klingel. Immerhin.

»Wir brauchen eine Geschichte, die man uns abnimmt«, sagte ich.

»Natürlich, wir schmieren diesen unwürdigen Menschen Honig um den Bart und behaupten, dass wir sehr interessiert an der Chronik der hochwohlgeborenen Familie sind!«

Unwürdig und *hochwohlgeboren* … Chill mal und komm wieder runter, Apollo! … Ich zog die Luft zwischen den Zähnen hindurch. Ist schon ein bisschen peinlich, dachte ich, dein Vater hat sich 1709 mal eben das Hochwohlgeboren-Sein gekauft, aber egal, dafür kannst du ja nichts.

Lass uns einen Plan machen, wollte ich gerade sagen, aber da hatte Apollo schon auf die Klingel gedrückt. Zu meinem Erstaunen sprang die hohe Pforte sofort auf, und wir wurden eingelassen. Auch die schwere Haustür öffnete sich und ein Typ in einer hellblauen Jacke mit vielen silbernen Knöpfen – er wirkte wirklich wie ein untertäniger Diener – begrüßte uns prompt mit einer Verbeugung.

Wir traten ein. Wow, was für eine Halle, sie war sehr hoch und über und über mit goldenen Dingen geschmückt: Bilder, Leuchter, Säulen, alles funkelte und glänzte.

»Es besteht kein Grund, so zu gaffen«, raunte Apollo mir zu. »Dieser Raum ist wesentlich kleiner als bei uns und geschmacklos ausgeschmückt, wenn du mich fragst. Carlo eben, er hat noch nie auch nur einen Hauch von Geschmack besessen …«

»Lass die beiden rein, Nardo, habe ich zu ihm gesagt«, unterbrach eine laute Stimme Apollos Gemurmel. »Die sehen interessant aus und cool, die haben bestimmt was Spannendes vor!« Hinter Nardo, dem Diener, kam ein ungefähr zwanzigjähriger Typ auf uns zu gelaufen.

Interessant und cool? Hatte ich das richtig verstanden? Wir? Also auch ich?! Ich musste mich sehr zusammenreißen, um ihn nicht anzustarren. Wow, er sah echt gut aus! Die schwarzen Haare waren halblang, fielen glatt und glänzend über seine Schultern, sein Gesicht war schmal und sehr symmetrisch, die Wangenknochen hoch, die dichten Augenbrauen zwei hohe Bögen. Sein verhaltenes Lächeln wurde stärker und legte eine Reihe regelmäßiger, weißer Zähne frei, als er mir jetzt seine Hand hinstreckte. »Francesco!«

»Lucia.« Mist, ich hatte mir doch einen anderen Namen geben wollen, doch seine überraschend *sweete* Art und sein Aussehen ließen mich alles vergessen … Auch Apollo schüttelte die dargebotene Hand, machte dabei natürlich wieder seine kleine Verbeugung und sagte mit einem strengen Seitenblick auf mich: »Maus, Mickey.«

Ich zog scharf die Luft ein, da fragte Francesco auch schon: »Sorry? Wie war das?«

»Er heißt Mickey«, sagte ich schnell. »Also eigentlich Michele.«

»Okay, Mickey und Lucia … Jetzt lasst mich mal raten.« Mit einem langen, belustigten Blick maß er uns von Kopf bis zu den Füßen. »Ich mag euren Style, seid ihr Zwillinge oder so was? Habt ihr die Klamotten selbst genäht? Nein! *Don't tell me*, nicht sagen!« Er strich über seine wunderschönen Haare. »Ihr seid zwei Influencer, die hier in dieser *location* ein paar Bilder schießen wollen. Aber nee, keine Chance, Leute, keine Chance! Von mir aus gerne, aber mein Dad will unseren Palazzo nicht in den *Socials* sehen, sorry dafür!«

»Kein Problem«, sagte ich leise, dankbar, dass es Apollo die Sprache verschlagen zu haben schien, denn er stand nur mit halb offenem Mund da. Vermutlich hatte er nur die Hälfte von Francescos halb englischen, halb italienischen Sätzen verstanden.

»Wow, was für eine *Beauty*!« Er nickte mir zu. »Du bist sicherlich auch unter Vertrag? Bei einer *Agency*? Gefällt mir, auch dein *Cut*!«

Ich griff an meine Haare und lächelte, während ich den Kopf schüttelte. Ich? Bei einer Modelagentur? Mit dieser Frisur, geschnitten auf Station drei von Tatjana? Aber danke! Mir wurde ganz warm in meinem Bauch, und ich verzieh ihm sofort, dass er zu viele englische Ausdrücke benutzte. Er war so verdammt hübsch und damit schon der dritte gut aussehende Typ, dem ich hier in Venedig begegnete. War er es etwa, der mir geschickt worden war? Bisschen alt vielleicht, aber … es kribbelte, es kribbelte auf jeden Fall, wenn ich daran dachte, wie wir zusammen einen *caffè* trinken gehen würden, oder zum Essen in ein cooles Restaurant, mit *ihm* würde ich so was machen, natürlich ohne Mr Maus, Vorname Mickey…

»Und er?« Francesco riss mich aus meinen Gedanken und zeigte mit dem Kopf auf Apollo. »Macht hier einen auf *the shy guy*. Den Schüchternen?«

Ich sah ihn nur lächelnd an. Apollo gefiel das natürlich nicht, aber ich fand seinen Nachfahren äußerst *cute*. Vielleicht sollte er nicht so viel reden, aber sonst …

»Die Frisur, das Outfit? *Nice!*« Francesco bewegte seine Schultern vor und zurück, wahrscheinlich Muskelkater, sein Oberkörper sah aus, als trainiere er täglich.

Ich mochte breite Schultern, ich mochte weiße Zähne, fieberhaft suchte ich in meinem Kopf nach einer Lösung, was hatte ich noch mal erzählen wollen? Die Geschichte von den beiden Schülern, die ein Referat über eine adlige Familie zur Zeit des Barocks schreiben wollten? Dein Ernst, Lucia? Das war echt viel zu spießig! Wenn er schon dachte, wir seien Influencer, könnte ich das doch ausnutzen, oder sollte ich ihm nicht einfach die Wahrheit erzählen? Er wirkte so *nice*, so sympathisch! Und dieser Blick! Mir wurde noch wärmer, ich musste dringend irgendwas von meinen Klamotten ausziehen, doch dazu kam ich nicht.

»Darf ich die Prinzessin hier mal kurz entführen?«, fragte Francesco in diesem Moment und verbeugte sich charmant und formvollendet vor Apollo. »Nicht weit, nicht lange, kleiner Ausflug in die Küche, wir bringen dir was mit. Café? Wasser? Frisch gepressten Orangensaft?«

Ich sah den empörten Ausdruck auf Apollos Gesicht. Was?! Du allein mit der werten Dame?! Er öffnete den Mund.

»Ja klar, wir bringen dir was mit«, sagte ich, bevor er protestieren konnte, und machte ihm ein Zeichen mit den Augen. Unsere Chance! In der Zeit kannst du dich in Ruhe umschauen!

»Nun gut, nun denn ...« stotterte Apollo. Gott sei Dank, er hatte verstanden.

»Gehen wir!« Ich lächelte Francesco an und folgte ihm aus der Halle.

»Die Küche ist ganz oben«, sagte er, als wir nebeneinander die Stufen hochliefen. »Das hat man früher wegen der Brandgefahr so eingerichtet. Wenn es in der Küche brannte, konnte das Feuer wenigstens nicht alle Stockwerke darüber in Schutt und Asche legen.«

»Leuchtet ein.«

»Natürlich bedeutete das lange Wege fürs Personal. Aber keine Sorge, wir holen uns die Sachen, die unsere liebe Giuditta für uns kocht, selbst ab. Oder Nardo.«

Ich hatte ein bisschen Schwierigkeiten, das Tempo auf den vielen Stufen zu halten, doch sobald mein Begleiter das merkte, wurde er langsamer. »Geht's? Nur ein Stockwerk noch!« Er fasste mich sanft unter dem Arm, seine Hand war warm, und ich seufzte innerlich. Er war einfach zu schön und auch zu nett, das brachte mich echt durcheinander.

»Und? Sieht toll aus, oder? Alles noch, wie es einmal war, bis auf die Mikrowelle.« Francesco blieb im Eingang stehen und zeigte in den riesigen Raum. An den Wänden und von der Decke hingen kupferne Töpfe, Pfannen und Kasserolen herab. Der Boden war schwarz-weiß gefliest, ein mächtiger Herd wurde von einer gemauerten Küchenzeile umrahmt, es sah aus, wie in einem alten Film. Doch es gab auch einen gigantischen modernen Kühlschrank, aus dem er jetzt eine Glaskaraffe mit Orangensaft holte. »Frisch gepresst. Und hier, ein paar Pistazien-Törtchen, gerade eben aus der *Pasticceria* geholt, als ob Giuditta geahnt hätte, dass wir heute Vormittag so wunderbaren Besuch bekommen.«

Ich grinste und rieb dabei verstohlen über meine schmerzende Hüfte. Viele Treppenstufen hintereinander mochte sie immer noch nicht. Ich suchte nach einer Möglichkeit zum Hinsetzen, aber an dem großen Tisch in der Mitte des Raumes standen keine Stühle. Francesco sah das und war sofort bei mir.

»Hier, setz dich da drauf.« Mit einer kleinen Bewegung griff er mit beiden Händen unter meine Achseln und setzte mich behutsam auf der gekachelten Arbeitsfläche neben dem Herd ab.

Ich war so überrascht, dass ich nur lächeln konnte. Eigentlich hasste ich es, wenn jemand mich auf diese Weise hochhob. Es tat immer ein bisschen weh, und die Hände waren zu dicht an Stellen, wo sie nicht sein sollten. Bei ihm war das anders, sogar echt angenehm.

»So, Lucia! Mund auf!« Seine dunklen Augen funkelten warm, sodass ich einfach tat, was er wollte.

»Mmmh ...« Der blättrige Teig und die süße Füllung schmolzen in meinem Mund. »*Buonissimo!*«, sagte ich mit vollem Mund, sodass ein Krümel herausfiel, den er auffing und sich sofort selbst in den Mund steckte.

Wir lachten. Er stand nah bei mir, ein wenig zu nah vielleicht, doch als er das merkte, wandte er sich sofort ab und machte sich am Herd zu schaffen. »*Un caffè?*«

»Gern! Wenn du das kannst.«

»Ich kann nicht viel, aber einen Espresso bekomme ich hin.«

»Bin gespannt.«

Hier saß ich mit dem hübschesten Mann von ganz Venedig in seinem Palazzo, in meiner Brust kribbelte und flatterte es, dennoch bekam ich ein paar entspannte, flirtige Sätze heraus! Wer hätte das gedacht.

Wir tranken den Espresso, er erzählte von dem Film, den er letzte Nacht auf seinem Laptop gesehen hatte, er machte mir Komplimente für mein Italienisch, und den Rest der Zeit sahen wir uns nur grinsend an. Cool.

Plötzlich fielen mir Apollo und unsere Mission wieder ein. Was sollte ich nur erzählen, wer waren wir, was wollten wir hier? Doch dann grinste ich wieder vor mich hin, sah ihn an, guckte weg, schlenkerte leicht mit den Beinen. Es schien Francesco gar nicht zu interessieren, er spielte ebenfalls das

Spiel mit dem Wegschauen, Hinschauen, Wegschauen, Grinsen. War das albern?

Auf jeden Fall. Und wunderschön!

»Wir können ja mal was essen gehen oder so. Nur wenn du magst und Zeit hast.«

Das klang toll und mir wurde heiß vor Freude. »Ja, gerne. Wann?«

»Morgen?«

»Okay. – Warm hier«, stammelte ich und zog die Taucheranzugjacke aus.

Er nahm sie mir ab, legte sie auf den Tisch. »Noch mehr?« Frecher Blick.

»Nein.« Doch ich zupfte unentschlossen an dem weichen Rollkragen an meinem Hals, und dann sah ich sie, die Wolke über ihm. Sie war in einem schrillen Pink eingefärbt, darunter waberte eine noch stärkere Farbe, und zwar Lila. Hhmmm. Komisch, die Farben waren neu, die hatte ich noch nie über jemandem gesehen und deswegen auch noch nicht in meinem geheimen, kleinen Kopf-Lexikon abgespeichert. Was bedeuteten sie? Verliebtheit? Totale Faszination, totales Vertrauen in mich? War das etwa die Farbkombi für *ein rundum guter Typ*?

Ich schnaubte leise und zuckte mit den Achseln, um ein Lachen zu unterdrücken. Genau, Lucy, das wird es sein, sagte ich mir, doch die Glücksgefühle in mir schwappten nur noch höher. »Ich könnte stundenlang mit dir hier sitzen, aber ich glaube, wir müssen mal zurück zu meinem … Cousin.«

»*Claro*«, sagte er leichthin. »Dann sitzen wir nächstes Mal eine Stunde länger hier oben! Und ich melde mich, wegen Essengehen und so.«

»Supergerne!« Das war doch schon ein Date, ich hatte ein

Date mit diesem gut aussehenden Venezianer! Möglichst elegant ließ ich mich von meinem Platz rutschen und wir gingen wieder hinunter in die Halle.

»Da bist du ja endlich!« Apollo sprang von dem goldenen Stühlchen, auf dem er gesessen hatte. Wenige Meter entfernt stand der Diener an der Wand und fixierte ihn mit höchster Konzentration.

»Ich durfte noch nicht mal allein auf die Toilette!«, wisperte er mir ins Ohr.

»Sorry, Apo… Mickey, ich wollte dir eigentlich was mitbringen«, sagte ich etwas lauter und verzog das Gesicht. Wie peinlich.

»Oh, das haben wir während unserer angeregten Unterhaltung wohl vergessen.« Francesco lachte auf und stellte sich dicht neben mich. Pinke und lila Zuckerwatte schwebte immer noch um seinen Kopf. »Sorry, Bruder!«

»Ich wäre sicher darüber in Kenntnis gesetzt worden, wenn ich Ihr Bruder wäre!«

»Stark!« Francesco lachte immer noch. »Mag ich, wie du redest! Jetzt wissen wir aber immer noch nicht, wie ich zu der Ehre eures Besuchs komme.«

Oh no! Am liebsten hätte ich mir in diesem Moment die Ohren zugehalten (aber das half sowieso nichts, wusste ich ja), und so durfte ich jetzt Francescos Gedanken zuhören.

Die Kleine ist ja echt süß. Aber wie werde ich ihren Cousin bloß los? Der stört! Sie hat keinen Schimmer davon, wie toll sie wirkt, hat wohl überhaupt null Ahnung, wie es so läuft. Beim nächsten Mal gibt's mehr als Pistazientörtchen, Prinzessin, das verspreche ich dir! Du brauchst Zeit, ein, zwei Dates, nett Essen gehen, klar, ich werde alles bezahlen, aber niemals so tun, als ob ich was von dir will, dann läuft da schon was, und du plumpst wie eine reife, eine reife ... ach, keine Ahnung, na jedenfalls in mein Bettchen, garantiert!

Was? So dachte er über mich? Ich merkte, wie mir die Röte ins Gesicht stieg. Wie dumm und arrogant war das denn? Hätte ich meine Jacke nicht ausgezogen, hätte ich gar nicht gemerkt, dass dieser Typ sich bei mir mit *caffè* und Törtchen einschleimen wollte und nur daran dachte, wie er mich in sein Bett bekam! *In dein Bettchen plumpsen*, krass! Träum weiter, du Idiot! Ich wich zurück, denn er stand immer noch verdammt nah bei mir, doch seinen Gedanken entkam ich nicht.

Vorher muss ich aber diese Schlaftablette von Cousin loswerden, mit diesen runtergeklappten Lidern sieht der ja saukomisch aus. Mehr Muckis als dieser Lauch habe ich auf jeden Fall. Aber die sind zu zweit und vielleicht schlauer als ich. Das sind zwar bloß Teenies – aber was, wenn die trotzdem mehr draufhaben als ich? Nur weil ich die Schule abgebrochen habe – scheiß auf die Schule –, bin ich noch lange nicht unterlegen. Mit der Kleinen werde ich fertig, doch zu zweit sind die mir nicht geheuer.

Wie bitte, was?! Ich musste mich zusammenreißen, um nicht loszuschreien, und machte ein paar große Schritte in die Halle, bloß weg von ihm. Dieser Typ war ja total unsicher und falsch. Sorry, Apollo, dass ich auf seine Rumschleimerei reingefallen bin, kommt nicht wieder vor!

Und nun spürte ich auch, was die Farben bedeuteten: Lila stand für Unsicherheit und den Zwang, den anderen blitzschnell abzuschätzen und vor allen Dingen ab-zu-werten. Ist sie (oder er) schlauer als ich? Talentierter als ich? Wo sind die Schwachpunkte, und warum bin ich doch besser? Viel besser!

Und Pink? Hieß offenbar so was wie Unehrlichkeit und keine Scheu vor falschen Komplimenten.

Ich überlegte, wie ich reagieren sollte, während ich neben dem Diener auf ein Gemälde an der Wand starrte, um mir nichts anmerken zu lassen.

Francesco war also ein zutiefst unsicherer Mensch. Außerdem hatte er Panik vor schlauen Menschen. Und hielt uns für solche Exemplare? Gut, davon konnte er noch mehr bekommen. Ich atmete tief ein und drehte mich um. Jetzt sollte er mal sehen, wer hier heute allein und frustriert in sein Bettchen plumpsen würde!

»Was ich dir noch nicht erzählt habe«, sagte ich gedehnt, »wir sind Studenten der Architektur.« Mit erhobenem Kinn nickte ich vor mich hin, jetzt ohne Lächeln. »Du wirst denken, reichlich jung, ja, stimmt – wir haben eben ziemlich früh Abitur gemacht und bekommen jetzt eine Förderung an der Uni in Pavia. Für Hochbegabte.« Keine Ahnung, ob es das gab.

»Ach, echt?« Er tat, als ob er ein Gähnen unterdrücken müsste. Was für ein schlechter Schauspieler!

»Bis jetzt wusste ich nur von dir, dass du *Pistazien-Törtchen* magst ...«

Das mit den Törtchen sollte wohl irgendwie sexy klingen.

»Für Architektur war da oben in der Küche gar kein Platz, hmmh?« Er leckte sich langsam über die Unterlippe.

Boah, war der ekelig! »Die Geschichte dieses Palastes ist einzigartig«, fuhr ich hastig fort. »Wie natürlich auch die der Familie Goldonini! Für unser Projekt erschien uns beides sehr passend.«

Francesco winkte ab, dabei hörte ich wieder seine panischen Gedanken. *Merda, hab's doch gewusst, zwei besonders Schlaue! Von der Uni in Pavia? Gibt es da überhaupt eine Uni? Tja, selbst das weißt du nicht, Francesco, würde Papa sagen ...*

Francesco grinste: »Echt interessant, Lucia, hab ich gleich gespürt, dass du schlau bist. Ich mag solche Frauen! – Und er da? Sagt gar nichts?«

»Ich nehme erfreut zur Kenntnis, dass Er in der dritten Person von mir spricht.« Apollo verneigte sich tatsächlich leicht.

»Hä? Ist er immer so komisch drauf?« Francesco zog die Stirn in Falten.

»Ja, wir haben Glück, dass er nicht auf Latein mit uns redet!« Meine Stimme klang etwas gepresst, denn tief in mir schämte ich mich, dass ich diesen Typ toll gefunden hatte!

»Ja, okay, aber was genau wollltet ihr denn jetzt …?« Francesco sah ungeduldig aus.

Ich setzte meinen intelligentesten Gesichtsausdruck auf und schaute mich um. »Uns interessieren vor allem die berühmten visuellen Täuschungen der Zimmerfluchten in diesem wunderbaren Palast, die Perspektive, die alles größer scheinen lässt, als es ist. Und aus architektonischer Sicht die geheimen Winkel, die verborgenen Kammern, die doppelten Wände. All diese Dinge wurden ja früher oft in die großen Paläste eingebaut. Wie zum Beispiel auch in Florenz im *Palazzo Vecchio* der Medici …« Danke, Lexika-Gedächtnis!

»Ey, ihr seid Freaks, das wisst ihr schon, oder?« Eine hellblaue Wolke der Erleichterung vertrieb das schwere Lila aus seinen Gedanken. Er tat uns als komisch ab, wir waren Nerds, wir hatten garantiert keinen einzigen Follower auf TikTok, wir bedeuteten keine Gefahr!

»Und ich weiß genau, was ihr meint. Mein Vater hat mich immer genervt mit unserer Familienstory, und auch von

Fluchtperspektive und Täuschung und so hat er oft erzählt. Das hab ich mir aber nicht alles gemerkt, sorry. Und der alte Herr ist gerade nicht da. Können wir also nicht fragen. Aber vielleicht jemand anderen ...« Er machte eine Pause.

Ich konnte ihn nicht anschauen, denn in mir krampfte sich alles zusammen. Mit dem hatte ich geflirtet, na gut, nur knappe vierzig Minuten lang.

»Wir haben da gerade ein paar von eurer Sorte im Haus. Die sind im zweiten Stock im großen Saal am Ausmessen, mein Alter lässt da was umbauen, und demnächst bekommen wir endlich WLAN überall, das funktioniert hier nicht wegen der dicken Mauern. Aber wir wollen nun mal die großen Screens, also ich!« Er lachte.

Ein leises Knurren stieg aus Apollos Kehle. Ich warf ihm heimlich einen strengen Blick zu. Verdirb nicht alles!

»Und deswegen werden sie bald überall hier aufgehängt. Mega! Wegen dem ganzen Hightech-Kram müssen die Wände eingerissen werden, na ja, eigentlich unmöglich, ihr wisst schon: Denkmalschutz! Aber mein Alter kennt die richtigen Leute, versteht ihr?«

»Wir verstehen vollkommen«, sagte Apollo sehr ernst. »Und wir würden die Herren unserer Zunft gerne befragen!«

Ich nickte, obwohl ich nicht wusste, ob es gut oder eher gefährlich für unsere Tarnung war, dort oben im Saal auf echte Architekten zu treffen. »Vielleicht sind es ja nicht nur Herren, sondern auch Frauen«, warf ich ein.

»Nee, keine Frauen. Mein Vater sagt, die können gut aussehen, aber nicht gut denken!«

Dein Vater scheint genauso ein Idiot wie du zu sein, dachte ich und war ausnahmsweise mal froh über meine Fähigkeit zum Gedankenlesen.

Ich räusperte mich. »Dürfen wir denn mal für einen kleinen Moment hochgehen?«

»*Claro*, wenn du …«

»Eine Frage noch!« Bevor Francesco weiter schwafeln konnte, hob Apollo wichtig die Hand. Irgendwie ist da schon eine Ähnlichkeit innerhalb seiner Familie zu bemerken, sagte ich mir. Auch wenn er es nicht wahrhaben will.

»Warum, wenn ich fragen darf, hat die Familie Goldonini beschlossen, den ehemaligen Palazzo drüben an der *Calle Giustinian* zu verlassen und in diese Behausung hier zu wechseln?« Apollo bewegte seine Hände auf und ab, als ob er mit unsichtbaren Bällen jonglierte. »Gibt es Aufzeichnungen darüber? Die wären für uns von größtem Belang.«

»Warum wir umgezogen sind, fragst du?« Francesco zog die Augenbrauen hoch. »Nun, das kann ich dir sagen: Irgendwann – ich glaube, es war im Jahre 1760 – mussten wir uns verkleinern. Da gibt's noch 'ne Menge Papierkram drüber, könnt ihr euch ja auch mal anschauen.«

Er hatte keine Lust mehr auf mich, auf uns, wir waren ihm mit unserer Architektur plötzlich lästig, die schmutzig hellbraune Wolke aus Langeweile und Übersättigung, mit der seine Gedanken umhüllt waren, zeigte es deutlich.

»Wir schauen uns eben oben im Salon um, du musst auch nicht mitkommen, wenn du nicht willst!«, sagte ich schnell. »Wäre cool, wenn wir Nummern austauschen könnten.«

»*Claro, Sweetie!*« Er dachte, er hätte noch Chancen bei mir. »Kleines, intimes Frühstück in der Küche, jederzeit!«

»Äh, ja, und dann kommen wir auch noch mal für die Chroniken vorbei, wenn es besser passt!«

»Sehr gern, *Conte_Fran* heißt mein TikTok-Account, darüber kannst du mir auch schreiben.«

»*Conte* wie Herzog und dann *Fran* wie Francesco?«
»*Claro!*«

Ich fand ihn sofort und folgte seinem Account. »Danke! Cool.«

»*Conte*, Sie sind … du bist ein *Conte*? Ein Herzog?« Apollo zog die Augenbrauen hoch. »Bisher war es nur der Titel H. N. vor unserem, äh, vor dem Namen der Familie Goldonini. Wie kam es zu diesem Aufstieg?«

»Keine Ahnung, und damit kennt sich doch sowieso keiner aus außer ein paar Spinnern wie …«

Wie ihr, hatte er sagen wollen, doch Apollos Blick ließ ihn stoppen.

»Ein H. N., also ein *huomo nobili*, ist noch lange kein *Conte*!«, sagte mein Bilderspringer scharf. »War das Carlos Idee?«

»*Conte, barone, principe*, ach, ist doch egal!« Ich zählte laut die mir bekannten Adelstitel auf und bemühte mich um einen unbekümmerten Ton. »Gehen wir lieber kurz nach oben und schauen uns die berühmte Perspektive an …« Die ich so mühsam erfunden habe! Ich funkelte Apollo an.

»Okay, *Prinzessin*, du meldest dich!« Francesco zeigte mit beiden Zeigefingern gleichzeitig auf mich und blinzelte. »Korrekt! Cool. Unseren guten alten Nardo findet ihr dann unten, der lässt euch auf der richtigen Seite wieder hinaus, nicht dass ihr noch in den *Canal Grande* fallt und ich euch mit unserer persönlichen Gondel herausfischen muss, die liegt nämlich gleich am Steg bereit. Die ist uralt und wertvoll, man wollte sie uns schon für ein Museum abschwatzen, aber nein, die bleibt in Familienbesitz!« Goldener Stolz wechselte sich mit himmelblauer Erleichterung ab. Wunderbar, keine Spur von senfgelbem Misstrauen, er glaubte unsere Geschichte.

»Cool«, sagte ich wieder. »Und danke für die nette Küchenführung!« Leider brauchten wir den Loser noch, also besser freundlich sein.

»Was für ein unerträglicher Angeber!«, hörte ich Apollo murmeln, kaum dass wir die breiten Stufen hochstapften. »Was hast du mit dem da oben getrieben?«

»Nichts! Und nun sei bitte leise und geh ruhig weiter«, flüsterte ich, und da ich ahnte, dass der »unerträgliche Angeber« uns hinterherschaute, blickte ich andächtig nach oben und wies Apollo auf das in der Wand eingelassene Fenster hin. »Großartig, nicht wahr?«

»*Conte*, nein, so was! Da haben die sich einfach um drei Klassen höher eingestuft!«

»Vielleicht stimmt das auch gar nicht, er hat keine Ahnung vom Adel, das hast du doch gemerkt. Und lass besser mich gleich mit den Architekten reden, okay?«

Wir gingen ein paar Schritte in den großen Saal hinein, der sich vor uns auftat. Er war wirklich riesig und sehr leer. Nur ein paar samtbezogene Stühlchen standen an der Seite an der Wand und langweilten sich.

»Hier könnte man eine Tanzschule eröffnen«, sagte ich. »Platz haben die reichlich!« Außer Gemälden in dicken Goldrahmen an den Wänden war nichts zu sehen, keine Tische, keine Regale, kein einziges Buch.

Ich sah Apollo an, aber der schaute nur böse. »Die werte Dame sollte nicht versuchen, abzulenken! Was ist da oben in der Küche geschehen?«

»Ach komm, ich bin doch nur auf seinen Vorschlag eingegangen, damit du dich heimlich umschauen kannst. Konnte ja nicht wissen, dass du bewacht wurdest, und dich nicht von der Stelle rühren durftest.«

»Ich sage nur, Pistazien-Törtchen?!«

Ich ignorierte seinen Einwurf. »Aber nun sind wir hier und dieser Möchtegern-*Conte* hat nicht gemerkt, was wir wirklich vorhaben.« Ich ging auf den großen Bogen zu, durch den man offenbar in weitere Räume gelangen konnte. »Komm, wir müssen die Zeit nutzen und schauen, ob das Buch irgendwo herumsteht, wir können ja immer sagen, dass wir die Architekten suchen!«

»Carlo, Carlo, was hast du nur für abartige Nachkommen«, murmelte Apollo, aber er folgte mir.

»Vielleicht haben sie beim Umzug eure Bibliothek mitgenommen? Ihr hattet doch eine Bibliothek?«

»Aber natürlich, doch dort hat es nicht gestanden, das Buch!«

»In 285 Jahren kann sich schon mal was ändern. Wusste jemand von deiner Familie eigentlich von deinen ›Sprüngen‹ durch die Zeit? Eine deiner Schwestern oder deine Verlobte, diese Claudia?«

»Nein, meine liebe Claudia weiß nur das wenige, was ich ihr erzählt habe. Bei aller Liebe, aber sie ist immer noch, was sie ist: nur eine Frau.«

»Soso, ›nur eine Frau‹«, murmelte ich. »Wenn du sie da mal nicht unterschätzt!«

»Die ganze Wahrheit kennen Meister Tiepolo und dieser seltsame Mann, der mit dem Trank.«

»Und der mit dem Trank besaß wahrscheinlich auch das Buch?«

Während wir sprachen, durchquerten wir einen kleineren Raum hinter dem Saal, in dem sich immerhin ein großer Tisch und mehrere Sessel mit Armlehnen befanden. Ein einsamer Teller mit zwei Keksen stand auf der gigantischen marmornen Tischplatte. An der Wand hing ein hässliches Regalbrett mit einem alten Radio darauf. Wurde hier etwa gegessen? Alles sah so unbenutzt, so leer aus. Ich seufzte leise. »Und wieder keine einzige Ananas auf einem Buchtitel zu sehen.«

»Nun ja, also das Buch …« Apollo beugte sich über den Teller mit den Keksen.

»Denk nicht mal dran«, fuhr ich ihn an.

Er zog die Hand zurück. »Oh, gewiss, die werte Dame hat gut reden, denn sie hat sich ja bereits mit süßen Törtchen vollgestopft! Und mich beim Anblick ihres Galans völlig vergessen. *Grazie.*«

»Sorry. Was war denn mit dem Buch?«

»Ich habe es vor meinem dritten Sprung an mich genommen, weil ich es für das Beste hielt, dass es bei uns in der geheimen Kammer steht, nicht bei diesem Trank-Panscher.«

»Warum Trank-Panscher? Du müsstest ihm dankbar sein, denn der Mann hat dich immerhin durch die Zukunft geschickt! Sag nicht, du hast es ihm geklaut!«

»Ausgeliehen, in Sicherheit gebracht, versteckt, nicht geklaut! Das ist ein Unterschied.«

»Ach ja? Ich sehe darin überhaupt keinen Unterschied!« Leise streitend liefen wir weiter durch die Räume, bis wir schließlich auf einem recht dunklen Flur standen. »Nun ahne ich auch, wer das Bild abgehängt hat, einer, der Rache nehmen wollte, der sauer auf dich war! Oh, und wer könnte das denn wohl sein?« Ich guckte ihn übertrieben ratlos an. »Hmmh? Vielleicht der Trank-Panscher?«

»Meinst du wirklich?«

Ich antwortete nicht, sondern verlangsamte meinen Schritt, aber nur, weil uns jetzt jemand auf dem dämmrigen Flur entgegenkam. Er trug drei dicke Bücher, ein Stapel gefalteter Papiere obendrauf, und hatte sich auch noch ein paar sperrige Papprollen unter den Arm geklemmt. Er war größer als ich und noch ziemlich jung. Ich sah in sein Gesicht und schnell wieder weg. Meine Güte, fuhr es mir durch den Kopf, schon wieder ein echt gut aussehender Typ, Moment, das ist jetzt der wievielte, seit ich in dieser Stadt bin?

Ich begann zu zählen: 1. Wollmützen-Junge vom Flughafenboot. 2. Apollo, wenn er auch mittlerweile eher zu einem Bruder geworden und nicht zum Flirten geeignet war. 3. Leider der Loser Francesco, äußerst peinlich, aber wahr. Und 4. Jetzt er hier ...

Wir blieben stehen, er blieb stehen. »*Ah, buon giorno.*« Apollo übernahm das Reden, obwohl ich ihm doch gesagt hatte ...

»Hier treffen wir auf einen der Meisterarchitekten, nehme ich an? Wo finden wir denn die Bibliothek, werter Herr?«

»*La biblioteca?*«, antwortete der hübsche Typ Nummer vier auf Italienisch, doch er ließ mich dabei nicht aus den Augen, und ich konnte hören, dass sein Italienisch sehr deutsch klang. »Da lang.« Er wies hinter sich. »Erste Tür rechts.«

Ich lächelte erfreut, einerseits wegen der Aussicht auf Bücher, andererseits weil er eben ziemlich süß war. Aber warum musterte er mich so nachdenklich? Jetzt schwenkte sein Blick hinüber zu Apollo und maß auch ihn vom Kopf bis zu den Füßen, mit dem gleichen prüfenden Ausdruck wie Francesco kurz zuvor. Er schaut sich unsere Klamotten an, dachte ich, bis ich es endlich kapierte, wer da vor uns stand ... Mein Gott, wie konnte ich nur so dumm sein!

8. KAPITEL

Ich schnappte nach Luft. Es war natürlich der Wollmützen-Junge vom Flughafenboot, ich hatte ihn nur nicht erkannt, weil er eben keine Wollmütze auf dem Kopf hatte und seinen kurzen Mantel nicht trug!

Dafür steckten wir in seinen Klamotten, was für ein Mist, und gleich ... gleich würde er es merken und mich zur Rede stellen. Was sollte ich nur sagen? Alles leugnen? Um Verzeihung bitten? Lügen, dass ich ihn überall gesucht hätte? Aber vorerst passierte nichts, denn er war damit beschäftigt, Apollos Fragen zu beantworten.

»Sie sind hier, um Maß zu nehmen?«, fragte Apollo höflich. »Was wird umgebaut, wenn ich fragen darf?«

»*Io non lavoro qui. Sono solo il ...* äh, *stagista.*«

Ich vergaß meine Panik für einen Moment und lächelte ihn an. »Ah, du bist der Praktikant von den Architekten«, wiederholte ich auf Deutsch.

»Ja.« Er lächelte mich an. »Du sprichst auch Deutsch?« Er zuckte mit den Schultern, als ob er seinen Satz bereute. »Ja klar sprichst du Deutsch.«

Das klang richtig schüchtern, richtig süß! Vielleicht waren es ja doch nicht seine Klamotten! In meinem Gehirn schrie und tobte sich plötzlich diese Möglichkeit aus, ich wollte unbedingt, dass es nicht *sein* Koffer war, aus dem ich mich seit über einer Woche bediente und aus dem ich nun auch noch einen Jungen aus dem achtzehnten Jahrhundert eingekleidet hatte. Könnte doch sein? Und außerdem, was hatte er gerade an? Sah das irgendwie toll aus? Eine normale dunkle Jeans und ein schwarzer Kapuzenpullover, Sneaker, nichts Besonderes. Na also!

Das ist doch kein Wunder, weil sein Koffer mit all den schicken und bequemen Sachen in DEINEM Zimmer liegt! Außerdem hat er vor dem *Boccadoro* nach dir gesucht, schon vergessen?

Ich atmete tief durch, bevor ich redete: »Wir suchen etwas und könnten deine Hilfe echt gut gebrauchen! Du scheinst dich ja hier auszukennen im Palazzo.«

»Geht so.« Wieder sein süßes, bescheidenes Schulterzucken, dazu diese aufrechte Haltung, dieser in sich ruhende Blick.

»Nun, ist hier vielleicht nicht der richtige Ort, dies zu besprechen!«, sagte Apollo mit warnender Stimme, denn nun kam Francesco hinter Wollmützen-Junge den Flur entlanggeschlendert.

»Na, Prinzessin hast du einen von denen gefunden?«

Ich verzog den Mund, ich war nicht seine Prinzessin! Ich war gar nichts für ihn!

Francesco stoppte hinter dem Praktikanten. »Aber nein, das ist ja nur der Lakai, der hat hier nichts zu sagen.« Bei diesen Worten schlug er ihm unsanft auf die Schulter, sodass die gefalteten Pläne von den Büchern auf den Boden segelten.

»Oh Mann, das wollte ich nicht!«, rief Francesco und riss theatralisch die Augenbrauen hoch.

Wortlos überreichte mein wiedergefundener Mützen-Junge die schweren Folianten an Apollo, kniete sich dann hin und hob die Papiere auf. Schnell half ich ihm dabei. Carlos

Urururenkel sah uns mit vor der Brust gekreuzten Armen dabei zu.

»Ich muss dich sprechen«, sagte ich leise auf Deutsch. »Ich kann dir alles erklären, aber das soll der da nicht wissen!« Mit einem unmerklichen Nicken wies ich nach oben zu Francesco. Wir erhoben uns langsam.

»Normale Vorwahl mit 77«, flüsterte er, »dreimal die drei, Heilige Drei Könige im Januar und Heiligabend. Kannst du dir das merken?«

»Klar!« Das hieß doch wohl: 0177–333060124! »Ich bin Lucia.«

»Jannis.«

Jannis! Was für ein schöner Name für Wollmützen-Junge! Ich konnte nur noch grinsen. Denn Jannis und ich hatten ein Geheimnis zusammen, ich kannte seine Nummer, er hatte das schönste Gesicht, das ich je gesehen hatte, und kam wahrscheinlich auch aus Bayern, so wie ich, das hörte man ein kleines bisschen, er war zurückhaltend, freundlich und echt cool, weil er den fiesen Angriff von Törtchen-Francesco absolut unkommentiert gelassen hatte, übrigens die beste Methode, mit solchen Mobbingtypen umzugehen! Er war echt und real, trug keine Brokatjacke, wollte nicht unbedingt zurück ins achtzehnte Jahrhundert und verströmte keinen Schweißgeruch ... Wie *sweet*, wie *cute*. Irgendwann würde ich auch noch dazu kommen, das Missgeschick mit dem Koffer zu klären, falls es denn überhaupt seiner war.

»Wir schauen uns noch ein bisschen in der Bibliothek um, ist das in Ordnung?«, fragte ich in Francescos Richtung, ohne Jannis aus den Augen zu lassen. Ein Fehler.

»Nee, ihr geht jetzt mal bitte!« Francesco musste meinen Blick zu Jannis bemerkt haben, und ich konnte das schillernde Grüngelb der Eifersucht hinter seinen Gedanken sehen. Sein Ernst? Er war doch mindestens schon zwanzig und Jannis höchstens siebzehn. Für eine halbe Sekunde fand ich es ganz cool, das Objekt seiner Eifersucht zu sein, doch dann nur noch blöd, und ich schämte mich dafür, denn natürlich ging es hier nicht um mich, sondern nur um Francescos Eitelkeit und sein verletztes Ego. Wenn er sauer auf Jannis war, machte das die Suche nach dem Buch nicht gerade einfacher.

»Auf, auf, liebe Cousine«, sagte Apollo und reichte Wollmützen-Jannis die Bücher zurück. »Wir kommen bald wieder, um die Chroniken der hochwohlgeborenen Familie Goldonini einzusehen.« Er machte einen höflichen Nicker zu Francesco. »Frage an den Hausherrn: Wann wäre das genehm?«

»Ach, irgendwann, du Nerd«, sagte Francesco, jetzt wieder selbstsicher grinsend, und klopfte Apollo auf den Rücken.

»Nicht anfassen, bitte!« Apollo hob abwehrend die Arme.

»Sag, stammst du vielleicht auch aus einer adligen Familie Venedigs?« Francesco wollte sich mit ihm verbrüdern, so viel stand fest.

Ich verdrehte die Augen und wandte mich ab. »Die fühlen sich beide so was von besser als wir«, sagte ich leise zu Jannis. »Nur weil sie mal zum Adel gehörten, den es heute übrigens offiziell gar nicht mehr gibt. Mir wird richtig übel, wenn ich das höre.«

»Frag mich mal.« Er grinste mich an. In diesem Moment hätte ich nur allzu gerne die Hintergrundfarbe seiner Gedanken gelesen, nur die Gefühle, nicht die Gedanken selbst. Doch es meldete sich nichts, ich sah nichts, spürte nichts. Na, großartig! Wie immer, wenn ich es wirklich brauchte, ließ mein Gehirn mich im Stich.

Ich machte das Zeichen für »Ich ruf dich an!«. Er nickte leicht, und ich starrte ihm hinterher, bis er am Ende des Flurs verschwand.

Als Apollo und ich endlich wieder vor dem Palazzo standen und uns außer Hörweite befanden, trippelte ich vor Aufregung hin und her. Ich war so glücklich, so durcheinander, und mir war ein bisschen schlecht. Was sollte ich jetzt tun? Wann sollte ich ihn anrufen? Schnell tippte ich seine Nummer ein, obwohl die Chance, diese Zahlen-Kombi zu vergessen, äußerst gering war. Heilige Drei Könige im Januar, Heiligabend, wie schlau! Francesco konnte nicht wissen, dass es sich um eine Handynummer gehandelt hatte. Sollte ich sie gleich mal ausprobieren, oder war das zu früh?

»Jaja, ich habe schon verstanden, du willst dich mit seinem Kästchen verbinden!« Apollo schaute mir kopfschüttelnd zu. »Ist dir klar, dass du dich heute mehrfach danebenbenommen hast? Oh ja, ich habe mitgezählt. Erstens: Als Dame ist es sehr unschicklich, mit einem fremden Manne ohne jegliche Begleitung mitzugehen, und zweitens, auch noch den ersten Schritt zu tun, drittens, mit einem weiteren Manne, am selben Tag vertrauliche Gespräche zu führen, doch in diesem Falle werde ich mehr als ein Auge zudrücken. Denn es geht ja auch um die meinigen Interessen …«

»Ach, wie gnädig, der Herr! *Auch* deine Interessen? Es geht hier *nur* um deine Interessen, junger Freund, ich mach das nämlich alles nur für dich!« Ich lehnte mich an die nächste Hauswand, hielt mein Gesicht in die etwas blasse Novembersonne und schloss die Augen. Jannis. Ich musste immerzu, jede Sekunde, an ihn denken. Jannis. Jannis. War das normal? Eher nicht.

»Oh nein, da muss ich widersprechen, du hast mit Carlos Nachfahre Francesco herumgebalzt, das konnte ich deutlich erkennen, und nun auch auf den anderen jungen Mann ein Auge geworfen, und er auch eines auf dich! Sag bloß, du willst dich mit ihm verloben?«

Ich schnalzte mit der Zunge, immer noch mit geschlossenen Augen. »Was? Wir verloben uns doch heutzutage nicht mehr! Also jedenfalls nicht mit sechzehn! Wie alt er wohl ist?«

»Das tut hier nichts zur Sache, wir werden diesen Umstand, dass er dir zugeneigt ist, wohlweislich auszunutzen wissen!«

Ich seufzte, schaute Apollo aber nun fragend an.

»Du wirst ihn treffen, ein heimliches Stelldichein wird es sein. Und dann ...«

»Ein was bitte?«

»Nun, ein Zusammentreffen zwischen einem Manne und einem Frauenzimmer, von dem keiner weiß. Und du wirst ihn bezirzen und ermutigen, für uns das Buch zu suchen!«

»Ach, *bezirzen* darf ich dann doch?!«

»Ich werde mich natürlich nicht noch einmal abhängen lassen, so wie gerade im Palazzo geschehen, ich werde aus der Ferne aufpassen, dass nichts geschieht, was nicht geschehen darf, und auf der Stelle eingreifen, wenn nötig!«

»Puuh, da bin ich ja beruhigt!«

»Siehst du! Gut, dass du mich hast!«

Ich schüttelte den Kopf. Meine Ironie würde er nie verstehen, ob die Jahre schuld daran waren, die zwischen uns lagen? Es waren ja nur ein paar Hundert ...

»Wir suchen einen höchst romantischen Ort aus, du bringst einen Korb mit, darin ein Getränk, vielleicht einen wohlschmeckenden Braten und zum Nachtisch ein mit verführerischem Zimt gewürztes Gebäck, sodass er ganz verzaubert bleibt und nicht merkt, worauf du wirklich hinauswillst!«

»Braten? Ich werde ihm doch keinen Braten servieren! Und wenn ich ihn frage, ob er das Ananas-Buch für mich suchen kann, was soll er daran nicht verstehen?«

»Aber er soll mit seinem verwirrten Gemüt gar nicht anders können, als dir diesen Wunsch zu erfüllen!«

Verwirrtes Gemüt? Wenn hier jemand verwirrt ist, bin ich es, dachte ich, doch ich stimmte zu. Ich würde Jannis wiedersehen, das war alles, woran ich denken konnte!

Murano, es musste Murano sein, behauptete Apollo. Ein einsamer Ort, nur bevölkert von hart arbeitenden Glasbläsern und Fischern, auch damals schon bekannt als perfektes Plätzchen für heimliche Treffen! Oder aber der Friedhof San Michele? Auch er ein ausgezeichneter Platz für ein verschwiegenes Stelldichein. Ich hatte dankend abgelehnt.

Die Insel lag zwanzig Minuten entfernt und war mit dem *vaporetto* gut zu erreichen, aber natürlich sah sie heute völlig anders aus als damals. Apollo wurde ganz still, als wir am nächsten Tag durch die Gassen streiften, um nach einem geeigneten Platz für das »Stelldichein« zu suchen. Auch hier gab es Kanäle, Brücken und auch noch jede Menge Werkstätten, wo man den Glasbläsern bei der Arbeit zuschauen konnte, doch der Rest bestand aus Geschäften. Ein Laden mit Glaszeugs reihte sich an den anderen: Vasen, Geschirr, Schmuck, Weihnachtskugeln. So knallig bunt, dass mir die Augen bald schmerzten, sobald ich in ein Schaufenster sah …

Und natürlich überall Restaurants und Cafés, *Pizza to go*, *Bubble Tea*, *Gelato*. Nach langem Herumlaufen – ich humpelte schon wieder – fanden wir schließlich etwas.

»Und keine unzüchtigen Berührungen, keine Sperenzchen! Du weißt, was du zu tun hast!« Zum hundertsten Mal an diesem Abend nörgelte Apollo an mir herum. Wir saßen oben im Salon und aßen den grandiosen Spinatauflauf, den wir uns aus dem *Boccadoro* mit hochgenommen hatten.

»Ja, ich weiß es, ich hoffe nur, du tauchst nicht zu früh auf und machst damit alles kaputt!«

»Werte Dame, das wird nur geschehen, wenn ich etwas mit ansehen muss, was sich nicht schickt!«

»Ich werde ihn schon nicht küssen, was denkst du denn?« Ich hätte es nie zugegeben, aber ich hatte mir tatsächlich vorgestellt, wie es wäre, Jannis zu küssen! Würde ich die Augen dabei zumachen oder ihn die ganze Zeit anschauen? Ich konnte 0,0 Prozent eigene Erfahrung vorweisen und würde notgedrungen das imitieren müssen, was ich in Filmen gesehen und in Büchern gelesen hatte. Doch es war natürlich undenkbar, das gleich bei unserem ersten Date zu tun. Und wenn doch?

»Küssen? Aber um Himmels willen, wer spricht denn davon? Nicht zu nah beieinandersitzen, ihm nicht auf den Schoß kriechen, ihm zwar in allen Dingen beipflichten, aber nicht zu ausgelassen lachen, und vor allem, ihn nicht zu offensichtlich anhimmeln! All das gehört sich für eine Dame auch in heutigen Zeiten nicht.« Apollo versuchte, die Gabel elegant zum Mund zu führen.

Bei dem Gedanken, Jannis auf den Schoß zu kriechen, musste ich lachen. »Wo hast du diese Weisheiten denn her? Aus eurer *biblioteca* von 1740?«

»Aus deinem großen Kästchen, hier bei dir zu Hause. Eine wahre Schatzkammer des Wissens. Oh, besäße ich doch auch so etwas ...«

Ich schüttelte den Kopf. Ich hatte Apollo den Umgang mit verschiedenen Suchmaschinen auf meinem Tablet gezeigt, mehr würde ihn nur verwirren. »Lieber nicht. Du würdest aus Versehen in Australien anrufen oder eine teure App installieren und Tausende von Euros ausgeben.«

»Ich würde was?!«

»Siehst du? Vergiss es!« Schon war ich mit den Gedanken erneut bei Jannis. Wir hatten uns geschrieben. Morgen Nachmittag um drei würde ich ihn wiedersehen! Und weil das sowieso schon mal ganz unfassbar war, würde ich mich nicht von einem Typ aus dem achtzehnten Jahrhundert belehren lassen, was sich *schickte* und was nicht!

Ich seufzte und bekämpfte die leichte Panik, die jedes Mal in mir aufstieg, wenn ich an Jannis-Jannis-Jannis dachte. Immerhin hatte er zugesagt, nach Murano zu kommen. Ich wurde noch aufgeregter. Was sollte ich anziehen? Gehörte der Koffer nun Jannis oder nicht? Offenbar schon, aber warum hatte er dann im Palazzo nichts über meine Klamotten gesagt? Sollte ich meine blöde Curryjacke tragen und auf Wurst in Soße machen, um kein Risiko einzugehen? Dann würde ich mich aber nicht so gut und hübsch und sicher fühlen wie in den letzten Tagen. Ich *wollte* mich aber gut und hübsch und sicher fühlen!

Endlich war es so weit und wir fuhren hinüber. Das Wetter spielte mit, es war zwar kalt, aber sonnig. Sofort an der ersten Haltestelle stiegen wir aus, gingen ein paar Schritte die *Fondamenta Serenella* entlang, Apollo half mir tragen, denn außer den Decken und Kissen gegen die Kälte schleppten wir auch noch einen großen Korb zwischen uns.

Auf einem schmalen Steg, der ein paar Meter ins Meer ragte, legte ich die zwei Sofakissen auf die geriffelten Holzbohlen, daneben die beiden Wolldecken, die wir aus Babbos *salotto* entwendet hatten, und arrangierte die Frischhaltedosen und die Thermoskanne, die Becher und Servietten in der Mitte. Nein, es gab keinen Braten, aber dafür das Beste, was das *Boccadoro* für so eine Gelegenheit zum Mitnehmen außer Haus zu bieten hatte. Zwei mit Salat, gegrilltem Gemüse und Mozzarella gefüllte *piadine*, rote Weintrauben, kleine Streifen Schokokuchen, heißen Kakao. Meinem Vater und Amanda hatten wir unseren Ausflug genau beschrieben, nur Jannis' Teilnahme hatten wir unterschlagen.

»Ihr versteht euch gut, das sehe ich, ach, er ist ja auch ein netter Kerl, dein Apollo. Und du bist auch besser gelaunt, weil du ihm helfen kannst!« Ja, helfen konnte ich ihm wirklich. Babbo hatte mich ganz glücklich angeschaut, und ich hätte beinahe ein schlechtes Gewissen bekommen, aber nur fast.

»Jetzt geh schnell, es ist fast drei!«, drängelte ich.

»Aber keine Küsse, meine Liebe!« Mein Bilderspringer drohte mir mit erhobenem Zeigefinger. »Und nicht zu nahe beieinandersitzen, ich muss sonst eingreifen!«

»Bist du etwa eifersüchtig?«

»Aber nicht doch, werte Dame, ich beschütze nur, was mir lieb und teuer und beschützenswert erscheint!«

»Das hast du schön gesagt.«

Apollo verbeugte sich und verzog sich umgehend auf seinen nahen Beobachtungsposten an Land, hinter einer Mauer.

Kurz darauf sah ich Jannis auch schon über die *Fondamenta* kommen. Mit langen Schritten, der kurze, weite Mantel umwehte ihn wie einen Dichter oder so was. Plötzlich spürte ich wieder diese Panik aufsteigen, und mir kamen die Dosen und Tassen albern vor, also kniete ich mich hin und packte schnell alles wieder in den Korb zurück, er sollte nicht denken, dass ich eins dieser umsorgenden Mädchen war, die jedem und jeder in der Klasse Kuchen backte.

Ich stand auf, schaute ihm mit klopfendem Herz entgegen, und hoffte, dass ich ihn mit meinem Lächeln nicht allzu offensichtlich anhimmelte, wie Apollo es nannte.

»Hi!« Er lächelte auch, wow, was konnte dieser Junge lächeln!

»*Buongiorno*«, antwortete ich und irgendwas tief in mir drin freute sich ganz schrecklich. Das hier fühlte sich um Klassen besser an als die Anmache von Francesco.

»Cool hier!« Er kam zu mir auf den Steg, sah die Decken und den Korb. »Picknick? Find ich gut. Was gibt's denn? Ich hab nämlich Hunger!« Seine Stimme war ruhig und tief, doch ein äußerst süßes Lachen schwang in dem Ton mit, als ob er mich ein bisschen provozieren oder aufziehen wollte. Oh bitte, er sollte immer so mit mir reden!

»Hunger? Cool, ich auch!« Für ein Begrüßungsküsschen kannten wir uns noch nicht gut genug, und ich gab ihm auch nicht die Hand, zu förmlich, aber mein Herz beruhigte sich ein bisschen. Er war da, er stand sogar ziemlich dicht bei mir und lächelte, und in diesem Moment verflog meine restliche Nervosität im Wind, der jetzt trotz der Sonne in kalten Stößen über das Wasser fegte und die Oberfläche kräuselte.

»Schöner Ausblick!«

Er hatte recht, die rötlichen Häuser von Venedig waren

zwar weit entfernt, doch sie leuchteten im weichen Licht zu uns herüber. Ich zeigte auf die Kissen und freute mich, dass er sich einfach eins schnappte und sich darauf im Schneidersitz niederließ. Ich reichte ihm eine Decke und setzte mich auf das zweite Kissen, dabei ließ ich die Beine über die Stegkante ins Leere baumeln, einen Schneidersitz machte meine Hüfte noch nicht mit.

»Kakao?«

»Gern!« Er drehte sich, sodass er neben mir saß und seine Füße wie meine zwanzig Zentimeter über dem Wasser schwebten. Die Kräuselwellen glitzerten in der Sonne und in meiner Brust wurde es ganz warm. Ich schob den Korb zwischen uns, packte ihn wieder aus, öffnete die Brotdosen und schenkte heiß dampfenden Kakao in die Tassen. »Kommt alles aus dem Bistro *Boccadoro*, drüben in Canareggio, das gehört meinem Vater«. Aber das weißt du ja schon. Ich hielt die Luft an, doch er ließ sich nichts anmerken.

»Daher sprichst du so gut Italienisch?«

»Ja, aber ich bin in München aufgewachsen.«

»Nicht dein Ernst! Ich auch! Ich komme auch aus München. Maxvorstadt.«

»Cool. Ich wohne Nähe Rotkreuzplatz.«

Wir nickten, das war nicht allzu weit voneinander entfernt.

»Darf ich?« Er nahm sich eine Traube.

»Ja klar. Cool!« Alles war cool, nichts war schwierig mit ihm! Wir würden uns wiedertreffen, in unserer Stadt. Er würde mich besuchen, wir würden zusammen im Park von Schloss Nymphenburg spazieren gehen, und ich würde ihm meine Lieblingsstelle an der Isar zeigen und er mir seine. Jeder Münchner hatte eine Lieblingsstelle an der Isar. »Aber du sprichst auch ziemlich gut!«, sagte ich jetzt.

»Ach, na ja, um mich für mein Praktikum hier vorzubereiten, habe ich vor einem Jahr angefangen zu lernen.«

»Ein Jahr? Dafür ist es super!«

»Ich hatte Latein, und es macht mir Spaß, Dialekte und Sprachen nachzumachen. Ich imitiere einfach das, was ich höre. Meistens ohne zu wissen, was ich da sage …«

Ich schüttelte den Kopf, das stimmte ja nicht. Er war bescheiden, das auch noch!

Wir fingen mit den *piadine* an, bissen herzhaft hinein, schauten uns mit vollem Mund an, grinsten und ließen währenddessen die Beine baumeln wie Kinder. Ich dachte ausnahmsweise mal an nichts, sondern kaute und schluckte nur, genoss den süßen, wärmenden Kakao in meinem Mund, Sekunden später dann in meinem Magen, und war erst einmal glücklich. Dieser Zustand dauerte ungefähr drei Minuten lang an, bevor mein Gehirn wieder einsetzte, doch es jubelte nur entspannt vor sich hin: Venedig ist sooo super, wie toll, hier zu sein, nicht auszudenken, wenn ich Papas Angebot abgelehnt hätte oder sofort zurückgefahren wäre. Ich hätte Jannis niemals kennengelernt! Ich schaute ihn heimlich an, und in meinem Bauch, in meiner Brust, überall kribbelte es. Es *musste* kribbeln, das wusste ich jetzt.

Die Trauben waren saftig und passten ausgezeichnet zur *piadine*. Dann stellte er leider eine weitere Frage: »Also, was wolltest du mir denn erklären, was Francesco Goldonini gestern nicht wissen sollte?«

»Ich wollte auf Nummer sicher gehen, er scheint mir ein ziemlicher Idiot zu sein, oder?«

»Ich lästere ja ungern, sondern sage den Menschen meine Meinung lieber ins Gesicht, aber in diesem Fall …« Er zuckte mit den Schultern und lachte. »Sorry, aber ein Idiot ist er wirklich. Den ganzen Tag rennt er rum und stört uns bei der Arbeit. *Sag, stammst du vielleicht auch aus einer adligen Familie Venedigs?*« Er ahmte Francesco nach und machte dabei mit dem Kopf eine Bewegung, genau wie er!

»Ja, so spricht er! So *ist* er!«

»Danke. Ich kann gut Leute nachmachen – haben die in meiner Schule jedenfalls gesagt.«

Wir lachten. Aber täuschte ich mich, oder warf er währenddessen einen besonders prüfenden Blick auf meine Jacke? Ich hatte es nicht über das Herz gebracht, meine blöde Daunenjacke zu tragen, sondern war natürlich wieder in meine, na ja, vielleicht auch seine, geliebte Taucheranzugjacke mit den abgeschnittenen Kanten geschlüpft.

Ich holte tief Luft. »Also, wir suchen ein Buch, das zum Familienbesitz der Goldonini gehört, denn der Junge, mit dem ich neulich im Palazzo war, ist auch ein Goldonini. Seiner Familie ist das Buch gestohlen worden, das ist schon etwas länger her, aber ...«

»Und das Buch wollt ihr nun zurückklauen?«

»Nein!« Ich schüttelte den Kopf.

»Da mache ich nämlich nicht mit. Und wenn du mich nur deswegen herbestellt hast ...« Seine Augenbrauen zogen sich zusammen, als er mich jetzt anschaute.

»Nein!« Mist, das durfte er auf keinen Fall von mir denken! »Wir wissen noch nicht einmal, ob das Buch im Palazzo ist. Vorne ist eine Ananas drauf, hast du so was zufällig schon mal dort herumstehen sehen?«

Jannis starrte auf den Rest der *piadina* in seiner Hand. Er brauchte ziemlich lange, um zu antworten. »Nein.«

Oh no, das hörte sich gar nicht gut an. »Wir wollen es nur ausleihen, durchlesen und zurückstellen, mehr nicht!«

»Aha, und was steht da so Wichtiges drin? Wie man Gold macht, oder wie?«

»So was Ähnliches, ja. Ich kann dir das nicht erklären, denn du würdest es mir sowieso nicht glauben.«

»Im Palazzo wolltest du es noch erklären, jetzt nicht mehr? Interessant.«

»Sorry!« Wo sollte ich anfangen? Welchen Teil der Geschichte würde er mir glauben? Keinen einzigen!

Schokokuchen? Ich hielt ihm die Plastikschüssel mit Amandas Spezialität hin. Selbst hier draußen im Novemberwind konnte man den köstlichen Duft wahrnehmen. Doch er winkte nur ab, ja er stand jetzt sogar auf, beinahe wäre das Kissen ins Wasser gefallen.

»Weißt du, ich fand dich ja echt ganz nett, aber das hier sieht für mich schwer nach Berechnung aus.« Er stieß die Luft durch die Nase und sah mich mit seinen hellblauen Augen so eisig an, dass mir noch kälter wurde. »Meinst du, mit Kuchen und Kakao auf einem Steg kannst du mich kaufen?«

Auch ich stand nun auf und breitete entschuldigend die Arme aus. »Wie gesagt, du hast das falsch verstanden, wir müssen in dem Buch nur was nachlesen, aber das ist wirklich superwichtig!«

»Warum fragt ihr nicht Francesco, er wird doch wohl nichts dagegen haben, wenn es nur um ein kurzes Reinschauen geht.«

»Francesco ist ein Idiot, hast du das vergessen, oder seid ihr jetzt beste Freunde?« Auch ich war nicht mehr gut gelaunt. »Außerdem wissen wir ja gar nicht, wo das Buch ist!«

Jannis nickte, doch er wirkte immer noch verärgert. »Geht es um Geld, um irgendeinen Schatz, der im Haus zu finden ist?«

Ich schüttelte den Kopf. Nein.

»Ach komm, es geht doch immer um Geld, oder?«

»Nein, wenn du es genau wissen willst, geht es um Leben und Tod, aber das glaubst du mir bestimmt nicht, weil ich dich ja so fies auf den Steg gelockt habe!« Beinahe wären mir die Tränen gekommen. Er verstand mich nicht und versuchte es auch gar nicht erst!

»Nein, ich glaube dir gerade echt nicht viel.« Er sah mich an, und sein schöner Mund, mit dem er mich noch vor fünf Minuten so süß angelächelt hatte, lächelte nun überhaupt nicht mehr. »Denn ich habe das Gefühl, hier getäuscht zu werden. Aber ich bin nicht blöd, Lucia. Falls du überhaupt so heißt.«

»Natürlich heiße ich so!« Ich schnappte nach Luft, obwohl es davon um uns herum reichlich gab. Der Wind war stärker geworden, und nun schob sich auch noch eine mächtige Wolke vor die Sonne und ließ die Lagune vor uns plötzlich grau und trostlos aussehen.

»Diese Jacke, die du da trägst, ist nämlich meine! Ich habe das gestern im Palazzo schon gedacht, war mir aber nicht sicher. Doch nun bin ich es! Die Jacke war in meinem Koffer, den irgendjemand auf dem Boot vom Flughafen in die Stadt verwechselt hat! Verwechselt oder vertauscht …«

»Ach, echt? Oh.« Dummer Kommentar, ich weiß, aber es war mir so peinlich, dass ich nicht wusste, was ich hätte sagen sollen.

»Ja, *echt*! Und dein Koffer ist seit ein paar Tagen bei mir, ich wollte ihn zurückbringen, zunächst zu der *vaporetto*-Zentrale, aber die wollten ihn nicht haben. Sie sagten, sie rufen mich an, wenn du ihn als vermisst oder vertauscht meldest. Hast du aber nicht!« Er zuckte mit den Schultern und schaute mich kopfschüttelnd an. »Wer bist du, dass du deinen Koffer nicht suchst? Und meinen einfach behältst? Ich habe alles von oben bis unten durchwühlt, um einen Hinweis auf dich zu finden! Die Mühe hast du dir anscheinend nicht gemacht!«

Ich starrte nur auf die Ritzen der Holzplanken und das dunkle Wasser, was dazwischen zu sehen war.

»Ja, ich weiß, dass du die Tochter vom Besitzer des *Boccadoro* bist. War ja nicht schwer.«

Ich nickte. Das T-Shirt.

»Bin extra dorthin gefahren. Aber dann war so viel los da drin, war echt kein guter Moment, um zu fragen.« Er schnaubte durch die Nase. »Ich finde dein Verhalten echt *weird*, und dein Modegeschmack ist, na ja, gewöhnungsbedürftig, und dann sind da ja noch diese ganzen Tabletten, ich glaube, du hast da ein echtes Problem, Mädchen!«

Die Art, wie er »Mädchen« sagte, hörte sich nicht nett an, nein, ganz und gar nicht.

»Warum nimmst du die? Einfach so? Soll's ja geben. Was ist los mit dir? Müsstest du nicht eigentlich in der Schule sein?«

»Nein! Und noch mal nein!«

»Okay, ist deine Sache.«

Ich schluckte. Das klang hart. Und gleichgültig. »Aber du bist trotzdem hier.« Ich versuchte ein Lächeln.

»Ja klar, aber nur, weil ich meine Klamotten zurück möchte, denn auch die Hose, die du trägst, gehört mir.« Er bückte sich, und ehe ich ausweichen konnte, hatte er nach meinem rechten Hosenbein gegriffen, zog es hoch, krempelte es unten um und zeigte mir die Naht. »Hier, siehst du das? Das habe ich selbst mit der Maschine versäubert, mit einem sogenannten Zickzackstich, aber mit niedriger Stichlänge, der ist am besten bei diesem Stretchstoff, sagt meine Mutter. Die entwirft und schneidert nämlich all diese Sachen in ihrem Atelier, und ich helfe ihr manchmal.«

Du kannst nähen, Mensch, wie toll, wollte ich sagen, damit wir uns wieder anlächeln konnten, wie zu Anfang.

Aber nein, stattdessen zerrte er immer noch höchst unfreundlich an meinem Hosenbein herum. Ich zog mein Bein mit einem Ruck an mich, kam dabei an eine der Tassen und stieß sie so hart und unglücklich um, dass sie in zwei Hälften zerbrach. Ein kleiner See Kakao breitete sich um sie herum aus, der zwischen den Planken hindurch in die Lagune tropfte.

Mist, auch das noch.

Und zu allem Überfluss kam jetzt jemand auf den Steg gerannt, der natürlich nur auf einen derartigen Zwischenfall gewartet hatte. »Aber, aber, was tun Sie da, werter Herr?«

Apollo hatte die Jacke meines Vaters um die Hüften gebunden, sein Pullover leuchtete in diesem wunderschönen sattdunklem Kaschmirlila, und die graue Reserve-Wollmütze aus Jannis' Koffer schien er auch eingesteckt zu haben, denn er trug sie in diesem Moment auf seinen blonden Locken. Verdammt. Viel offensichtlicher konnte man nicht zeigen, dass er und ich eine Bande von Koffer- und Bücherdieben waren.

»Nicht euer Ernst, der auch?« Jannis sah zwischen uns hin und her, hatte aber Gott sei Dank mein Hosenbein losgelassen. »Meine Klamotten, meine Pullover! Hast du etwa auch einen an? Ja natürlich!« Er zeigte auf meinen Hals, an dem wahrscheinlich ein Stück des Rollkragens sichtbar war. »Also, ich will, dass ihr mir die Sachen sofort zurückgebt! Ich bringe dir dein Zeug natürlich auch vorbei! Wohin? In dieses *Boccadoro*? Morgen Nachmittag um fünf, wenn ich mit der Arbeit fertig bin. Und sei bloß da, mit allem, was in meinem Koffer war!« Er warf einen Blick auf Apollos Kopf. »Mit *allem*!«

Ich nickte. Ich schämte mich so!

»Werter Herr?« Apollo verneigte sich, als Jannis an ihm vorbeistapfte.

»Mann!«, hörte ich ihn sagen. »An was für Typen bin ich da bloß geraten!« Nach ein paar Metern verließ er den Bootssteg. Ich stand nur da und wusste immer noch nicht, was ich sagen sollte.

»Nun denn: Ein Anfang ist gemacht. Das war doch schon recht verheißungsvoll!« Apollo schien guter Dinge.

»Was war daran denn bitte schön *verheißungsvoll*?«, zischte ich zurück. »Das war das schlimmste Date meines Lebens!«

9. KAPITEL

»Nun ja, gegen Ende schien er etwas verärgert, der angehende Herr Architekt, aber warum eigentlich? Weil du für ein Mädchen recht ungeschickt warst und die Tasse kaputt gemacht hast? Aber er mag dich, das habe ich auch noch aus dreißig Schritt Entfernung erkennen können.«

Na, danke! Ich mochte Apollo jetzt nicht die Geschichte mit dem vertauschten Koffer gestehen und zuckte mit den Schultern, während ich mich umständlich hinkniete und die Reste des missglückten Picknicks zusammenpackte. *Für ein Mädchen recht ungeschickt.* Sein Ernst? Noch vor einer halben Stunde wäre ich bei diesem Kommentar ausgerastet, doch meine angebliche Ungeschicklichkeit war gerade mein kleinstes Problem.

Apollo bückte sich, angelte eins der verschmähten Schokokuchenstücke aus der Box und schnupperte genießerisch daran. »Deliziös! Backen kann sie ja, die …«

»Stopp!« Keine rassistischen Sprüche über Amanda! Er wusste es in seinem Jahrhundert zwar nicht besser, aber dennoch, seine dummen Kommentare über Sklaven konnte ich echt nicht mehr hören. »Ja klar kannst du Kuchen haben! Aber du hast leider nicht kapiert, dass der angehende Architekt nichts, aber so überhaupt nichts für uns tun wird. Er wird weder das Buch suchen, noch es uns übergeben, falls er es finden sollte. Ich hab's vermasselt!«

»Was genau tatest du, um dieses Resultat zu erreichen?«
Apollo biss mit abgespreiztem Finger von dem Kuchen ab.
Er war erstaunlich ruhig.

»Da gibt es etwas, das habe ich dir noch gar nicht erzählt …«

Bepackt mit den Decken und Kissen, den Korb zwischen uns, machten wir uns auf den Weg zur Haltestelle, und ich berichtete Apollo notgedrungen von dem Koffertausch.

»Nun denn? Was ist daran so tragisch? Er bringt morgen deine Sachen und bekommt dafür seine wieder. Tragen wir eben in den nächsten Tagen deine Kleidung, wo doch alles gleich ist, in dieser Zeit!«

Nein, ich würde Apollo unmöglich in meine Jogginganzüge stecken können, und mich selbst auch nicht mehr. »Das wird schwierig, meine Kleidung ist … anders.«

Apollo schüttelte nur den Kopf und flüsterte, damit uns niemand belauschen konnte: »Was ich hier auf den Gassen und in deinem kleinen Kästchen schon alles gesehen habe … *horribile*, doch manchmal auch wunderschön, so muss ich zugeben. Die heutigen Männer tragen alles, mal geben sie sich kämpferisch, dann wieder behängen sie sich mit einem Stoffstreifen am Hals oder mit Perlenketten und malen sich die Fingernägel bunt. Ich weiß nicht mehr, wo ein Mann aufhört und wo eine Dame anfängt … ich bin verwirrt und gleichzeitig sehr entzückt, ach, es herrscht wahrlich eine große Vielfalt in dieser Welt und ein Durcheinander in meinem Kopfe.«

Ich lächelte Apollo an, das war das erste Mal, dass er zugab, nicht alles zu durchschauen und besser zu wissen. Das *vaporetto* kam, wir stiegen mit den anderen Passagieren ein und setzten uns auf zwei der hinteren Sitzplätze, weit weg von allen.

»Und kann ich denn Ansprüche stellen?«, fuhr er fort. »Du versorgst mich mit Speisen, gibst mir einen Schlafplatz, kleidest mich ein! Und dafür danke ich dir von Herzen!« Er erhob sich, und ich ahnte, was jetzt kam. Und richtig, schon wollte er auf die Knie fallen, doch ich hielt ihn auf halbem Wege davon ab.

»Lass das, steh auf! Es ist toll, dass du dich bedankst, aber wir wollen doch nicht auffallen!«

»Du hast recht. Ich vergaß.« Er setzte sich wieder. »Heute Abend liest du in deinem kleinen Kästchen nach, mit welch charmanten Winkelzügen du es anstellen magst, und morgen wirst du den jungen Mann überreden, doch in unserem Sinne zu handeln! Ich spüre es! Denn dieser junge Mann ist unser Schlüssel zum Palazzo! Zum Buch, zum Trank! Er ist der Schlüssel, der mir die Tür zurück in mein glückliches Leben öffnen wird!«

»Schön, dass du gerade überhaupt keinen Druck aufbaust«, sagte ich.

Das Boot legte am Friedhof *San Michele* an und steuerte nach einem kurzen Stopp quer über die Lagune auf die Haltestelle *Orto* zu. Apollo sah aus dem Fenster über das Wasser, das an uns vorbeirauschte, und auf die Häuser von Venedig, die sich näherten. »Meine Stadt, das ist doch meine Stadt«, murmelte er, nahm dann meine Hand und drückte fest zu, während er mir beschwörend in die Augen schaute. »Nur du kannst mich jetzt noch retten!«

Am nächsten Nachmittag Punkt fünf Uhr, es war schon beinahe dunkel, saßen wir im *Boccadoro* und warteten auf Jannis. Ich versuchte, mich auf meinen Latte macchiato zu konzentrieren, doch ich konnte einfach nicht stillsitzen. Zum x-ten Mal sprang ich auf, ging zu Amanda an die Theke, schaute kurz in die Küche, streifte die Bücherstapel auf den Tischen, setzte mich wieder. Ich musste an den rosa Koffer denken, der oben im *salotto* stand, gepackt mit den Kleidungsstücken, die angeblich seine Mutter geschneidert hatte.

Natürlich würde er trotzdem sauer werden, denn ich trug immer noch eine seiner superbequemen, coolen Hosen und den dunkelgrünen Kaschmirpullover. Etwas anderes hatte ich ja nicht zur Verfügung. Soll ich etwa nackt herumlaufen?, würde ich ihn fragen.

Apollo immerhin hatte keine Sachen mehr von Jannis an. Die uralten Klamotten meines Vaters sahen in meinen Augen sehr komisch an ihm aus. Eine bollerige braune Hose, ein beiger Pullover mit kariertem Hemd unter dem V-Ausschnitt, irgendwo hatte er auch noch eine braune Kappe aufgetan, die auf seinen Locken thronte. Er sah aus wie ein englischer Landlord auf Urlaub, doch ihm gefiel der Style. »Eure Hemden, ich könnte immerzu diese Hemden tragen, viel weicher als die unseren, selbst der Kragen, er steht aufrecht und ist doch nicht gestärkt! Und diese kleinen Knöpfe, wie Fischchen schlüpfen sie durch die Knopflöcher, so bequem, so einfach zu handhaben!«

Endlich, um zehn nach fünf, öffnete sich die Ladentür, und herein trat unser Architekten-Praktikant, meinen Koffer hinter sich herziehend. Babbo war nicht da, ich hatte also Glück und musste nichts erklären. Jannis schaute sich mit ruhigem freundlichem Gesicht um, das Bistro und die vielen Bücher schienen ihm zu gefallen, doch als er uns an Tisch Nummer sieben entdeckte, fiel seine Freundlichkeit in sich zusammen.

»Hallo«, knurrte er. »Da bin ich. Und wo ist mein Koffer?«

»Der ist oben«, sagte ich und zeigte an die Decke des Bistros.

»Und warum bist du noch immer ... so gekleidet?« Er zeigte genervt auf mich.

»Ja, soll ich etwa nackt hier stehen?«, raunzte ich zurück. »Muss doch erst mal an meine Klamotten kommen, um mich umziehen zu können, oder?«

»Ihr Damen und Herren, wir wollen uns beherrschen!« Apollo schaute lächelnd in die Runde. »Ein Getränk, der Herr?«

»Kein Getränk, danke, ich würde gerne möglichst schnell meinen Koffer an mich nehmen und gehen!« Seine italienische Antwort war perfekt, er musste sie vorher einstudiert haben!

»Kein Problem! Wir sind schon auf dem Weg. Je schneller wir das hinter uns haben, desto besser.« Wenn er so scheiße zu uns war, war ich es eben auch! Er schaffte es ja noch nicht mal, mich richtig anzuschauen.

Wir verließen das Café durch den Filzvorhang und stiegen die Treppen hoch, Apollo hausherrenmäßig als Erster, Jannis trug das Gepäck, ich ging hinter ihm her, niemand sagte etwas.

»Oh Mann«, murmelte Jannis dann, als er den anderen Koffer im *salotto* stehen sah, er rollte meinen daneben. Jetzt war offensichtlich, wie ähnlich die Farben waren, obwohl es sich um unterschiedliche Modelle handelte.

»Sorry, wohin hätte ich ihn bringen sollen, es stand ja nichts drin, kein Name, keine Nummer, *niente*!«

»Na und? Du hast dir nicht mal Mühe gegeben, die Verwechslung zu melden! Ich dagegen habe sofort bei dieser Bootsfirma angerufen, bin hier unten vor dem Bistro aufgetaucht, aber nein, du hattest das nicht nötig!«

Ja, du hast recht, dachte ich, aber das kann ich jetzt auch nicht mehr ändern. »Ich zieh mich schnell um«, sagte ich und zog den Koffer in mein Zimmer. Verdammt, dieser Typ da draußen in Babbos *salotto* war echt immer noch so hübsch – aber leider auch unfreundlich, fies und eingebildet ...

Ich klappte meinen Koffer auf und stöhnte. Meine Unterwäsche lag ganz oben, dazwischen die Tablettenpackungen, ich wühlte ein bisschen herum, warf die Klamotten auf den Boden, aber keine normale Hose weit und breit. Musste ich wirklich einen dieser Jogginganzüge anziehen? Die sahen furchtbar an mir aus, aber was sollte ich sonst tun? Ich beeilte mich, denn aus dem Nebenzimmer hörte ich bereits laut streitende Stimmen. Welches Modell durfte es denn sein? Das graue? Nein, bei dem prangte ein Fettfleck auf dem Hosenbein. Der grüne Anzug? Der war zu ausgeleiert. Dann der Kanarienvogelgelbe? Warum nicht, es war sowieso alles egal. Schnell legte ich die geliebte Hose und den Pullover zusammen. Die Männerunterhose behielt ich einfach an, die war eben verloren gegangen ... Ich schlüpfte in das gelbe Teil, nahm die Klamotten und machte, dass ich rüberkam.

Dort lief Jannis auf und ab und wedelte mit der italienischen Architekturzeitschrift, die mir bekannt vorkam. »Die gehört auch mir, wieso ist nicht schon alles zusammengepackt? Was fehlt wohl sonst noch?«

»Sorry, hatte ich nicht gesehen.« Ich legte die zusammengefalteten Sachen auf Jannis' Koffer und funkelte Apollo an: *Warum hast du die Zeitschrift aus seinem Koffer herausgenommen, musste das sein?*

»Verzeiht, ich hatte mich nur über das, was darin geschrieben steht, ins Bild setzen wollen. Schließlich geht es in einem der Schriftstücke um meine Heimatstadt, Venedig! Übrigens ein völlig falscher Gedanke, der da ausgerechnet über die *Chiesa della Santissima Trinità* verbreitet wird. Der Autor fragt sich, wo die Figuren, die an der Fassade angebracht waren, geblieben sind? Ja meine Herren, die hat man doch im Frühjahr des Jahres 1740, gegen den Willen des Baumeisters, eines gewissen Maestro Baldacchi, abmontiert und woanders angebracht, während der hochwohlgeborene Schreiberling *Signor* Leewald etwas ganz anderes behauptet, nämlich dass sie vernichtet worden sind.«

»Ich weiß nicht, ob ich das richtig verstanden habe«, sagte Jannis stockend auf Italienisch, »aber dieser *Signor Leewald* ist übrigens mein Vater.« Er schaute Apollo finster an. »Und was hast du überhaupt studiert, dass du das so einfach widerlegen kannst?«

»Mein Herr?« Apollo verstummte.

»Ja, bitte, ich höre.« Jannis richtete sich noch gerader auf. »Mein Vater war ein toller Architekt, und schreiben konnte er auch, und wenn jemand seine Arbeit anzweifelt, dann ...«

»Er lebt nicht mehr?« Der Satz war mir einfach so rausgerutscht. Jannis bedachte mich mit einem irritierten Blick, als ob er vergessen hatte, dass ich auch noch da war. Vielleicht war er aber auch nur vom Gelb meines Outfits geblendet.

»Nein, er lebt nicht mehr«, sagte er nun auf Deutsch, »allein schon deswegen lasse ich nichts auf ihn kommen, er kann sich ja nicht mehr verteidigen. Sag das bitte deinem Freund!«

»Ich kann dem werten Herrn nur versichern, ich weiß sehr genau, dass es so nicht war«, sagte Apollo nach meiner Übersetzung und schaute mich dabei flehentlich an: *Darf ich? Darf ich es ihm beweisen?* Ich schüttelte den Kopf.

»Ihr zwei seid echt komisch drauf, aber das wisst ihr sicher.« Jannis steckte das Magazin in seinen Rucksack, verstaute dort auch die Hose und den Pullover, den ich bis eben noch getragen hatte, schnappte sich dann den Koffer und zog ihn Richtung Tür.

»Einen Augenblick, die werte Dame wollte dir noch etwas mitteilen!« Apollo stand mit einem Mal neben ihm und versperrte ihm den Ausgang.

»Ja, nein, also …« Vor Schreck redete auch ich jetzt Deutsch. Jannis wandte sich um und hielt meinem Blick endlich etwas länger als eine Sekunde stand.

»Mit diesem Joggingteil siehst du völlig anders aus.« Er schüttelte den Kopf, vermutlich, um das Bild darin zu vertreiben … Sein Mund, dieser superschöne Mund, war auch in der Lage, gemein zu zucken. Unglaublich, aber leider wahr. »Was ist, kann ich jetzt gehen, oder willst du mich noch mal um irgendetwas Illegales bitten?«

Etwas Illegales? Mein Herz fing an, in meiner Kehle zu hämmern, so wütend wurde ich. Trotzdem zwang ich mich, ruhig zu wirken.

»Dass ich dich um etwas gebeten habe, was dir wie etwas Illegales vorkommt, ist auch mir sehr unangenehm! Und ich tat es übrigens nicht für mich, sondern für ihn.«

Jannis kreuzte schweigend die Arme vor der Brust. Nur sein Fuß neben dem Koffer trommelte leicht auf den Boden und zeigte, dass auch er nicht so ruhig war, wie er vorgab. Was hätte ich jetzt um einen seiner Gedanken gegeben! Aber es funktionierte nicht. Ausgerechnet bei ihm nicht ...

»Wir brauchen dieses Buch, damit ...« Ich stockte, doch ich wusste, viel Zeit hatte ich nicht. »... damit wir, damit *er*, etwas tun kann, was sein Leben in Ordnung bringt!«

»Ach, vielleicht einen geheimen Trank brauen, trinken, unsterblich werden?«

»So ähnlich!« Ich schaute ihn erstaunt an. »Woher weißt du das?«

»So eine Geschichte habe ich mal gelesen, in einem ziemlich schlechten Roman.« Er zuckte gleichgültig mit den Achseln, und am liebsten hätte ich ihn dafür ... ja wirklich ... *gehauen*!

»Was sagt er, was sagt der junge Herr?«, fragte Apollo ungeduldig.

»Er sagt«, wiederholte Jannis in seinem langsamen Italienisch, »dass ihr verrückt seid und ich euch nicht helfen werde. So einfach ist das.«

»Aber Ihr müsst der werten Dame glauben! Jedes Wort ist wahr, das sie ausgesprochen hat!«

»Ich habe es ihm noch gar nicht gesagt, Apollo.« Plötzlich fühlte ich mich unfassbar müde. »Die ganze Geschichte ist eben nichts für Leute, die nur glauben, was sie sehen und was sie meinen, hundertprozentig beweisen zu können!«

»Aber ich kann ihm das mit der Fassade doch beweisen! Die Marmorfiguren, die sie abgeschlagen haben, sind ins *sestiere* Castello transportiert und an einer anderen Fassade wieder angebracht worden. Der Steinmetz hat das Geld für seine Arbeit übrigens nie gesehen! Vielleicht steht das ja in seinem kleinen Kästchen!«

»Was? Wohin sind sie transportiert worden?« Plötzlich schien Jannis interessiert. »Das Rätsel um diese Kirchenfassade hat meinen Vater sein Leben lang beschäftigt. Aber woher weiß er …?«

»Weil er dabei war«, sagte ich. Natürlich wusste ich, was jetzt kommen würde.

»*Weil er dabei war*«, wiederholte Jannis tonlos. »Im Frühjahr 1740? Ja, warum nicht …? Welche Drogen habt ihr eigentlich genommen?« Er machte sich lustig, na klar, damit hatte ich gerechnet.

»Ja, genau.« Ich lachte auf, doch ich hörte selbst, wie verletzt ich klang. »Und das ist das, was ich dir nicht erzählen konnte. Weil es eben unglaublich klingt.«

»Es war dieser heiße Nachmittag …« Apollo führte Jannis zu einem der beiden Sessel und schaffte es, ihn dort hineinzudrücken, während er gegenüber Platz nahm und näher rutschte. »Die Kanäle sind nur halb gefüllt, das ist ungewöhnlich, aber 1740 ist ein extrem heißes Jahr …« Apollo sprach langsam und sah Jannis dabei unablässig in die Augen, nun nahm er die Kappe ab und wischte sich über die Stirn, als ob er die Hitze immer noch spüren konnte. »Mein Freund Guglielmo und ich lungern an der *Chiesa della Santissima Trinità* herum, wir haben die letzten beiden Unterrichtsstunden an der *Accademia* geschwänzt und sind froh, im Freien sitzen zu können. Es ist Markt, also muss es ein Montag gewesen sein, Montag ist immer Markt in der *Calle Longhi*. Die *Calle* ist mit Dächern aus Stoff überspannt, sodass man im Schatten gehen kann. Nur ab und zu fällt ein Sonnenstrahl auf die Früchte und alles, was dort feilgeboten wird. Es riecht, alles riecht, die Kanäle, die Menschen, das Fleisch und der Fisch … aber ich mag den Geruch. Wir warten auf die werte

Dame Giuseppina. Guglielmos Angebetete. Doch sie taucht nicht auf. Und dann kommt plötzlich dieser Steinmetz die Gasse entlang ... Jacopo heißt er, ich kenne ihn ... und er ist wütend!«

Als Apollo mit seiner Geschichte fertig war, lehnte Jannis sich zurück. »Gut erzählt, die Sache mit den Marmorfiguren. Spannend. Und schön langsam, ich habe fast alles verstanden, obwohl sich dein Italienisch komisch anhört. Aus welchem Film kommt die Story?«

»Film?« Apollo hob verwirrt die Augenbrauen.

»Die beweglichen Bilder«, half ich ihm.

»Aber nein, es sind doch nicht die schnellen Bilder, die man sich ansehen kann! So ist es nun mal passiert, begreift er das denn nicht?«

»Nein«, sagte ich. »Und ich kann ihn sogar verstehen. Man trifft ja nicht so oft jemanden wie dich!« Ich setzte mich auf den *divano*, schaute zu Jannis hinüber und seufzte. »Also, ich werde dir jetzt auf Deutsch erzählen, warum Apollo hier ist und auf welchem Weg er aus dem Jahr 1740 hergekommen ist, und du hörst bitte erst mal zu, und dann kannst du gehen und dir Gedanken über die ›Drogen‹ machen, die wir eingeworfen haben. Oder du bleibst und hilfst uns.«

Obwohl Apollo nichts verstanden haben konnte, schaute er Jannis erwartungsvoll an.

»1740?« Jannis klang jetzt irgendwie hilflos und tat mir beinahe leid.

»Richtig. Und genau in dieses Jahr muss er auch wieder zurück.« Ich stand auf und sagte auf Italienisch: »Warum gehen wir nicht ein paar Schritte? Denn wenn mein Vater uns hier hört, macht das die Sache nicht gerade einfacher.«

»Der werte Herr Vater glaubt, ich möchte Schauspieler werden«, warf Apollo ein. »Und das ist nur recht, denn so können wir immer behaupten, unsere Sätze stammen aus dem Stück, welches ich einstudiere ... Aber das ist eine Finte.«

»Aha, du willst also Schauspieler werden?«, fragte Jannis. »Ich wollte das auch mal.«

»Nein, wir tun nur so!«

»Ach so.« Jannis sah jetzt echt verwirrt aus.

»Gehen wir raus?« Ich wollte laufen, ich brauchte kalte, klare Luft für meinen Kopf und mehr Platz.

»Oh ja, gewiss!« Apollo sprang auf.

»Nein, entschuldige, aber ich dachte, du bleibst lieber hier.«

Ohne die Zwischenbemerkungen des Bilderspringers würde ich viel besser erklären können, wie alles passiert war. Überraschenderweise nickte Apollo und blinzelte mir heimlich zu.

»Aber bleib auf den Gassen und halte dich von dunklen Ecken fern!«, murmelte er, »Denn das nutzen junge Herren gerne mal aus!«

Auch Jannis war aus seinem Sessel aufgestanden. »Okay, ich höre mir das jetzt an, obwohl ich genau weiß ...«

»...dass du es nicht glauben wirst!« Ich nickte, und nun klang mein Lachen auch wieder echt, denn seine Augen schauten zwar immer noch skeptisch, aber nicht mehr so kalt.

»Ähm, Lucia?« Er kam näher, bis er direkt vor mir stand. »Ich denke nicht, dass du mich bewusst anlügst, so bist du einfach nicht, aber ...« Er wies mit seinem Kopf auf die Zimmertür, hinter die ich kurz vorher mit meinem Koffer verschwunden war. »Da in dem Koffer liegt ein Haufen von

Tabletten gegen Schmerzen, die können echt gefährlich sein und das Bewusstsein verändern. Hast du daran schon mal gedacht?«

»Ich erzähl dir draußen, warum ich die brauche!«

»Draußen? So willst du rausgehen?« Er lächelte, wenn auch nur für eine winzig kurze Sekunde. »Sorry, aber das kann ich als Sohn einer Herrenschneiderin kaum zulassen.«

»Ich find's auch nicht toll, wie ich rumlaufe.« Hastig zupfte ich an dem Oberteil herum. »Aber diese Jogginganzüge habe ich fast ein Jahr lang getragen und bin noch nicht dazu gekommen, mir etwas Neues zu kaufen.«

»Dann gebe ich dir erst mal meine Sachen zurück! Hab ja genug!«

»Das würdest du tun? Ich liebe deine Klamotten, sie sind so bequem, und die Hose drückt auch nicht, hier oben, wo's immer noch wehtut!«

»›Wo es immer noch wehtut‹?« Er schaute mich an, und ich sah die Wolke von Zweifel hinter seinen Gedanken zwar nicht, aber sie war da, jede Wette. Durchgeknallt, steht unter Einfluss von Schmerzmitteln, Bewusstseinsveränderung und so weiter …

Mit einem Ruck zog ich an der Jogginghose und nahm gleich die Calvin-Klein mit, jetzt sollte er auch wissen, mit was er es zu tun hatte! Apollo schnappte theatralisch nach Luft und wandte sich ab, aber darauf konnte ich in diesem Moment keine Rücksicht nehmen.

Ich entblößte die rechte Seite meiner Hüfte ein wenig mehr. Ich wusste, wie knallrot und schrecklich die Narbe immer noch aussah, aber den Anblick musste ich schließlich jeden Tag im Spiegel nach dem Duschen ertragen.

»Heftig!« Jannis zuckte nicht zurück, sondern schaute sogar ziemlich interessiert auf die krumme, rote Linie auf meiner Haut. »Und das tut richtig weh?«

»Ja. Ziemlich. Obwohl die OP jetzt schon sieben Monate her ist.«

»Hier, nimm!« Er zog die Hose und den Pullover aus seinem Rucksack und gab mir beides. »Und die Jacke bekommst du auch, die sah bei dir viel besser aus als bei mir!«

Ich spürte, wie ich vor Freude rot wurde.

»Irgendwann gehst du ja vielleicht mal los und kaufst dir was Neues? Bin noch zwei Wochen hier, dann gibst du mir alles zurück.«

Ja, ja, ja, oder wir gehen *zusammen* los?! Wie wäre das denn? Ich will mit dir einkaufen gehen, hier in Venedig, oder in München, oder einfach überall auf der Welt, konnte ich nur denken.

»Oh, der Herr kleidet die werte Dame ein!« Apollo hatte sich wieder beruhigt und sah uns zu.

»Er schämt sich sonst, mit mir gesehen zu werden!« Ich lachte glücklich auf und verschwand in meinem Zimmer.

»Nun, mehr als ein Taschentuch sollte es aber nicht sein, was der Herr einer wahren Dame schenkt!«, hörte ich ihn von draußen rufen.

Als wir zu zweit unten auf der *Fondamenta* standen, nahm ich meinen ganzen Mut zusammen und schaute Jannis einen Moment in die Augen. Und *yeah*, er wich mir nicht mehr aus, und natürlich fing mein Herz wieder an, schneller zu klopfen, aber diesmal fühlte es sich nicht nach Panik, sondern nach Freude und Abenteuer und Leben an, einem völlig anderen Leben allerdings als das, was ich bisher kannte.

»Lass uns etwas vereinbaren«, sagte ich. »Ich erzähle dir

jetzt, wie es war, und du stellst nur Fragen, wenn du etwas nicht verstehst, aber bitte sag mir zwischendurch nicht, dass das alles nicht sein kann. Denn das weiß ich selbst!«

»Okay«, sagte er knapp, den Blick immer noch auf mich gerichtet. Mensch, was konnte er toll gucken. Es war nicht auszuhalten, also drehte ich mich schnell nach links. »Hier siehst du den Laden von Cosimo, in dem ich Apollo getroffen habe, dort befindet sich auch das Gemälde, aus dem er gestiegen ist. Ein echter Tiepolo, ja, ich glaube wirklich, dass es ein Original ist.« Ich zeigte auf das matt erleuchtete Schaufenster, mit all dem Krimskrams drin. Cosimo war nicht zu sehen.

»Und der *echte Tiepolo* steht da immer noch?«

»Ja, wir dachten, es ist weniger auffällig, als wenn wir das Bild hoch zu meinem Vater schleppen.«

»Und in dieses Bild will er auch wieder reinsteigen, um zurückzukommen, richtig?«

»Genau! Es muss allerdings an der Stelle hängen, wo es war, als er hineingestiegen ist. Darum müssen wir es vorher in den *Palazzo Goldonini* bringen, in dem er im Jahr 1740 mit seiner Familie wohnt. Heute ist das allerdings ein Hotel. Könnte schwierig werden.«

»Verstehe.« Wenn Jannis Zweifel an meiner Geschichte hatte, ließ er es sich zumindest bis jetzt nicht anmerken. »Aber stell dir vor, dieser Cosimo verkauft das Bild plötzlich, was dann?«

»Meinst du, wir sollten es lieber dort rausholen? Es steht zwischen anderen Bildern und ist ganz grau angelaufen, kaum mehr was zu erkennen.« Ich googelte es schnell, während Jannis immer noch in Cosimos chaotisches Schaufenster starrte.

»Eine tolle Auswahl hat er ja!«, sagte er, und ich konnte hören, dass er dabei grinste.

»Hier, das da!«

»*Apollo und Diana*«, sagte Jannis leise und betrachtete das Bild. »Wow, er hat ja die gleichen hervorstehenden Augen, das ist eindeutig er! Deswegen nennst du ihn Apollo?«

»Ja, Ugo Giacomo Antonio klingt so doof.« Ich lachte, und er lachte mit, ein bisschen wenigstens, dann wandten wir uns zum Gehen.

»Also, weiter. Du hast ihn da in dem Bild gefunden?«

Ich kannte diesen Ton, sanft und abwartend, wie der von meinem Therapeuten Eric Weihenräucher in der Klinik.

»Ich habe ihn *vor* dem Bild gefunden«, sagte ich. »Du glaubst mir nicht, oder?«

»Noch nicht so ganz.«

»Na super, jetzt wird es nämlich noch unglaublicher.« In möglichst gewöhnlichen Worten beschrieb ich ihm, wie ich Apollo als halb durchsichtigen Geist angetroffen, wie er sich in eine echte Person verwandelt hatte, die nach Schweiß roch, und wie ich beschlossen hatte, ihm zu helfen. »Er gehört zu den *Bilderspringern*, das war wohl ein recht beliebter Sport damals. Um zurückzukehren, braucht er allerdings diesen Trank, an dessen Rezept er sich nicht mehr genau erinnert. Und der ...«

»... steht in dem Buch, das ihr sucht!«, beendete Jannis meinen Satz.

»Wow! Ja!« Ich schaute ihn bewundernd an. »Das heißt, du glaubst mir?«

»Ich weiß noch nicht, aber ich tue mal so, als ob!«

»Danke! Du bist ... toll!«

»Unter einer Bedingung.«

Na, super, was würde das jetzt sein? Hoffentlich etwas, das ich ihm erfüllen konnte.

»Ich darf Apollo ausführlich zu seiner Zeit befragen! Das mit der Kirche war schon super.«

»Und dann würdest du das Buch für uns suchen?«

»Ja, aber da gibt es ein nicht ganz unerhebliches Problem.«

10. KAPITEL

Apollo tigerte im *salotto* herum, als wir hereinkamen. Doch dann blieb er abrupt stehen. »Der Herr Jannis starrt mich an, ich möchte fast behaupten, mit einer gewissen Bewunderung! Also glaubt er es?«

Ich zuckte mit den Schultern, aber Jannis nickte. »Ich tu mal so. Vorerst. Aber da gibt es ein Problem.«

Ich übersetzte seine folgenden Sätze für Apollo.

»Ich kenne den Palazzo ein bisschen, es gibt die große Bibliothek und auch ein paar kleinere Räume, in denen ich Bücher gesehen habe. Da könnte das Buch mit der Ananas stehen.«

»Gibt es geheime Kammern? Hat er, der werte Herr Jannis, so etwas auf den Plänen gesehen?«, unterbrach Apollo meine Übersetzung ungeduldig.

»Ich kann die Baupläne für jedes Stockwerk noch mal überprüfen, aber wenn niemand wusste, dass das Buch wertvoll ist, hat es auch niemand versteckt, oder?«

»Das klingt einleuchtend.« Apollo rieb sich das Kinn.

»Doch es gibt da dieses andere Problem: Wir haben keine Zeit mehr, morgen ist mein letzter Tag dort, dann bin ich mit dem Team wieder im Büro. Außerdem mag dieser Francesco mich nicht. Seitdem ihr da wart, lungert er immer genau da herum, wo ich bin, und macht blöde Bemerkungen, weil er denkt, ich verstehe ihn nicht.«

»Nun ja, ein Spross aus dem Carlo-Stamm eben, was wollen wir da erwarten?« Apollo stützte die Hände in die Hüften. »Aber nun werden wir dem unwerten Nachfahren Einhalt gebieten, denn Lucia und meine Wenigkeit statten dem Palazzo einen weiteren Besuch ab!« Er riss die Arme hoch. »Drei Augenpaare sehen mehr als eines! Und wenn wir das Buch gefunden haben, dann kehre ich zurück, und dieser feine Herr Francesco, der sich als *conte* ausgibt, obwohl er mitnichten einer ist, wird nie geboren werden!«

Jannis und ich sahen uns an. Draußen auf der *Fondamenta* hatten wir beschlossen, Apollo besser nicht mit in den Palazzo zu nehmen. Er würde zu viel Chaos und Verwirrung stiften.

»Vielleicht tut ein bisschen Verwirrung der Sache aber auch ganz gut«, sagte ich auf Deutsch.

»Vielleicht«, wiederholte Jannis. »Ich darf nur nicht mit eurem Chaos in Verbindung gebracht werden, denn für diesen Praktikumsplatz habe ich echt gekämpft, den darf ich auf keinen Fall verlieren!«

Jannis nahm seinen Koffer, und wir gingen hinunter, und kurz bevor er »*Ciao, ciao*« sagen konnte, gelang es mir sogar, ihn zu überreden, noch zu bleiben. Erst wollte er nicht.

»Ach komm, wir sollten unseren Plan doch mit etwas Essen und Trinken feiern!«

»Na gut. Aber ich muss morgen früh raus.«

Kaum waren wir durch den Filzvorhang geschlüpft, da begrüßte Babbo uns auch schon mit ausgebreiteten Armen. »Die junge Generation!«, sagte er und blinzelte mir zu. »Herein, nur herein!« Ich umarmte ihn kurz.

»Rechnung geht auf mich«, flüsterte er mir ins Ohr.

Ich lachte. »Rechnung geht doch sowieso immer auf dich, Babbo!«

Wir setzten uns etwas entfernt von den anderen Gästen an Tisch drei. Jannis und ich tranken Lemon Soda, Apollo trank Bier, denn das hätte er im Jahr 1740 auch schon getan, behauptete er, und das sei damals viel, viel stärker gewesen.

»Schlau von ihm«, sagte Jannis. »Seine Eltern, die das jetzt nicht so cool finden könnten, hat er ja zu Hause gelassen! Meine Mutter regt sich immer auf, wenn ich Alkohol trinke, dabei bin ich siebzehn!«

»Ich mag einfach keinen Alkohol«, antwortete ich und beobachtete Apollo, der sein Glas in einem Zug leerte.

Vor uns standen zwei Teller. Ich hatte verschiedene Käsesorten bestellt, dazu das köstliche, selbst gebackene Brot von Amanda und eine dicke Rebe Weintrauben, von der in der Küche immer nur ein Minitraubenzweig zum Dekorieren der Käseauswahl genommen wurde. Aber weil Jannis die doch so gerne mochte …

Apollo war gerade vom Bierholen zurückgekehrt, er brauchte immer ewig, denn er hielt sich gern in der Küche und hinter der Theke auf und plauderte mit Amanda und den Aushilfen, als die Tür aufging und jemand, ohne den Schritt zu bremsen, auf uns zugeschossen kam. »Aha! Es ist also so weit!« Sein französischer Akzent klang noch gereizter als sonst.

»Oh nee!«, rief ich. »Sie können es nicht lassen, oder?« Monsieur Creuset-Bratentopf stand vor uns.

»*Signor Professore!* Guten Abend.« Apollo erhob sich betont langsam und stellte sich vor unseren Tisch, in seiner Hand sah ich das Messer für den Käse aufblitzen.

»Junger Mann …!« Mister Bratentopf langte mit seinem langen Arm mühelos an Apollo vorbei und fuchtelte mit dem Zeigefinger vor Jannis' Gesicht herum. »Ich weiß, wer diese beiden sind, ich habe ihre Spuren verfolgt, oh ja! Schon ein paar Tage habe ich sie im Visier, bisher haben sie alles abgestritten, doch nun haben sie dich mit hineingezogen, ein weiterer Beweis! Auch wenn du vielleicht meinst, wichtig zu sein, du bekleidest nur eine kleine Rolle in ihrem geheimen Spiel. Denn sie benutzen dich, um an den Gegenstand ihrer Begierde zu kommen!«

»Okay? Das alles weiß ich schon«, erwiderte Jannis, und dafür hätte ich ihn umarmen können, na ja, oder auch mehr als umarmen.

»*Signor Professore*, setzen Sie sich doch! Und du auch, Apollo, ihr macht hier ja alle ganz nervös!«, sagte ich und fühlte mich auf einmal total erwachsen. Was half es, vor dem Professor immer wieder davonzulaufen? Erst mal mussten wir hören, was er wirklich wusste.

»Etwas zu trinken?« Ich zeigte auf den vierten Stuhl am Tisch.

Der Professor ließ sich tatsächlich darauf nieder, er sah auf den Käse, schaute dann jedem von uns reihum ins Gesicht, sah erneut auf den Käse. Eine hellgraue Wolke frustrierter Gedanken stieg von ihm auf. *Niemand nimmt meine Wissenschaft ernst, diese Kinder hier sind meine letzte Chance, mit ihnen werde ich es allen beweisen, es ist kein Hirngespinst, es ist wahr! Wahr, so wie dieser Käse hier, der köstlich riecht, mon Dieu, wann habe ich eigentlich das letzte Mal etwas gegessen ...? Wahr und gefährlich in den falschen Händen! Darum gehört es zu mir...*

Ich schob den Käseteller näher an ihn heran. »Hunger?«

»Was? Ach, ja, da greife ich doch gerne zu, und ein Glas Wasser, könnte ich wohl ein Glas Wasser ohne Kohlensäure bekommen? Zimmerwarm temperiert.«

Ohne ein Wort sahen wir drei ihm in den nächsten Minuten beim Essen zu, dann lehnte er sich zufrieden zurück. »Reden wir Klartext.« Er schaute sich verschwörerisch um, doch das Café war nicht besonders voll, die Tische um unseren Tisch herum waren leer. »Ich gehe davon aus, dass hier in dieser Runde alle von der Bilderspringerei wissen und daran glauben?« Er flüsterte und sah sich Bestätigung suchend um.

Ich nickte. Mal sehen, ob er uns nicht doch helfen konnte.

»Glauben?« Apollo stieß die Luft durch die Nase. »Ich *bin* die Bilderspringerei, mein Herr!«

»Und ich gewöhne mich erst noch an den Gedanken«, murmelte Jannis.

»*Excellent!*« Monsieur Creuset nippte noch einmal an seinem Wasser, das Amanda ihm gebracht hatte. »Worüber wir uns dagegen nicht einig sind, ist die Tatsache, dass das Buch Chaos und Verwirrung bringt, nicht wahr? Ihr Kinder denkt, was für ein prima Spielzeug, aber ich muss euch sagen, dem ist nicht so! Der Lauf der Geschichte darf im Nachhinein keinesfalls geändert werden!«

»Es ist mitnichten ein Spielzeug, der Herr!«, warf Apollo ein.

»Meine Rede.« Der Professor tupfte sich den Mund mit seiner Serviette ab.

»Wo haben Sie von der Kunst des Bilderspringens gehört?«, fragte ich ihn.

»Nun, es waren ein paar Seiten, die ich in einem alten Buch in einer Bibliothek entdeckt habe. Durch sie bin ich unserem jungen Freund hier, mit Namen Ugo Giacomo Antonio Goldonini, im Moment hier an diesem Tisch sitzend, auf die Spur gekommen. Es sind die handschriftlichen Aufzeichnungen einer gewissen Claudia Margherita Sparapani Boccapaduli, die gegen ihren Willen …«

»Claudia!« Apollo schrie auf, sodass sich die Köpfe der wenigen Gäste zu uns drehten.

»Pssst«, ermahnte ich ihn. »Sollen alle mitbekommen, über was wir sprechen, oder was?!«

»Diese Claudia ist meine heimliche Verlobte!«, zischte Apollo mit hochroten Wangen über den Tisch hinweg. »Ich muss die Seiten sofort lesen, geben Sie sie heraus!«

»Gemach, gemach«, sagte Professor Creuset. »Diese gewisse Claudia musste einen anderen heiraten, weil sie den Mann ihres Herzens, so heißt es in den Aufzeichnungen, ›an die Bilderspringerkunst verloren‹ hat. Auf den handschriftlichen Seiten beschreibt sie im Alter von vierunddreißig Jahren akribisch ihren Kummer.«

»Carlo!« Apollo heulte auf. »Dieser Schuft!« Er sank mit dem Kopf nach vorne auf den Tisch, Jannis zog schnell den Käseteller weg, auf dem er sonst gelandet wäre, und schaute mich mit einem seltsamen Ausdruck in den Augen an. Ich konnte nicht deuten, was dieser Blick bedeutete. Entweder: *Ihr seid alle genial, was für eine Wahnsinnssache, in die du mich da eingeweiht hast, vielen Dank!* Oder: *Ihr seid alle verrückt, ich werde hier so schnell wie möglich verschwinden!* Ich wünschte, er würde mich wenigstens kurz mal mit seinem süßen Grinsen angrinsen, damit ich wusste, er würde mir helfen. Doch er tat mir den Gefallen nicht.

»Was wollen Sie, Professor?« Man konnte Apollo nicht gut verstehen, denn er lag immer noch mit der Stirn auf der Tischplatte, die Hände über den blonden Locken auf seinem Hinterkopf zusammengeschlagen. »Wollen Sie mein Herz noch weiter quälen, indem Sie mir die 255 Jahre alte Nachricht meiner geliebten Braut verwehren, die für mich aber anmutet, als sei sie gestern geschrieben worden?!«

»Ich möchte euch einen Tausch anbieten.«

Apollo richtete sich auf. »Lasset hören!«

»Ihr bringt mir das verlorene Buch mit dem Pinienapfel und dürft im Austausch jene Seiten lesen.«

»So sei es denn, Professor! Habt Ihr sie dabei, jene Seiten?«

»Jawohl!«

»Aber warum darf ich sie nicht gleich in diesem Augenblicke lesen? Misstraut ihr uns denn gar so sehr? Ach, Claudia, geliebte Claudia!« Apollo schlug sich mehrfach gegen die Stirn, und bei jedem Schlag schienen seine Augäpfel noch ein wenig mehr aus seinem Kopf gepresst zu werden.

»Ja, ich misstraue jedem, man könnte sagen, ich misstraue der ganzen Welt!«

»Wohlan!« Beide standen auf, und Apollo reichte dem Professor förmlich die Hand. »Unser Handel besteht!«

»Moment mal«, sagte ich und erhob mich ebenfalls. »Habt ihr da nicht ein, zwei Sachen vergessen?«, fragte ich leise.

»Werte Dame, was denn?«

»Erstens: Wir müssen das Buch erst mal in den Händen halten! Und dann das Rezept finden, den Trank daraus brauen und das Bild wieder an die richtige Stelle im *Hotel Palazzo Goldonini* hängen. Zweitens: Soll der Professor das Buch danach wirklich behalten dürfen, Apollo? Denn das ist doch Ihr eigentliches Ziel, oder nicht, Monsieur Creuset?«

Der Professor wiegte den Kopf hin und her. Eine silbrig schimmernde Wolke des Triumphes breitete sich um ihn aus, er schwieg mit einem kleinen Lächeln auf den zusammengepressten Lippen. Doch da gab Apollo schon die Antwort: »Ich selbst sehe nun, was ich mir durch meinen unglückseligen ›Sprung‹ in dieses Jahrtausend verwehrt habe. Meine Familie zu gründen! Gibt es Schlimmeres?«

»Wohl kaum.« Monsieur Creuset nickte und nestelte an seinem grauen Anzug herum.

»Behalten Sie es also, damit es in der Vergangenheit nicht noch mehr Schaden anrichten kann, zerstören Sie es meinetwegen sogar!«, rief Apollo. »Damit diese Sache ein Ende hat! Nachdem ich gesprungen bin, natürlich.«

Wieder reichten sie sich die Hand.

»Sind sie nicht goldig?«, fragte Jannis. Gemeinsam beobachteten wir das Tänzchen, das die beiden vor uns aufführten. Ich merkte, wie nah unsere Stühle beieinanderstanden, beinahe berührten wir uns. Der Professor tätschelte Apollos Rücken, während der immer weiter zurückwich. Ich musste lachen und hätte am liebsten nach Jannis' Hand gegriffen, aber ich traute mich nicht.

»Ich gehe jetzt besser, ich muss morgen früh raus.« Jannis machte Anstalten, sein Portemonnaie hervorzuziehen, und der Moment war vorbei.

»Nee, lass mal«, sagte ich. »Mein Vater gibt einen aus.«

»Danke! Nächstes Mal bezahle ich aber!«

»Quatsch. Ich bin dir dankbar für die vielen Klamotten, die du mir geliehen hast, und dass du nicht mehr sauer bist!« Ich brachte Jannis zur Tür des Lokals, wo er seinen Koffer abgestellt hatte.

»Dann sehen wir uns morgen Mittag im Palazzo?«, fragte er. »Ich werde die Pläne bis dahin studiert haben und wissen, wo eventuell verborgene Kammern liegen.«

Ich nickte. Jetzt war er wieder so verdammt sachlich. Sollte ich ihn zum Abschied küssen, also natürlich nur rechts und links auf die Wange, ganz nebenbei, wie man das hier in Italien machte?

»Weißt du, was ich mich frage?« Er wisperte nur noch und

schaute mich mit leicht zusammengekniffenen Augen an, so intensiv, so interessiert …

Fragte er sich vielleicht auch, ob er mich …?

»Was will der Professor wirklich? Irgendwie glaube ich dem Typ nicht, dass er vorhat, das Buch aus dem Verkehr zu ziehen und gar nicht mehr zu benutzen.«

Ich hatte wohl die Luft angehalten, denn jetzt atmete ich unwillkürlich aus. Okay, also nichts mit Küssen.

»Warum auch?« Jannis redete weiter. »Das ist doch das Herzstück zu seiner Wissenschaft, würde man so was einfach in die Ecke stellen und nicht mehr beachten? Ich glaube kaum!«

Ich war verwirrt, warum versagte ausgerechnet bei ihm mein »Farben-Gefühle-und-Gedankenlesen« …? Doch dann zuckte ich mit den Schultern. »Weißt du was, wir werden das morgen herausfinden und noch ein paar Sachen mehr.«

»Okay? Klingt logisch.«

Logisch? Ich wollte nicht logisch sein. Ach, was soll's, dachte ich, ich bin Italienerin, also mindestens zur Hälfte, und wir sind in Italien. Ich stellte mich auf die Zehenspitzen und küsste ihn schnell, einmal links, einmal rechts auf die Wange. Dann öffnete ich die Tür und grinste. »*Buona notte! A domani.*« Das war einfach gewesen.

»Ja, äh, klar.«

Lächelnd sah ich ihm hinterher, als er die *Fondamenta* entlangging, den Koffer hinter sich herziehend. Kurz vor der Brücke über den Kanal drehte er sich noch mal um und winkte. Ich winkte zurück. Es fühlte sich so gut an, wie sich lange nichts mehr gut angefühlt hatte!

»Ihr schon wieder!« Francesco warf mit einem genervten Schütteln sein schwarzes Haar zurück, das an diesem nebligen Novembermorgen frisch gewaschen von seinem Kopf herabwallte.

»Oh ja, *Herr Conte*, wir belästigen Sie nur noch ein einziges Mal, denn wir müssen unsere Studienarbeit nun bald zu Ende schreiben.«

Ich räusperte mich. Apollo hatte anscheinend schon wieder vergessen, dass er versprochen hatte, das Reden einzig und allein *mir* zu überlassen.

»Wir würden gerne einen kleinen Blick in die *biblioteca* werfen, wenn das möglich wäre?«, fragte ich den selbst ernannten *Conte*.

»Ach, ihr mit euren öden Büchern.«

Doch er begleitete uns nach oben in den zweiten Stock, wo wir im großen Salon auf mehrere Männer an einem Tisch trafen, die über einen Plan gebeugt miteinander redeten. Jannis stand mit ernster Miene und einer großformatigen Mappe in der Hand neben ihnen, und schon fing mein Herz freudig an, verrückt zu spielen. Ich hatte gestern seine wunderbar weiche Haut dicht neben seinem Mund gespürt und seinen Duft aufsaugen können. Das Beste, was ich je in meinem Leben gerochen hatte! Nicht übertrieben! Ich versuchte, mein Lächeln etwas zu zügeln, denn auch er ließ sich nichts anmerken. Wie süß er gestern zurückgewinkt hatte … in meinem Bauch versammelten sich immer noch warme Stromstöße, wenn ich nur daran dachte.

»Komm, komm heran, mein Sohn, das interessiert dich

auch, was wir hier gerade entscheiden!«, rief der Mann in der Mitte des Architekten-Teams. Das musste Francescos Vater sein. Er sah seinem Sohn absolut ähnlich, die Stirn war genauso hoch, das Haar ebenso dunkel, seine Stimme klang allerdings wesentlich tiefer und noch selbstbewusster. »Wen hast du mitgebracht?«

»Ach, die beiden Hochbegabten hier wollen eine Arbeit für die Uni schreiben und brauchen Bücher über unseren Palazzo, alte Chroniken und so!«

»*Buongiorno!*« Ich grüßte freundlich, ohne Jannis dabei anzuschauen. Er trug heute wieder seine eigenen Klamotten und sah so wunder-wunderschön darin aus ... Doch darüber durfte ich nun wirklich nicht mehr weiter nachdenken, denn sechs Augenpaare waren auf uns gerichtet. Der Blick von Francescos Vater war besonders durchdringend, diesem Mann konnte man nicht mal eben irgendwas vormachen. Konzentrier dich, Lucia, und du hältst deinen Mund, Apollo, okay, bat ich unhörbar. Halt ausnahmsweise mal die Klappe, ja?

Apollo tat mir den Gefallen, und auch Francescos Vater Gabriele Tiziano Goldonini schien gut gelaunt. »Junge Menschen, die studieren! Schön, sehr schön, ich kann das nur gutheißen!« Er warf seinem Sohn einen strengen Seitenblick zu. »Nehmt gerne die Quellen hervor, die ihr braucht, aber stellt alles wieder zurück an seinen Platz, hier verlässt nichts das Haus, verstanden? Und keine Selfies und so was auf Social Media!«

»Social Media? So was haben wir gar nicht«, sagte ich. »Und *grazie! Mille grazie,* das ist sehr nett.« Mein Bilderspringer neben mir verneigte sich würdevoll. Er hatte es kapiert!

Oje, ob wir uns durch die vielen, vielen Bücher durcharbeiten können, fragte ich mich besorgt, als wir den Raum betraten. In der *biblioteca* des Hauses Goldonini gab es tatsächlich Hunderte von Büchern, die sich vom Fußboden bis zu der hohen Decke zogen. Ich ging näher, doch nach ein paar Sekunden fing ich an zu lachen; dort in den Regalen standen keine echten Bücher, die waren alle nur aufgemalt. Alles nur *fake*!

»Schau dir das an!«, sagte ich zu Apollo. »Warum schickt uns Francescos Vater hier überhaupt rein?«

»Unfassbar, was ist denn bloß mit all unseren wertvollen Werken der Buchdruckerkunst geschehen?«

Ich zuckte mit den Schultern. »Die wollten einen auf schlau machen, ohne sich die Mühe des Lesens machen zu müssen. Mehr sein als scheinen, den Ausdruck gibt es bei euch doch bestimmt auch schon.«

»Aber ja. Und bei Carlos Familienzweig wundert mich das mitnichten! Doch die Wandmalerei ist unser Vorteil, denn die wenigen wahrhaftigen Bücher hier unten im Sockel haben wir schnell durchgeschaut!«

Apollo hatte recht, doch leider war auch bei den »wahrhaftigen« Büchern kein Buch mit einer Ananas auf dem Titel dabei. Auch kein Kochbuch und keine Familienchronik.

»Wo noch?«, fragte Apollo leise. »Wohin können diese Unwissenden es noch verräumt haben?«

»Hallo, ihr beiden. Kommt mal mit!«

Wir drehten uns um. Ohne dass wir es gemerkt hatten, hatte Jannis den Raum betreten. Ich freute mich so sehr, dass er vor uns stand; doch obwohl es erst eine halbe Stunde her war, dass wir uns gesehen hatten, entdeckte ich in seinen Augen kein Erkennungszeichen für mich. Wenigstens ein kleines Blinzeln oder auch nur das ernste Lachen wie am ersten Tag, als ich ihn in der *vaporetto*-Warteschlange am Flughafen gesehen hatte? Nichts.

»Denkt dran, wir kennen uns nicht!«, flüsterte er, und dieser Satz beruhigte mich ein bisschen. Er konnte sich eben total gut verstellen. Nun wurde er wieder lauter: »Ich habe da was für euch, wir müssen nur runter in den ersten Stock. Da könnten jede Menge Familienchroniken dabei sein, das ist es doch, was ihr sucht, oder?«

Wir nickten und machten uns auf den Weg. »Schaut euch jetzt nicht um, aber hier sind überall gut getarnte Kameras an den Wänden«, murmelte er, als wir die Flure entlanggingen. Ach, deswegen war er so ernst.

»*Camera*? Er meint ›Zimmer‹?«, fragte Apollo verwundert.

»Nein. Äh, das sind diese Überwachungsmaschinen, die, ach …« Ich wusste nicht weiter. »Stell sie dir vor wie viele, viele unsichtbare Augen, die uns beobachten!«

Über eine große Treppe gelangten wir nach unten, durchquerten einen weiteren kleinen Salon, in dem sich vergoldete Stühlchen um ein ebenso vergoldetes Tischchen scharten. Wer sollte hier sitzen?, fragte ich mich. Kinder? Zwerge? Die meisten der Palazzo-Fenster waren von Vorhängen verdeckt, nur durch manche konnte man auf den *Canal Grande* sehen, der an diesem Morgen allerdings unter einer undurchdringlichen Nebelsuppe verschwunden war.

»Schaut mal, diese Kammer ist ein ehemaliger versteckter Raum, nahe dem als *Ufficio* bezeichneten Zimmer. Früher hatte sie hinter einer doppelten Wand gelegen, ist heute allerdings frei zugänglich.« Jannis machte an der schmalen Türöffnung halt. »Ich könnte mir vorstellen, dass hier immer noch die Bücher aufbewahrt werden, die einen gewissen Wert für die Familie Goldonini hatten.«

Ich blieb dicht hinter Jannis stehen und beugte mich vor,

um ein winziges bisschen an ihm zu schnuppern. Apollo bedachte mich mit einem strafenden Blick. Eine werte Dame benahm sich nicht so, schon klar. *Sorry*, ich grinste ihn an.

»Danke, wir schauen mal, was wir für unsere Zwecke finden können«, sagte ich für die Kameras, die sich vielleicht irgendwo über uns befanden. Hatten die überhaupt Ohren, also Mikros? Keine Ahnung.

»Viel Erfolg!« Jannis ging, und wir quetschten uns in die Kammer. Auch hier Bücher vom Boden bis zur Decke.

»Oh ja, oh ja, *diese* Ansammlung sieht ganz nach unserer Familie aus!« Dicht neben mir machte Apollo einen kleinen Luftsprung.

»Sag mal, wie groß ist denn dieses Ananas-Buch, das wir suchen?«, murmelte ich. »Die hier sind alle riesig! Haben alle diese buckligen Wülste, und es gibt nur drei Farben.« Ich schaute auf die Bücherwand vor mir und fuhr bei einem der Exemplare über die waagerechten Erhebungen, die fast alle Buchrücken in gleichmäßigen Abständen aufwiesen. Die meisten waren braun, hell oder dunkel, manche schwarz, einige wenige auch eher rötlich.

»Ja, es war ähnlich groß. Vorne war es dunkelbraun, aber der Buchrücken kann auch hellbraun gewesen sein.« Apollo wippte immer noch auf seinen Zehenspitzen auf und ab. »Und dick! Oh ja, ein rechter Wälzer!«

Ich schaute ihn an. »Und das sagst du erst jetzt? Wie sollen wir das hier denn rausschmuggeln? Ich habe nur diesen Minirucksack dabei, da passt es doch niemals hinein!«

»Erst einmal müssen wir es finden!« Apollo zog die schmale hölzerne Leiter heran, kletterte hinauf und sah die Bücher in den oberen Regalen durch.

Er hat recht, dachte ich. Erst einmal finden!

Ich ließ meine Hand über die dunklen Buchrücken vor mir schweben. Nimm das Richtige, sagte ich zu meinem Gehirn, du weißt doch auch sonst so viel. Oder vielleicht weiß es eher das Herz? Ich nahm auch noch die linke Hand zu Hilfe, streckte beide Hände aus und schloss die Augen. Zeigt es mir!

»Was tust du da?«, flüsterte Apollo von oben. »Wenn die vielen Augen, die uns beobachten, dich dabei sehen!«

»Lass mich mal machen!«

Prompt stieg er wieder von der Leiter.

»Wo willst du hin?«, fragte ich.

»Dorthin, wo selbst der *Conte* zu Fuß hingeht!« Er lachte über seinen schwachen Witz, ich zuckte nur mit den Schultern und machte mich an die Arbeit. Erst zehn Minuten später kam er zurück.

»Wo warst du?«

»Nun, die Örtlichkeiten waren etwas entfernt, und dann lief mir auch noch unser lieber Francesco über den Weg und wollte unbedingt mit mir plaudern.«

»Jannis hast du nicht gesehen?«

»Nein, meine werte Dame, ihr Galan ist mir währenddessen nicht unter die Augen getreten.« Apollo verzog sich wieder auf seinen Leiterposten. *Galan!* Was war das denn für ein komisches Wort?

Wir arbeiteten uns schweigend durch die Bücher: einen Band aus dem Regal hervorziehen, darauf schauen, den Band wieder hineinschieben … und dann hatte meine Methode tatsächlich Erfolg! Schon auf dem ungefähr dreihundertdreißigsten dunkelbraunen Buch, das ich unter den brüchigen Einbänden wählte, prangte unübersehbar eine große goldene Ananas!

»Ich glaube es ja nicht«, hauchte ich, holte das schwere Buch aus dem Regal und verdeckte die leuchtende Frucht sofort wieder, indem ich es umdrehte. »Apollo, ich habe es!«

»*No!*« Er stieg von der Leiter. »Die werte Dame treibe jetzt bitte keinen Scherz mit mir!«

Als ob! »Hier! Aber raste nicht aus! Wie du gerade gesagt hast, jeder kann uns vermutlich sehen.« Ich zeigte ihm kurz das Cover. Er hielt sich an mir fest, denn ihm versagten wirklich die Knie! »Ein Wunder ist geschehen! Ich kann zurück!«

Na ja, so weit sind wir noch lange nicht, dachte ich, aber das teilte ich ihm natürlich nicht mit.

»Und nun?« Er hibbelte auf seinen Zehen herum. »Fragen wir, ob wir es uns ausleihen können?«

»Du hast doch gehört, was der alte Goldonini gesagt hat. ›Stellt alles wieder zurück an seinen Platz, hier verlässt nichts das Haus!‹« Ich gab Apollo das Buch zu halten und holte mein Handy aus dem Rucksack. »Schlag es da auf, wo die Zubereitung des Tranks beschrieben wird. Ich fotografiere die Stelle schnell ab.«

»Oh, das wird schwierig …« Apollo blätterte hektisch. »Ich weiß nicht mehr, wo das stand, und das sind Tausende …«

»Zeig her!« Die Seiten bestanden aus superdünnem Papier, die Buchstaben pressten sich dicht aneinander und waren nur sehr mühsam zu lesen. »Ach du meine Güte, ich verstehe gar nichts, soll das Latein sein?«

»Ja, zwischen den willkürlich aneinandergereihten Buchstaben, die keinen Sinn ergeben, sind Abschnitte auf Latein versteckt, das ist nicht schwer, wir lernen das auf der *Accademia*, nur die Jungen natürlich.«

Natürlich, dachte ich, keine Mädchen. Und: So ein Mist, da finden wir ja nie was.

»Ich meine mich zu erinnern, es war eher am Anfang beschrieben, aber ich weiß nicht mehr genau, wo!«

Ich seufzte. »Wir müssen das Buch mitnehmen. Geht nicht anders.« Aber wie? Ich sah mich um. Es unter einer unserer Jacken zu verstecken, erschien mir noch die beste Lösung. »Steig wieder auf die Leiter, und tu so, als ob du weiter die Bücher durchschaust«, sagte ich zu Apollo. Wundersamerweise tat er, was ich ihm gesagt hatte.

»Und?« Wenig später tauchte Jannis im Türrahmen auf. »Wie kommt ihr voran?«

»Wir haben es!«, flüsterte ich aufgeregt. »Wir haben es tatsächlich!!«

Am liebsten hätte ich ihn umarmt, doch er war immer noch in seiner Rolle, machte auf neutral und sehr unnahbar.

»Nicht dein Ernst!«, sagte er, seine Augen strahlten wenigstens ein bisschen, oder bildetet ich mir das bloß ein?

»Es ist ziemlich groß und mindestens fünf Zentimeter dick, ich habe es hier in deine Jacke gewickelt.«

Jannis sah skeptisch auf das Päckchen, das ich wie ein Baby im Arm trug. »Vielleicht ist es unauffälliger, wenn wir es in diese Mappe stecken. Die habe ich heute Morgen aus dem Büro mitgebracht, und die nehme ich auch wieder mit zurück, raus aus dem Palazzo.«

Er zeigte uns die Mappe, sie war groß wie ein Zeichenblock und aus grüner Pappe. »Sie wird etwas dicker dadurch, aber das müsste gehen, oder?«

»Oh ja.« Ich nickte. »Das sieht sehr offiziell aus, und dich werden sie ja auch nicht kontrollieren.«

»Du meinst, *ich* soll das Buch rausschmuggeln?« Jannis sah

mich mit hochgezogenen Augenbrauen an. »Niemals. Das kann ich nicht bringen! Wenn sie mich erwischen, bin ich meinen Platz bei *Figli & Partner* los! Ey, das sind die besten Architekten in Venedig, was meinst du, was das für eine Ehre ist, bei denen zu arbeiten.«

»Ist es wirklich Arbeit?«, fragte Apollo von oben herab. »Ich dachte, du schaust nur zu und trägst Papierrollen umher?«

Jannis schloss für einen kurzen Moment die Augen, er wurde nicht böse, leider aber auch nicht freundlicher. »Nein, ich schaue nicht nur zu.«

Gemeinsam beugten wir uns über das Jackenpaket, ließen das Buch in die aufgeklappte Zeichenmappe gleiten und schlossen sie wieder. Keine Kamera der Welt kann unsere elegante Transaktion wirklich beobachtet haben, dachte ich. »Und jetzt?«

»Du klemmst dir die Mappe einfach wie selbstverständlich unter den Arm und spazierst damit hinaus. Und irgendwann bringt ihr den Goldoninis das Buch zurück.«

»Aber nein, der Professor bekommt es doch! Und vielleicht vernichtet er es sogar!« Apollo rüttelte dort oben an seiner Leiter.

»Okay, das ist dann euer Problem!« Jannis sah mich kurz an. Sein Gesicht war neutral, kein freudiges, ernstes Leuchten in den Augen, kein heimliches Zeichen. »Mein Team ist schon weg, der alte Goldonini auch«, sagte er auf Deutsch. »Dürfte also keine Schwierigkeit sein, hier herauszumarschieren. Ich habe in den nächsten Tagen echt viel im Büro bei uns zu tun, aber ich komme vorbei und hole mir die Mappe wieder. Und meine Sachen, sobald du dir was Neues gekauft hast.« Er grinste leicht, aber der Klotz in meinem Magen löste sich dadurch nicht auf.

Was ist denn mit ihm los, verdammt? Ich dachte, er mag mich, und vielleicht auch ein bisschen mehr ... Meine Gedanken irrten wild umher. Wir könnten ja auch gemeinsam neue Klamotten für mich kaufen gehen, warum schlug er das nicht mal vor? Ich seufzte leise, aber da war er schon aus der Tür.

Apollo und ich blieben noch eine Weile in der Kammer, doch dann wurde er unruhig. »Lass uns dieses Haus verlassen, das nicht das meinige mehr ist, aber bald wieder sein wird«, sagte er und sprang von der Leiter. »Auf der anderen Seite des *Canal Grandes* natürlich, im echten, im wahren *Palazzo Goldonini*!«

Ich zog meine Taucheranzugjacke an, die schöne Jacke von Jannis, von der er gestern noch behauptet hatte, dass sie mir viel besser stünde als ihm, die er aber nun bald zurückhaben wollte ... setzte meinen Rucksack auf und klemmte mir die Mappe unter den Arm. Ich war sauer auf ihn. Was hatte ich getan, dass er auf einmal so sachlich war? Gut, zur Tarnung war es nötig, so zu tun, als ob wir uns nicht kennen würden, aber musste er es denn so übertreiben? Wahrscheinlich hatte er Angst! Angst, dass die Firma ihn rausschmeißen würde. Sein Praktikum war ihm viel wichtiger als Apollo, als alle Bilderspringerei und als ich natürlich auch ...

»Wir müssen das Buch und uns nur noch hinausschaffen«, murmelte ich Apollo zu. »Und weißt du, wie? Ganz unkompliziert, wir gehen gemächlich und freundlich grüßend aus der Tür!« Die Worte sollten ihn beruhigen, aber eigentlich waren sie eher für mich selbst bestimmt.

Ich versuchte, nicht auf meine zitternden Beine zu achten, und ging Seite an Seite mit Apollo über die Flure des Palazzos, es war still, nur unsere Schritte hallten nach. »Da vorne über die Treppe, und schon sind wir unten in der Halle«, sagte ich leise. »Wie hieß der Diener noch mal?«

Es war immer besser, jemanden mit seinem Namen anzusprechen, denn jeder hört seinen eigenen Namen nun mal gerne. Diese Weisheit hatte ich von Dr. Dr. Klaus, meinem Stiefvater.

»Nardo!« Apollo schaute sich auffällig um. »Wo sind denn alle?«

»Weggegangen, hat Jannis gesagt. Nur Francesco ist noch im Haus und dieser Diener eben, und vielleicht noch andere Angestellte, keine Ahnung!«

Wir gingen auf die Treppe zu, vor uns kreuzte ein anderer Flur den unseren, als dort zwischen zwei Bögen eine Gestalt auftauchte. Francesco! Er ging recht schnell und schien uns nicht zu bemerken, Glück gehabt, dachte ich, doch dann, gerade als er auf unserer Höhe war, wurde er langsamer und blickte nach links. Unsere Blicke trafen sich. Mist!

»Na, fertig mit den Studien, ihr Nerds?« Er blieb stehen. Wir blieben stehen. Ungefähr sieben Meter voneinander entfernt.

»Ja. Danke. Wir haben alles.« Ich lächelte so freundlich wie möglich. »Und ... äh ... wir gehen dann mal.«

»Okay.« Er ging weiter.

Ich atmete auf! Puh.

»Halt, stopp!« Er kam wieder zurück. »Was ist in der Mappe da?«

»Nichts.«

»*Niente*«, sagte jetzt auch Apollo etwas zu eilfertig.

»Die tragen wir nur dem Praktikanten hinterher, der hat die nämlich bei uns in der Kammer vergessen.«

»Ach so. In der Kammer.« Er schien einen Augenblick zu

überlegen. »Warum gebt ihr die Mappe nicht einfach mir? Ich sehe den bestimmt noch.«

»Nicht nötig, ich weiß schon, wo er gerade ist!«

»Aber …!«, rief Francesco, doch da zog ich Apollo schon in den kleinen Nebengang, rechts von uns. Hier entlang, schnell! Ohne Worte liefen wir los, es dauerte einige Sekunden, bis wir Francesco noch einmal hinter uns rufen hörten. Ich verstand seine Worte nicht, doch es klang nicht gerade freundlich.

»Wir müssen auf einem anderen Weg runter in die Eingangshalle und dann raus!« Ich sah nach oben an die Decke. Zwischen der goldgestreiften Bemalung und kristallenen Wandlampen drehte sich gerade das gewölbte Glasauge einer winzigen Kamera und verfolgte mit neugieriger Linse unseren Weg.

Über eine schmalere Treppe schafften wir es schließlich ins Untergeschoss, aber wo war jetzt die Halle? Wir waren anscheinend im rückwärtigen Teil des Palazzo angekommen, aus den Fenstern konnte man nur den dichten Nebel über dem Wasser sehen.

»Zum *Canal* raus?«, fragte Apollo im Laufen. »Wir nehmen die Gondel, die dort liegt. Der am Kanal gelegene Eingang ist nämlich eigentlich der wichtigere, prunkvollere, wusstest du das?«

»Nein, wusste ich nicht, und das ist mir gerade auch ziemlich egal. Nur bitte nicht zum *Canal*!«, rief ich leise.

»Aber dort bietet sich uns die Möglichkeit, in einem ganz normalen Fortbewegungsmittel …«

»Und wie wollen wir das ganz normale Fortbewegungsmittel lenken, hast du darüber mal nachgedacht?«, unterbrach ich ihn. Doch dann hörte ich auf zu laufen, denn jemand kam uns entgegen. Er trug drei Papprollen im Arm. Jannis!

»Was macht ihr denn hier?!« Er schaute sich hektisch um. »Warum seid ihr nicht vorne raus?«

»Francesco!«, riefen wir wie aus einem Mund.

»Er wollte die Mappe haben, ich dachte, es wäre besser, ihm aus dem Weg zu gehen«, sagte ich.

»Wir müssen zum *Canal*.« Apollo rannte schon wieder vor. »Kommt! Es gibt immer eine Lösung am *Canal*!«

Na ja, vielleicht hat er auch recht, dachte ich. Vielleicht würde ja dort ein Boot aus dem Nebel auftauchen, das uns an Bord gehen ließ, eine Art privates Wassertaxi, in dem man bequem sitzen konnte …

Wir liefen weiter bis zu einem hohen Türbogen. »Hier geht's hinaus«, behauptete Apollo.

»Das stimmt«, sagte Jannis. Erstaunt merkte ich, dass er immer noch an meiner Seite war. Apollo stieß die Tür auf, die wie durch ein Wunder nicht verschlossen war. Noch ein paar Schritte, und ich stand auf einem Steg: rutschiges Holz, Balken mit viel zu breiten Lücken dazwischen, durch die ich das dunkle Wasser schwappen sehen und hören konnte … Überhaupt war auf einmal viel zu viel Wasser um uns herum, Wasser und Nebel, der sich nicht wegschieben ließ und mir das schreckliche Gefühl gab, blind zu sein.

»Hier, steig ein!« Apollo hatte mit einem Ruck einen Teil der Plane von der Gondel abgezogen und in den Innenraum geworfen. Schon war er in das furchtbar schmale, tiefschwarze Boot gestiegen, das unterhalb des Steges lag. Nun versuchte er, das dicke Seil zu lösen, mit dem die Gondel an dem bunt geringelten Pfahl vertäut war. »*Veloce, veloce!!*«

»Ich kann nicht!«, flüsterte ich, unfähig, meine Beine auch nur einen Schritt auf die Gondel zuzubewegen. »Ich kann einfach nicht!«

II. KAPITEL

»Komm!« Jannis nahm mir die schwere Mappe ab, klemmte sie sich unter den linken Arm, griff dann nach meiner rechten Hand und ließ sie nicht mehr los. Wie ein störrisches Maulpferd zog er mich ein paar Zentimeter vorwärts.

»Ich kann nicht gut schwimmen, ich hasse Wasser, wir werden untergehen, das Ding ist zu schmal«, stammelte ich. »Das kippt gleich, guck dir doch an, wie lang und wackelig die Gondel ist! Wir werden alle ertrinken!«

»Hier wird niemand ertrinken!« Jannis warf die Mappe mit gezieltem Schwung auf die mit rotem Samt bezogene Sitzbank der Gondel und schaute zurück auf die Tür des Palazzo. »Eigentlich sollte ich gar nicht hier sein! Was für eine bescheuerte Idee ... Hey!«, zischte er Apollo mit gedämpfter Stimme zu: »*C'é la fai?*« Schaffst du das?

»Der Herr belieben zu scherzen? Aber sicher, ich war so manches Mal bei den Ruderern dabei, die sich hier auf dem *Canal Grande* die Wettrennen lieferten!«

»Was hat er gesagt?« Jannis hielt meine Hände jetzt locker in den seinen. Sie waren groß, warm und trocken.

»Dass er vor 285 Jahren mal an irgendwelchen Wettrennen hier auf dem *Canal* teilgenommen hat!« Meine Stimme war nur noch ein Krächzen. »Ich mag tiefes Wasser nicht! Hört sich komisch an, ich weiß, aber ich habe echt Angst vor Wasser.«

»Egal, ihr müsst auf jeden Fall weg. Ich geb euch Schwung, aber vorher steigst du ein! Wir sehen uns später, heute Abend um fünf, vergiss die Uhrzeit nicht, ich komme vorbei!«

Das sollte wohl tröstlich klingen, verfehlte aber seine Wirkung, meine Beine zitterten noch stärker als vorher, und mein Hals wurde immer enger. Doch dann war er auf einmal ganz nah, seine Arme umschlangen mich und drückten mich sanft, aber doch fest an sich. »Du bist toll, du machst das super, ihr schafft das, wenn du jetzt einsteigst!«

»Wirklich?« Wir waren fast gleich groß, ich musste nur ein bisschen zu ihm hochschauen, doch nun senkte ich den Kopf und ließ meine Stirn gegen seine Brust fallen, es fühlte sich so stark an, so beruhigend, dann streckte ich mein Gesicht in die Höhe, um ihn anzusehen. Ich blickte einen Moment lang in seine Augen, doch da war auch sein Mund, dicht vor meinem, so wunderbar nah, dies war überhaupt nicht der Zeitpunkt um … nein, ganz bestimmt nicht, doch plötzlich lagen unsere Lippen aufeinander, ich drängte mich noch ein bisschen mehr gegen ihn, atmete seinen Atem und spürte diesen köstlich weichen Druck auf meinen Mund. Ich konnte nicht anders, ich öffnete meine Lippen, und er tat dasselbe, er war so weich, so anders, und doch gehörten sie genau dorthin, wo sie jetzt waren. Er roch so gut, er war so warm und fest, der Kaschmir-Pullover unter meinen Händen so weich, das Gefühl kannte ich ja schon, und dann seine Lippen … Langsam lösten wir uns voneinander, ich sah seine Augen, diese wunderschönen, lächelnden Augen. »Geht es wieder?«

»Ja«, sagte ich mit fester Stimme und sah mir irgendwie von außen dabei zu, wie ich tapfer in die Hocke ging, nach dem Rand der Gondel griff und mein linkes Bein nach unten schwang. Es tat in der Hüfte weh, und es war verdammt kippelig, doch ich war so erfüllt von diesem wahnsinnigen Glücksgefühl und den Gedanken an Jannis, dass mir alles egal war. (Wir hatten uns geküsst!!! War das schon Küssen, auch ohne Zunge? Aber ja, irgendwie schon!)

Ich zerrte ein bisschen an der Plane aus wasserundurchlässigem Stoff herum, um den Rest von der samtroten Bank freizulegen, und kauerte mich neben die Mappe mit dem Buch.

Apollo turnte um mich herum, schnappte sich das lange Ruderpaddel und stieg auf das Heck. War er denn wahnsinnig, sich da hinaufzubegeben? Die Gondel schwankte bedenklich. »Links stehen, rechts den *remo* in die Gabel«, murmelte er. Ich schloss die Augen. Oh Mann! Der *remo*, der Riemen zum Rudern und Staken, war über drei Meter lang, das Wasser dunkel und aufgewühlt, wir würden *nie* irgendwo ankommen.

»Werter Herr Jannis!«, rief Apollo in diesem Moment mit unterdrückter Stimme. »Wenn Ihr uns in jene Richtung abstoßt«, er wies in den dichten Nebel, »können wir nach ein paar Metern wieder an Land gehen, da müsste uns gleich der Steg des *Palazzo Cecci* entgegenkommen! Seht Ihr, da müssen wir lang!«

Jannis schien verstanden zu haben, denn er packte die schmale Spitze hinter Apollo und schob uns vom Steg weg, in die gewiesene Richtung. Vom *Canal* hörte ich erst jetzt wieder das Tuten der Schiffe. Ich drehte mich um und sah gerade noch, wie Jannis sich lang machte, seine Füße standen auf dem Steg, seine Hände ließen aber die Gondel nicht los, er stieß ein komisches Geräusch aus, etwas, was sich ungefähr anhörte wie eine Mischung aus *nooouuu!* und *shit!*, der Steg war zu Ende, er würde hineinfallen, jetzt ... Mit letzter Kraft stieß er sich ab und zog sich auf den hinteren Aufbau der Gondel. Ich schrie leise auf, denn es schwankte gewaltig. »Verdammt, meine Füße hängen im Wasser«, stöhnte er, noch immer auf dem Bauch liegend.

»Was macht er da?« Apollo hatte sich blitzschnell hingehockt, hielt Jannis an den Schultern fest und guckte ihn erstaunt an. »Wolltet Ihr mit uns kommen? Diese Absicht habt Ihr gar nicht geäußert.«

»Nein!« Keuchend richtete Jannis sich auf und versuchte, von dem schmalen Aufbau herunterzukommen. »Das hatte ich auch nicht vor!«

Wir dümpelten jetzt im Fahrwasser, der Steg war schon nicht mehr zu sehen, doch etwas anderes auch nicht, der Nebel war so dicht, man sah kaum drei Meter weit. »Mist«, rief ich, »und jetzt?« Jannis kroch auf mich zu. Ich lächelte ihn an. Oh Mann, was hatten wir da gerade getan …? Dieser Beinahekuss war so schön gewesen … Doch sein Gesicht war wieder ernst.

»Ich fasse es nicht, jetzt hocke ich mit euch in diesem gestohlenen Boot, mit dem gestohlenen Buch, na super!« Er setzte sich auf den Sitz mir gegenüber.

Ich atmete tief aus, denn wir drehten uns jetzt mit der Gondel, und mir wurde mit jeder Sekunde schwindeliger. »Woher sollen sie wissen, dass du dabei warst, vielleicht bist du einfach nur nach Hause gegangen?«

»Oh, verdammt!« Er schlug sich mit der Hand an die Stirn. »Und ich habe auch noch die Pläne liegen lassen!«

»Welche Pläne? Wo? Auf dem Steg?«

»Nein, drinnen, bevor wir aus der Tür gelaufen sind, habe ich die Rollen irgendwo abgestellt. Ich dachte ja, ich komme gleich zurück. *Shit! Shit! Shit!* Die werden mich hochkant rausschmeißen.«

Ich nickte besorgt. »Es tut mir leid!« Aber unser Kuss, der tut mir nicht leid, dachte ich und lächelte ihn vorsichtig an, und das irrsinnige Glücksgefühl von eben war sofort wieder da.

»Ich weiß nicht, was es da zu lachen gibt.« Sein Satz landete wie ein Faustschlag in meinem Magen. »Die werden sich die Aufzeichnungen der Kameras anschauen und wissen, wer ihre antike Gondel geklaut hat. Ich! Ich habe sogar noch Fluchthilfe gegeben!«

»*Ragazzi!*« Apollo hatte sich auf dem hinteren Teil der Gondel wieder aufgerichtet. »Helft mir, wir treiben immer weiter auf den *Canal* hinaus. Wir müssen zurück! Da entlang, da entlang …« Er zeigte mit den Armen irgendwohin. War da das Ufer? Keine Ahnung, ich hatte jegliche Orientierung verloren.

»Hier fahren überall diese neuen, schnellen Boote, bestückt mit *Motoren*, die sind gefährlich!«, rief er mit panischer Stimme. Das hätte er nicht extra erwähnen müssen, denn in diesem Moment rauschte eins der *vaporetti* dicht an uns vorbei! Es hupte, wahrscheinlich genauso erschrocken wie wir. Ich hätte den Arm ausstrecken und es berühren können. Als ich mich umdrehte, sah ich, wie Apollo kaum das Gleichgewicht halten konnte und mit dem langen Paddel hilflos im Wasser herumstakte.

»Mann! Du hast gesagt, du warst im Ruderclub und könntest das!«, schrie ich und spürte, dass ich kurz davor war, in Tränen auszubrechen.

»Werte Dame, entschuldigen Sie, aber mir fällt nun ein, dass ich nur zugeschaut habe bei diesen Ruderregatten. Könnte hier jemand übernehmen?«

Dass er mich plötzlich wieder siezte, war ein Zeichen, dass er wirklich verzweifelt war und nicht weiterwusste. Mist.

Wir schaukelten heftig und drehten uns immer noch langsam im Kreis, das Wasser schwappte außen an den Wänden der *gondola* hoch, um uns herum die gedämpften Geräusche von Motoren und Nebelhörnern. Und Jannis? Wollte plötzlich nicht, dass ich lachte – wie seltsam war das denn?

»Sorry! Ich habe keine Ahnung, wie das geht!«, rief er in Apollos Richtung auf Italienisch und warf mir einen vorwurfsvollen Blick zu.

»Ich auch nicht«, sagte ich leise. »Aber ich fand es trotzdem schön, was wir da gerade gemacht haben ...«

»Das da gerade? Ach, das war doch vor allem, um dich zu beruhigen.«

»Was?!« Ich schnappte empört nach Luft. Er hatte mich zur Beruhigung geküsst? Zur *Beruhigung*?!

»Ich wollte euch helfen, wollte nur, dass du einsteigen kannst! *Shit!*«

Na gut, es hatte funktioniert, aber dass er dabei andere Gründe gehabt hatte, tat einfach nur weh ...

Jannis seufzte und schlug sich mit der flachen Hand auf sein Bein, dass es klatschte. »Das hier ist euer Ding, nicht meins! Ich habe meinem Vater versprochen, Architektur zu studieren. Kurz danach ist er gestorben. Meinst du, ich will mir mit so was hier meine größte Chance versemmeln?«

»Nein«, sagte ich leise.

Nein, natürlich nicht. Und ja, ich hatte es kapiert! Langsam wurde ich wütend. »Und ich bin daran jetzt schuld?«

Er schaute mich an, als ob er sagen wollte: *Natürlich, wer denn sonst?*

Ich ballte die Fäuste und wandte mich ab, denn er sollte die Tränen in meinen Augen nicht sehen.

Plötzlich schrak ich gehörig zusammen. »Oooeee! Oooeee!« Ein lang gezogener Ruf, dicht neben uns. Jemand rief etwas auf Venezianisch. Es war absolut unverständlich für mich, klang aber stark nach: *Was zum Teufel tut ihr hier, ihr Deppen?!*

Apollo antwortete ebenso laut: »*Signore!*« Den Rest verstand ich leider nicht. Schon tauchte neben uns eine dunkle Gondel auf, in der gleich zwei Gondolieri in gestreiften Rollkragenpullis, allerdings ohne Gäste, unterwegs waren. Ich atmete laut auf, als sie nach dem Rand unserer wackeligen Fahrgelegenheit griffen und sich näher heranzogen. Natürlich, dachte ich, Apollo spricht diesen Dialekt, der sich wahrscheinlich in den letzten 285 Jahren nicht allzu sehr verändert hat. Dankbar schaute ich die Männer an, die uns ihrerseits neugierig musterten.

Einer von ihnen wechselte geschickt in unsere Gondel, es schwankte kein bisschen, ebenso gewandt übernahm er Apollos Platz. Seinem Kumpel irgendwas zurufend, stakte er uns selbstbewusst in die undurchdringliche Suppe hinein. Ich wischte mir die Nässe aus dem Gesicht. War das Nebel oder meine Tränen? Ich wusste es nicht, doch weinen musste ich nun nicht mehr, denn schon legten wir an einem Steg an. Wir waren höchstens zehn Meter davon entfernt gewesen.

»*Palazzo Grillo*«, sagte Apollo und klang äußerst zufrieden. »Beinahe so gut wie das von mir anvisierte Ziel, der *Palazzo Cecci*. Lasst uns hier raus!« Er verhandelte ein bisschen mit unserem Retter, während wir ausstiegen.

Meine Knie wackelten immer noch, als ich schließlich mit dem dicken Ananas-Buch in der Hand auf dem Steg stand. Seine Mappe hatte Jannis bereits wieder an sich genommen.

»Ciao«, sagte er nur und war schon im Nebel verschwunden. Ich schaute ihm ratlos hinterher.

»Hast du mal etwas Geld?«, fragte Apollo. »Der nette Herr hier rudert die Gondel für uns zurück zum neuen *Palazzo Goldonini*.«

»Wie viel?« Ich schaute in mein Portemonnaie. Da waren ein Zwanziger und ein Zehner.

»Alles!« Apollo schnappte sich die Scheine, verabschiedete sich kumpelhaft von seinem neuen Freund, dem Gondoliere, und zog mich über den Steg. Wir mussten über eine Kette klettern, an der ein Schild baumelte, *Privatbesitz – Betreten verboten!*, doch dann standen wir wieder auf festem Boden.

»Falls man ihn beim Zurückbringen entdeckt, wird er behaupten, er habe unsere *gondola* leer auf dem *Canal* dümpelnd gefunden. Über den Rest wird er schweigen wie ein Grab. Das kostete selbstverständlich ein wenig mehr!« Apollo schaute mich an, die Lider über seinen Augen waren so weit hochgeklappt, wie es ihm nur möglich war, er strahlte. »Wir haben das Buch, meine liebe Lucia! Jetzt wird alles gut!«

Gegen fünf wartete ich im *Boccadoro* auf Jannis. Er hatte mir die Uhrzeit ins Ohr geflüstert, doch ob er überhaupt kommen würde? Seine blöde Mappe hatte er ja schon. Aber er würde garantiert seine Klamotten zurückhaben wollen. Ich servierte ein wenig mit an den Tischen, denn es war voll, und Amanda freute sich über jede helfende Hand, doch ich konnte mich nicht recht konzentrieren, ich war einfach zu nervös. Schon zweimal hatte ich Getränke an den falschen

Tisch gebracht, da ging die Tür endlich auf, und Jannis kam herein. Wieder trug er sein Cape und dieses verschlossene Gesicht, ohne ein Lächeln. Okay, ich hatte sowieso schon beschlossen, nicht nett zu ihm zu sein. Noch einmal würde er mich nicht so verletzen können, *no way*! Seine Sachen lagen ordentlich zusammengefaltet hinter einem der Büchertische in einer Tüte. Ich hatte mir am Nachmittag ein paar schwarze Hosen gekauft, vom Schnitt ähnlich wie seine, und einen wunderschönen Pullover. Nicht aus Kaschmir, aber dennoch ziemlich kuschelig. Ich war auf seine Leihgaben nicht angewiesen! Wirklich nicht!

Sein »Hallo! Wie geht's?« klang rau und trocken.

»Super.« Ich hatte mich in der vergangenen Sekunde entschieden, auf gute Laune zu machen, die nichts, aber auch gar nichts mit ihm zu tun hatte! Wenn er gleich wieder zur Tür hinausmarschierte, würde ich wenigstens nicht das Gefühl haben, mich ihm an den Hals geworfen zu haben. Etwas, was ein dummer, sehnsüchtiger Teil von mir in diesem Moment allerdings nur zu gerne tun wollte.

»Aha. Du hast neue Klamotten an, nicht von uns geschneidert, aber auch ganz okay.« Er schaute mich von oben bis unten an. Ich drehte das leere Tablett in meinen Händen und hielt seinem Blick stand, ohne zu lächeln. Er konnte lange warten, wenn er meinte, ich würde mich für dieses halbherzige Kompliment bedanken.

»Hier sind deine Sachen.« Ich beugte mich hinab und zog mit einem Handgriff die Tüte unter dem Büchertisch hervor.

»Äh, danke!« Er schaute zur Tür. »Ich glaube übrigens, dass dieser graue Professor draußen auf der *Fondamenta* rumläuft!«

»Echt? Tja, dann hole ich ihn mal herein, denn du wolltest ja sowieso gerade gehen!« Ich ging vor bis zur Tür des Bistros und öffnete sie.

»Wieso bist du jetzt so?« Er blieb in der Tür stehen und sah mich kopfschüttelnd an.

»Wie? Wie bin ich denn?«

»Na ja, so abweisend. Anstatt ...«

»Anstatt was?«

»Immerhin habe ich dich irgendwie in das Boot reinbekommen, als es brenzlig war, und meinen Praktikumsplatz für dich riskiert!«

»*Pfff.*« Ich rollte genervt mit den Augen. »Ja, das mit dem ›Beruhigen‹ war ein Supertrick, vielen Dank. Und ich hoffe, deinen superwichtigen Platz konntest du behalten!«

»Nein. Die haben mich rausgeschmissen.«

»Oh, *nooo*. Echt?« Ich griff mir an den Hals.

»Tür zu!«, rief es da hinter uns. »Es ist kalt draußen!«

Jaja. Ich drängte Jannis hinaus und zog die Tür hinter mir zu. »Das tut mir echt leid, aber ich habe dich ja nicht drum gebeten, mich ...« Mich beinahe zu küssen und dann so doof zu sein!

»Ich weiß. Es ist ja nur, weil meinem Vater das mit der Architektur so wichtig war ...«

Meinem Stiefvater ist der Ärzteberuf auch total wichtig, aber deswegen werde ich noch lange keine Ärztin, ging mir durch den Kopf. Na gut, das war kein fairer Vergleich.

»Guten Abend!« Professor Creuset war unvermutet neben uns aufgetaucht. »Ich weiß, was ihr getan habt!«

Ich atmete tief aus. Jannis nervte mich, aber der Professor kam gleich nach ihm. Warum hörten sich die Worte dieses Mannes immer sofort wie eine Anklage an?

»Ich könnte euch bei der Polizei anzeigen, sie waren heute da, mit einem Boot, haben den Palazzo durchsucht. Ich stand in der *Calle*, habe alles beobachtet.«

»Ja, und? Sie wissen doch, was wir brauchen, *Professore*. Und Sie wissen auch, dass wir es jetzt *haben*. Warum sind Sie denn nicht froh?«, fragte ich und schlang mir die Arme um die Schultern, denn es war kalt und feucht hier draußen in der Abendluft.

»Ich hätte mit den *Poliziotti* darüber sprechen können, oh ja, es wäre ein Leichtes gewesen, sie gingen vor meiner Nase ein und aus.«

»Ich dachte, Sie haben mit Apollo einen Deal?« Jetzt flüsterte ich nur noch. »Die Tagebuchseiten seiner Verlobten gegen das Buch.«

»Ach so, ja natürlich, aber ich traue ihm nicht, traue *euch* nicht!«

»Na, danke!« Ich schaute zu Jannis, der aber keine Hilfe war und nur mit den Schultern zuckte. »Wir haben alles riskiert, um das Buch zu bekommen. Hier, Jannis haben sie sogar aus dem Architektur-Büro geschmissen. Haben sie dich auch verhört?«, fragte ich ihn.

»Allerdings.«

Ich biss die Zähne zusammen. Mist. Kein Wunder, dass er nichts mehr mit mir zu tun haben wollte.

»War nicht lustig. Aber ich habe alles abgestritten. Nur zugegeben, dass es sehr nachlässig war, die Rollen mit den Plänen im Kanal-Zimmer liegen zu lassen.«

»Und was war mit den Kameras? Die haben doch sicher auf den Aufnahmen gesehen, wie sportlich und elegant wir die Gondel gekapert haben, bevor wir damit im Nebel verschwunden sind …«

Und unseren Beinahekuss, den haben sie sicher auch gesehen, dachte ich wehmütig und genoss noch einmal das Aufflackern des himmlischen Gefühls, das dabei durch meinen Körper gezogen war.

»Ich wusste ja nicht, ob sie wirklich was haben«, sagte Jannis, »aber ich dachte, die müssen mir die Aufnahmen schon vorspielen, bevor ich irgendwas zugebe ...«

»Recht abgebrüht, der junge Mann«, warf der Professor ein. Ja, das konnte ich bestätigen. Einer, der mal eben ein Mädchen küsste, um es zu beruhigen, und nichts dabei empfand ...

»Eigentlich gar nicht, ich wollte meinen Job im Architekten-Team unbedingt retten.« Er seufzte. »Es hat nicht funktioniert, obwohl fast alle Kameras kaputt waren. Trotzdem bin ich raus! Der Hausherr, dieser Goldonini, hat sich über mich beschwert.«

Ich sah, wie er schluckte, und wollte ihn trösten, wusste aber nicht, wie. Und außerdem war ich noch sauer auf ihn. Mit Jungs kannte ich mich nicht aus und mit dem direkt vor mir schon mal gar nicht.

»Und danke, kein Mitleid bitte, hab ja selber Schuld«, sagte er auf Deutsch, schaute mich dabei aber nicht an.

Ich wollte schon Luft holen und ihm entsprechend heftig antworten, da erschallte ein »*Ragazzi!*« von oben, und wir sahen, wie Apollo sich im ersten Stock aus dem Fenster lehnte. »Was krakeelt ihr da auf der Gasse herum, kommt lieber hoch und seht mit eigenen Augen, was ich entdeckt habe!«

»Darf ich mitkommen?«

Ich sah den Professor an und wurde von einer wild durchmischten Wolke seiner Gefühle umhüllt. Ein grelles Magenta für Neid, ein sattes Sonnenblumengelb für Sehnsucht und ein schwächeres Graublau für großen Anerkennungshunger.

Widerwillig las ich seine Gedanken. *Bitte, ihr verdammt jungen Leute, nehmt mich mit! Ach, ihr wisst ja nicht, wie gut ihr es habt! Ihr besitzt so viel Jugend, dass ihr sie verschwenden könnt, und ihr seid so verdammt unbesorgt und arrogant, nein, ihr werdet nie alt, ihr nicht! Bitte lasst mich mitmachen, ich ertrage einen weiteren einsamen Tag in dieser Stadt nicht mehr. Ich will doch nur ein wenig Gesellschaft, wenn es sein muss, auch von euch unverschämt jungen Erwachsenen! Ja, und Anerkennung in meinem Fach, die will ich natürlich auch!*

»Also gut, dann kommen Sie eben mit!«, sagte ich zu ihm. »Wenn Sie uns unverschämt junge Erwachsenen, die ihre Jugend verschwenden, überhaupt ertragen können!« Ich grinste ihn an und freute mich an dem erschrockenen Blick, den er mir zuwarf. »Apollo wird sich auf die handschriftlichen Seiten seiner geliebten Claudia stürzen, die haben Sie doch dabei, oder?«

»Aber ja.« Der Professor klopfte sich an die Brust und machte eine Art Verbeugung vor mir.

»Und du?« Ich wandte mich an Jannis. »Kannst auch gerne mit uns nach oben kommen und in das Buch schauen, du musst ja morgen nun nicht mehr früh raus.« Das war fies, das wusste ich. Aber ich wollte keinesfalls zu nett zu ihm sein.

»Danke, dass du an mich denkst«, antwortete er und sah mich kopfschüttelnd an. »Wow! Du kannst ziemlich gemein sein!«

»Ich hörte da etwas von ›kein Mitleid, bitte!‹.« Wir sahen uns in die Augen. Kurz, aber das reichte. Gleichstand, niemand schuldete dem anderen etwas, wir waren fast wieder da, wo wir vor dem Beinahekuss gewesen waren. Nur noch um einiges genervter voneinander.

»Na gut, ich komme mit, aber nur, weil ich einen Blick in das Buch werfen möchte.«

Ja, klar. Schon verstanden.

Oben im *salotto* beugten wir uns alle über das große Buch, dessen Seiten wirklich extrem dünn und durchsichtig waren. Das machte das Lesen noch mal doppelt schwierig.

»Ich sitze seit heute Mittag davor, eine äußerst mühsame Angelegenheit!«, sagte Apollo und tippte mit dem Zeigefinger auf den Text. »Wie ihr seht, ergeben die willkürlich gewählten Lettern keinen Sinn, und wenn, dann sind die Abschnitte auf Latein geschrieben, nun aber habe ich die Stelle mit der Trankzubereitung gefunden!« Er machte uns Platz, umkreiste uns aber aufgeregt wie eine Biene ihre nächste Blüte. »Die wichtigsten Zutaten habe ich schon mal übersetzt.«

Wir starrten auf den endlosen Text vor uns. Kein Absatz, nichts fett Gedrucktes, es war beinahe unmöglich, in dieser Aneinanderreihung von Buchstaben etwas zu finden, das Sinn ergab.

»Beeindruckend!« Der Professor richtete sich auf. »Um was handelt es sich also? Wie setzt sich der Trank zusammen?«

Apollo schaute auf den Zettel, den er in der Hand trug. »Zunächst um die *Mytilus edulis*, eine davon, jung und frisch von der Mauer am *Piazza San Marco* gepflückt.«

»Eine was?« Ich schüttelte ratlos den Kopf.

»Eine Miesmuschel«, sagte Jannis. »Na ja, ich hatte Latein- und Bioleistungskurs, sorry.« Er zuckte mit den Schultern.

Und dafür hätte ich ihn fast wieder mögen können. Wollte ich aber nicht.

»Okay. Was soll noch rein, Apollo?«, fragte ich. »Von den

roten Pfefferkörnern, der Ananas und den Zimtstangen wissen wir ja schon.«

»Ferner gilt es, eine verpuppte Seidenraupe, ein wenig Kakaopulver und ebenso wenig Blattgold beizumischen. Eine Kupfermünze soll drei Tage lang in klarem Trinkwasser liegen, sodann werden alle beschriebenen Zutaten dort hineingegeben, alles muss wiederum drei Tage bei Zimmertemperatur durchziehen. Durch ein feines Sieb abseihen. Zum Schluss gebe man noch einen guten Löffel Theriak hinzu, umrühren, fertig.«

»Kinder, das ist komplizierter, als ich dachte.« Der Professor wanderte im Wohnzimmer umher. »Aber was die Menschen damals im achtzehnten Jahrhundert hinbekamen, sollte für uns doch auch möglich sein!«

»Mmmh. Klingt alles einigermaßen machbar, ich weiß sogar, wo wir eine verpuppte Seidenraupe herbekommen«, sagte ich, denn ich musste an das Apotheker-Glas in Cosimos Laden denken. »Aber was ist dieses Theriak?« Schnell schaute ich in meinem Handy-Wunderkästchen nach.

Electuarium Theriaca. Theriak, opiumhaltige Arznei auf Honigbasis, las ich. Ursprünglich als »Gegengift« beziehungsweise Gegenmittel gegen tierische Gifte, insbesondere Schlangengift, angewandt, wurde es im Mittelalter und in der frühen Neuzeit als kostspieliges Universalheilmittel gegen viele Krankheiten und Gebrechen verabreicht.

»Oh, hört mal, hier wird beschrieben, wie man das macht!« Ich las die Anleitung aus dem Jahr 1739 vor: »Nimm: abgeschaumten Honig zwei Pfund. Nachdem er etwas erwärmt worden ist, mische hinzu gepulvertes, in einer hinreichenden Menge Malagawein aufgelöstes Opium, eine Unze. Dann setze hinzu: gepulverte Angelikawurzel, sechs Unzen, virginische Schlangenwurzel *[Aristolochia serpentaria]*, vier Unzen, Baldrianwurzel, Meerzwiebel, Zwitterwurzel, eine Stange Zimt, von jedem zwei Unzen. Kleine Kardamomen, Myrrhe, Gewürznelken, kristallisiertes schwefelsaures Eisen, die in Pulver gebracht worden, von jedem eine Unze. Es werde eine braune Latwerge, welche man an einem kühlen Orte vorsichtig aufbewahre.«

»Oh Mann, wo wollt ihr das alles herbekommen?«, fragte Jannis. »Und was ist eine ›Latwerge‹?«

Wieso »ihr«? Einen kurzen Moment lang habe ich angenommen, du wärst doch dabei, dachte ich. Aber warum eigentlich? Wenn es schwierig wird, haust du ja gerne mal ab. Oder benimmst dich, als ob du mit alldem nichts zu tun hast. Ich sah Jannis nicht an.

»Nun, das wird doch möglich sein?«, wiederholte Apollo den Satz des Professors, ohne auf Jannis einzugehen.

»Ja klar, es fängt schön harmlos mit Honig an, hört aber mit einem winzigen Problemchen auf: Opium!« Meine Stimme klang schrill. »Das ist ein Rauschgift!«

»Wurde aber früher wie ein Beruhigungsmittel benutzt«, sagte der Professor. »Bekommt man vielleicht noch als Bestandteil von Morphium in der Apotheke. Ich frage mal nach, ich kenne da jemanden.«

»Also seid ihr dabei, meine Freunde? Machen wir uns gemeinsam daran, die Zutaten zusammenzutragen?« Apollo sah uns mit seinen Kulleraugen von unten an. »Es muss aber unser Geheimnis bleiben!«

»Ja, natürlich!« Ich streckte meine Hand aus, die sofort von ihm ergriffen wurde. Monsieur Creuset legte seine Hand auf unsere, nun schauten wir alle zu Jannis.

»Okay. Dann bin ich auch dabei, aber nur, weil ich ja

morgen dank eures *sportlich-eleganten* Buchdiebstahls nicht mehr zu meinem Praktikum muss ...« Beinah widerwillig gab er seine Hand zu unserem Knoten dazu und warf mir einen vorwurfsvollen Blick zu.

Was?!, ließ ich meine Augen fragen. *Habe ich wirklich an allem Schuld?* Er starrte zurück. Sah ich da nicht doch, wie er sich ein Lächeln verkniff? Nein. Ich hatte mich wohl getäuscht. *Pfff.*

»Auf dass unser Bund geheim bleibe und auf meine erfolgreiche Rückkehr ins gelobte Jahr 1740!«, rief Apollo. Wir warfen unsere Hände in die Luft, und irgendjemand stieß einen schrillen Schrei aus. Der Professor? Nein, natürlich Apollo. Danach war es für einen Moment ganz still, bis sich jemand räusperte. Wir drehten uns um. Mein Vater stand in der Tür zum *salotto* und starrte uns an.

12. KAPITEL

»Theater. Alles nur Theater, Babbo!« Ich löste meine Hand aus dem Knoten und ging auf ihn zu. »Wir haben Professor Creuset kennengelernt, ich glaube, du hast ihn neulich schon auf der *Fondamenta* gesehen, und rate mal, was er macht?« In meinem Gehirn ratterte und flatterte es, ja, was machte er denn, der gute Herr Professor?

»Experte für Stockkampf«, antwortete mein Vater.

»Richtig! Und er ist auch noch ... Theaterregisseur in Paris und wird Apollo bei der Vorbereitung auf die Aufnahmeprüfung helfen.«

»Wie nett!«

Die beiden Erwachsenen gaben sich die Hand. Der Professor nickte. »Ja, ein recht ambitioniertes Projekt, doch zufällig mein Spezialgebiet.«

»Aha.« Ich spürte, dass mein Vater ihm nicht glaubte. Die Farbwolke, die ihn umgab, war eindeutig senfgelb und bedeutete natürlich nur eines: Misstrauen. »Was ist denn Ihr Spezialgebiet, und von wann ist das Stück?«

»Na, von 1740!«, antworteten Jannis und Apollo und ich im Chor, und Monsieur Creuset lächelte milde: »Barock! Barock mit all seinem Geplänkel, Geschnörkel und Getue!«

Jeder von uns konnte sehen, dass er nervös war, er hatte offenbar keine Ahnung vom Theater.

»Ich bin so happy, Babbo«, schwärmte ich, nahm meinen

Vater bei der Hand und zog ihn zur Ablenkung in die Küche. »Und mir tut auch gar nichts mehr weh! Ich nehme kaum noch welche von den Tabletten!«

»*Bene!*«

»Aber wenn dir das jetzt allmählich zu viele fremde Menschen in der Wohnung sind, dann treffen wir uns woanders!«

»Nein, aber nein, ich bin ja froh, dass es dir gut geht und du dich nicht mehr so langweilst wie am Anfang! Und dass du nicht mehr sofort zurück nach München willst.«

»Du bist der beste Papa der Welt, habe ich dir das schon gesagt?« Ich umarmte und drückte ihn mit aller Kraft. »Und ich mag das Haus und die Wohnung und dein Bistro und alles hier!«

»Tja, das Haus …« Babbo sah mit einem Mal wieder sehr besorgt aus. »Ich hoffe, wir können hier wohnen bleiben und das Bistro weiterführen. Cosimo hat echte Geldprobleme. Auch wenn er die Miete ab sofort um das Doppelte erhöht, kann er wahrscheinlich die Haussteuer nicht zahlen, und die Dächer müssten neu gedeckt werden … Ach, in dieser Hinsicht sieht es nicht berauschend aus …« Er zwang sich, mich anzulächeln, das sah ich. »Aber dennoch gilt, du darfst mitbringen, wen du willst!«

Am nächsten Morgen trafen wir uns dennoch weit weg von unserem Viertel in einem Café direkt am Rand des berühmten Markusplatzes. Es war besser, wenn mein Vater jetzt nicht mehr allzu viel von dem mitbekam, was wir taten, außerdem hatte Apollo darauf bestanden. »Ich will dort mit euch sitzen, wo ich früher immer mit meinen Freunden gesessen habe, an der Ecke vom *Palazzo della Zecca*, gegenüber vom *Palazzo Ducale!*«

Ich hatte zugestimmt, außerdem konnten wir an diesem Ort gleich feststellen, ob es am *Riva degli Schiavoni*, an der Kaimauer direkt am *Piazza San Marco*, Miesmuscheln gab.

Wir nahmen einen der wenigen Tische, die draußen standen, die Sonne schien zwar, doch es pfiff ein kalter Wind um die Ecke. Hier würden wir ungestört sein. Von Babbo wusste ich, wie abartig teuer alles um den Platz herum war, wir bestellten trotzdem vier Cappuccino, listeten dann an dem kleinen Tisch die Zutaten des Trankes noch einmal auf, und wer sie besorgen würde.

»Ich übernehme die Seidenraupe«, sagte ich. »Blattgold können wir im Internet bestellen, die Kupfermünze sollte kein Problem sein – obwohl, ist ein Zweicentstück heute überhaupt noch aus Kupfer?« Ich zog mein Portemonnaie hervor und betrachtete das Kleingeld darin.

»Zimt und roten Pfeffer haben wir schon.« Jannis hatte ein leeres Schreibheft mitgebracht und die Zutaten dort aufgeschrieben. Er machte jeweils einen säuberlichen Haken hinter die ersten beiden Worte. »Zwei Pfund Honig, Malagawein und Gewürznelken bekommen wir im Supermarkt.« Die Zutaten wurden mit dem Wort *Supermarkt* gekennzeichnet. Er war sehr sachlich. Verdammt sachlich. »Mir ist sonst einfach langweilig, wenn ich nichts zu tun habe, nur deswegen bin ich hier«, hatte er statt einer Begrüßung gesagt.

Na danke. Aber gut, dann würde ich ihm jetzt auch nicht mehr zeigen, dass er mir gefiel. Er gefiel mir nämlich immer noch, dabei gab es keinen Grund! War das etwa Verliebtsein?

»Woher bekommen wir die Meerzwiebel? Aus dem Internet?«, fragte ich in bemüht neutralem Ton. »Die pflanzt man eigentlich in den Garten, sie ist nämlich hochgiftig!«

Jannis nickte und blies sich in die Hände, die vor Kälte ganz blass waren. »Was ist mit Myrrhe und kleinen Kardamomen? Die gibt's hier bestimmt nicht im Laden.«

»Auch aus dem Internet?«

Wieder nickte er und schrieb ein großes I hinter die Zutaten in sein Heft.

»Bist du immer so gut organisiert?«, fragte ich und zog mir meine Mütze tiefer ins Gesicht. Ja okay, es war toll, dass er uns half, aber ich hätte mir eher einen etwas verwirrteren Jannis gewünscht, der meinetwegen auch zu spät kam, sich aber dafür intensiv überlegte, wie er mich wieder küssen könnte. Und zwar diesmal richtig!

Offensichtlich war er von diesem Vorhaben sehr weit entfernt, denn sein Gesicht war viel zu ernst und seine Stimme so verdammt ausdruckslos.

»Meine erste Handlung wird sein, die Zutaten zu beschaffen, die man in der Apotheke bekommt«, sagte der Professor leise. Er trug wieder einen grauen Anzug, seinen Hut und einen dicken Schal, natürlich ebenfalls grau, aber diesmal alles in einem helleren, man konnte beinahe schon behaupten, fröhlicheren Grauton. »Dort frage ich auch gleich nach gepulverter Angelikawurzel, der virginischen Schlangenwurzel, Baldrianwurzel und Zwitterwurzel. Wie viel ist denn eine Unze?«

»Sechzig Gramm«, sagte ich und bekam einen anerkennenden Blick von Jannis. Sehr ernst, viel zu kurz, ja beinahe streng. War ja klar. Ich musste mich zusammenreißen, um nicht zu lange auf seine Lippen zu schauen. »*Allora* ...« Ich räusperte mich. »Fehlt nur noch das kristallisierte schwefelsaure Eisen.«

»Ich glaube, wenn wir Eisensulfat haben, sind wir auf der

sicheren Seite«, sagte Jannis, immer noch mit dem Gesichtsausdruck eines gewissenhaften, doch gelangweilten Postbeamten. »Was meinst du, Apollo?«

Wir wandten uns Apollo zu, der bisher nur still neben uns gesessen hatte und auf den Tisch starrte.

»Sie hätten ihm die Seiten nicht gleich hier zu lesen geben sollen, Professor«, flüsterte ich. »Wer weiß, wann er wieder ansprechbar ist!«

»Er hat danach verlangt!«

»Es ist aber nicht gut für ihn, und er muss uns doch helfen, wir brauchen jede Hand!«

»Hey, *amico*!« Jannis stieß Apollo freundschaftlich in die Seite. »Wie sah das damals hier so aus? Erzähl doch mal. Den da hat es 1740 auch schon gegeben, da bin ich mir sicher!« Er zeigte zu der Säule, auf der der geflügelte Löwe thronte. Von unserem Platz aus konnten wir ihn gut sehen, denn wir saßen fast unter ihm. »Wusstest du, dass Napoleon ihn geklaut und nach Paris mitgenommen hat, wie so viele andere Sachen auch?«

»Wer? Welcher Napoleon?« Apollo hob müde den Kopf.

»Ach, stimmt, das war ja nach deiner Zeit …«, sagte Jannis.

»Wie es hier aussah, fragst du?« Mein Bilderspringer winkte ab. »Viel schöner. Die Damen waren noch echte Damen mit ihren Kleidern und Roben und Mänteln aus Samt, und mit Sonnenschirmen im Sommer, immer natürlich begleitet von ihren Zofen. Die Mägde arbeiteten, die Bettelkinder bettelten, jeder hatte etwas zu tun, niemand flanierte so herum!« Er zeigte auf die Touristengruppe, die jetzt an uns vorbeizog. »Und wenn, dann berührte man sich nicht so ungehörig!«

»Die gehen doch bloß Hand in Hand«, sagte ich.

»Nein, sie gehen eng umschlungen und tauschen Küsse

aus, mitten auf dem Platz, wo alle sie sehen können!« Apollo schüttelte empört den Kopf.

»*E tu e la tua Claudia?*«

»Mensch, Jannis!«, sagte ich auf Deutsch und blitzte ihn mit weit aufgerissenen Augen an. »Gerade das Thema wollten wir doch …«

»Ja, nein, warum? Soll er doch mal erzählen! Das hilft gegen Liebeskummer!«

»Ach, hast du da Erfahrung?« Mein Mund wurde ganz trocken. War ich etwa eifersüchtig? Aber was sollte das sonst sein, was da so ekelig bitter in mir aufstieg und meinen Magen flau werden ließ? Wahrscheinlich fühlte es sich auch so an, wenn man in eine giftige Meereszwiebel biss. Schnell nahm ich den letzten Schluck Kaffee aus meiner Tasse. Er war kalt und schmeckte furchtbar.

»Erfahrung? Ja, die hab ich zufällig. Ist zwar schon lange vorbei, aber drüber reden hilft.« Jannis sah mir direkt in die Augen. Wie konnte er nur so verdammt sachlich bleiben? Ich biss die Zähne zusammen, versuchte aber, nicht allzu grimmig zu schauen. Es tat weh, war mir jedoch egal, in wen er mal verliebt gewesen war … Nee, wirklich!

»*La mia Claudia?*« Apollo schlug die Hände vor sein Gesicht. »Die schönste, anmutigste Frau der Welt hat mich durchschaut, hat alles verstanden von der Bilderspringerkunst – und muss ihr Leben nun mit diesem dämlichen Carlo verbringen, allein wegen mir, weil ich nicht zurückkehre! Sie ist schon vierunddreißig, als sie diese Seiten schreibt, also uralt, nicht auszudenken, sie könnte meine Mutter sein, aber ihre Worte sind so liebevoll! So unendlich weich und zart wie die Haut unter ihrem Ohrläppchen!« Jetzt weinte er. Jannis und auch der Professor beugten sich vor und beobachteten ihn, als ob es sich um ein besonders seltenes Tier handelte. Sonst taten sie nichts. Ich stand auf. Es reichte!

»Apollo.« Ich ging zu ihm und schlang die Arme um seine bebenden Schultern. Er ließ mich sogar gewähren, schüttelte mich nicht ab. »Wir werden den Trank brauen«, sagte ich in sein Ohr, und etwas lauter: »Wir schaffen das! Aber du musst mitmachen. Keiner von uns kann so gut Latein wie du.« Ich schaute kurz hoch und fing Jannis' skeptischen Blick auf. Nein, sorry, du auch nicht!

»Stell dir vor, uns unterläuft ein Fehler und alles war umsonst. Das wäre überhaupt nicht cool, deshalb musst du uns helfen!« Ich machte den beiden anderen ein Zeichen. Sagt doch auch mal was!

»Genau, mein junger Freund Apoll!« Der Professor ergriff das Wort. »Du kennst dich mit Schrift und Sprache von damals aus, deswegen würde ich vorschlagen, dass du auch weiterhin den Text studieren und nach Details durchstöbern wirst, damit uns nichts entgeht. Seid ihr einverstanden?« Er wandte sich an uns. Ich zog erstaunt die Augenbrauen hoch. Wurde Monsieur Creuset hier jetzt gerade vor unseren Augen zum Teamplayer?

Jannis nickte. »Ein guter Vorschlag«, sagte er in seinem langsamen, aber meistens ziemlich korrekten Italienisch. »Und wir tragen alles zusammen. Wer kommt mit zum Kai?« Und an mich gewandt: »Ich wette, dort an den Holzpflöcken und Mauern im Wasser gibt es junge Miesmuscheln zum Abpflücken! Übersetz das bitte!«

»Und wer bezahlt?« Monsieur Creuset hielt den Bon hoch, den der Kellner auf unseren Tisch gelegt hatte. »Sechsunddreißig Euro!« Neun Euro für einen Cappuccino?! Wir schwiegen betreten.

»Wir brauchen auch noch Geld für die Zutaten«, erinnerte Jannis uns und schwenkte das Heft, bevor er es in seinem Rucksack versenkte.

»Das stimmt.« Ich seufzte leise. »Und ich kenne mich mit den Preisen zwar nicht so aus, aber sechzig Gramm von dem verbotenen Zeug für unser *theriaca* gibt es wohl kaum im Sonderangebot. Glauben Sie nicht?«, fragte ich den Professor.

»Ob Sie das in der Apotheke überhaupt bekommen? Nur für wissenschaftliche Zwecke, müssen Sie natürlich sagen ...«

»Ich begleiche die Zeche für unsere geschäumten Kaffeegetränke!«, unterbrach Apollo unser Gespräch. »Mit dem hier.« Er legte eine Handvoll Münzen auf den Tisch. Zwei davon schimmerten golden.

»Was? *Mon Dieu*, sagt mir bitte, dass das wahr ist, was ich hier sehe!« Der Professor näherte sich dem Geld mit geducktem Rücken und seitlich erhobenen Händen, als ob er gleich abheben wollte. »Zufällig beschäftige ich mich auch mit dem Gebiet der Numismatik, also der Wissenschaft der Münzenkunde.« Seine langen Finger griffen nach einer der beiden Goldzechinen und drehten sie herum. »Nicht zu fassen«, murmelte er. »Die sind sehr viel wert! Jede einzelne von diesen beiden hier dürfte über 1000 Euro bringen.« Ich nickte. Den Preis hatte ich ja sofort am ersten Abend im Internet gesehen.

»Wollen Sie sie kaufen?«, fragte Jannis.

»Das würde ich nur allzu gerne, kann es mir im Moment aber nicht leisten. Doch mir ist ein rechtschaffener Münzhändler am *Canal Grande* bekannt, dort bekommen wir einen ordentlichen Preis!«

»Ist das okay, wenn du mit einer Münze weniger oder auch ganz ohne Geld nach Hause kommst, Apollo?«, fragte ich.

»Wenn ich ›nach Hause komme‹?!« Apollo sprang auf und dabei gut einen halben Meter in die Höhe. »Dann sieht mich die Welt Luftsprünge machen wie diesen hier! Und danach …« Er hob den Stuhl wieder auf, den er umgestoßen hatte. »Nun, dann gehe ich zu meinem Vater und bitte ihn um etwas Geld!«

»Beste Antwort«, sagte Jannis und grinste vor sich hin, ohne mich anzuschauen. Ich zahlte die teure Cappuccino-Rechnung, und dann machten wir uns zu viert auf den Weg zum Wasser, das keine fünf Meter entfernt lag, um die Kaimauer auf Muscheln zu überprüfen.

»Lucia!« Jannis hielt mich ein wenig zurück. »Es ist also okay, wenn Apollo ganz ohne Geld nach Hause kommt, aber ist es auch okay, wenn wir dem *Monsieur* hier einfach eine Münze im Wert von über 1000 Euro mitgeben?«

Ich sah ihn an, seine Hand auf meinem Arm fühlte sich schön an, doch ich schüttelte sie wie zufällig ab … »Wir werden ihn einfach begleiten und das Geld dann aufteilen. Jeder von uns hat schließlich was zu bezahlen. Total überteuerte *cappuccini,* zum Beispiel.«

Vor der Mauer zur Lagune lagen viele Gondeln vertäut, Holzstege führten zu größeren Plattformen, auf denen kleine Buden standen, wo man eine Bootsfahrt buchen konnte. Viele von ihnen waren jetzt in der Wintersaison geschlossen, der Zugang zu den Stegen durch große Ketten versperrt. Obwohl es November war, liefen immer noch viele Touristen herum, die wie wild fotografierten. Wir vier schauten uns um. Die große Miesmuschelsuche (oder die große Suche nach einer einzigen Miesmuschel) konnte beginnen, doch nirgendwo war ein Stück Mauer, das unbeobachtet war.

»Also, nun denn!« Apollo warf sich ungeachtet der Menschen auf den kalten Asphalt und schob sich mit dem Oberkörper über die Kante. »Hier ist alles ausgehöhlt«, rief er, »sie steht auf Holzstämmen, meine wunderschöne Stadt! Sie steht immer noch auf Baumstämmen! Gott sei Dank!« Er richtete sich wieder auf. »Kein bisschen Muschelbewuchs zu sehen!«

Wir gingen weiter, kamen zu einem Steg, der nicht abgesperrt war, auf dem wir ein paar Meter hinaus auf das Wasser gehen konnten. Aber auch hier Fehlanzeige, es gab nur eine schmale Kante, darunter plätscherte in einigem Abstand das Wasser. Vor dem *Palazzo Ducale*, am *Riva degli Schiavoni* allerdings, gab es flache Treppenstufen, auf denen frierende Touristen saßen und versuchten, sich in der Sonne aufzuwärmen, während sie sich mit ihren Handys fotografierten. Der untere Teil der Treppe war vom Wasser umspült und mit flauschig grünen Algen bewachsen.

»Hier gibt es sie, ich weiß es!« Apollo sprang die Stufen hinunter, und bevor ich ihn warnen konnte, war er ausgerutscht und hingefallen. Sein rechtes Bein landete im Wasser. »*Cavolo!*«, schrie er und krümmte sich zusammen. Doch als er sich wieder erhob und grinsend über die Stufen zu uns hinaufgehinkt kam, hielt er etwas in der Hand. Eine kleine, dunkle Muschel!

Ich lachte auf, erleichtert, weil er sich nicht ernsthaft verletzt zu haben schien. »Na super, jetzt bin ich nicht die Einzige, die hier hinkt!«

»Und warum sollte nur ich mir bei diesem Abenteuer nasse Füße holen?«, fragte Jannis. »Als ich euch mit der Gondel ...«

»Jaja, wir alle wissen, du bist ein Held, weil du uns mit der

Gondel geholfen hast!«, rief ich. »Aber können wir das Thema jetzt mal langsam abschließen?«

»Ist ja gut, kein Grund, mich so anzufauchen!« Jannis schüttelte den Kopf und wandte sich ab.

»*Amici*, ich habe mir meinen Allerwertesten verstaucht«, sagte Apollo und rieb sich sein Hinterteil. »Aber wir haben sie!« Er tat, als ob er sich die Muschel in den Mund stecken wollte.

»Nun, ich würde empfehlen, sie noch einmal frisch zu pflücken, wenn wir alles entsprechend sorgfältig vorbereitet haben«, warf der Professor ein. »Braucht ihr mich noch? Ich würde sonst mein Glück mit der Münze versuchen!«

Apollo schleuderte die Muschel zurück ins Wasser. »Gehen Sie nur, Professor, ich mache mich auf den Weg zurück, um trockenes Schuhwerk von Lucias Vater auszuborgen, und dann werde ich erneut das Buch studieren. Sehr aufmerksam und mit all meiner Kraft. Ich werde meine Claudia wiedersehen!« Er tätschelte die Brusttasche von Papas Jacke, in der er die handschriftlichen Seiten seiner Liebsten versenkt hatte.

»Wir kommen mit Ihnen, Monsieur Creuset«, sagte ich.

»Ach ja? Traut ihr mir etwa nicht?« Ich konnte eine weiße Wolke der Enttäuschung und ein bisschen hellgraue Besorgnis um ihn herum erkennen.

Jannis und ich sahen uns an. Wir standen seltsamerweise viel zu dicht beieinander, ich machte einen Schritt zurück, denn ich merkte, dass ich – völlig bescheuert – am liebsten nach seiner Hand gegriffen hätte. Aber das ließ ich besser sein!

»Nein«, sagten wir zugleich.

»Sorry«, schickte ich hinterher.

»Ach ja, auch ich würde das nicht tun: einem dahergelaufenen Typ, der sich Professor nennt, eine wertvolle Münze in die Hand drücken, nicht wahr?« Monsieur Creuset lachte, aber es klang nicht gerade belustigt.

Doch es ging alles glatt. Wir fanden das Geschäft, der Professor ging hinein und kam zwanzig Minuten später mit vielen Geldscheinen wieder heraus, die wir gerecht untereinander aufteilten. »Ihr bringt bitte die Quittungen mit, für alles, was ihr gekauft habt, dann rechne ich das in meinem Heft ab. Auch das Geld, was Sie vielleicht zusätzlich in der Apotheke brauchen.« Jannis lächelte dem Professor zu. Na klar, mich lächelte er nicht mehr so an. Ich zuckte mit den Schultern.

Wir verabredeten uns für den Abend. Wieder oben in unserem *salotto*, denn wir wollten das kostbare Bilderspringer-Buch möglichst nicht draußen herumtragen.

»Es sieht schlecht aus, ihr Lieben, sehr schlecht!« Der Professor kam die Treppe herauf, warf seinen grauen Wintermantel und den Hut von sich und stürmte mit langen Schritten auf den runden Tisch zu, an dem Apollo mit dem Buch saß.

»Ich habe alles versucht, war in dreizehn Apotheken, ja, ich habe mitgezählt und wage zu behaupten, mehr gibt es in ganz Venedig nicht, aber ich bin gescheitert. Elendig. Und das da ...« Er zeigte auf das Glas mit den gekrümmten Seidenraupen am Boden, zwei Honiggläser, eine Flasche Malagawein, ein Stück echtes Kupfer; Schätze, die Jannis und ich während des Tages erbeutet hatten. »... das da können wir also auch vergessen!«

»War wirklich nichts zu machen? Sie sind immerhin eine erwachsene Respektsperson«, sagte Apollo, und der Professor lächelte geschmeichelt.

»Es ist zum Verzweifeln, aber selbst mit Geld konnte ich nichts ausrichten. In einer *farmacia* hätte man mich sogar beinahe verhaftet. Die dachten, ich wäre, nun ja, abhängig von Morphinen, und einer von diesen Damen und Herren in ihren weißen Kittelchen wollte doch glatt die Carabinieri rufen.« Er zog ein Päckchen hervor. »Gepulverte Angelikawurzel, virginische Schlangenwurzel und die Baldrianwurzel habe ich jedoch bekommen!« Er setzte sich zu uns an den Tisch, während ich für alle Wasser einschenkte.

»Und nun, meine werten Gesellen?« Apollo schaute besorgt in die Runde.

»Wenn dieser blöde Löffel Theriak mit seinen komplizierten Zutaten bloß nicht wäre.« Ich stöhnte auf. »Den Rest würden wir locker zusammenbekommen.«

»Ich war sogar in einem Blumenladen und habe nach frischen Mohnkapseln gefragt«, sagte Monsieur Creuset. »Wisst ihr, wenn man die anritzt, dann kann man aus dem Saft relativ einfach das herstellen, was wir so dringend brauchen.«

Ich nickte und hörte, wie Jannis murmelte: »Na klar, steht ja auch so im Internet, alles total illegal, aber ...«

»Auch da bei der Floristin, die gleiche Reaktion!«, rief der Professor. »›Das ist verboten, mein Herr, das führen wir nicht, und außerdem ist es nicht die Jahreszeit. Die gibt es nur im Frühsommer.‹ – ›Das hätten Sie auch gleich erwähnen können, meine Dame‹, habe ich gesagt und bin gegangen.«

»Wir schaffen es nicht, ich sage doch, wir schaffen es niemals ...« Apollos Augenlider standen auf halbmast, wie immer, wenn er bedrückt oder schlecht drauf war.

»So darfst du nicht denken«, erwiderte ich, »dann wird wirklich alles Kacke!« Ich sah, wie der Professor zusammenzuckte. »Ja, sorry, aber ist doch so! Aufgeben ist keine Option.« Ein schlauer Spruch, mit dem sie uns in der Reha andauernd zugelabert hatten, ich hätte nie gedacht, dass ich den mal benutzen würde. »Und deswegen ist es wichtig, dass du nicht aufhörst, das Buch durchzugehen, Apollo. Falls da noch andere Infos zwischen den lateinischen Zeilen stehen …«

»Es ist zwar anstrengend, und ich bin erst in der Mitte, aber dann mache ich eben morgen damit weiter.« Apollo schaute in sein Wasserglas. »Gibt wohl keinen Wein heute?«

»Nein«, sagte ich. »Ist nicht gut für Heranwachsende!«

Jannis prustete los, und auch Apollo musste lachen. Der Professor nickte. »Kinder, Kinder, erst dachte ich ja, dass ihr nur eine Bande lümmeliger, verantwortungsloser Jugendlicher seid, aber nun werdet ihr mir immer sympathischer.«

»Oh, vielen Dank!« Wir lachten erneut, wurden immer lauter, es war mir egal, dass Jannis dabei war, er war nicht Grund meiner guten Laune, na und? Sogar der Professor stimmte mit seinem lautlosen Geklicker ein, den Mund dabei maßlos aufgerissen.

»Ja, und somit sind wir nun alle Freunde«, sagte Jannis, als wir uns wieder beruhigt hatten. »Aber da wäre noch etwas.« Gespannt schauten wir ihn an.

»Was ist mit dem Gemälde?«

»Was soll damit sein?«, fragte Apollo. »Es steht da, wo es steht, und wenn wir jemals den Trank …« Wieder verzog er kummervoll sein Gesicht.

»An dem Tag, an dem Apollo springt – und er wird springen, ich fühle es –, leisten wir uns eine Nacht im Zimmer

Nummer 114 im Goldonini-Hotel.« Ich versuchte, ganz viel Überzeugung in meinen Blick zu legen. »Wir schmuggeln das Gemälde dort hinein und danach wieder hinaus.« Ich stutzte kurz. »Oder lassen wir es hängen? Muss es hängen bleiben, Apollo?«

»Wenn ich erfolgreich gesprungen bin, ihr Lieben, könnt ihr es wieder mitnehmen oder hängen lassen. Ich werde dann sowieso den Lauf der Dinge ändern. Vielleicht verschwindet es von dort, wo es ist. Wer weiß das schon?«

Plötzlich kniff Jannis die Augen zusammen und fragte auf Deutsch: »Aber werden wir uns dann überhaupt treffen, wenn Apollo den Lauf der Dinge ändert? Wahrscheinlich eher nicht.«

»Fändest du das schade?« Nein, ich flirtete nicht, ich wollte es wirklich nur wissen.

»Keine Ahnung. Wahrscheinlich würde ich dann mit dem Architekten-Team erst gar nicht in den *Palazzo Guarneri-Goldonini* kommen, denn der würde dann vermutlich anders heißen und nicht von Leuten bewohnt werden, die seine Schönheit nicht schätzen und ihn nur wegen dieser WLAN-Sache umbauen wollen ... Und das Hotel wäre kein Hotel.«

»Und Francesco würde gar nicht geboren!«

»Was ist mit dem Hotel?«, fragte Apollo, der das Wort verstanden hatte. »Und was mit Francesco?«

Ich übersetzte unsere Überlegungen für ihn.

»Nein«, sagte er, »dieser Möchtegern-*Conte* wird kein Nachfolger meines Cousins, des guten Carlo, dafür werde ich schon sorgen!«

»Okay, aber erst mal müssen wir es schaffen, dich zurückzuschicken«, sagte ich.

»Dabei musst du mir helfen! Dabei müsst ihr alle mir helfen!«

Ich versprach, mein Bestes zu tun, doch Jannis wiederholte seinen Satz: »Was ist mit dem Gemälde? Meint ihr, es ist gut und sicher aufgehoben da unten in diesem chaotischen Laden?«

»Es steht in einem kleinen extra Raum, vollgestopft mit anderen Bildern, die Cosimo für wertlos hält«, sagte ich. »Und ein Bettgestell und einen alten Sessel habe ich gesehen, alles nur Schrott. Sehr unwahrscheinlich, dass sich auf einmal jemand für das Bild interessiert und es dort herauszuholen versucht!«

»Ja, höchst unwahrscheinlich!« Auch der Professor war meiner Meinung.

»Aber stellt euch vor, Cosimo verkauft morgen zufällig alles an einen Händler, weil er aufräumen will, weil er Geld braucht, keine Ahnung.« Jannis ließ nicht locker.

Ich sah ihn an und verzog die Stirn. Hatte Cosimo nicht so etwas erwähnt? All das müsse man mal sichten, aussortieren, ausräumen ... Und hatte er Babbo nicht etwas von seinen Geldproblemen erzählt? Aber ich wollte Jannis auf keinen Fall recht geben müssen. »Und wo sollen wir es deiner Meinung nach hinbringen?«

Jannis hob die Hände. »Weiß ich nicht, und wir müssen es ihm ja gar nicht sagen, wir lenken ihn ab, schmuggeln es an ihm vorbei und legen es erst mal ...« Er schaute sich um.

»Unter mein Bett?«, schlug ich vor.

»Meinetwegen auch dahin.« Er verdrehte die Augen zur Decke, als ob der Vorschlag irgendwie völlig blöd wäre. Aber ich ließ mir nichts anmerken.

»Wann? Morgen?«, fragte er.

Verschwende bloß nicht zu viele Worte für mich, dachte ich und nickte nur kurz.

Am nächsten Tag hatten wir dann so viel zu tun, um die restlichen Zutaten zu besorgen – wir mussten die per Express gelieferten Bestellungen aus dem Internet abfangen, bevor Babbo oder Amanda sie sahen, und wir mussten uns bemühen, für manche einen Ersatz zu finden –, sodass wir sie einfach vergaßen: die Sache mit dem Bild ...

Vor allem war es uns nach wie vor unmöglich, das Opium zu besorgen, was immer wir uns auch einfallen ließen. Auch zwei Tage später saßen wir wieder ratlos um den Tisch herum.

»Wir waren fleißig und haben so gut wie alles zusammengetragen ...« Der Professor sah in den Karton mit unserer Beute, den ich in der Zwischenzeit vor Babbo in meinem Zimmer versteckt gehalten hatte. »... doch wenn wir die verflixte illegale Zutat nicht beschaffen können, hatte alles keinen Sinn.«

»Ich bin mit meinem Latein am Ende«, sagte Jannis. »Dieses verdammte Theriak-Zeug, das killt uns! Also, jedenfalls unseren Trank!«

Ich seufzte. Die Geschichte mit Jannis hatte ich auch *gekillt*, ohne dass sie überhaupt je richtig angefangen hatte, und es würde auch nicht mehr besser werden. Frustriert schaute ich hinüber zu Apollo, der sich keine Sekunde hatte ablenken lassen, seitdem Jannis und der Professor angekommen waren, sondern immer noch wie besessen über dem Buch saß und mithilfe eines langen Lineals die Zeilen durchging.

»Mach Schluss für heute!«, rief ich. »Du musst doch schon ganz wirr im Kopf sein vom vielen Lesen! Dabei sind das ja nicht mal richtige Worte.« Ich zuckte mit den Achseln. »Seit dem Frühstück sitzt er schon wieder ununterbrochen daran.«

Apollo reagierte nicht.

»Wir haben keine Chance, der Trank wird ohne ein korrekt zubereitetes *theriaca* nicht funktionieren!« Der Professor rieb sich die Augen wie ein kleines, müdes Kind. »Damals wäre es kein Problem gewesen, da haben sie den sogenannten Wunderbalsam mehrmals im Jahr in der Öffentlichkeit zubereitet. Auf dem *Campo Santo Stefano* sieht man noch, wo der große bronzene Mörser stand, ich habe die Stelle und den kreisrunden Abdruck lange betrachtet. Beeindruckend! Aber das hilft uns auch nicht weiter.«

Ich stieß die Luft aus. Mein toller Spruch »Aufgeben ist keine Option«, war keine Hilfe mehr. Stumm sahen wir einander an.

»Moment mal!« Ich stand langsam auf. »Dass ich nicht eher darauf gekommen bin, vielleicht ist das ja hier drin.« Ich lief nach nebenan in mein Zimmer und holte meine gesamte Medikamentensammlung. Gegen Schmerzen, zum Schlafen, zum Wachwerden, gegen Magenprobleme.

»Das ganze Zeug haust du dir immer noch rein?« Jannis Stimme klang ausnahmsweise mal eine Spur besorgt.

»Nein. Zufällig nehme ich seit ein paar Tagen gar nichts mehr davon, es geht mir nämlich gut, meine Hüfte tut komischerweise nicht mehr weh.« Nicht, dass du irgendetwas zu dieser Verbesserung beigetragen hättest, dachte ich. Du bestimmt nicht! Ich begann die Packungen zu öffnen und die Inhaltsstoffe zu prüfen. »Buprenorphin und Tramadol, Novaminsulfon?«, las ich.

»Die ersten beiden sind Opioide, die man bei starken Dauerschmerzen einsetzt. Sie haben keine halluzinogene Wirkung. Aber vielleicht können wir damit trotzdem unser *theriaca* herstellen?« Der Professor wühlte sich durch die Beipackzettel.

»Wir könnten die Tabletten kleinmörsern und sechzig Gramm davon in den Trank kippen«, schlug ich vor.

»Ob das funktioniert? Na ja, ist ja genügend da!« Jannis zuckte unbeteiligt mit den Schultern.

Ich funkelte ihn nur an. Hatte er vielleicht eine bessere Idee?! Doch er sah es nicht. Niemand sagte etwas. Apollo schob leise das Lineal über die Zeilen und las und las. In der Küche tickte die Uhr an der Wand …

»Hat jemand Hunger?«, fragte ich irgendwann, da durchstieß ein Schrei die trübe Stille.

»Nein! Das ist unglaublich, ich habe es!« Apollo sprang auf. Klar, dass dabei wieder sein Stuhl durch die Gegend flog, aber er lachte so glücklich, irgendetwas Großartiges musste er entdeckt haben!

»Hier steht es! Mittendrin und ganz unauffällig, hört her! *Hinweis! Statt eines Esslöffels* theriaca *kann auch eine mittelgroße Knoblauchzehe verwendet werden. Fein gerieben!*«

»Was?!«, rief Jannis. »Nur eine lächerliche Knoblauchzehe?!«

»Das ist alles?!«, brachte ich lachend hervor. »Das glaube ich nicht!«

Der Professor rieb sich die Hände. »Kinder, was für eine wunderbare Fügung!«

»Das ist die beste Nachricht *ever*«, rief ich. »Wann fangen wir an?« Ich sah in unseren Karton mit den Zutaten.

»Sofort!« Jannis schlug in seinem Heft die Zubereitung des Tranks nach, die er Wort für Wort ins Deutsche übersetzt hatte.

Ich holte eine kleine Schüssel aus der Küche, füllte sie mit Wasser, in dem wir kurz darauf das Kupferstück versenkten.

»Ab jetzt haben wir drei Tage Zeit«, sagte ich. Zufrieden schauten wir alle zusammen auf den Grund der Schüssel, auf dem Kupferstück hatten sich schon kleine Luftblasen gebildet.

»Ich stell sie mal lieber unter mein Bett, nicht dass Babbo noch denkt, er muss das wegschütten …«

»Und dann holen wir endlich das Bild«, sagte Jannis. »Monsieur Creuset, ob Sie wohl …?«

»… ob ich den Herrn Cosimo dort unten ablenken könnte, indem ich ein gewisses Kaufinteresse vorgebe? Aber ja! Vielleicht finde ich ja tatsächlich etwas, das ich erwerben möchte.«

»Eher nicht«, sagte ich leise und spürte, wie Jannis mich anstieß und sogar angrinste. Er grinste, ich konnte es kaum fassen!

»So schlimm, der Laden?«, fragte er.

»Du hast das Schaufenster gesehen …«, sagte ich knapp. Wer wusste denn schon, wie lange seine plötzliche gute Laune und Freundlichkeit anhielten? Nein, ich würde mich lieber gar nicht erst daran gewöhnen. »Kommt, überraschen wir Cosimo mit vielen späten Kunden!«

Wir räumten alle verdächtigen Gegenstände aus dem *salotto* unter mein Bett, setzten uns zurück an den Tisch und entwarfen einen Plan.

Der Professor sollte Cosimo zunächst in eine der Ecken locken, von der die Tür zur Kammer nicht zu sehen war. Ich hatte ihm den Grundriss des Ladens aufgezeichnet. Wir drei würden uns in dem Verkaufsraum verteilen, uns dann aber recht schnell auf das Bild konzentrieren. Wenn wir es aus der Kammer trugen, musste der Professor sicherstellen, dass Cosimo auch die Ladentür nicht sähe, denn durch diese würden wir mit dem wertvollen Tiepolo-Gemälde verschwinden.

»Meine Freunde, das ist der beste Plan, so wird es gelingen! Ich bin so glücklich, und meine Seele ist voll Hoffnung und Überzeugung, ich danke euch von Herzen!!« Apollo hüpfte um den Tisch und schüttelte uns reihum die Hand. »Ab jetzt wird alles gut, und ich kehre zurück in meine Welt.«

Ich hielt seine Hand einen Moment fest. »Je natürlicher wir uns benehmen, desto weniger wird er Verdacht schöpfen, denke daran, Apollo«, sagte ich. »Cosimo ist kein Mensch, der denkt, dass man ihn ... nun ja ...«

»Beklauen könnte?« Jannis zog seine Augenbrauen hoch und sah dabei wieder so verdammt gut aus, dass mir ganz heiß wurde. Schnell schaute ich zu Apollo. »Er denkt, es ist ein wertloses Bild unter vielen. Hat er selbst gesagt, oder?«

»Die Kopie einer Kopie! So äußerte sich der Meister Cosimo!« Apollo nahm seine Hand wieder an sich und raufte sich die langen Haare. »Nein, ein Kunstkenner ist er wahrlich nicht!«

»Wenn ich es ihm abkaufen wollte, würde er es mir sicher schenken oder für zehn Euro überlassen«, sagte ich. »Und vielleicht können wir ja wirklich Geld mit diesem echten Tiepolo machen. Dann bekommt Cosimo die Summe, die er braucht, das verspreche ich hiermit!« Ich hob drei Finger, um zu schwören. »Er hat nämlich echt große Geldsorgen, hat mein Vater mir neulich erzählt. Irgend so eine Steuer der Stadt, und außerdem ist das Dach undicht.«

Minuten später fielen wir zu viert in den Laden ein. Cosimo kam auf seinen abgewetzten Clogs herangetrabt. »Je später der Abend ... Mit was kann ich euch erfreuen?«

»Ich bin hier, um nach alten Münzen zu suchen«, sagte der Professor. »Alles vor 1960 interessiert mich!«

»*Ciao*, Cosimo! Das sind Freunde von mir.« Ich zeigte auf Apollo und Jannis. »Wir schauen uns ein bisschen um, okay?« Schon verteilten wir uns in dem Gewölbe, warteten, bis Monsieur Creuset Cosimo in ein Gespräch verwickelt hatte, und huschten dann, einer nach dem anderen, nach hinten in die Kammer.

Dort sah noch alles so aus wie beim letzten Mal. Wir rückten den Samtsessel mit der hohen Rückenlehne beiseite und zogen mit vereinten Kräften die gerahmten Gemälde auseinander.

»In der Mitte!«, sagte Apollo.

»Nein, eher mehr vorne«, behauptete ich.

»Das hier?« Jannis holte ein völlig ergrautes Bild hervor.

»Nein!«, sagten Apollo und ich gleichzeitig.

»Aber ihr habt doch gesagt, es sei kaum etwas darauf zu erkennen gewesen.«

»Ja, schon. Aber doch nicht *so* wenig! Man konnte meine erhabene Gestalt schon noch bewundern!«

»Gut, dass dieser Mensch sein Selbstbewusstsein nicht verliert, was immer auch kommt«, murmelte Jannis auf Deutsch, und ich musste kurz grinsen. Vielleicht wurde das ja doch noch ganz cool, mit Jannis und mir. Einige Sekunden lang erlaubte ich mir ein bisschen Träumerei, doch wenig später war alles Grinsen aus meinem Gesicht gewichen.

»*Amici!*« Apollos Stimme war zu einem tonlosen Flüstern geworden. »Wir müssen der grausamen Wahrheit ins Auge sehen.«

13. KAPITEL

»Dürfen wir kurz stören?«

»Oh, ungern, der gute Mann hier sucht gerade ein paar seltene Exemplare alter Lire-Münzen für mich heraus ...« Der Professor sah mich erstaunt an, denn wir hatten verabredet, dass wir drei nur mit einem kurzen »*Ciao, ciao!*«-Ruf aus dem Laden verschwinden würden. Das Bild sollten wir natürlich vorher geschickt hinausgeschmuggelt haben.

»Es ist dringend!« Ich zwang meine Mundwinkel nach oben, dabei war mir eigentlich nach Heulen und Schreien zumute. Das Bild war weg! Die größte aller Katastrophen!

»Cosimo, da gibt es diese alten Bilder in der Kammer, und ich habe mir in den letzten Tagen überlegt, nun doch mit dem Malen zu beginnen. Vielleicht kann ich ja eine der Leinwände von dir kaufen und darauf meine ersten Versuche starten. Hattest du ja selbst vorgeschlagen.«

»Das ist ja verrückt, wer sich auf einmal alles für die alten Barock-Schinken da hinten interessiert!«

Wir nickten. Wir wussten genau, wer es gewesen sein musste. Aber wie hatte er das herausfinden können? Wie war er uns auf die Spur gekommen, wie hatte ausgerechnet *er* gewusst, wo sich das Bild befand?

»Das ist eigentlich unmöglich!«, sagte auch der Professor, als wir uns einige Zeit später mitten auf dem Kirchplatz der

Chiesa Madonna dell'Orto wiedertrafen. Hier konnten wir nicht abgehört werden. Oder vielleicht doch?

»Francesco, dieser Teufel!« Im gelblichen Schein der Laternen, die die rötliche Kirchenfassade kaum erhellten, umkreiste Apollo uns mit großen Schritten und warf immer wieder die Arme in die Luft. »Geht da hinein und holt sich das Bild! Wie kann das sein? War er denn etwa dabei, als wir alles besprachen? Ist er vielleicht auch ein Bilderspringer und hat uns belauscht? Das scheint mir zurzeit die Möglichkeit, die am ehesten einleuchtet!«

Wir drei anderen schüttelten den Kopf und redeten wild durcheinander. »Nein, kein Bilderspringer!«

»Aber wie dann?«

»Er hatte Informationen!«

»Ausnahmslos *alle* Informationen!«

Wir wurden still, konnten es nicht fassen.

»Was nun? Da kann uns der Trank noch so gut gelingen, eine Rückreise ist für Apollo jetzt, ohne Bild, absolut unmöglich!«

»Danke, dass Sie es noch mal so treffend zusammengefasst haben, Professor«, sagte Jannis, doch dann wurden seine Augen schmal, und er fixierte Apollo, der endlich stehen geblieben war. »Was hast du gerade gesagt: *als ob er dabei war, als wir alles besprachen*? Das ist die Lösung!« Jannis ging auf Apollo zu, packte ihn an den Schultern und schüttelte ihn leicht.

»Wenn der junge *Signore* das bitte umgehend sein ließe!« Apollo mochte es immer noch nicht, wenn man ihn berührte. Er wollte sich wegducken, doch Jannis war fast einen Kopf größer als er und hielt ihn an seinen langen ausgestreckten Armen fest.

»Was hat er dir gegeben? Er muss dir irgendwas mitgegeben haben oder sonst einen von uns verwanzt haben!«

»Verwanzt? Mit Ungeziefer? Wie meinen? Er hat mir nichts gegeben.« Apollos lange blonde Locken flogen von rechts nach links, so vehement schüttelte er den Kopf. »Und auf meinem Kopfe juckt seit Langem auch nichts mehr!«

»Sicher? Denk nach?«

»Sehr sicher, die letzten Läuse habe ich mir im Alter von zarten sieben Jahren eingefangen, als ...«

»Ich meine keine Läuse, du Harro!«

»Lass ihn los, Jannis!«, sagte ich.

»Was für eine Flegelei!« Nachdem er wieder frei war, klopfte sich Apollo empört die Schultern ab. »Wanzen? In diesem Jahrhundert gibt es noch Wanzen? Und was haben die damit zu tun? Nein, bei allen Heiligen, er hat mir nichts ...« Er hielt inne. »Oder ja doch, er hat ... aber das kann es nicht sein!«

»Was?! Was kann es nicht sein?« Wir sahen ihn beschwörend an. »Sag doch!«

»Er hat mir ein Kästchen geschenkt, vor drei Tagen, oder waren es gar vier? Als wir im Palazzo waren; ein modernes Zauberkästchen mit der seltsamen Winxaiu-Schrift, wie von der großen Wand, und das Kästchen kennt meinen vollen Namen, und wir können uns jetzt verbinden, dieser Angeber und ich!« Er lachte höhnisch auf. »Als ob ich das wollte!«

Wir wurden ganz still, sodass Apollo fragend in unsere Gesichter schaute.

»Er hat dir *was*?!«, wollte Jannis endlich wissen.

»Er hat dir doch kein *cellulare* geschenkt!« Ich musste mich anstrengen, meinen offen stehenden Mund wieder zu schließen.

»Doch, so nannte er es! Eine Zelle.«

»Wann soll das denn gewesen sein? Ich war doch immer bei ...« Ich unterbrach mich und griff mir an die Stirn. »Als du im Palazzo dorthin unterwegs warst, wo selbst der *Conte* zu Fuß ...? Deswegen hat das so lange gedauert!«

»Ich wollte dir nichts davon verraten, denn du hast gesagt, es kostet zu viel Geld, wenn ich es benutze.« Er schaute mich beschämt an. »Sind da denn wirklich Zellen drin, in diesem Wunderkästchen?«

»Mehr als du dir vorstellen kannst! Und die Zellen haben große Ohren, die hören alles, wenn man sie richtig einstellt.« Jannis stieß die Luft aus. »Hast du es jetzt etwa auch dabei?«

»Nun ja, ich denke schon.« Apollo trug eine alte Winterjacke meines Vaters und zog ein Handy daraus hervor.

»Ich fasse es nicht!« Ich nahm es ihm aus der Hand. »Jetzt verstehe ich einiges!« Nach ein paar Schritten über die *Fondamenta* schleuderte ich es wortlos in den Kanal. »So.«

»Aber ...« Apollo sah von einem zum anderen. »Ich wollte nur auch mal so eines besitzen, jeder trägt es doch mit sich herum ... Was habe ich getan?«

»Er hat durch dein modernes Zauberkästchen belauschen können, was wir besprochen haben, er war oben im *salotto* dabei, er hat gehört, was du über dich und den Trank und das Bild erzählt hast ... einfach alles!« Jannis rieb sich die Stirn. »Mist!«

»Warum hast du mir nichts gesagt?«, herrschte ich Apollo an. »Du kannst doch nicht einfach von jedem Geschenke annehmen, und dann noch vom Urururenkel deines fiesesten Feindes!«

»Ihr meint, er weiß jetzt jede Kleinigkeit über mich? Alles

über das Bild, und was es für ihn bedeutet, wenn ich zurückkehre …« Apollo schlug sich die Hände vors Gesicht. »Oje, oje!« Er sackte in sich zusammen, bis er mit den Knien auf den rötlichen Ziegelsteinen landete, mit denen der Platz vor der *Chiesa* gepflastert war. Hinter uns zog ein Lastenboot durch den Kanal, wir hörten die Wellen an die Wände klatschen.

»Es ist vorbei, ich werde hierbleiben müssen, auch hier sterben, und meine liebe Claudia ist auch schon tot!«

»Na ja, 285 Jahre später ist das unvermeidlich«, murmelte Jannis, und ich stieß ihm in die Seite. »Sei nicht so gemein!«

»Schlussfolgerung für uns?« Der Professor hatte die Hände auf dem Rücken zusammengelegt und marschierte in winzigen Schritten vor uns auf und ab. Er erinnerte mich an meinen Mathelehrer, Herrn Kellermann. Wie lange hatte ich nicht mehr an die Schule, an Mathe und Herrn Kellermann gedacht? Und hier müssen wir nur logisch denken, hatte Wolfgang Kellermann immer gesagt, wenn er eine ellenlange binomische Formel an die Tafel kritzelte.

»Wir müssen logisch denken und das Bild zurückholen!«, sagte ich. »Wo wird er es aufbewahren? Bei sich zu Hause? Vermutlich! Jeder denkt, dass sein Zuhause der sicherste Ort ist! Und wo dort? Unter seinem Bett!«

»Sorry, aber ich glaube, nur *du* denkst das«, sagte Jannis.

»Aha, nur *ich* denke das?!« Ich warf ihm einen abschätzigen Blick zu. Er schaute genauso abschätzig zurück. Wie konnte er nur so verdammt hübsch und gleichzeitig so blöd sein?

»Na gut, vielleicht hast du recht«, gab er schließlich zu.

»Oh, danke! Sehr gnädig.« Ich schnalzte genervt mit der

Zunge. Genervt von Typen, die einem immer alles erklären wollten, obwohl sie selbst keinen Plan hatten. Was wussten wir denn, was in Francescos Kopf vorging?

»Lasst uns mit der Suche dort anfangen.« Jannis zog Apollo wieder hoch. »Komm, du *crazy* Springer, wirf dein altes Gehirn an, was können wir tun?«

»Zurück in den Palazzo? Aber die lassen uns da doch nie mehr rein«, wimmerte Apollo.

»Natürlich nicht, wenn wir als Personen hineingehen, die Francesco kennt. Und die sein Vater kennt. Und sein Türsteher.« Jannis nickte vor sich hin.

»Als was denn sonst? Als Harlekine und Narren verkleidet? Als Mönche, Bettler, Vagabunden oder hohe Herren?« Apollos Unterlippe zitterte, gleich würde er anfangen zu weinen.

»Okay, hinein kommen wir vielleicht irgendwie, aber mit dem Bild wieder hinaus?« Ich schaute in den dunklen Himmel, um besser nachdenken zu können. Nach ein paar Sekunden hatte ich die Antwort. »Wir müssen es verpacken, es darf nicht mehr nach Gemälde aussehen. Wird aber schwierig bei dem Format von einem Meter mal ein Meter zwanzig.«

»Und wenn wir die Leinwand aus dem Rahmen schneiden?« Professor Creuset starrte auf den Boden, während er laut nachdachte. »Diese Methode wird gerne mal bei Museumsdiebstählen angewandt. Dann können wir die Leinwand einrollen oder auch auf ein kleines Format zusammenfalten und unbeschwert wieder aus dem Gebäude hinausmarschieren.«

»Und wenn es ohne den ursprünglichen Rahmen nicht klappt?!«, rief Apollo. »Ich muss mich da mit beiden Händen hineinziehen, wenn ich unter dem rauschigen Einfluss des Tranks stehe. Es ist wie eine Kante, die es zu überwinden gilt, anstrengend genug! Was, wenn nichts am Bild und seiner Position an der Wand verändert werden darf, und wir tun es dennoch? Dann ist alles ruiniert!«

»Moment!«, rief ich. »Wir sind da doch gerade an etwas vorbeigekommen. Wartet mal hier!« Ich lief los. Über den Kirchplatz, links auf die *Fondamenta* und weiter geradeaus. Einen Moment später kam ich wieder um die Ecke, einen riesigen, sehr flachen Karton hinter mir herziehend, nagelneu, den jemand einfach an die Hauswand gestellt hatte.

»*Television 3000 Winxaiu*«, buchstabierte Apollo mühsam, doch dann jubelte er. »Das hört sich an, wie *tecnica moderna*, da packen wir es rein!«

»Das *ist* wirklich *tecnica moderna*«, sagte ich. »Die wird demnächst im Palazzo installiert, hat uns Francesco ja selbst erzählt. Wegen diesem Hightech-Zeug wollen sie Wände einreißen und umgehen jeden Denkmalschutz, gegen Geld bei den entsprechenden Ämtern natürlich! Dabei helfen ihnen die Architekten. Stimmt's, Jannis?« Ich wollte ihn ärgern, klar.

Es räusperte sich. »Ja.«

Okay, kürzer hätte er nicht antworten können.

»Wir bilden demnach ein Team aus Fernsehtechnikern?«, fragte Monsieur Creuset und sah nicht im Mindesten irritiert aus.

Doch Jannis schaute mich skeptisch an. »Du willst so tun, als ob wir von einer Firma kommen?«, fragte er. »Bist du wahnsinnig, das funktioniert doch nie!«

»Und warum nicht? Du hast doch gerade selbst gesagt, dass wir da als Personen rein müssen, die niemand kennt.«

Er schnappte nach meiner Hand und zog mich grob beiseite.

»Das war nur eine Überlegung, ist aber in der Realität kaum machbar«, sagte er leise, und seine Stimme klang wütend. »Schau dir unsere Truppe doch mal an! Mit einem Professor, der sich mit französischem Akzent äußerst gewählt ausdrückt und, sorry, vermutlich noch nie etwas anderes in der Hand gehalten hat als Bücher und einen Bleistift? Mit einem durchgeknallten Bilderspringer von 1740, der sich mit jedem Wort verrät, sobald er den Mund auftut, und uns beiden, denen man ansieht, dass wir noch minderjährig sind? Super! Das wird funktionieren, keine Frage!«

»Hast du eine bessere Idee?« Ich funkelte ihn an.

»Nein, im Moment nicht!«

»Siehst du! Das unterscheidet uns.« Ich versuchte mich an einem arroganten kleinen Augenbrauenzucken, während ich ihn ansah, dann ging ich zu den beiden zurück, wartete, bis Jannis sich gnädigerweise wieder zu uns gesellt hatte, und verkündete meinen Plan: »*Allora*, wir beobachten den Palazzo. Sobald Francesco und auch sein Vater das Gebäude verlassen haben, gehen wir mit dem leeren Karton rein, tun so, als wollten wir den neuen Flachbildschirm installieren. Natürlich im Zimmer von Francesco!«

Jannis stieß gut hörbar die Luft aus. »Na, wunderbar, viel Spaß!«

Ich ließ mich nicht beirren: »Wenn wir das Gemälde finden, packen wir es ein, sagen dem Angestellten an der Tür, dass wir den falschen Bildschirm dabeihaben, und treten ganz geordnet den Rückzug an. So was kommt vor.«

»Ach ja?« Wieder Jannis.

»Ja! Die Elektriker, die bei uns zu Hause die neue Alarmanlage installieren sollten, sind tagelang hin- und hergefahren, weil immer irgendwas fehlte oder falsch war. Meine Mutter ist irgendwann ausgerastet.«

Jetzt beugte sich der Professor zu mir rüber. »Nun, liebe Lucia, ich darf dich doch so nennen?«

»Klar. Wie sonst? Ach so, ›werte Dame‹ stünde noch zur Auswahl.« Ich blinzelte Apollo zu, denn Jannis sah aus, als ob er schlechte Laune hätte, und irgendwie freute mich das.

»Solche Menschen – Handwerker, Techniker, Profis, die ihre praktische Berufung täglich ausleben – haben meistens einen gewissen Habitus, sprich, sie benehmen sich spezifisch.« Der Professor zwirbelte an seinem Kinn herum.

»Sie wollen sagen, Handwerker benehmen sich wie Handwerker, also sollten auch wir uns wie Handwerker benehmen?« Ich grinste. »Da haben Sie recht. Und wie das geht, das wird uns eine gewisse Person beibringen! Darf ich vorstellen: Dort steht er. Bester Leute-Imitator *ever*!«

»Ich?!« Jannis schlug sich an die Brust. »Nicht dein Ernst!«

»Ja, du!« Ich versuchte, sein theatralisches An-die-Brust-Schlagen nachzumachen. »Guck, ich kann das überhaupt nicht, du schon!«

»Und was ist mit Verkleidung?« Er schien immer noch nicht im Geringsten überzeugt. »Also mindestens ein T-Shirt mit Firmenaufdruck haben solche Typen doch immer an, oder Kappen mit demselben Aufdruck. Und einen Werkzeugkoffer, eine Rolle mit Kabel, so was eben ...«

»Werden wir finden! Irgendwas wird mein Vater doch im Haus haben.« Hoffte ich zumindest.

Jannis schüttelte den Kopf. »Einen alten Werkzeugkoffer aus Plastik? Und ein zusammengerolltes, angegrautes Telefonkabel, dass dein Vater seit Jahren nicht mehr braucht, weil jetzt alles digital läuft? Klar, das sieht dann wirklich höchst professionell aus!«

»Und ich? Was darf ich beitragen?«

»Am besten nichts, Apollo. Obwohl ...« Ich schaute ihn prüfend an, doch dann grinste ich, einfach um Jannis zu zeigen, wie cool ich war. »Doch, natürlich! Du bist das Kommando, das für die Ablenkung, die *distrazione* zuständig ist. Du wirfst eine Tüte mit ... keine Ahnung ... Kuhglocken über den Zaun oder klingelst hinten an der prunkvollen Tür zum *Canal Grande* Sturm, irgendwie so was.«

Apollo nickte ernsthaft. »Kuhglocken könnte ich in Betracht ziehen, ich möchte aber auch um ein Kostüm bitten!«

»Wir bekommen *alle* ein Kostüm!« Ohne dass ich etwas dafür tun musste, klang meine Stimme ziemlich selbstbewusst.

»Du spinnst!« Wütend vor sich hin schnaubend, ging Jannis davon.

»Aber du bist schon noch Teil des Teams, oder nicht?«, rief ich ihm hinterher.

Er blieb tatsächlich stehen, den Hals starr, den Blick immer noch geradeaus. Was hatte er jetzt vor? Eine grässliche Sekunde lang dachte ich, er würde weitergehen und für immer aus meinem Leben verschwinden, doch dann sagte er so leise, dass ich es kaum verstand: »Soll ich denn?«

Puh, ich atmete auf.

»Natürlich!« Ich verstehe dich zwar nicht, dachte ich, aber ... »Ohne dich geht es doch nicht!«

Er drehte sich um, kam sogar wieder ein Stück näher. »Ich weiß nicht, ob ich das hinbekomme. Mit euch traurigen Gestalten.« Er maß unser Dreier-Grüppchen mit einem Blick, dem jegliche Hoffnung fehlte.

»Was bleibt uns anderes übrig?«, sagte ich. »Wenn das Kupfer durchgezogen ist, bereiten wir den Trank weiter zu; in der Zwischenzeit trainierst du uns, und wir suchen nach etwas Passendem, was wie eine Uniform aussieht. Wir sollten es zumindest probieren!«

»In Ordnung. Wie sagt man doch so schön?« Professor Creuset hob den Zeigefinger. »Wir haben keine Chance, also nutzen wir sie!«

»Danke vielmals, *Signor Professore*«, sagte Apollo mit hängendem Kopf. »Warum nur fühle ich mich nicht wirklich ermuntert und bestärkt?«

Wir machten weiter! Jetzt, da es keine Apotheke mehr zu überfallen galt, um an illegale Substanzen zu kommen, mussten wir nur noch zwei Tagen abwarten, dann würden wir damit beginnen können, die restlichen Trankzutaten in das Kupferwasser zu mischen.

In der Zwischenzeit saß ich mit Jannis vor dem Tablet, um eine Elektrofirma zu erfinden, die Häuser mit modernster Technik ausrüstete und Screens installierte.

»Nehmen wir eine Mischung aus anderen Webseiten«, schlug ich vor. »Ein Fantasiename und ein einfaches Logo wie das hier, von *Tecno-WIFI*.«

»Gut, das Quadrat mit den vier Bildschirmen kann ich rauskopieren und ein wenig verändern«, murmelte Jannis, über mein Tablet gebeugt. »Wie nennen wir uns? Was hältst du von *Easy-WIFI*, die Italiener mögen ja englische Ausdrücke, obwohl sie sie immer komisch aussprechen.« Sein Ton war normal, sachlich.

Meiner auch, obwohl es mir verdammt schwerfiel. Nichts mehr mit kleinen Anspielungen, wie damals, als wir im Palazzo auf dem Fußboden hockten und er mir seine Telefonnummer vor Francesco als Rätsel durchgab. Kein extra Lächeln, keine Blicke, kein zufriedenes Grinsen wie auf dem Steg. Na gut, nur in den ersten fünf Minuten dort drüben in Murano hatte er gegrinst.

Und nun? Hatten wir einfach nur eine Aufgabe, die wir so gut wie möglich erledigen wollten. Für Apollo. Damit der wieder zurück in seine Zeit kam.

»Was Englisches? Find ich okay«, sagte ich. »Es gibt an der *Calle Seconda della Fava* einen Shop, der alles druckt, was man will, auf Kappen und Shirts.«

»Habe ich auch schon gesehen, im Fenster hängen Kapuzenpullover mit *Mehr Bier!*, oder: *Ich heirate Agata*.«

Wenn mich diese Beispiele zum Lachen bringen sollten, nö, den Gefallen tat ich ihm nicht. »Wir brauchen drei Sweatshirts und drei Kappen. Welche Grundfarbe sollen wir nehmen?«, fragte ich.

»Schwarz, das fällt nicht sehr auf.«

»Okay, und das Logo darauf blau, mit weißem Rand?«

Jannis nickte. Arbeiten konnten wir gut zusammen. Mehr aber auch nicht. Ich stieß die Luft aus, warum war das alles so kompliziert?

»Hoffentlich dauert es nicht drei Wochen, bis die Sachen fertig sind.«

»Das werden die uns schon sagen. Wird bestimmt teuer!« Er stieß die Luft aus.

»Ist ja das Geld von Apollo.« Ich biss mir auf die Lippen, doch da war die Frage schon raus ... »Wie willst du mir denn beibringen, mich wie ein Typ zu benehmen?« Und natürlich hatte sich ein flirtiger Ton mit eingeschlichen, verdammt!

»Wirst du schon sehen. Du musst nur auf das hören, was ich sage.«

Ja, genau, dachte ich. Habe ich ja schon mal gemacht, oder? Sehr erfolgreich, sogar. Auch wenn du mir was Falsches vorgespielt hast und alles nur zu meiner *Beruhigung* dienen sollte! Ich wurde immer noch wütend, wenn ich daran dachte.

»Heute Nachmittag führen wir ein kleines Training durch, ich habe mir da schon etwas für euch ausgedacht!« Jannis schaute nachdenklich in die Luft, als ob seine Methode dort irgendwo geschrieben stand.

»Wo?«, fragte ich knapp.

»Ich habe eine leere Kirche im *sestiere* Castello entdeckt. Da steht nichts mehr drin, da ist nie einer. Dort können wir üben. Der Seiteneingang ist offen. Sagen wir, um drei?«

»Okay.« Ich wusste, dass wir es ohne Jannis nicht schaffen würden, zu viel Dankbarkeit wollte ich ihm aber auch nicht zeigen. Ich tat es für Apollo. Nur für ihn!

Ich ertappte Jannis dabei, wie er mich anstarrte. »Was?!«

»Nichts. Ich frage mich nur, ob Apollo das auftreiben kann, was er für mich besorgen soll!«

»Was soll er denn besorgen? Es ist immer gefährlich, wenn er sich draußen rumtreibt, er macht sich doch sofort durch seine Sprache und seine komischen Fragen verdächtig!«

»Keine Angst. Ich denke, *damit* kennt er sich aus!«

Gegen drei fuhren Apollo und ich mit dem *vaporetto* zwei Stationen nach Osten, an der Haltestelle *Ospedale* stiegen wir aus und liefen ein paar Meter. Ich konzentrierte mich auf den Stadtplan vor meinen Augen. Die von Jannis beschriebene Kirche befand sich in der Nähe des Krankenhauses

San Giovanni e Paolo, ein paarmal um die Ecke noch, durch schmale Gassen.

»Was hast du da in der großen blauen Mülltüte?«

»Kann ich dir nicht zeigen, darf ich nicht aufmachen!« Apollo grinste und warf den halb vollen Sack über seine Schultern und seine Locken hinterher. »Es ist genial, was sich Jannis da ausgedacht hat! Ihr werdet die besten Knechte des einundzwanzigsten Jahrhunderts darstellen!«

»*Knechte?*«

»Nun gut, er hat gesagt, ihr drei sollt Handwerker mimen, die ihren Beruf beherrschen und dafür bezahlt werden. Aber erst mal müsst ihr echte Männer werden, der Professor, der ist ja ein Gelehrter, kein grober Mann, und dann du! Ein Mädchen!«

Ich seufzte, während ich mich nach der Kirche umschaute. Und dann ich ... Wie Jannis mich zu einem Mann machen wollte, war mir ein Rätsel, aber warum das zwischen uns so seltsam und kompliziert gelaufen war, ein noch viel größeres.

Apollo und ich fanden den Nebeneingang der Kirche in einer schmalen Seitengasse. Wie Jannis gesagt hatte, war er unverschlossen. Wir traten in einen engen, dunklen Vorraum. Es roch schwach nach Weihrauch und stärker nach nassem, vermodertem Holz und Urin. Doch als wir die nächste Tür öffneten, wurde es ein wenig heller, und der Geruch ließ nach. Unter der hohen Kuppel des ehemaligen Kirchenraums flog eine Taube im Kreis. Der Raum war völlig leer, wo sich der Altar befunden haben musste, stand ein altes Sofa, davor ein kleines Tischchen. Hoch oben entdeckte ich zwei Fenster, die nicht wie die anderen mit Brettern vernagelt, aber sehr schmutzig waren, doch als wir jetzt näher kamen, fiel ein Sonnenstrahl durch eines von ihnen hindurch und leitete das Licht direkt vor die Sofas.

»Wie auf einer Bühne«, flüsterte ich, und da tauchte auch schon Jannis mit dem Professor aus einem der dämmrigen Bogengänge auf.

»Schön, dass alle pünktlich sind«, sagte er.

»Oh, meine Lieben, ich bin erfreut, euch zu sehen, seht her, ich habe *eclairs* mit dabei, die habe ich heute in einer *pasticceria* entdeckt, und sie sind fast so gut wie in meiner Heimatstadt Paris!«

»Professor, muss das jetzt sein? Wollen wir nicht lieber erst arbeiten?«

»In der Pause, *Professore*«, sagte ich, denn Jannis sah schon jetzt ungeduldig aus, als Monsieur Creuset das sorgfältig verschnürte Päckchen liebevoll auf dem Tischchen ablegte.

»Also los!« Unser Lehrmeister klatschte in die Hände. »Wir haben nicht viel Zeit zum Üben, wir haben aber auch nicht viel Text, das ist die gute Nachricht. Lucia, übersetzt du bitte, ich glaube, das ist zu kompliziert für mich.«

Ich nickte.

»Wir« – er zeigte auf mich und sich – »sind das Team von *Easy-WIFI*, das unter den gestressten Augen unseres Chefs – das sind Sie, *Professore* – den schweren Screen in den Palast schleppt und ihn kurz darauf wieder rausschleppen darf.«

Er machte ein Zeichen, dass wir uns auf das Sofa setzen sollten, das erstaunlich sauber aussah, und nachdem ich den ersten Teil übersetzt hatte, legte er richtig los:

»Wie werden wir nun zu diesem Team? Und zwar ohne uns

durch die kleinste Kleinigkeit zu verraten. Der Trick dabei ist eine glaubwürdige Geschichte. Was haben wir an diesem Morgen, oder wann immer wir in den Palazzo hineinkommen, schon erledigt, hinter uns gebracht? Sind wir müde? Klar. Sind wir genervt? Ohne Ende! Sind wir zu spät zur Arbeit gekommen, weil die blöde Bahn aus Mestre mal wieder unpünktlich war? Ja, wie immer. Sind wir beeindruckt von dem Palazzo, weil wir in einem hässlichen Hochhaus außerhalb von Venedig wohnen? Nein, wir haben schon einige von denen von innen gesehen, und wenn, würden wir es niemals zugeben.«

Ich sah, wie der Professor nickte, und ich beobachtete Apollo, der das Päckchen mit den *eclairs* begehrlich musterte.

»Hallo, Lucia, guten Morgen, hier spielt die Musik!« Jannis schnippte mit den Fingern. Oh Mann, das klang genau wie in der Schule. Obwohl ich genervt war, musste ich grinsen, er konnte einfach *jeden* nachmachen. Ich übersetzte, was er weiter sagte.

»Wir müssen unsere Figur nicht spielen, Leute, wir müssen sie *sein*. Und zwar von dem Augenblick an, in dem wir den Palazzo der Familie Goldonini betreten. Wir denken anders, wir haben eine andere Unterhose als sonst an, haben was anderes zum Frühstück gegessen, haben andere Sachen geträumt, haben andere Ziele. Und wir haben einen anderen Körper. Lucia, das gilt besonders für dich!«

Oh, danke für den Hinweis! Ich zuckte nur mit den Schultern und hoffte, dass ich nicht rot werden würde.

»Auch die Bewegungen müssen sich von unseren eigenen unterscheiden, unser Gang, unsere Gesten. Und das ist nun die Hausaufgabe für jeden von uns, wir denken uns eine Figur und ihre Story aus und trainieren ihre speziellen Bewegungen.«

Ich versuchte, Jannis' Worte so gut wie möglich ins Italienische zu übertragen. Der Professor neben mir brummte zustimmend.

Apollo dagegen machte ein unglückliches Gesicht. »Und was tue ich?!«

»Du lernst gehen!«, sagte Jannis.

»Ich *kann* gehen!«

»Ja, aber du hüpfst, schleichst und schlenderst über die *Calle* wie Apollo Ugo Goldonini aus dem Jahre 1740! Du musst aber gehen wie jemand von heute. Wie der Typ, der die aus dem Internet bestellten Pakete an der Tür abgibt.«

»Ich? Gebe doch nicht Pakete an der Tür ab, wie ein gewöhnlicher Diener!«

»Ja, entschuldige. Ich habe eine bessere Idee: Willst du lieber einen König spielen?« Jannis zog ermunternd die Augenbrauen hoch und öffnete einladend die Arme.

Apollo nickte. »Das klingt schon lieblicher in meinen Ohren! Haben wir denn Gewänder für mich?«

»Das war nur ein *Spaß*, Apollo«, sagte ich leise.

Jannis schüttelte den Kopf. »Zu dir kommen wir später noch mal, Apollo, aber laufen wirst du üben müssen.«

Er sah mir in die Augen. »Lucia, du fängst an. Versuche mal, dich wie so ein typisch männlicher Azubi zu bewegen!«

Ich stand auf. Wie peinlich, aber es war ja meine Idee gewesen, ihn zu unserem Lehrer zu machen. »Ich weiß nicht, mein Gang ist doch sowieso merkwürdig ... Wegen der ... na ja, wegen meiner Verletzung.«

Jannis sah mich an. »Erstens merkt man das kaum noch, und zweitens machen wir das ja nun extra zu deiner Backstory. Wer bist du? Und wie heißt du überhaupt?«

»Daniele Fontana.« Ich gab Jannis mit festem Druck die Hand. Den Namen hatte ich auf der *Calle Larga* über einem leer stehenden Laden gelesen und mir irgendwie gemerkt, weil er so schön klang. »Jau, also, ich bin Dani, gerade achtzehn, sehe aber jünger aus, und das nervt mich, und ich mache diese beknackte Lehre nur, weil meine Mutter seit dem Unfall rumjammert, ich soll das mit dem Motocross sein lassen. Ja, Hüfte kaputt, und die teure Maschine auch, alles Scheiße, kannst du mir glauben. Ey, ich wäre fast mal italienischer Meister in meiner Altersklasse geworden!«

»Cool, Dani.« Jannis grinste. »Und jetzt zeig uns, wie so ein fast italienischer Motocross-Meister aus Mestre mit seiner Hüftverletzung morgens von der *Stazione di Venezia*, zu der Firma geht, die ihn nicht das Mindeste interessiert.«

»Okay!« Ich zog meine Schultern zurück, stellte mich ein wenig schief auf mein gesundes Bein. Hinken, als ob es bei jedem Schritt noch sauweh tun würde, konnte ich. Ich entfernte mich durch den dämmrigen, leeren Kirchenraum, drehte um, kam dann wieder auf die Gruppe zu. Ich war Daniele und hatte nicht wirklich viel Lust auf diesen Job!

»Der starre Hals ist gut, aber trotzdem bisschen lockerer, Dani, bisschen selbstverständlicher.«

Ich versuchte es noch mal. »So okay?«

»Besser!«, rief Jannis. »Auf die Hüfte wird dich niemand ansprechen, denn sonst bekommt er eins aufs Maul. Das machst du jedem klar!«

Obwohl Professor Creuset nichts von unserer Unterhaltung auf Deutsch verstanden haben konnte, applaudierte er. »*Bravó, bravó!*«

Ich grinste ihn an und schaute dann wieder zu Jannis.

»Danke. Und wer bist du?«

»Ja, Mist, ich wollte mich tatsächlich auch Daniele nennen, aber nun hast du mir den Namen weggeschnappt.«

»Daniele ist der Beste!«

»Daniele ist ein kleiner Stinker, der vom Chef bevorzugt wird!« Jannis wandte sich auf Italienisch an den Professor: »Der Chef sind übrigens Sie! Sie behandeln unseren Daniele hier besser als mich, den Marco Cotti, dabei bin ich ein Jahr älter, schneller im Kopf und kann mehr tragen, als der Dani, aber das scheinen Sie zu ignorieren.«

»Aber das würde ich doch nie tun!«

»Natürlich nicht, aber jetzt sind Sie ja eine andere Person, nämlich der Chef!«

»Verstehe, verstehe!« Doch sein Blick, hoch in das Gewölbe der ehemaligen Kirche, war etwas ratlos. »Wie bin ich denn in diese Firma geraten? Ist es meine?«

»Das müssen Sie sich zu Hause in Ruhe ausdenken!«

»Verstehe, verstehe!«, sagte der Professor wieder und strich sich nachdenklich über sein Ziegenbärtchen am Kinn.

»Okay, und warum macht Marco überhaupt diese Ausbildung?«, fragte ich.

»Also, der Marco will tatsächlich Techniker für dieses Internet-Zeug werden, das wusste er schon sehr schnell nach der Schule. Und er gibt sein Geld zu Hause zur Hälfte ab.«

»Ein ganz braver Typ also, dieser Marco?« Ich lachte auf. »Sollte der Charakter nicht ein bisschen mehr entfernt von dir sein?«

»Wer sagt denn, dass er das nicht ist?«, sagte Jannis scharf. »Du kennst mich doch überhaupt nicht!«

Er wandte sich ab. Oh, Mist. Er war echt sauer. Und mit einer Sache hatte er recht, ich kannte ihn überhaupt nicht.

Wie auch? Er redete ja nicht mehr richtig mit mir. Warum war das alles eigentlich so schiefgelaufen, wir fanden uns doch am Anfang wirklich ziemlich nett, oder? Richtig gut sogar. Also ich ihn …

»So, und nun zu dir!« Jannis wandte sich an Apollo. »Ich hatte dich gebeten, etwas zu besorgen, zeig doch bitte mal, worum es sich handelt.«

»*Signore e Signori*«, begann Apollo mit lauter Stimme. »Auf Geheiß unseres Lehrers begab ich mich heute in die niedrigen Gefilde der Einkaufsläden in dieser leider gar nicht mehr so schönen Stadt, an einen Ort, an dem gebrauchte Ware feilgeboten wird. Für nur wenige Dukaten konnte ich eine Menge Kleidung erwerben! Seht selbst, und wundert euch nicht … denn bei meiner Auswahl folgte ich den Anweisungen unseres Lehrers, *il Signor* Jannis.«

Kaum dass Apollo die blaue Tüte öffnete und den Inhalt neben den Professor auf das Sofa schüttete, wusste ich, was er meinte.

Es waren Klamotten, vier, fünf Jacken, aber auch verschiedene T-Shirts. Und sie … rochen! Ich zog die Nase kraus und machte ein paar Schritte von dem Kleiderhaufen weg.

»Boah!« Ich sah von Jannis zu Apollo und dann zum Professor. »Die stinken nach Schweiß! Werden gebrauchte Klamotten nicht auch irgendwie behandelt, bevor sie verkauft werden? Desinfiziert oder so?«

»Ja, normalerweise schon, aber bei denen hier waren die körperlichen Duftnoten wohl stärker. Apollo sollte genau solche Stücke heraussuchen, super gemacht!« Jannis gelang es, Apollo zu erwischen und ihm kurz auf die Schulter zu klopfen. »Genau das, was wir brauchen!«

»Ich verstehe nicht ganz.« Der Professor streckte Daumen und Zeigefinger aus, vermutlich, um eine der Jacken näher zu inspizieren, ließ dann aber von seiner Idee ab.

»Ich erkläre es Ihnen!« Jannis nahm eine der Jacken hervor. »Niemand würde einen Professor von der Sorbonne in Paris mit dieser Jacke in Verbindung bringen, so was passiert unterbewusst, wir ordnen Menschen schon aufgrund ihres Geruches ein, bevor wir sie gesehen haben.« Er warf die Jacke zurück auf den Haufen und fischte dafür eine braune Jacke heraus. »Schau mal, Apollo, da steht sogar schon drauf, wer du bist. Der Mann, der die Pakete bringt!«

»Ich? Ein Lakai? Aber ich bin von höherem Geblüt!«

»Die einen sagen so, die anderen so …«, murmelte ich, bevor ich lauter zu ihm sagte: »Weißt du, Apollo, du behauptest ja nur, diese neue Person zu sein.«

Apollo nahm die Jacke und schnupperte daran. »Die riecht … streng.«

»Wir lüften sie noch ein bisschen«, beruhigte ich ihn.

Jannis wühlte währenddessen ein T-Shirt hervor und zog es elegant, wie ein parfümiertes Taschentuch, an seiner Nase vorbei. »Aha! Hier, der Typ ist jünger, wow, Schweiß aus dem Fitnessstudio, Tonnen von Deo, um den Geruch zu überdecken, und ungelüftetes Zimmer.«

Ich hielt einen Moment lang die Luft an, das war alles ziemlich ekelig, aber dabei auch genial.

»Dann nimm du das für deinen Marco«, sagte ich. »Mein Daniele verzichtet auf Deo, der schmiert sich nur Tonnen von Gel in die Haare. Er hofft, dass die Frauen das cool finden, doch so richtig weiß er nicht, wie Frauen ticken, aber das ist ihm, wie wahrscheinlich auch dem Marco, eigentlich egal.« Ich biss die Zähne zusammen. Ich wollte es gar nicht, aber was immer ich auch sagte, irgendeine unterschwellige Anklage an Jannis kam jedes Mal dabei raus.

»Stimmt, das ist dem Marco wirklich egal, der hat gerade Wichtigeres zu tun! Der geht gleich und schaut sich ein bisschen Venedig an. Allein. Und darüber ist er sehr happy!«

14. KAPITEL

Der Trank war zusammengemischt und zog in seinem Versteck vor sich hin, und wenn wir nicht mit unseren Proben beschäftigt waren, spionierten wir den Palazzo aus. Wer ging ein und aus, wie viele Angestellte gab es, wann waren Vater und Sohn nicht zu Hause? *Professore* Creuset übernahm die meisten Schichten, denn ihn kannte man im Palazzo noch nicht.

»Kinder, heute habe ich mir dieses grüne Anglerhütchen aufgesetzt und meinen Mantel weggelassen, die Temperaturen ließen es zu. Und was soll ich euch sagen, ich hätte mich in einem der Schaufenster beinahe selbst nicht wiedererkannt. Was für eine Veränderung!« Der Professor warf sich mit Schwung auf das Sofa in der Kirche.

»Wow! Und Sie bewegen sich heute auch ganz anders!« Ich packte die Thermoskanne mit dem Espresso aus dem Korb und die vier Tassen auf das Tischchen.

»Gibt es wieder Kaffee? Ach, wie aufmerksam!« Der Professor wollte schon seine langen Beine übereinanderschlagen, doch dann setzte er sich extra breitbeinig hin, so wie der von ihm erfundene Firmenbesitzer es bestimmt getan hätte.

»Sie haben sich Ihr Bärtchen abrasiert, auch deswegen sehen Sie so anders aus!«

»Nun ja, es war Zeit für eine Typveränderung«, sagte er nur und nahm seinen Notizblock hervor. »*Allora*, meine Beobachtungen haben ein festes Zeitfenster zwischen zehn und elf ergeben, in dem wir aktiv werden können. *Signor* Goldonini verlässt um neun das Haus und geht in seine Kanzlei, Francesco folgt dann gegen zehn, um sich für ein morgendliches Stündchen im Spielsalon zu vergnügen. Einarmige Banditen liebt er besonders, bedeutende Gewinne habe ich ihn noch nicht einheimsen sehen. Allerdings hat Francesco zurzeit eine Glückssträhne, jede Menge Kleingeld, aber immerhin!«, berichtete der Professor.

»Er ist also dem falschen Spiel dieser verwegenen Banditen verfallen?« Apollo nickte empört mit dem Kopf. »Oh ja, das kennen wir in meiner Zeit auch schon!«

»Laut meinen Notizen hier gibt es eine Reinigungskraft, eine circa vierzigjährige Frau namens Anna«, fuhr der Professor fort. »Ich weiß das, weil sie sich so an ihrem Handy gemeldet hat. Ein scheues Wesen. Das ist aber auch die einzige weibliche Person, die im Palazzo ein und aus geht. Eine *Signora* Goldonini, eine Mutter oder sonstige weibliche Bezugsperson, scheint es nicht zu geben. Ich glaube, der Diener Nardo kocht, ich habe ihn mal mit einer Schürze gesehen, als Francesco das Haus verließ. Rote Flecken waren darauf, ich hoffe, es war Tomatensoße … Jeden Tag werden allerdings auch Pizzakartons ins Haus getragen oder sonstiges Fast Food.« Der Professor schüttelte sich so heftig, dass ihm der Hut vom Kopf rutschte.

»Recht umfassende Recherche bis jetzt! Respekt.« Jannis stand mit verschränkten Armen vor dem Sofa und sah auf den Professor herab. »Sie müssen übrigens vorsichtig sein, Ihre große Gestalt fällt auf.«

»Darüber habe ich auch schon nachgedacht. Was haltet ihr davon, wenn ich meine Schultern breiter ausstopfe und mir einen künstlichen Bauch unter die Jacke schiebe? Ich habe mal ein Sofakissen mitgebracht und eine Rolle Küchenpapier.«

»Das ist fantastisch!« Ich klatschte zweimal in die Hände, doch Jannis sah ihn nur fragend an. »Was isst er denn gerne, der *Signor* Maison, Inhaber einer Elektrofirma in Mestre?«

»Moment, das habe ich mir doch aufgeschrieben!« Monsieur Creuset kramte weitere Zettel aus seiner Aktentasche, auf denen er die Details seiner neuen Identität aufgeschrieben hatte.

»Das müssen Sie im Kopf haben, Professor, sorry, dass ich da so streng sein muss.« Jannis schnalzte mit der Zunge. »Apollo, was ist mit dir?«

»Ich glaube, Apollo fühlt es!«, sagte ich schnell, um ihn vor Jannis in Schutz zu nehmen.

Apollo war wieder dazu übergegangen, in seiner braunen Lieferantenjacke auf und ab zu gehen, wir hatten ihm im Secondhandshop noch eine farblich passende Kappe und eine Hose dazugekauft, hin und wieder holte er aus und warf die von uns präparierten Päckchen über imaginäre Zäune und in Hauseingänge.

»Du sollst die Pakete nicht einfach werfen, du musst unbedingt vorher an der Pforte klingeln. Aber nur wenn bei uns etwas schiefgehen sollte und wir dich verständigen!«, instruierte ihn Jannis.

»Und deshalb bekomme ich ein Zauberkästchen von euch?«

»Ja, genau. Du bekommst meins«, sagte ich, »und Jannis ruft dich dann an.«

»Oh, heilige Madonna, das wird wundervoll!«

»Ich hoffe sehr, dass es nicht nötig sein wird!« Ich seufzte.

Ob das wohl alles so funktionieren würde? Nur über den Trank machte ich mir kaum Sorgen. Nun, da wir das komplizierte *theriaca* nicht brauchten, kam nur noch der Löffel fein geriebener Knoblauch dazu, durchrühren, fertig!

An den Geschmack wollte ich lieber nicht denken, aber es war ja Apollo, der einen großen Schluck davon trinken musste, und der hatte das in den vergangenen Jahrhunderten schon öfter getan und sich bisher nicht darüber beschwert.

Ich verdrängte meine Gedanken, drehte mich um und wickelte mir einen dünnen breiten Schal recht fest um die Brüste. Sie waren zwar nicht besonders groß, aber sicher war sicher. Der coole Daniele sollte draußen in den Gassen besser nicht mit einem wippenden Busen gesichtet werden. Danach streifte ich mir das schwarze, besonders weite Sweatshirt über, auf dem nun schon auf der linken Brustseite unser selbst entworfenes Logo prangte. Vier weiße Vierecke auf blauem Grund. Konnte es wirklich klappen? Würden wir als die drei Typen vom Technik-Team *Easy-WIFI* durchgehen und in den Palazzo eingelassen werden? Und wenn ja? Würde es uns gelingen, das Gemälde zu finden, einzupacken, hinauszutransportieren?

Ich schnupperte an mir und verzog das Gesicht. Drei Tage lang hatte das *Easy-WIFI*-Shirt mit dem alten T-Shirt aus dem Secondhandshop in einer Tüte verbracht. Der Geruch nach neuem Stoff hatte sich mit männlichem Schweiß und ein bisschen Muffigkeit vermischt. Ich setzte die schwarze Kappe auf, auch sie mit dem hellblauen Logo versehen, stopfte meine Haare darunter, tat einen tiefen Atemzug – und wurde zu Daniele Fontana.

Hurra, es war Freitag, wir würden heute nur bis drei unterwegs sein, das war cool, danach ins Studio, bisschen Gewichte stemmen, Essen zu Hause bei Mamma, und dann ab auf den einzigen Platz im Viertel, vor die Bar.

Blieb also gerade nur das Problem mit meinem Arbeitskollegen, dem arroganten, verdammt unsympathischen Marco, ein Jahr älter als ich, zwei Jahre weiter in der Ausbildung, der meinte, alles besser zu wissen. Ich schaute zu Jannis, der sich ebenfalls seine Arbeitsklamotten angezogen hatte und nun half, die Schultern von Monsieur Creuset, besser gesagt, unserem Chef, auszustopfen. Ich beobachtete sie eine Weile, bis sie zufrieden waren mit der Verwandlung und zu mir herüberkamen.

Jetzt begann unsere Generalprobe.

»Können wir?«, fragte Monsieur Creuset. Jannis und ich nickten. Wir hatten auch die Bildschirmverpackung in die Kirche geholt, von innen mit vier alten Bodenfliesen beschwert und hoben jetzt alles an. »Vorsichtig, Jungs!«

Im Gänsemarsch gingen wir hintereinander her. Monsieur Creuset hatte einen offiziell aussehenden Block dabei, auf dem er die Blätter vor und zurück schlug. »Hier, *Calle Morolin* 3242. Auftraggeber: Gabriele Tiziano Goldonini. Das muss es sein. Vorsichtig abstellen, Jungs!«

Wir warteten vor dem imaginären Tor, bis jemand uns öffnete. Es war Nardo, der Diener, heute aushilfsweise gespielt von Apollo. »Ja, bitte?«

»Firma *Easy-WIFI*, wir bringen schon mal den ersten Screen zur Installation.« Monsieur Creuset raschelte bedächtig mit den Papieren auf seinem Klemmbrett.

»War denn das verabredet, werter Herr?«

»Ja, wir haben den *Signor* Goldonini vor einer Stunde telefonisch benachrichtigt, er sagte, er gibt Ihnen Bescheid. Hat er nicht? Wir können auch wieder gehen.« Auf dieses Kommando hoben Jannis und ich den flachen, sperrigen Karton wieder an.

»Nein, nein, also, dann kommt doch herein, ihr Gesellen!« Apollo öffnete die imaginäre Tür, und schon waren wir im Palazzo.

»Der Screen soll nach meinen Informationen in die Räume des jungen Herrn Francesco! Ich glaube, die liegen im …?«

»Jawohl, im ersten Stock.«

»Moment mal«, warf ich ein. »Würde ein Fernseh-, Bild- und Tontechniker so reden?«

»Ein Fernseh-, Bild- und Ton-Techniker, der in Frankreich geboren ist, und jetzt schon seit zwanzig Jahren in Venedig lebt, würde durchaus so reden«, korrigierte Monsieur Creuset mich. Jannis nickte. »Okay. Also noch mal von vorne!«

Nach einer Stunde Probe war Jannis einigermaßen zufrieden mit unserer Leistung, wir zogen die muffigen Sweatshirts aus und atmeten auf. Während Apollo, Jannis und ich uns in die Wohnung meines Vaters begeben würden, wollte Professor Creuset noch einmal zum Palazzo der Familie Goldonini gehen. »Vielleicht gibt es ja auch am späten Nachmittag ein Zeitfenster«, sagte er, als wir an der *vaporetto*-Station standen und uns verabschiedeten.

»Wäre zwar möglich, aber solche Firmen kommen meistens morgens«, sagte ich. »Sie wecken dich auf, wenn du gerade Ferien hast, machen erst einmal viel Lärm, und dann, wenn du wach bist, sind sie wieder weg, weil sie irgendwas vergessen haben.« Ich schaute mich lachend um, doch niemand erwiderte mein Lachen. Apollo nicht, weil er mich nicht verstanden hatte, der Professor nicht, weil er seine Zettel ordnen musste, und Jannis nicht, weil er mich nicht witzig fand.

»Ja, schlimm, wenn man mal früh aufstehen muss, oder?«, sagte er wie zur Bestätigung.

»Was soll das denn?«, fuhr ich ihn an. »Sag nicht, dass du nicht gerne lange schläfst!«

»Man verpasst viele Stunden, in denen man was Nützliches tun könnte.« Er zuckte mit den Schultern.

»›Was Nützliches‹?«, wiederholte ich. »Es gibt vielleicht auch Leute, die nicht von Ehrgeiz zerfressen sind und dafür andere Qualitäten haben!«

»Die da wären?«

»Meine Qualitäten soll ich dir nennen, meinst du?« Ich sah ihm ins Gesicht. In dieses schöne, aber leider so arrogante Gesicht. »Das sage ich dir doch nicht!«

»Nicht schlimm, ein paar kenne ich ja schon. Leute für deine Zwecke einspannen, die Wahrheit verdrehen ...« Eine Möwe flog mit lachendem Geschrei über uns hinweg, als ob sie Jannis recht geben wollte. Ich schnappte nach Luft. Wie gemein!

»Obacht, lieber Jannis, ich weiß ja nicht, worum es in eurem Gespräch geht, denn ich bin der deutschen Sprache nicht mächtig, doch ich verspüre eine gewisse Zwietracht. Auf die werte Dame Lucia lasse ich nichts kommen«, mischte sich Apollo ein, »sie vermag so viel mehr, als sie vorgibt zu können ...«

»Apollo, lass es!«, unterbrach ich ihn scharf. Er schaute mich an, seine Augen weit aufgerissen, sein Blick verletzt.

»Kinder, nun beruhigt euch!« Der Professor wedelte mit den Armen. »Wenn wir erfolgreich sein wollen, müssen wir einander blind vertrauen!«

»Das möchte ich ja gerne. Ich habe nur die Befürchtung, dass wir scheitern, und zwar an einem ganz gewissen Punkt.« Jannis streckte den Zeigefinger in die Luft und machte einen auf allwissenden Lehrer.

»Der da wäre?« Apollo warf das Kinn zurück. »Dass ich das Zauberkästchen nicht bedienen kann, weil es so etwas vor 285 Jahren noch nicht ...«

»Pssst! Hier können uns alle hören!« Ich versuchte, ihm die Hand auf den Mund zu legen, was mir aber nicht gelang, weil er mir blitzschnell auswich.

»Nein«, sagte Jannis zu ihm. »Du bist nicht die Schwachstelle unseres Plans. Das ist eher Lucias fixe Idee, dass Francesco das Bild unter seinem Bett versteckt hat und wir es dort finden. Was, wenn nicht? Schnüffeln wir uns dann durch den Palazzo?«

Ich zuckte mit den Schultern. »Irgendwo müssen wir doch anfangen.«

»Ich jedenfalls durchwühle nicht jede Ecke des riesigen Kastens und lasse mich dabei festnehmen.«

»Wer spricht denn von festnehmen?«

»Na ja, nach dem letzten Coup haben die bestimmt ihre Kameras in Ordnung gebracht! Jede Wette!«

Apollo schaute von einem zum anderen. »Euer Gerede vom Scheitern lässt mich ganz elend werden.« Seine Augen quollen traurig hervor. »Leider bin ich auf euer aller Hilfe angewiesen, sonst wäre ich schon längst weg!«

»Wenn man achtlos in den Jahrhunderten herumspringt, kann das schon mal passieren.« Jannis hob die Hände, als ob ihm das alles überhaupt nicht leidtat.

»Wie meinen?« Apollos Mund stand offen.

»Der Mann, der den Trank gebraut hat und dich dadurch

erst auf deine Irrfahrt geschickt hat, ist nicht wirklich dein bester Kumpel, oder?«

Oh verdammt, Jannis, dachte ich und bereute in diesem Moment inständig, ihm von Apollo und seinem Klau des Ananas-Buches erzählt zu haben.

»Danke, ich weiß nun, wem ich hier in diesem Jahrhundert Geheimnisse anvertrauen kann.« Apollo schniefte leise. »Nämlich keiner einzigen Person. Niemandem!« Er rannte davon.

»Na super.« Ich sah Jannis durchdringend an.

»Ey, was kann ich dafür, wenn er sich durch die Wahrheit angegriffen fühlt. Wir riskieren einiges für ihn. Du hast es wahrscheinlich schon wieder vergessen, aber meinen Praktikumsplatz habe ich nur wegen dem ganzen Bilderscheiß verloren.« Auch Jannis drehte sich um und ging. »Das mit dem Trank könnt ihr sicherlich auch allein«, rief er über die Schulter. »Ruft mich an, wenn es losgehen soll. Aber nur, wenn es unbedingt sein muss.«

Ich blieb wie angewurzelt stehen und sah ihm nach.

»So, nun sind nur noch wir beide übrig.« Der Professor schaute bekümmert über den Anlegesteg hinaus auf die Lagune. »Ich habe bisher immer gedacht, ich sei lieber als Einzelkämpfer unterwegs, aber nein, so ein Gemeinschaftsprojekt tut mir wahrhaft gut! Schade, dass jetzt alles auseinanderbricht!«

»Das wird es nicht«, protestierte ich. »Der Trank ist ab heute fertig, und dann legen wir los! Melden Sie sich sofort am Nachmittag, nach den letzten Beobachtungen, damit wir endlich den Tag festlegen können.«

Ich beschloss, die zwei Stationen zu Fuß zu gehen, ich brauchte Bewegung, um nicht noch wütender zu werden.

Auseinanderbrechen?! Ich schnaubte durch die Nase. Jetzt, kurz vor dem Ziel? Niemals!

»Ist mein Vater da?«

»Nein, der steht in der *comune* in der Schlange, er wollte etwas bei der Gemeinde beantragen, aber das dauert. Die Nachmittagstermine sind immer voll!«

Ich gab Amanda ihr wohlwollendes Lächeln ebenso wohlwollend zurück. Wenigstens das lief gut, ich hatte freie Bahn!

In der Wohnung angekommen, holte ich den Topf unter meinem Bett hervor und schleppte ihn in die Küche. Dort suchte ich nach einem feinmaschigen Sieb und einem zweiten Topf, erst jetzt nahm ich den Deckel von Topf Nummer eins ab und kippte das Gebräu über dem Sieb aus. Die Ananasstücke, die roten Pfefferkörner, zwei Zimtstangen, die verpuppte Seidenraupe und das Blattgold sowie die Kupfermünze und die Miesmuschel blieben darin hängen. Alles war ganz braun und schrumpelig geworden, und es roch fürchterlicher, als ich gedacht hatte. Nach Fisch, nach Gully, nach Schimmelkäse und uralten Turnschuhen! Schnell riss ich das Küchenfenster auf.

»Meine Güte, was stinkt denn hier so?!« Mein Vater füllte den Rahmen der Küchentür so plötzlich aus, dass ich zusammenzuckte.

»Ich dachte, du bist bei der Gemeinde?«

»Und nun bin ich eben wieder zurück! Täuscht mich mein Gefühl, oder wird hier irgendetwas vorbereitet, was *nicht* mit dem Theaterstück zu tun hat?«

»Nein, nein«, stotterte ich. »Alles für die Rolle! Apollo braucht einen Liebestrank, und den haben wir nach einem alten venezianischen Rezept gebraut!« Ich grinste und versuchte, mit einem Küchenhandtuch den bestialischen Gestank aus dem Fenster zu wedeln. »So kann er sich da besser reinversetzen.«

»Und der Koffer mit meiner Mundharmonika-Sammlung? Der Schaumstoff? Das Klemmbrett? Die lederne Gürteltasche?« Babbo zog die Augenbrauen hoch. »Was für ein Stück soll das noch mal sein, was er da einstudiert? Da lag neulich mal so ein altes Buch im *salotto* herum – aber ich habe das gar nicht lesen können, war das Latein?«

Oh Mann, warum konnte Apollo nicht besser auf Dinge aufpassen, die nun wirklich nicht jeder in diesem Haus sehen sollte? »Ja, Latein.«

»Ich wollte nicht schnüffeln«, sagte mein Vater. »Habe vor ein paar Tagen nur mal in deinem Zimmer gestaubsaugt und diesen Topf und all das andere Zeug unter deinem Bett gefunden.«

Mist. Es war nicht Apollos, es war ganz allein meine Schuld! Und nun bewahrheitete sich, was Jannis mir eben noch als Schwachpunkt meines Plans unter die Nase gerieben hatte: Unter dem Bett war kein besonders tolles Versteck.

Ich lächelte Babbo an und sah um seine Stirn die farbigen Wolken, die seine Gedanken und Worte untermalten. Kein wirkliches Misstrauen, kein Zweifel, nur Besorgnis in hellem Grau und dunkelrote Liebe, wie immer, wenn er mit mir sprach.

»Das ist ganz einfach zu erklären: Es soll eine moderne Interpretation des alten Barock-Stückes werden.«

»Und dazu braucht er meinen Koffer?«

»Nur den Koffer, deine wertvollen Mundharmonikas bleiben am Tag der Prüfung hier.« Papas schmaler, silberner Koffer sah wirklich nach Hightech aus, als ob hochempfindliche Messgeräte darin untergebracht waren. Perfekt für unseren Chef, Federico Maison. »Sorry, hätte dich vorher fragen sollen!«

»Stimmt. Aber dann ist ja alles in Ordnung. Bis auf den Geruch hier drin ...«

»Geht gleich wieder«, behauptete ich.

»Liebestrank ...«, murmelte Babbo. »Trink bloß nichts davon, ich möchte dich nicht mit einer Lebensmittelvergiftung ins Krankenhaus einliefern müssen! Und Apollo natürlich auch nicht!«

»Wie kommst du darauf, dass ich so ein Zeug brauche«, behauptete ich, doch in Wahrheit hätte ich mich meinem Vater am liebsten an den Hals geworfen und ihn um Rat gefragt. Bitte erklär mir die Jungs! Was stimmt mit diesem Jannis nicht?! Vorher war doch alles so schön und cool und witzig zwischen uns! Und nun redet er keine zwei Worte mehr mit mir, und wenn, dann nur, um mich zurechtzuweisen oder fertigzumachen ...

»Ach, Babbo«, sagte ich nur. »Drück uns mal die Daumen, dass das klappt! Also mit der Prüfung!«

In dieser Nacht konnte ich nicht schlafen. Nervös wälzte ich mich hin und her und malte mir in den schlimmsten Bildern aus, was alles passieren könnte. Ich sah, wie Francesco mir die Mütze vom Kopf riss, und hörte ihn höhnisch lachen. »Aha, *du* bist das!« Ich sah, wie der Professor abgeführt wurde, wie wir *alle* abgeführt und in einen Polizeiwagen verfrachtet wurden. Aber hier in dieser Stadt würde es eher ein Polizeiboot sein, oder? Ich sah Matratzen und Futons, die direkt auf dem Boden lagen, kein Millimeter Platz für ein Bild, ich hörte die Stimme von Jannis, die wie ein Papagei wiederholte: Du bist die Schwachstelle unseres Plans! Du bist die Schwachstelle unseres Plans!

Durch die geschlossene Tür konnte ich Apollo leise vor sich hin schnarchen hören. Wie konnte der jetzt seelenruhig pennen, wo doch morgen der große Tag war?!

Ich setzte mich auf. An der Tür lag ein dunkler Haufen, die Plastiktüte mit meinen Klamotten, besser gesagt, die Arbeitsklamotten von Daniele Fontana. An diesem Abend, während des letzten Telefonats mit dem Professor, hatten wir beschlossen, dass es nicht schlau war, noch länger zu warten. Was, wenn die Glückssträhne bei den einarmigen Banditen schon morgen abbrach und Francesco in den nächsten Tagen aus Frust zu Hause blieb? Der Professor würde ab neun den Palazzo bewachen, um zu sehen, ob Vater und Sohn ihn zu den gewohnten Uhrzeiten verlassen würden. Erst wenn das geschehen war, würden wir versuchen können, in das Gebäude hineinzukommen.

Jannis hatte ich nur eine kurze Nachricht geschrieben:

> Es geht los! Treffpunkt wie immer, morgen um neun.

Er hatte ein knappes »Okay« zurückgesendet, immerhin. Ich erstickte meinen Seufzer im Kissen und unterdrückte somit auch die Tränen, die unbedingt hinauswollten. Ich zog leise schniefend die Nase hoch. Apollo sollte mich nicht hören.

Endlich schien die Sonne durch den Spalt in den Vorhängen, endlich durfte ich aufstehen! Mir war schlecht, auch Apollo sah blass aus. Ohne Frühstück liefen wir schweigend durch die frische Brise eines viel zu sonnigen Novembermorgens.

In der Kirche herrschte eine angespannte Stimmung, Jannis grüßte uns nur mit einem Kopfnicken, niemand redete, stumm zogen wir uns um, ich schmierte mir Gel in die Haare, bevor ich mir die Kappe aufsetzte. Wir ließen uns auf dem Sofa nieder, Apollo natürlich in der Mitte, als menschlicher Puffer zwischen uns. Wir tranken den Espresso, den ich mitgebracht hatte, Apollo stopfte sich wortlos ein altes Cornetto rein, das noch vom gestrigen Tag in einer der Papiertüten herumlag. Nach einer gefühlten Ewigkeit ploppte die Nachricht des Professors auf meinem Handy auf:

> Die Vögel sind aus dem Nest geflogen!

Gott sei Dank! Wir konnten uns auf den Weg machen.

Die Fahrt mit dem Linienboot bis zur Haltestelle *Ca'Rezzonico* war der erste Test für uns. Die Venezianer transportierten mithilfe der *vaporetti* alles Mögliche, wir hofften, mit unserem flachen Riesenkarton also nicht besonders aufzufallen.

Daniele und Marco blieben auf dem Deck stehen, sie sorgten dafür, dass der Karton mit dem Bildschirm den anderen Fahrgästen nicht im Weg stand, und bewahrten ihn vor dem Umkippen, schauten sich unter ihren tief ins Gesicht gezogenen Mützen aber kaum an.

Durch die Glastür konnte ich erkennen, dass Apollo in der ersten Reihe saß. Daran, wie oft er seine braune Paketzusteller-Käppi zurechtrückte, konnte ich sehen, dass auch er nervös war. Mein Handy befand sich in seiner Jackentasche, er wusste nun auch, wie man Gespräche annahm.

»Einfach auf das grüne Horn drücken?«, hatte er begeistert gefragt.

Ja, einfach auf das grüne Horn drücken … »Aber nur im äußersten Notfall wird Jannis dich anrufen, und erst dann darfst du als Ablenkungsmanöver an der Palazzo-Tür Sturm klingeln!«

»*Ca'Rezzonico!*« Die Haltestelle wurde ausgerufen, wir stiegen aus. Apollo hielt Abstand, wir kannten uns nicht. So, wie wir es stundenlang in der Kirche geübt hatten, machten wir uns auf den Weg. Jannis als Marco vorne, ich als Daniele hinten, unser Chef würde uns mit Kappe, Köfferchen, Bauch und Klemmbrett in der *Calle San Bernardo* erwarten. Schon seit acht Uhr stand er da, denn von dort aus hatte man einen guten Blick auf den Eingang des Palazzo der Familie Goldonini.

Mein Herz klopfte bis zum Hals, meine Beine waren kraftlos, und obwohl der Karton gar nicht so schwer war (wir hatten in der Kirche zwei der vier Bodenkacheln herausgeworfen), keuchte ich vor Anstrengung. Ich war keine Schauspielerin, ich war für so etwas einfach nicht gemacht! Du bist Daniele, ermahnte ich mich in meinem Kopf, du bist Daniele und ein Mann, und du gehst wie ein Mann und du hast wenig Bock auf diese Ausbildung, aber egal, irgendwann wird es auch heute Feierabend werden.

Ich schwitzte, als wir die sperrige Last endlich vor unserem Chef absetzen konnten. »*Ciao, Capo!*« Tag, Chef!

»*Bongiorno, ragazzi.* Immer noch alles ruhig, niemand ist zurückgekommen, gehen wir also!«

Ich hatte Mühe, den Karton wieder hochzunehmen, so

sehr zitterten meine Hände. Mein Mund war trocken, der Mief aus dem Daniele-Sweatshirt stieg in meine Nase und vermischte sich mit dem Aftershave von Marco und dem penetranten Geruch nach Zigarillos und Männerschweiß, der von unserem Chef ausging, ich fürchtete, im nächsten Moment umzukippen.

Doch alles ging gut! Der Professor legte einen souveränen Auftritt als Firmenchef hin, Nardo, der Angestellte, ließ uns, ohne zu zögern, ein und führte uns die Stufen in den ersten Stock hinauf. »*Eccolo*, das Zimmer des jungen Herrn!«

»*Grazie!*«, sagte unser Chef zu ihm, während er mit fachmännischem Blick die Wände inspizierte. »*Bene, bene, bene.* Wir wissen ja, wo der Screen hängen soll, wir rufen Sie, wenn wir was brauchen! Also dann, *ragazzi*, an die Arbeit!« Er rieb sich die Hände und gab uns ein Zeichen, den Karton vorsichtig abzusetzen.

Geschafft! Wir waren drin! Nardo empfahl sich mit einer höflichen Verbeugung. Ich versuchte, mein nervöses Grinsen aus dem Gesicht zu drängen, das unbedingt darin auftauchen wollte.

Jannis nickte, während er sich gleichgültig umschaute. *Gleichgültig*, das konnte er, und zwar fantastisch! Ich machte es ihm nach. Normaler Alltag für mich, in fremden Zimmern irgendwelchen technischen Kram zu installieren. Natürlich nahm ich sofort das Bett in Augenschein.

Ich atmete auf. Francescos Bett war ein Bett mit Beinen, ein Bett mit viel Platz darunter, ein Bett, das er heute Morgen nicht gemacht hatte und unter dem er eine Menge Kram aufbewahrte. Verschieden große Koffer, Taschen, Tüten, davor häuften sich Turnschuhe, Hanteln, Pizzakartons. Einfach nur perfekt, um auch ein großes Gemälde mit Goldrahmen unter dem ganzen Chaos verschwinden zu lassen. Ich lächelte und schaute mich um.

Der Raum war riesig und sehr hell, durch zwei große Bogenfenster fiel Sonnenlicht, es gab kaum Möbel, nur einen Schrank und einen Schreibtisch, überhäuft mit Laptops, Tablets, Kabeln, Videokonsolen. Auch sonst lag überall etwas herum, ein paar abgestreifte Boxershorts, Hosen, Jacketts, leere Getränkedosen und Flaschen. Gab es Kameras?

Jannis schien meine Gedanken zu erraten, denn er schüttelte den Kopf. »Direkt über seinem Bett?«, murmelte er mir auf Deutsch zu, so leise, dass ich ihn kaum verstand. »Da lässt der sich doch nicht überwachen …«

Wir schoben den Karton mit einigem Abstand quer vor das Bett, sodass ich nicht sofort gesehen werden konnte, falls Nardo doch noch einmal wiederkam. Sobald er in der richtigen Position war, ließ ich mich vorsichtig auf den Boden nieder, Achtung, Hüfte … »Stopp!«, rief Jannis leise. Er zog sein Handy hervor und machte ein Foto von den Sachen. »Jetzt kannst du!«

Ich begann, alles unter dem Bett hervorzukramen. Jannis sah mir von oben zu, dann gab er dem Professor den Karton zu halten, warf sich auf die Knie und half mir. In Windeseile zogen wir die erste Schicht nach vorne, meine Güte, was hatte er hier alles druntergestopft … Aber verdammt, wo ist der große Rahmen, er müsste schon längst aufgetaucht sein, dachte ich und wühlte immer panischer. Mist, das durfte doch nicht … vielleicht ja ganz hinten in der Ecke …? Jannis hatte auf seiner Seite schon alles freigeräumt. Nichts. Kein Bild.

Es – war – nicht – da!!!

15. KAPITEL

Habe ich es doch gewusst!, schienen Jannis' Augen zu sagen, als er mich jetzt schulterzuckend für den Bruchteil einer Sekunde ansah. »Und nun?«

Ich fühlte mich furchtbar, doch noch wollte ich nicht aufgeben. »Der Schrank?«

Wir schoben den Kram wieder unter das Bett, Staubflocken eingeschlossen, arrangierten Schuhe und Pizzakartons so, wie wir sie vorgefunden hatten, verglichen noch mal mit dem Foto, ja, alles lag richtig, und erhoben uns.

Während unser Chef mit dem Klemmbrett vor der halb geöffneten Tür Wache hielt, untersuchten wir den Schrank. Er stand so dicht an der Wand, dass man unmöglich ein Bild dahinter hätte unterbringen können. Als wir die beiden Türen öffneten, sahen wir sofort, dass auch hier nicht genug Platz für ein Gemälde samt Bilderrahmen war. Es gab eine Stange für die Hemden und T-Shirts, die dort, gebügelt und nach Farben geordnet, auf ihren Bügeln hingen, darunter Schubladen für … ich zog eine auf … Socken und Unterwäsche. Links Fächer für die ordentlich gefalteten Pullover.

»Guck dir das an!«, sagte ich leise. »Seine Klamotten scheinen ihm heilig zu sein.«

»Die Putzfrau war heute eben noch nicht da, ich wette, die räumt hier auf und bügelt auch für ihn.« Jannis sah sich suchend um. »Komischer Typ, doch von Technik scheint er

Ahnung zu haben.« Er wies auf den überhäuften Schreibtisch, von dem jede Menge Kabel herunterhingen. »Nur deswegen konnte er das Handy auf Abhörmodus einstellen, das er dann Apollo untergeschoben hat.«

Ich schloss den Schrank.

»Und nun?«, fragte Jannis wieder.

»Du wiederholst dich.« Genervt schaute ich hoch. »Vielleicht liegt es ja dort oben.«

»Wie groß ist das Gemälde? Ein Meter mal ein Meter zwanzig? Niemals passt das da drauf, dafür ist der Schrank zu schmal.«

»Das sind die ungefähren Maße, ich habe das Bild nur einmal kurz in der Kammer gesehen! Wir müssen nachschauen!«

»Du gibst nicht so schnell auf, oder?«

Ich schüttelte den Kopf.

»Na gut, probieren wir es!« Mein Arbeitskollege Marco bückte sich und hielt mir seine ineinander verschränkten Hände hin.

»Was?« Ich wich zurück. »Ich soll da draufsteigen? Mit dem Fuß?«

»Ja klar! Der Chef ist mir zu schwer!«

Monsieur Creuset hatte ihn gehört und schaute durch den Türspalt. »Alles in Ordnung da drin?«, wisperte er.

»Ja, behalten Sie den Flur im Auge, wir sind hier gleich fertig«, sagte Jannis und hielt mir wieder die Hände hin. »Eine ›Räuberleiter‹. Das Wort passt doch zu dem, was wir hier tun … Na los!«

»Ich weiß nicht, ob meine Hüfte das mitmacht.«

»Du musst das Bein nur strecken, nimm die gute Seite, nicht die operierte, den Rest mache ich!«

»*Oh Dio*, ich kann das nicht! Lass mich bloß nicht fallen!«

»Habe ich nicht vor. Du schaffst das!«, sagte Jannis mit einer so weichen Stimme, dass ich beinahe losgeheult hätte. Da war er wieder, der supersüße Jannis vom Bootssteg, wo hatte der sich die ganze Zeit versteckt?

Ich biss die Zähne zusammen, hielt mich an seiner Schulter und gleichzeitig am Schrank fest, stellte den Fuß auf seine Hände, streckte das Bein – und wurde schon im nächsten Moment sanft nach oben gefahren, wie auf einer Hebebühne. Mann, woher hatte er denn diese Kraft? Ich unterdrückte ein überraschtes Quieken, reckte den Kopf, um die Fläche auf dem Schrank zu überblicken, aber nichts, nur weiße Leere, kein Bild, rein gar nichts lag da. »*Merda*«, keuchte ich.

»Mist!«, kam es leise wie ein Echo von unten, und schon ging es langsam abwärts. Ich machte einen kleinen Hopser, dann stand ich wieder auf festem Boden, doch Jannis hielt mich an den Schultern fest, ließ mich nicht los. »Geht es? Du schwankst, Daniele, du schwankst, als ob du betrunken bist.«

Ich lächelte ihn an, obwohl mir eigentlich eher nach Heulen war. »Nee, Marco, das würdest du wohl gerne dem Chef weiterpetzen, aber ich bin nicht besoffen. Ich muss dich enttäuschen!«

Wir schauten uns unter den Kappen in die Augen, endlich! Eine Sekunde, zwei, drei. Ich hielt die Luft an … ich mochte ihn immer noch, ich mochte ihn so wahnsinnig gerne, wann war der Punkt gewesen, als alles kippte? Was hatte ich falsch gemacht? Hatte ich überhaupt was falsch gemacht? Ich konnte mich nicht daran erinnern.

»So, Fehlanzeige.« Jannis räusperte sich. »Das heißt dann wohl Abflug.« Er drehte sich um und gab dem Professor, der immer noch durch den Türspalt linste, ein Zeichen. Wir warfen noch einmal einen schnellen Blick auf das Zimmer. Hatten wir alles so hinterlassen, dass niemand Verdacht schöpfen konnte?

»Dasselbe Chaos wie vorher«, flüsterte Jannis. Ich nickte, gemeinsam nahmen wir den Karton wieder hoch. Unser Chef ging voran, bei jeder geöffneten Tür, an der wir vorbeikamen, schlüpfte er in den Raum und inspizierte die Wände, indem er daran herumklopfte. »Weniger gutes Material«, sagte er, wenn er wieder herauskam. Keine Chance auf ein Versteck für das Bild.

Wir schleppten das Ding wieder hinunter in die Eingangshalle, wo wir auf den Diener trafen.

»Falsche Lieferung! Es ist zum Verzweifeln! Morgen, spätestens übermorgen, haben wir das richtige Teil!«, entschuldigte sich der Professor. Ohne Probleme verließen wir den Palazzo und liefen ruhig und geordnet im Gänsemarsch, bis wir außer Sichtweite waren.

An der *Ponte San Barnaba* setzten wir den Karton endlich ab.

»Mist«, sagte ich wieder, weil mir nichts anderes einfiel. »Ich war mir so sicher …« Ich vermied es, einen der beiden anzuschauen.

»Sprecht leise und bleibt weiterhin in euren Rollen«, ermahnte Jannis uns. »Man weiß nie, wer uns sieht, wer was weitererzählt. Erst in der Kirche sind wir sicher!«

»Das ist vermutlich richtig«, sagte der Professor und holte einen seiner fies stinkenden Zigarillos hervor, die er sich extra für die Rolle des *Signor* Maison zugelegt hatte. »Unsere Mission war einerseits erfolgreich, führte aber nicht zum Ziel. Vier Räume konnten wir immerhin auskundschaften, alle ohne geeignete Möglichkeiten. *Mon Dieu*, wie wenig Möbel in solchen *Palazzi* stehen. Darüber hinaus gab es nichts, was wir ungefährdet noch hätten tun können. Nehmen wir das *vaporetto* zurück?« Er steckte sich einen Zigarillo in den Mund, zündetet ihn aber nicht an.

»Was sollen wir jetzt machen, wo weitersuchen?«, fragte ich. In meiner Brust schien sich ein schwerer Stein zu befinden, der mir die Luft zum Atmen nahm. »Apollo wird superenttäuscht sein. Wo ist er überhaupt?«

»Der beobachtet uns sicher von Weitem und wird uns folgen«, sagte Jannis.

»*Buongiorno, Monsieur!*«, sagte jemand plötzlich. »Aber Sie haben sich ja den Bart abgenommen ...« Der kleine Typ blieb neben uns stehen und lächelte den Professor von unten an.

Dessen Augen weiteten sich, und über seinem Kopf konnte ich Wolken der Besorgnis und der Angst sehen, grau und rotbraun. Er brachte kein Wort heraus. Das schien den Mann nicht weiter zu beunruhigen. »Nun gut, Ihr Auftrag ist fertig, kommen Sie doch vorbei, schönen Tag noch!« Er eilte auf seinen kurzen Beinen davon.

»Der hat Sie erkannt, Professor. Wer war das?«, fragte Jannis.

»Ein ... ach, nur ein Nachbar, der ...«

... der malt?, wollte ich schon fragen, denn die Fingerspitzen des Mannes waren voll eingetrockneter Farbe gewesen, und die Tüte in seinem Arm gab Auskunft, in welchem Geschäft er eingekauft hatte. *Colorama* – ein Geschäft für Künstlerbedarf an der *Fondamenta Toletta*.

»... der meinen Kühlschrank repariert hat.«

»Und der ist jetzt fertig?«

»Exakt!«

Ich versuchte, Jannis einen Blick zuzuwerfen, warum gab der Professor eine Kühlschrankreparatur bei einem Maler in Auftrag? Doch der schaute mich nicht an.

Schweigend machten wir uns auf den Rückweg. Auf dem *vaporetto* war weit und breit kein Paketbote zu sehen, doch einige Minuten nach unserer Ankunft in der Kirche trat er mit schnellen Schritten ein.

»Ich durfte nichts machen! Ich konnte zu unserer erfolgreichen Mission nicht beitragen! Sagt! Ihr wart doch erfolgreich?!« Mit weit aufgerissenen, glänzenden Augen schaute er lächelnd in unsere Gesichter. »So sprecht doch, wie ist es euch ergangen …? Wo ist es …?« Seine Mundwinkel sackten herab, als er unsere Mienen sah. »Es ist … Oh nein! Es war nicht da?«

Ich bestätigte stumm, Jannis und der Professor blickten nur zu Boden.

»Ich bin verloren!« Apollo warf seine Kappe auf das alte Sofa und sich selbst bäuchlings dazu, er trommelte mit den Fäusten recht kraftlos darauf herum, bis er ermattet liegen blieb. »Ich werde nie mehr zurückkehren!«, sagte er dumpf in das Polster. Er setzte sich auf und ging davon, wir folgten ihm mit den Augen bis in den hintersten Winkel der Kirche, wo er sich auf dem Boden niederließ.

Wir reckten die Hälse, um zu sehen, was Apollo dort hinten in seiner Ecke tat. Er zog sich aus, bis er halb nackt, nur in der Unterhose, auf den Steinen saß. Vor sich ein paar beschriebene Blätter. Ganz sicher die Seiten seiner geliebten Claudia.

»Apollo!« Nachdem ich mich umgezogen hatte, näherte ich mich ihm wie einem scheuen Tier, das jeden Moment aufspringen und davonrennen konnte. »Du wirst dich noch auf den eisigen Steinplatten erkälten, und dann können wir dich nicht zurückschicken. Bitte gib die Hoffnung nicht auf! Du wirst sehen, wir bekommen das Bild zurück!«

»Aber wie denn? Wie sollen wir es je entdecken?«

Das weiß ich leider auch nicht, dachte ich. Mann, ich wollte ihm Mut machen, war aber selbst genauso verzweifelt und ohne Plan wie er …

»Vielleicht hat er es schon vernichtet, die Leinwand zerstückelt, den Rahmen zerbrochen und alles in den *Canal Grande* geworfen!« Apollo heulte auf. »Vor meinen Augen sehe ich die Trümmer auf dem Wasser dahintreiben! Und ich bin verdammt, hier zu sterben!«

»Nein, du wirst zurückkehren, allein schon, weil du doch deine Liebe zu deiner Claudia feiern musst. Das ist vom Schicksal so bestimmt, und wir werden dem Leben jetzt keinen Strich durch die Rechnung machen, nur weil wir heute irgendetwas übersehen haben und das Bild auf Anhieb nicht finden konnten!«

»Das sagst du doch nur, um mich zu trösten, werte Dame!« Er sackte mit seinem sehr weißen, kaum behaarten Oberkörper über den Seiten in seinen Händen zusammen.

»Lies mir was vor!«

Er schaute unter Tränen hoch. »Werte Dame?«

»Lies mir die schönste Stelle vor, die Claudia über dich schreibt!«

Apollo zögerte einen langen Moment, doch dann räusperte er sich und begann: »*… du, geliebter Ugo, warst die Liebe meines Lebens, und müsste ich dich noch einmal als junges Mädchen, das ich war, erwählen, so würde ich es tun. Denn niemand hat mich so angeschaut, bis tief auf den Grund meiner Augen, niemand mich so bewundert und verehrt und doch* *erkannt, wer ich wirklich bin! Ich hatte mir Wonnen und süßeste Früchte mit dir vorgestellt, ich sehe sie vor mir, die Dinge, die mir in diesem Leben verwehrt geblieben sind ...«* Er brach ab.

»Oh, das sind wunderschöne Worte! Wie alt ist sie jetzt? Also, als du ›gesprungen‹ bist?«

»Sechzehn Jahre zählt sie. Im besten Alter, um zu heiraten, so wie du, so wie ich.«

Zum Heiratsthema wollte ich mich nicht äußern, also sagte ich nur: »Sie passt zu dir! Ihr werdet superglücklich miteinander werden, und ich schwöre dir, ich werde alles tun, damit das nicht nur ein leeres Versprechen bleibt!« Ich hielt ihm die Hand hin: »Komm, wir gehen nach Hause!«

Apollo brauchte noch eine Weile, kam dann aber nur mit einer Unterhose bekleidet zu uns geschlichen. »Was machen wir damit?« Er warf seine braune Paketbotenjacke, Hose und Kappe zu den schwarzen Klamotten des *Easy-WIFI*-Teams. »Verbrennen wir alles?«

»Natürlich nicht!«, protestierte ich laut. »Die brauchen wir doch noch, wenn wir das Bild dort abholen, wo immer es jetzt liegen mag. Und die tragen wir dann auch, wenn wir es im Hotel in Zimmer 114 aufhängen.«

»Hat der meine Calvin Kleins an?«, murmelte Jannis und beugte sich vor. Er zuckte mit den Schultern, und ich hörte ihn mit der Zunge schnalzen. »Ey, nicht euer Ernst, ihr hattet euch sogar meine Unterhosen ausgeliehen?«

Apollo griff nach seinen Sachen, also nach denen meines Vaters, und ich tat, als hätte ich nichts gehört. »*Professore*, Sie helfen mir?«

»Aber ja, meine Lieben, ich habe zwar nicht die mindeste

Idee, wie, aber ich bin dabei. Eine Woche werde ich noch in dieser Stadt verweilen.«

»*Bene!* Und wie lange bleibst du noch, Jannis?«

»Ich?« Er stemmte sich vom Sofa hoch. »Drei Tage. Mein Praktikum ist ja zu Ende, und ich weiß nicht, wie ich meiner Mutter beibringen soll, dass *Figli & Partner* mich rausgeschmissen haben und dass ich auch keine Teilnahmebescheinigung von denen bekomme. Ich hör sie schon sagen: Na, dann kommst du eben in mein Atelier ...« Er winkte ab. »Ach, das geht euch nichts an.«

Ich schaute ihm nicht in die Augen. Es ging uns nichts an? Mich auch nicht? Ich verstand diesen Jungen nicht! Ich verstand keinen dieser Jungen ...

Nachdem wir den Karton und die Klamotten so gut wie möglich in der Kirche versteckt hatten, wollte ich nur noch weg.

»Ich melde mich bei Ihnen, wenn ich etwas Neues weiß!« Ich gab dem Professor die Hand und warf meinem ehemaligen »Arbeitskollegen« nur einen kurzen Gruß hin. »*Ciao*, Jannis!«

»*Ciao*. Ja, ich ... ich bin ja noch ein paar Tage da, falls wirklich was sein sollte. Also, wenn ihr herausfindet, wo das Bild ...«

»Jaja, dann würde ich dir Bescheid sagen. Komm, Apollo, wir gehen!«

Ich konnte das Gestotter von Jannis nicht mehr hören, er war einfach nicht interessiert an mir. Mit dem silbernen Köfferchen von Babbos Mundharmonika-Sammlung und dem Klemmbrett machten wir uns auf den Weg.

Weder mir noch Apollo war zum Reden zumute, auch

nicht zum *vaporetto*-Fahren. Schweigend legten wir die Strecke zum *Boccadoro* zu Fuß zurück.

Dort verzogen wir uns nach oben in die Wohnung und legten die geliehenen Sachen zurück. Gott sei Dank stand nichts mehr herum, was uns an unsere gescheiterte Mission erinnerte. Der Trank war in einer mit einem Korken verschlossenen Glasflasche in meinem Kleiderschrank verstaut. Das schwere Buch hatte ich danebengepackt.

Apollo warf sich auf das Sofa, zog sich das Laken über den Kopf und blieb so liegen. Ich stand unschlüssig vor seiner bedeckten Gestalt, bis er anfing zu reden.

»Weißt du, Lucia«, kam es unter dem Laken hervor. »Ich dachte, der Moment, als ich erstmals erkennen musste, dass ich nicht mehr in das Gemälde zurücksteigen kann, wäre der schrecklichste in meinem Leben. Aber nein. Ich traf ja dich und schöpfte wieder Hoffnung!« Eine Hand kam hervor und tastete nach mir. Ich setzte mich auf das Couchtischchen, hielt sie fest und hörte ihm einfach zu.

»Dann kam ein neuer Tiefpunkt! Am Abend, als das Bild nicht mehr in der Kammer stand, als es ganz eindeutig gestohlen worden war. Was für ein Schreck, was für ein Leid! Wieder war ich am Boden zerstört. Doch da warst du, mit deinem Mut, mit deiner geistigen Schärfe, mit deinen brillanten Ideen …«

»Na ja, ›brillant‹ … ?«

»Doch nun weiß ich, der schrecklichste Tag in meinem Leben ist heute, denn meine Seele ist nun gänzlich ohne Hoffnung. Wir können nicht Hunderte von Palazzi durchsuchen, nicht die Schuppen, nicht die Werkstätten, die Läden, die Kirchen, die *Gondole*, nicht die Boote. Es ist einem Menschen unmöglich, ganz Venezia zu durchkämmen. Ich bin verloren!«

Ich seufzte tief und drückte seine Hand. »Ich suche doch, Apollo! Ich suche die ganze Zeit nach einer Lösung!« Doch es klang so, wie ich mich fühlte: erschöpft, traurig, und mutlos.

Als ich in meinem Zimmer aus dem Fenster schaute, sah ich, wie eine Frau auf der anderen Seite des Kanals auf ihren kleinen Balkon trat. Der mit den Weihnachtssternen. Sie schien zu mir herüberzublicken und zu lächeln, beinahe hätte ich ihr gewunken, doch dann sah ich, wie sie eine der Pflanzen herausrupfte, in die Höhe hielt und sich die schlaffen roten Blätter anschaute. Auch sie waren vertrocknet. Tot, abgestorben. Mit ausdruckslosem Gesicht warf die Frau die arme Pflanze über das Geländer in den Kanal, wo sie ein bisschen auf der Wasseroberfläche trieb, bevor das nächste Boot vorbeigetuckert kam und ein paar Wellen verursachte. Danach sah ich sie nicht mehr. Weggeworfen. Untergegangen. Ich erschauerte. Plötzlich war mir kalt. War die Welt denn nur schlecht?

Ich verließ meinen Ausblick und machte es wie Apollo, ich legte mich in mein Bett und zog die Decke über den Kopf.

Als Babbo uns am Abend ins *Boccadoro* zu einem Teller Spaghetti, »oder was ihr sonst von der Karte wollt«, einlud, lehnten wir beide ab und blieben einfach liegen.

Stumm saßen wir uns am nächsten Morgen gegenüber und tranken unseren Espresso. Apollo strich die handgeschriebenen Seiten glatt, die er neben sich auf dem Tisch ausgebreitet hatte. Liebevoll, sanft, immer und immer wieder.

»Willst du das jetzt den ganzen Tag machen?«, fragte ich.
»Ja.«
»Okay.«
»Gedenkt die werte Dame Lucia dagegen etwas zu tun?«
»Nein. Nichts.«
»Gut!«
Pause. Ich goss unsere Tassen zum zweiten Mal voll.
»Irgendwann musst du wieder zurück.« Apollos Augen standen vor Kummer mächtig vor. »In deine Stadt.«
»Ja. Das ist so. Tut mir leid.« Ich nickte.
»Und ich bleibe hier. Und ich werde alt, oder noch schlimmer, ich werde gar nicht alt und bin zum ewigen Leben verbannt, wie grauenvoll! Aber vielleicht habe ich Glück und irgendwann sterbe ich. Und du auch. Du auf jeden Fall.«
Ich zog scharf die Luft ein, nickte wieder, denn er hatte ja recht, und wir starrten uns in den nächsten Minuten mit ernsten Mienen über den Tisch hinweg an, bis auf Apollos Gesicht schließlich ein zögerliches Lächeln erschien. »Das sind traurige Umstände, und in Anbetracht dieser unumstößlichen Tatsache, die uns jungen Menschen sonst selten so klar und schmerzhaft offenbart wird, möchte ich der werten Dame einen Vorschlag machen!«
Was redete er da? Ich hob die Augenbrauen. Sein Italienisch war auch nach zwanzig Tagen noch altmodisch, kompliziert und um die Ecke herum. Er wollte einen Vorschlag machen? »Und der wäre?«
»Ich möchte ein letztes Stelldichein vorschlagen und gegebenenfalls einfädeln!«
»Mit wem?«
»Nun, *nicht* mit dem Professor!«
»Also mit ... aber warum mit ihm? Der ist nicht interes-

siert an mir! Vergiss es!« Wenn ich an Jannis dachte, fiel etwas in mir zusammen, und in meiner Brust und meinem Bauch wurde alles sofort ganz schwer und zog mich noch weiter hinunter.

»Nun, da habe ich andere Empfindungen gespürt!«

»Wir reden aber schon von Jannis oder doch von jemand anderem?!« Ich schnaubte durch die Nase und stand auf. »Was für Empfindungen denn? Er war gemein, herablassend, arrogant, besserwisserisch, ach, einfach nicht nett! Hast du das nicht bemerkt?«

»Er mag dich, und du magst ihn, das sieht jeder, selbst ein Blinder mit einem Krückstock!«

»Wer? Was ist denn das für seltsamer, diskriminierender Vergleich?«

Apollo erhob sich feierlich: »Werte Dame, nachdem du so viel für mich getan hast, möchte ich dir meine Wertschätzung zeigen und für dich etwas aushandeln!«

»Aber nicht ein Treffen mit *ihm*!«

»Aber ja, so wird es geschehen!«

»So wird es ganz bestimmt *nicht* geschehen!«

»Werte Dame! Für eine Frau bist du außerordentlich gewitzt, gelehrt und ... wie nannte ich es gestern? Brillant, oh ja, dein Geist schillert wie ein edler Brillant, dennoch bist du auch äußerlich nicht so unansehnlich wie die meisten dieser Frauenzimmer, die ihren Kopf zu viel benutzen ...«

»Apollo! Solche frauenverachtenden Ansichten will ich nicht hören!«

»Schon gut, schon gut, ich weiß ja, in der heutigen Zeit seht ihr manches anders.« Er wiegte den Kopf mitleidig hin und her, als ob er die Gleichberechtigung zwischen Mann und Frau als etwas völlig Überflüssiges, Dummes betrachtete. »Ihr redet so viel und sprecht über alles, auch mit dem anderen Geschlecht, da bleibt nichts unerwähnt, es gibt keine Geheimnisse, die ein Frauenzimmer nicht mit einem Manne teilen würde ... und umgekehrt.« Er tupfte sich theatralisch den Schweiß von der Stirn, der dort an diesem Morgen in Babbos recht kühler Küche bestimmt nicht vorhanden war.

»Doch mir ist aufgefallen, dass die Gesprächsbereitschaft zwischen dir und dem Studiosus der Architektur, diesem Jannis, kaum vorhanden ist. Ihr schaut und zögert und wollt und wollt doch nicht, vor und zurück, wie ein Tanz, den ihr beide zwar miteinander tanzen möchtet, aber ihr traut euch einfach nicht, euch an den Händen zu fassen, um zu beginnen.«

Ich sah Jannis und mich umeinander herumeiern, mal streckte er die Hände aus, mal ich, doch nie gleichzeitig ...

»Kann schon sein«, antwortete ich vage.

»Deswegen nun also mein Vorschlag: Trefft ihn noch mal, redet meinetwegen auch so, wie Euch der Schnabel gewachsen ist!«

Jetzt siezte er mich wieder vor lauter Begeisterung für seine Idee. »Gebt ihm Eure Gefühle zu verstehen, und lauschet den Worten, die er euch antworten wird!«

Ich schüttelte vehement den Kopf. »Auch wenn ich ein Treffen vorschlagen würde, was ich nicht tun werde ... ich bin sicher, er käme nicht.« Natürlich musste sich jetzt gleich wieder ein Kloß in meinem Hals bilden, nur weil ich von ihm sprach, aber ich schluckte ihn herunter.

»Ich dagegen glaube sehr wohl, dass der junge Mann sich auf den Weg machen wird, um der werten Dame noch mal ansichtig zu werden. Doch wenn Ihr Zweifel habt, so lockt ihn doch mit einer weiteren lohnenswerten Aussicht.«

»Eine Aussicht auf was denn? Auf einen Kanal etwa? Oder das Meer?«

»Auf eine besondere Architektur!«

»Pfff. Und wohin?«

»Zur Friedhofsinsel! Nach San Michele!«

»Du immer mit diesem Friedhof!« Ich verzog unwillig mein Gesicht. »Als ob Jannis mich zwischen Gräbern und Toten eher treffen wollen würde als zum Beispiel in einem Café.«

»Auf San Michele gibt es ein Mausoleum, das derselbe Baumeister entwarf, der auch die *Chiesa della Santissima Trinità* errichtete. Die liegt ihm doch so am Herzen, weil sein werter Herr Papa darüber in dieser Zeitschrift geschrieben hat.«

Das stimmte allerdings, sein Vater war ihm irgendwie heilig. Ob ich es nicht doch versuchen sollte? »So, und wie soll das gehen?«

»Bei mir, in meiner wunderbaren Zeit, würden wir jetzt einen Boten losschicken mit einem versiegelten *biglietto* in der Hand, du aber wirst dem Auserwählten deines Herzens durch das Zauberkästchen mitteilen, wann ihr euch heute trefft, dann ziehst du dir dein hübschestes Gewand an und fährst hinüber!«

Den »Auserwählten meines Herzens«! Ich rollte mit den Augen. »Ja, total einfach!«

»Meine Rede!«

»Und was machst *du* in der Zwischenzeit?«

»Nichts. Trübsal blasen.« Apollo klappte die Lider hinunter, bis sie tief über seine Augen hingen, und schob seine leere Espressotasse auf dem Tisch hin und her. »Wenn ich etwas bei Kräften bin, werde ich mich an Francescos Fersen heften und ihm folgen. Könnte doch sein, dass er das Gemälde in seinem

Versteck besuchen geht. Oder auch, dass er es in der Werkstatt eines Malers stümperhaft reinigen oder schätzen lässt.«

»Soll ich nicht lieber mitkommen?«, fragte ich.

»Wenn *er*, der Herr Jannis, sich nicht meldet, ist dafür immer noch Zeit. Und nun schreib ihm, werte Dame!«

Das *vaporetto* wurde langsamer. *Oh Dio!* Was machte ich hier? Jannis hatte tatsächlich zugesagt:

> Dann aber sofort, denn nachher
> habe ich keine Zeit mehr. Um eins?

Gut, also um eins, danach hatte der werte Herr keine Zeit mehr für mich. Es war Viertel vor, wahrscheinlich würde er noch nicht da sein, sondern ein Boot später nehmen. Über das Internet hatte ich herausgefunden, wo das Mausoleum des Baumeisters Baldacchi stand, wir würden dort hinschlendern, vielleicht ein bisschen reden, aber viel Hoffnung machte ich mir nicht … Das zwischen uns beiden war zu Ende gegangen, bevor es angefangen hatte. Und ich wusste immer noch nicht, warum.

16. KAPITEL

Die Insel kam näher, sie war von einer terrakottafarben gestrichenen Mauer eingerahmt, hier hatten die Venezianer und Venezianerinnen schon vor dreihundert Jahren ihre Toten begraben, weil Napoleon Begräbnisse in der Stadt verboten hatte und es dort sowieso schon für die Lebenden zu eng wurde. Ich war die Einzige, die an Land ging, und begab mich über den Steg, an der Mauer entlang zum imposanten Torbogen des Haupteingangs. Dort klebte ein Schild, was alles verboten war. Hunde, Eis, Rollerskates, fotografieren, Pommes essen, Müll wegwerfen, Feuer machen ... Das Motorbrummen des *vaporettos* entfernte sich, es war plötzlich sehr still.

Als ich hindurchtrat, sah ich Bäume und viel Grün, vor mir lag ein wahres Gräberfeld, Grabsteine, Blumen, rote Kerzen. Ich tat ein paar Schritte und atmete auf. Obwohl hier um mich herum alle tot waren und niemand Lebendes zu sehen war, fühlte ich mich plötzlich unendlich ruhig, ja beinahe glücklich. Gut, dass Jannis noch nicht da ist, dachte ich, während ich zwischen den Steinen umherschweifte und die Emailleplaketten mit den Fotos darauf betrachtete. Zwei ältere Frauen kamen mir entgegen. Die eine mit einem Handfeger-Set aus grellgrünem Plastik bewaffnet, die andere mit einem Strauß Rosen, der auch nach Plastik aussah.

»*Buongiorno!*« Wir lächelten uns an. Ich hätte beinahe geweint. Es gab also auch total nette Menschen in dieser Stadt, warum waren die so nett? Ich ging weiter, kam zu kleinen Mausoleen, in denen weitere Tote ruhten, Türen mit den Namen der Familien darüber, goldene Mosaike, Marienbilder, eine vertrocknete Rose krümmte sich an einer geschmiedeten Türklinke. Wie schön. In diesem Moment fand ich alles einfach nur schön!

Ich lief jetzt zwischen den Mauern entlang, in denen es Quadrate mit Fotos, Namen, Daten und bunte Plastikblumen gab, jedes so klein, dass dahinter nur eine Urne passte. Wenn man Tag für Tag darauf hingewiesen würde, dass man sterben musste, würde man das Leben doch viel mehr feiern, oder? Ich beschloss, das ab diesem Moment zu tun, und wusste, dass ich diesen Vorsatz in der nächsten Minute schon wieder vergessen haben würde, denn nun kam mir jemand entgegen. Schwarzer, kurzer, weiter Mantel ... Schon von der Silhouette her wusste ich, wer es war.

»Ich dachte, du bist noch nicht da ...«

Wir gaben uns nicht die Hand, umarmten uns nicht, wir standen nur voreinander herum, grinsten ein bisschen, zuckten mit den Achseln und tauschten belanglose Sätze aus: Doch, ich bin schon da, welches Boot hast du genommen, cooler Platz hier, ja, echt cooler Platz, ich war hier noch nie, ich auch nicht ...

Na, super. Ich schaute zwischendurch mal auf den Boden, er schaute zwischendurch mal auf den Boden und kickte mit der Spitze seines rechten Schuhs darauf herum. *Ein Tanz, den beiden wollen, aber niemand fängt an*, hörte ich Apollos Stimme in meinen Ohren.

»Gehen wir?«, fragte ich.

»Weißt du, wo es ist?«

»Das Grabmal? Ja, das habe ich hier auf der Karte.« Ich

hatte den Plan zwar auch in meinem Kopf, aber ich zeigte ihm die Karte auf meinem Handy, um noch mal (zum letzten Mal!) seinen köstlichen Geruch so tief einzusaugen, bis ich ganz erfüllt von ihm war. Jannis. Jannis. Jannis. Ich richtete mich auf. Wie unverschämt, so gut zu riechen.

»Die Gräberfelder sind unterteilt in Konfessionen, katholisch, evangelisch, griechisch-orthodox, ehemalige Militärs, hier auf den Friedhof darf keineswegs jeder drauf, nur Bewohner von Venedig und vielleicht noch, wenn sie Glück haben, ihre Verwandten.« Jannis sah mich kurz an. »Sorry, ich wollte hier keinen Vortrag für dich halten.«

»Schon okay.«

»Wusstest du, dass es in Venedig eine extra Polizei dafür gibt, die *polizia mortuaria*, die überwacht die Einhaltung dieser Vorschriften.«

»Nee, wusste ich nicht.« Mir war eine Idee gekommen.

»Also, da lang?« Jannis zeigte in eine Richtung.

Ich nickte. Ein paar Schritte gingen wir, ohne etwas zu sagen, dann hielt ich es nicht mehr aus. »Ich würde übrigens sehr gerne mal einen Vortrag von dir hören.«

»Ach, echt?«

»Ja. Und zwar über dich!«

»Über mich?!«

»Ich glaube, ich weiß mehr über meinen *Easy-WIFI*-Kollegen Marco Cotti als über Jannis ... wie heißt du eigentlich mit Nachnamen?«

»Na, Leewald, wie mein Vater.«

»Ach so, klar.« Den Artikel seines Vaters in der Architekturzeitschrift hatte ich ganz vergessen. Wir kamen an einem Brunnen vorbei, der Weg gabelte sich. Rechts oder links? Links, wir waren beide sicher.

»Also, was willst du denn wissen?«

»Entscheide du, was wichtig ist!«

»Okay. Ähm, also nach dem Abi werde ich Architektur studieren.«

»Immer noch?«

»Was heißt hier ›immer noch‹?« Jannis blieb stehen. »Du weißt doch, das habe ich meinem Vater im Krankenhaus versprochen, kurz danach ist er gestorben, meinst du, das kann ich jetzt einfach so ändern? Sorry, Papa, hab meine Pläne geändert?«

Ich schaute ihn nur an und zuckte mit den Schultern. Klar kannst du das, sollte das heißen. Er schnaubte. »Und falls nicht, ist da meine Mutter mit ihrem Herrenschneider-Atelier, die mir in den Ohren liegt, ich sei so begabt und es wäre eine Verschwendung, dieses Talent zu vergeuden.«

»Wie habt ihr das mit dem Talent herausgefunden?«

»Ich hab wohl schon ganz früh Stoffe an Schneiderpuppen gehalten, festgesteckt und zusammengeheftet. War ja immer bei ihr im Atelier.«

»Echt? Da gibt es auf TikTok so Videos… gefilmt mit einer coolen alten Videokamera, wo ein kleiner Junge…«

»Ich befürchte, das könnte ich sein.«

»*Nooo! Non ci credo!*« Ich glaube es ja nicht! Wir lachten.

Ich sah ihn an und schaffte es, ihm dabei etwas länger als zwei Sekunden in die Augen zu schauen.

»Und du?«, fragte er und schaute dabei nicht weg. »Hast du auch Eltern, die etwas von dir wollen?«

»Meine Eltern wollen erst mal, dass ich wieder gesund werde, wie früher, und das will ich auch!«

»Ah, die Hüfte.«

»Ja, aber noch einiges mehr.« Ich fasste mir an den Kopf. »Ich hatte ein schweres Schädel-Hirn-Trauma. Merkt man heute noch, oder?«

»Joah, aber nur ab und zu ...« Er schaute mich grinsend an, und ich boxte ihm auf den Oberarm. Er konnte also doch noch mit mir flirten!

»Bei dem Unfall wäre ich beinahe gestorben. Die wussten nicht, ob ich wieder aufwache.«

»*Oh no! Shit*, das ist ja gar nicht witzig ...«

»Nein, eher nicht so, die waren auch ziemlich happy, als ich endlich die Augen wieder aufmachte.« Ich lachte, und wir gingen weiter.

»Boah, stell dir mal vor, du würdest auch hier liegen.« Er zeigte in die Runde. »Oder auf irgendeinem anderen Friedhof und nicht so schön wie hier. Und ich wüsste nichts von dir!«

Macht dir das wirklich was aus?, dachte ich und wollte ihn unbedingt danach fragen, doch ich riss mich zusammen. »Und darum ist es mir auch gerade egal, wie doof der Tag gestern gelaufen ist, heute bin ich hier und glücklich, am Leben zu sein!«

»Ja, manchmal kann so ein Friedhof auch gute Laune machen.« Wir grinsten uns an, lachten dann los. Ich drehte mich wieder, taumelte ein bisschen gegen ihn, prallte an seine Schulter.

»Vorsicht, deine Hüfte!«

»Mein Kopf ist viel wichtiger!« Ich winkte ab. »Nee. Keine Sorge, ich bin nur *ein bisschen* durchgeknallt.« Und weil ich gerade viel Mut hatte, fragte ich: »Wenn du niemanden mehr hättest auf der Welt, also wenn auch deine Mutter nicht mehr da wäre ... was würdest du dann nach dem Abi machen?«

Jannis blieb stehen und dachte einen Moment nach. »Wenn beide nicht mehr da wären? Hmm. Hab ich noch nicht drüber nachgedacht.« Er schaute mich an. »Keine Ahnung.«

»Meinst du, alle, die hier liegen, hoffen noch immer, dass ihre Kinder das machen, was sie ihnen versprochen haben?«, fragte ich ihn.

Wir sahen uns um. Es waren unheimlich viele Grabsteine, Grabwände mit Särgen und Urnen dahinter, Vornamen, Nachnamen, Geburts- und Todesdaten, die um uns herumwimmelten. Hier waren im Laufe der Jahrhunderte Tausende von Menschen begraben worden. »Du meinst: Wenn die alle …?«, begann Jannis.

»… ihre Nachfahren noch bedrängen und belästigen würden mit ihren Wünschen und Ansprüchen?« Ich beendete seinen Satz, und wir schüttelten synchron die Köpfe.

»Ich glaube, wenn man hier liegt, will man nur, dass es den eigenen Kindern und Familien gut geht!«, sagte Jannis. »Wenn man überhaupt noch etwas wollen kann.«

Ich nickte. Hatte er es so langsam verstanden? Aber darauf würde ich ihn auf keinen Fall noch mal ansprechen, also wechselte ich das Thema. »Seltsames Gefühl, dass auch Apollo hier liegen könnte. Tot, gestorben, beerdigt, seit 1800 oder so …«

»Ob sich sein Grabstein verändert hat, wie im Film? Ob da jetzt sein Cousin liegt, dieser Carlo?«, fragte Jannis.

»Wir könnten das Mausoleum der *famiglia* Goldonini suchen, das müsste hier ja zu finden sein.« In diesem Moment hörte ich dumpfe, getragene Töne und drehte mich um. »Oh, schau mal, eine Beerdigung!«

Obwohl wir in recht großer Entfernung standen, traten wir instinktiv zwischen zwei Mausoleen zurück. Ein Wägelchen mit einer einsamen Urne auf der mit Kunstrasen bedeckten Ladefläche fuhr auf dem Weg voran, dahinter kam ein schwerer Mann mit aufgeblasenen Backen, der eine tieftraurige Melodie auf einer Tuba spielte, wenige Trauergäste folgten ihm gemessenen Schrittes.

Die große Wolke, die über allen schwebte, war farblich nicht eindeutig. Dunkelgrün flackernde Ungeduld und die dazugehörigen Gedankenfetzen ... *(wie lange dauert dieser Termin hier, dieses Tuba-Gedröhne macht mir Kopfschmerzen)* mischte sich mit hellblauer Erleichterung *(sie hat es geschafft, die Gute)*, mit rosa Hoffnung *(hat die Alte mich vielleicht doch im Testament bedacht? Ich habe ihr immerhin das Radio repariert, damals 1986 ...)* und mit vereinzelten schwarzen Schlieren der Trauer.

»Wenn ich auf gar niemanden mehr Rücksicht nehmen müsste, würde ich versuchen, auf einer Schauspielschule angenommen zu werden«, murmelte Jannis dicht neben meinem Ohr.

»Wirklich? Das wundert mich nicht.« Wenn ich ihn jetzt anschaute, war ihm das vielleicht peinlich, also starrte ich unverwandt auf den Trauerzug. »Du hast mir und den anderen so megagut beigebracht, was wir als WIFI-Team machen sollen.«

»Ach, daran hat es nicht gelegen, ihr wart wirklich gut.«

»Genau, sag ich doch, denn du kannst das!« Ich wollte mich schon vom Trauerzug abwenden, da sah ich jemanden inmitten der schwarz gekleideten Angehörigen. Er war es, unverwechselbar: Francesco im Anzug und schwarzer Krawatte! Ich zog Jannis noch weiter zwischen die beiden Grabmonumente. »Nein, guck mal, wer da ist!«

Auch er erkannte ihn sofort: »Wow, der junge venezianische Adlige mit zurückgegeltem Haar! Und daneben *Signor* Goldonini. Der sieht wie immer genervt aus.«

»Besser, die bemerken uns gar nicht«, sagte ich, doch die dunklen Töne hypnotisierten mich, und ich konnte den Blick nicht von dem Zug und von Francesco lassen. Später bedankte ich mich bei der Tuba, denn sonst hätte ich den Moment verpasst, in dem alles gleichzeitig passierte: der Trauerzug, die dumpfe Tuba vorneweg, die schwarz gekleideten Menschen, Francesco mit seiner gelangweilten Miene, die sich mit einem Mal veränderte. Er riss die Augen auf und wich mit dem Kopf zurück. Ich schaute suchend am Trauerzug entlang, was hatte er gesehen, *wen* hatte er gesehen? Wir konnten es nicht sein, wir waren zu weit weg.

Ach, du meine Güte! Echt jetzt? Wie kam der denn hierher? Ich stieß Jannis an. »Guck mal!!!«

»Apollo!«

Ja, es war eindeutig der Bilderspringer, der auf unserer Seite des Zugs entlanglief. Wieder sah er aus wie ein englischer Landlord auf Urlaub, doch Francesco hatte ihn erkannt, auf seiner Miene spiegelten sich seine Gedanken wider – und die musste ich unbedingt genauer hören!

Geduckt lief ich los und versuchte, sein Gesicht dabei nicht aus den Augen zu lassen. Gott sei Dank gab es ein paar Grabsteine, hinter denen ich halbwegs Deckung finden konnte. Dass ich nicht eher darauf gekommen war!

Über ihm schwebte eine Wolke, schmutzig braunrot, wie geronnenes Blut, das bedeutete nur eines: Angst! Und da waren sie schon, seine Gedanken, sie wurden lauter und lauter, ich bemerkte, dass Jannis hinter mir hergerannt war und jetzt dicht hinter mir kauerte, doch darüber würde ich mich erst später freuen können … Jetzt musste ich mich konzentrieren!

Cavolo! Einige weit schlimmere Schimpfwörter folgten, die ich gleich wieder aus meinem Kopf warf, *was macht der hier, er muss mir gefolgt sein, ob er es weiß? Natürlich nicht, woher auch? 7640, nicht vergessen, hinten in der Gasse an der Fondamenta, 7640, die einzige Tür, die es noch gibt, verdammt, jetzt mach dir nicht in die Hose! In dem alten Gemäuer ist es total sicher! Direkt ums Eck von dem Trödelladen … Zehn Euro, dass ich nicht lache, der hatte keine Ahnung, der Typ! Hat gar nicht gemerkt, dass ich den Schein, mit dem ich bezahlt habe, wieder mitgenommen habe, Penner! Gut, dass da alle ausgezogen sind, habe sie alle nach Mestre verfrachtet, arme Idioten, aber besser so, Papa will das Kloster kaufen und Eigentumswohnungen daraus machen lassen, soll er doch! Scheiße, der blonde Zeitreisetyp verfolgt mich also, na warte, Alter, ich werde dein blödes Bild zerstören, ist mir egal, wie wertvoll das ist! Warum habe ich das nicht gleich getan? Klar, Francesco, du hast gedacht, du kannst selber springen, aber dann hängst du vielleicht so wie der Typ in irgendeiner Zeit rum und kommst nicht mehr zurück. Das Bild muss weg, sofort wenn der Quatsch hier vorbei ist … sonst werde ich nicht geboren! Kann das überhaupt sein, keine Ahnung …*

»Merk dir mal 7640«, sagte ich leise zu Jannis, obwohl ich mir sicher war, diese Zahl nie wieder zu vergessen.

»Was machen wir hier?«, fragte Jannis. Erst jetzt bemerkte ich, dass seine Schulter mich am Rücken berührte, so dicht saß er hinter mir, halb auf der Grabplatte der armen Rosalia Angelo, gestorben am 27.04.1967, kaum neunzehn Jahre alt.

»Wir schleichen uns weg, sobald der Zug ganz vorüber ist!« Ich richtete mich vorsichtig auf. Die Tuba schickte ihre bekümmerten Töne noch immer zu uns, doch sie wurde leiser, und ich sah die Trauernden nur noch von hinten.

»Und er, Apollo?« Jannis wies mit dem Kopf auf den Jungen in der karierten Jacke und den braunen Hosen, der sich dem Zug angeschlossen hatte, die Hände auf dem Rücken, unter der Landlord-Mütze wallten die blonden Haare hervor.

»Der hat uns nicht gesehen, der bleibt besser hier und macht Francesco noch ein bisschen Panik. Nicht, dass er ihn weglaufen sieht und uns dann auch noch verfolgt!«

»Uns? Wohin? Wohin schleichen wir denn?« Sein Gesicht war sehr nahe an meinem.

»Dahin, wo das Bild sich befindet!«

»Und das weißt du jetzt?«

»Noch nicht ganz genau, aber die Chancen stehen gut!« Ich hatte auf einmal richtig gute Laune, ich wusste, ich war verknallt in Jannis, und das war nicht etwa schlimm, sondern cool! Ich hatte so viel Mut wie nie, aber küssen? Nein, das traute ich mich in diesem Moment dann doch nicht, immerhin nahm ich ihn bei der Hand und zog ihn hoch.

»Ich glaube, ich habe noch nie jemand so Verrücktes kennengelernt wie dich!« Er lächelte mich an und drückte meine Hand, während wir zum Ausgang liefen, so schnell es mit meiner Hüfte eben ging. »Und bis gestern hätte ich auch nie zugegeben, dass mir das gefällt!«

»Ich habe bei dem Unfall eine Hirnschädigung erlitten, steht alles in meiner Krankenakte! Ich kann also nichts für meine komischen Fähigkeiten, habe nicht darum gebeten!« Ich tippte mir an die Stirn und konnte mit dem Lächeln gar nicht mehr aufhören. »Du bist der zweite Mensch auf dieser Welt, dem ich gleich erzählen werde, wie es mir wirklich damit geht, was ich dadurch für schräge Sachen kann…«

Vor uns wackelte die Frau mit dem grellgrünen Handfeger-Set über den Weg.

»Was denn für schräge Sachen …?«, wiederholte er nachdenklich, während wir immer noch Hand in Hand durch das Tor gingen und an der Ziegelmauer entlang zum Anleger liefen. Wir hatten Glück, von Murano her kam das nächste *vaporetto* schon auf uns zu gefahren.

»Ich weiß, du könntest immer noch abhauen und sagen, dass ich spinne, aber das Risiko gehe ich ein. Denn ich will, dass Jannis Leewald mehr über mich weiß als über Daniele Fontana.«

Er sah mich wieder mit seinen ernsten Augen an. »Aber was für Fähigkeiten hast du denn nun?«

»Ich kann ab und zu Gedankenlesen.«

»*Oh no!* Etwa auch bei mir?«

»Das heißt, du glaubst mir?«

»Wie ich gerade sagte, du bist schon ziemlich crazy …« Sein Blick wurde leicht flatterig, wie bei jemandem, der an nichts Bestimmtes denken will, dem das aber nicht gelingt.

»Um dich zu beruhigen: Bei dir versagen meine Fähigkeiten, bei Apollo übrigens auch, der ist wahrscheinlich zu alt …« Ich kicherte. »Aber bei den meisten Menschen kann mir das schon passieren. Ich will das gar nicht, ich sehe dann die Farben ihrer Gefühle und kann manchmal eben auch ihre Gedanken lesen, die darunter liegen. Meistens ziemlich uninteressantes Gelaber, von dem ich Kopfschmerzen bekomme.«

»Und du hast jetzt gerade Francescos Gedanken gehört?« Jannis sah sich um, als ob er befürchte, dass der Genannte gleich über den Steg angerannt kam.

»Ja, als er Apollo sah, geriet er in Panik, und deswegen

hat er sich natürlich Sorgen über das Versteck gemacht, in dem das Bild liegt. Er will es möglichst schnell zerstören, wir müssen uns also beeilen.«

Das Boot legte an, nun schaute auch ich mich ein letztes Mal um. Mist, da kam jemand im Laufschritt angehetzt, hinten, am Haupteingang, doch derjenige war schnell! Und er ruderte mit den Armen.

Fahr los, fahr doch los, beschwor ich den Fahrer des *vaporettos*. Wie oft war mir so ein Wasserbus schon vor der Nase weggefahren, die warteten eigentlich nie!

Wir bestiegen das Boot, bitte, bitte, er durfte uns nicht einholen! Gebannt blieben wir an Deck stehen und starrten auf die größer werdende Figur, doch wir hatten Glück, die *Linea 4.2* legte in dem Moment ab, in dem Francesco in seinem schwarzen Anzug auf den Anfang des langen Stegs gelaufen kam.

»Wow, das war knapp!«, stöhnte ich. »Wo ist Apollo?«

»Ja, genau, wo ist der, wenn man ihn mal braucht?! Aber jetzt erzähl!«

Auf der letzten Sitzbank, weit weg von den anderen Fahrgästen, berichtete ich Jannis, was ich aus Francescos Gehirn aufgeschnappt hatte.

»Das Versteck muss in einem verlassenen alten Gemäuer liegen, dort wäre es sicher, und er wiederholte immer die Zahl 7640, vielleicht ist das eine Hausnummer? Und er dachte an eine Tür, die einzige Tür angeblich. Die Ruine muss ganz in der Nähe von Cosimos Antiquitätenladen sein … Das alles schoss ihm durch den Kopf, als er Apollo sah.«

»Okay«, sagte Jannis. Er grinste. »Wahnsinn, dass du so was kannst …«

»Bis jetzt fand ich es eher nicht so super.« Ich winkte ab.

»Ja, und Francesco dachte auch noch: Gut, dass da alle ausgezogen sind, er habe sie alle nach Mestre verfrachtet, arme Idioten, aber besser so, Papa will das Kloster kaufen und Eigentumswohnungen daraus machen ...«

»Du erinnerst dich an den genauen Wortlaut?«

»Ich erinnere mich an alles! Mein Gedächtnis ist wie eine Fotokamera, oder auch wie ein Aufnahmegerät ...«

»Stell ich mir auch nicht immer einfach vor ... Manchen Müll, dem man gehört oder gesehen hat, möchte man ja schnell wieder vergessen!« Er schaute mir tief in die Augen.

»Wem sagst du das?« Ich seufzte, doch innerlich war ich so glücklich, dass ich schreien wollte.

»Okay.« Jannis riss seinen Blick von mir los. »Sorry, ich kann mich nicht konzentrieren, wenn du so guckst.«

»Wie gucke ich denn?«

»Na, eben wie eine Gedankenleserin mit einem Supergedächtnis ...« Er lachte. »Fassen wir zusammen: Das Bild befindet sich also nahe bei Cosimos Laden, im *sestiere* Cannaregio, in einem ehemaligen Kloster, in dem wahrscheinlich ein paar ärmere Leute wohnten, die man rausgeworfen hat, weil das Gebäude verkauft werden soll ... Das ist hier leider oft passiert! Mittlerweile sind kaum mehr Leute da, die man irgendwo rausschmeißen kann.«

»Meinst du, wir können es finden, bevor Francesco uns mit dem nächsten *vaporetto* nachkommt? Der hat Panik und läuft bestimmt direkt dort hin, um zu kontrollieren, ob es noch da ist. Und um es gleich kaputt zu machen.«

»Wenn er zwanzig Minuten warten muss, haben wir einen genauso großen Vorsprung. Nicht viel, wenn man nicht weiß, wo man suchen soll ...« Jannis schüttelte den Kopf. »Warum gerate ich eigentlich immer in so problematische Situationen, sobald ich mit dir zusammen bin?«

»Ja, das ist schrecklich mit mir!« Ich grinste. »Brauchst du vielleicht was ›zur Beruhigung‹?«

»Du meinst …?«

»Gerade auf dem Wasser werde ich auch manchmal nervös.« Ich beugte mich zu ihm und näherte mich mit den Lippen seinem Mund. »Das weißt du ja …«, flüsterte ich.

»Ja, das weiß ich bereits«, wisperte er dicht neben meinem Ohr. Sein Atem roch ein bisschen nach grünen Äpfeln und sehr köstlich nach ihm. »Da gibt es ein gutes Gegenmittel.«

»Da gibt es eigentlich nur *ein* Gegenmittel.«

Unsere Lippen fanden sich, wieder ließen wir sie einen Moment aufeinander liegen, doch dann öffnete ich meinen Mund ein kleines, neugieriges bisschen, und er machte es mir nach. Wir drehten uns noch etwas mehr zueinander, doch meine Hüfte störte das offenbar. Ein stechender Schmerz ließ mich die Luft durch die Zähne ziehen und kurz aufstöhnen.

»Die Hüfte?«

Ich nickte.

»Komm, setz dich so hin!« Jannis zog mich von meinem grünen Schalensitz seitlich auf seine Beine, sodass ich wie ein Kind auf seinem Schoß saß und viel bequemer an seinen Mund kam. Er umfing meine Taille und drückte mich an sich. »Damit du mir nicht runterfällst.«

»Danke. Sehr rücksichtsvoll! Aber denk dran, ist nur zur Beruhigung für dich!«

»Für uns!« Er kicherte in meinen Mund, wir begannen da, wo wir aufgehört hatten, und ich wusste sofort, ich liebte dieses Küssen! So weich, so nah, so warm waren unsere Zungen, die sich jetzt daran machten, sich langsam zu erkunden, und dazu sein Atem und diese kleinen Geräusche, die er machte, die ich machte, ohne es kontrollieren zu können. Seine

Hände hatten sich unter meine Jacke geschmuggelt und wanderten streichelnd an meinem Rücken auf und ab, manchmal auch bis zu meinem Po, aber das durften sie, das sollten sie sogar! Ich drückte ihn noch fester an mich.

»Lucia«, sagte er heiser. »Du machst mich fertig.«

»Keine Beruhigung?«

»Äh, nein, eher das Gegenteil.« Wir lachten und küssten uns wieder, bis das Boot langsamer wurde und der Typ am Steuer »*Orto! Madonna del Orto!*« rief.

»Mist!« Wir sprangen beide auf.

»Wir hätten die Fahrt nutzen sollen, um uns vorzu…« Er winkte ab. »Ach, egal! Ich fand's schön!«

Ich grinste nur glücklich vor mich hin, als wir jetzt Hand in Hand an der Reling standen. Es rumste kurz, das Geländer wurde vor uns aufgemacht, er half mir vom schwankenden Boot auf den Anleger, wir spurteten los.

»Ich glaube, ich weiß ungefähr, wo es liegen könnte.« Ich zeigte auf meinen Kopf. »Hab den Stadtplan ja hier.«

Jannis schaute mich im Laufen an. Sah ich da in seinen Augen ein bisschen Bewunderung? Auf jeden Fall! Er wedelte mit seinem Handy, ohne mich loszulassen. »Ab jetzt läuft die Uhr, wir haben verdammt kurze zwanzig Minuten.«

»Manchmal fällt auch ein Boot aus … und kommt einfach nicht.«

»Selten!«

»Stimmt. Aber das Gelände, das infrage kommt, ist eigentlich gar nicht so groß, wenn man bedenkt, dass es nicht weit weg von Cosimos Laden sein soll«, sagte ich. »Stellen wir uns vor, Francesco kam aus dem Geschäft und hätte sich nach links gewandt, vorbei an Tintorettos Haus, da ist die *Fondamenta* zu Ende, und dort stehen die Häuser sehr dicht, gibt also für ein ehemaliges Kloster kaum eine Möglichkeit. Also ist er nach rechts gegangen, und damit kommt nur das Gebiet rechts von uns infrage. Und es ist ja nur eine kleine Halbinsel, begrenzt vom Meer.«

Ich musste ihn leider loslassen, um mit den Fingern in der Luft herumzuzeichnen, und Jannis nickte, als ob er alles verstanden hätte.

»Ein altes Kloster, in dem wahrscheinlich bis vor Kurzem arme Menschen wohnten, die dann rausgeschmissen wurden«, sagte er. Wir liefen planlos ein paar Gassen entlang, kamen an einen Kanal, kehrten wieder um.

»Nein, so bringt das nichts«, keuchte ich. »Wir fragen!« Ich ging auf den älteren Mann zu, der mit Strickjacke, Pantoffeln und Gießkanne vor einem der Häuser stand und nicht wie ein Tourist aussah. »Entschuldigung! Wir suchen das ehemalige Kloster hier im Viertel, das mal bewohnt war und das jetzt verkauft werden soll. Kann man da rein?«

»Diese Schweine!« Der Mann wusste anscheinend sofort, wovon ich sprach. Er hob seine Gießkanne in unsere Richtung, sie war leer, denn er schüttelte sie drohend. »Was habt ihr damit zu schaffen?« Er schaute uns misstrauisch an. »Das sind ausländische Investoren, die reißen sich die ganze Stadt unter den Nagel! Ach, haben sie ja längst!«

»Nichts haben wir damit zu schaffen!« Ich lächelte ihn so nett wie möglich an. »Wir würden gerne noch Fotos von dem Kloster machen, wie es jetzt aussieht.«

»Kloster? Na ja, *Signorina*, vom Kloster ist nicht mehr viel übrig, kommt mit, ich zeige es euch.« Er setzte sich in Bewegung und schuffelte mit seinen Pantoffeln voran. Ich stieß Jannis in die Seite, was für ein Glück! »Das war nur bis zum fünfzehnten Jahrhundert ein Kloster«, sagte er mit seiner krächzenden Altmännerstimme, »danach wurde es eine Kaserne, dann kamen die Faschisten, dann die Flüchtlinge aus Istrien, und irgendwann sind Venezianer in die Mönchszellen eingezogen. Sie haben die Wände rausgerissen, es waren Sozialwohnungen, wisst ihr? Nicht schlecht, wenn ihr mich fragt!« Er bog in eine Seitengasse, die an einem Kanal endete. Kurz vorher bogen wir in eine weitere Gasse ab.

»*Eccolo!*« Rechts von uns zog sich eine Mauer ohne Fenster entlang, zu der es nur einen Eingang gab, über dem *Glaube, Ehrfurcht, Demut* in den Stein gemeißelt war. »Dort geht es rein. Ich bleibe hier, wenn ihr erlaubt, hier kommt zwar kaum jemand vorbei, dennoch ist drinnen alles vollgestellt mit Gerümpel, es macht mich traurig, diesen ehemals so belebten Ort in diesem Zustand zu sehen.«

»Aber die Tür ist zu!« Ich zeigte auf den schweren Holzbalken und das Vorhängeschloss vor der Eingangstür.

»Oh, das Schloss sieht in Ordnung aus, ist aber kaputt.«

Wir nickten und bedankten uns. »Neun Minuten«, wisperte Jannis neben mir auf Deutsch, »das Ganze hat uns vom Anleger bis hierhin nur neun Minuten gekostet!«

»Moment«, sagte ich zu dem alten Mann. »Wenn Sie einem jungen Typ begegnen, der rennt und aussieht, als ob er von einer Beerdigung kommt – es ist *sein* Vater, der dieses Gebäude hier kaufen will. Falls der nach uns fragt, schicken Sie ihn bitte in die falsche Richtung, ja?«

»Aber gern, *Signorina*!« Er nickte uns zu und verschwand. Ich öffnete das schwere Vorhängeschloss mit einem leisen Klicken, Jannis schob den Riegel der Holztür beiseite, und wir betraten einen Innenhof.

»Wow, das muss hier mal richtig schön gewesen sein!«, rief ich leise. Der Hof war groß, in der Mitte stand ein mächtiger, mit Steinplatten abgedeckter Brunnen, wie man sie auf manchen Plätzen von Venedig noch findet. An der Mauer des ehemaligen Klosters rankten Weinreben mit einzelnen, bunt verfärbten Blättern, sogar kleine, violette Trauben hingen noch daran. Ein mächtiger Baumstamm war zu sehen, aus dem kleine Triebe sprossen. »Wie schade, warum hat man den abgesägt?«

»Es sieht aus, als ob hier noch jemand wohnt.« Jannis wies auf das rostige Kinderfahrrad, das neben einem verbogenen Gartenstuhl am Brunnen lehnte. »Aber jetzt los, wir müssen da rein!«

Wir betraten das einstöckige terrakottafarbene Gebäude durch einen breiten Türbogen, in dem sich keine Tür mehr befand, auch die Fensterrahmen hatte man herausgerissen. Ich hielt überall Ausschau nach der Nummer 7640. Wir blieben stehen. Im Erdgeschoss gab es einen großen Flur mit gewölbter Decke, beinahe schon eine Halle, von dem schmale Türbögen abgingen. »Waren das die ehemaligen Mönchszellen?«, fragte ich.

»Vermutlich. Aber was machen die ganzen Fischernetze hier, und das halbe Boot und die Reusen? Damit kann man Hummer fangen …« Jannis stieg über eine zusammengebrochene Sperrholzkommode, auf der ein verblasster, orangener Rettungsring thronte. Ein Haufen Regalbretter lag darum verstreut.

»Keine Ahnung, wer hier alles gewohnt hat, aber die haben die Halle offenbar als Abstellkammer für ihren Kram benutzt. Wir brauchen eine Tür!« Ich rannte im Zickzack zwischen den alten Möbeln und den Türmen von Reusen und Fischernetzen hindurch, bis zur hinteren Wand, an der man ein verstaubtes Glasmosaik sah, ein Lamm mit einem

Kreuz. Doch in keiner der Öffnungen befand sich eine Tür.
»Nach oben!« Ich lief die breite Treppe hinauf, Jannis war hinter mir. »7640«, er war leicht außer Atem, »was kann das sein?«

Eine Sekunde später wussten wir es. Es war eine Kombination, und zwar für die dicke Kette mit dem vierstelligen Zahlenschloss, das die einzige Tür sicherte, die es hier oben auf dem geräumigen Flur gab.

»*Yesss!*«, flüsterte ich, während ich nach Schritten lauschte. Kam Francesco da draußen schon angerannt? Nein, alles war still. Mit fliegenden Fingern stellte ich das Schloss ein. Es hakte, waren es etwa doch die falschen Zahlen? »Mist!« Ich zwang mich zur Ruhe.

»Ganz ruhig!«, wisperte nun auch Jannis, ich fummelte noch eine Weile herum, da glitten die Kettenglieder endlich auseinander. Wir stießen die Tür auf, das Fenster hatte man zugemauert, doch es fiel genug Licht hinein, um zu sehen, dass der winzige Raum komplett leer war, bis auf …

»Da!« Meine Stimme versagte. Da lehnte es an der Wand! Francesco hatte das Gemälde in ein altes, rosa verfärbtes Laken gehüllt und mit breitem Klebeband verschnürt.

»Hübsch!«, sagte Jannis.

Ich trat grinsend einen Schritt vor und versuchte, es anzuheben.

»Es ist doch größer, als ich in Erinnerung hatte, aber gar nicht so schwer, das schaffen wir!«

Jannis zückte sein *telefonino*. »Fünfzehn Minuten bis jetzt vergangen. Ein bisschen braucht Francesco vom Anleger bis hierher, wir haben also noch sieben, höchstens acht Minuten, um von hier wegzukommen! Also los!«

Wir hoben das Bild an, er hinten, ich vorne, und machten uns auf den Weg nach unten. »Geht das mit deiner Hüfte?«

Ich lächelte, weil er so süß besorgt klang. »Ja«, sagte ich mit gepresster Stimme. Schon nach drei Sekunden Tragen waren meine Arme schlapp, das rechte Handgelenk protestierte gegen die ungewohnte Belastung, und das Gemälde wollte mir unbedingt durch die Hände rutschen. »Ich sollte nur nicht die Treppe hinunterfallen …«

»Bloß nicht! Das Bild ist ziemlich kostbar …«

»*Grazie!*«, keuchte ich. »Sehr nett.«

»Immer gerne!« Jannis blieb einen Moment an der oberen Treppe stehen. »Sollten wir nicht noch mal schauen, ob es auch das richtige ist?«

»Hast du noch ein anderes Gemälde in der Kammer mit der Zahlenschlosskombi 7640 gesehen?«

»Nein, aber …« Er verzog misstrauisch sein Gesicht.

Ich sah mich um, schnappte mir eine große Glasscherbe vom Boden, die vielleicht mal zu einem Fenster gehört hatte, und versuchte, das Laken vorsichtig damit aufzutrennen.

»Pass auf, schneid dich nicht! Lass lieber mich das machen, ich kenne mich mit Stoffen und Nähte-Auftrennen aus! Hier, halt mal das Bild!«

»Okay, okay!« Widerwillig reichte ich ihm die Scherbe.

Jannis umwickelte deren unteren Teil mit einem Stofffetzen vom Boden und lüpfte den Stoff so weit wie möglich vom Rahmen weg. »Wir wollen das Teil ja nicht beschädigen, ich glaube, das könnte echt hunderttausend Euro wert sein!«

Ich schnappte nach Luft. So viel!

»Das haben wir gleich.« Geschickt durchtrennte er das rosa Laken, bis die Öffnung groß genug war. »Äh … ich hatte das anders in Erinnerung ...«, sagte er leise. »War ein Teil des Bildes *blau*?«

Was??! Ich schaute durch die Lücke. Verdammt. Das Blau war kräftig und wunderschön, doch es hatte nichts mit *Apollo und Diana*, dem völlig ergrauten Meisterwerk von Tiepolo, zu tun!

17. KAPITEL

Mir stiegen die Tränen in die Augen, während Jannis leise fluchte: »Verdammt! Das ist ein total anderes Bild!«

»Moment!« Ich zog die Nase hoch und wischte die erste Träne ab. »Bevor ich richtig anfange zu heulen, prüfen wir das!« Ich hielt meine Nase in das Loch, das die Scherbe geschnitten hatte. »Riecht frisch, nach Ölfarbe! Zu frisch für 285 Jahre.«

Auch Jannis schnupperte. »Entweder hat der Idiot Francesco das Bild übermalt, was ich ihm bei all seiner Blödheit nun doch nicht zutrauen möchte ...«

»... oder er hat eine neuere Leinwand zum Schutz lose darübergelegt«, vollendete ich den Satz.

Wir sahen uns an und sagten wie aus einem Mund: »Raus hier!«

Wir schafften es die Treppe hinab, durch das Chaos in der unteren Halle, über den Hof und hinaus auf die Gasse, wo wir das Bild vorsichtig abstellten. Ich hängte das kaputte Vorhängeschloss wieder vor die Tür. Niemand konnte ahnen, dass wir hier gewesen waren.

»Wohin? Wo liegt jetzt das *Boccadoro*?« Jannis schaute sich um. »Wieder zurück?«, fragte er. »Das wäre nicht so toll, denn vielleicht kommt Francesco uns von da schon entgegen?«

»Ich weiß, wie wir ihm nicht begegnen. Hier entlang!«

»Wow, cool, wenn man immer einen Stadtplan im Kopf hat.«

Wir schnappten uns das Bild und schleppten es weiter, doch da hörten wir schon eilige Schritte. Francesco!

»*Cavolo*, der war schnell!« Ich schaute mich nach Jannis um. »Wohin jetzt?«

»Da, in diese Lücke da vorne!« So leise wie möglich huschten wir drei Meter weiter, schlüpften mit dem Bild zwischen zwei Häuser und setzten es behutsam ab. Ich hielt die Luft an, rieb mein schmerzendes Handgelenk und traute mich nicht, um die Ecke zu schauen. Wir hörten das metallene Schloss gegen das Holz klappern.

»Kannst du seine Gedanken jetzt lesen?«, fragte Jannis leise in mein Ohr.

»Nein, dazu muss ich ihn sehen!«

»Okay, der denkt jetzt wahrscheinlich sowieso bloß: *merda, merda, merda*.« Jannis war immer noch dicht an meinem Ohr, und ich bekam eine Gänsehaut, so sehr gefiel mir das. Beinahe widerwillig beugte ich mich vor und lugte vorsichtig um die Hausecke. »Ich sehe ihn nicht mehr, sollen wir los?«

»Ja, er wird weniger als eine Minute brauchen, bis er feststellt, dass sein geklautes Meisterwerk geklaut worden ist.«

Wir machten uns eilig auf den Weg, ja wir rannten fast, soweit das mit unserem Gepäckstück möglich war.

»Wie hat der das hierher transportiert? Hat er das schwere Ding etwa allein getragen?« Auch Jannis keuchte jetzt etwas.

»Sackkarre?«, schlug ich vor. Zu mehr hatte ich keine Luft. Wir hasteten mit dem sperrigen Ding die Gasse entlang, bei der nächsten Gelegenheit dirigierte ich Jannis nach links.

»Bist du sicher?« Er zeigte auf den Kanal vor uns. »Hier ist keine Brücke, nichts, wie kommen wir da rüber?«

»Doch …« Ich konzentrierte mich auf den Plan vor meinem geistigen Auge. »Wir müssen nur vorher dort in die Minigasse abbiegen und zweimal nach rechts, da kommt dann eine Brücke.«

»Du bist ein Genie!«

»Ich bin hirngeschädigt, ich hinke, ich bin introvertierter als früher …«

»Gerade diese Kombi finde ich ja ganz *nice*!«

»Ich neuerdings auch …« Ich lachte und merkte in diesem Augenblick, es war die Wahrheit, was ich da sagte! Ich mochte mich, so wie ich hier gerade zwischen den Backsteinmauern der *Calle dei Riformatori* entlanghastete, mit einem leichten Schlingern in der Hüfte, mit einem wertvollen, in ein rosarotes Bettlaken eingeschlagenen Bild von Tiepolo in den Händen, mit einem Jungen hinter mir, den ich gerne küsste, weil er nämlich ziemlich gut im Küssen war, soweit ich das beurteilen konnte.

»Da vorne am Kanal nur noch nach links, dann sind wir schon auf der *Fondamenta de la Sensa*.« Ich stieß die Luft aus. »Wohin dann damit? Meinst du, er wird es bei uns suchen? Er hat alles mithören können, er weiß also, wer wir sind, und sehr wahrscheinlich auch, dass Apollo bei mir über dem *Boccadoro* wohnt.« Ich blieb stehen, um einen Moment zu verschnaufen.

»Und wenn wir es wieder in Cosimos Laden bringen?« Jannis zog die Augenbrauen hoch und schaute mich an. »Da erwartet er es am allerwenigsten!«

Ich dachte nach. »Die Idee ist gar nicht so schlecht …«

»Oder natürlich unter deinem Bett«, unterbrach er meine Gedanken. »Bestes Versteck überhaupt, kennt keiner und unser Francesco schon mal gar nicht …!«

Ich lachte und hätte ihn am liebsten wieder auf die Schulter geboxt, aber ich hatte leider keine Hand frei. »Ich glaube, es ist dort am sichersten, ich werde das Bett einfach nicht mehr verlassen und darauf brüten wie eine Henne auf dem Ei!« Wir setzten uns wieder in Bewegung.

»Okay …?«, sagte Jannis, und ich konnte hören, wie er bei seinen nächsten Worten grinste. »Wenn du meinst. Lange liegen wird es dort sowieso nicht, denn wir haben doch alles zusammen; der Trank ist fertig, wir wissen, in welches Zimmer im Hotel wir das Bild hängen müssen, wir könnten heute Nacht schon loslegen. Na ja, sagen wir: morgen.«

»So schnell?«, fragte ich. Wir waren ein paar Meter vor dem *Boccadoro* angekommen, ich wurde langsamer. »Kannst du das Bild ungesehen an der Tür vorbeischleppen? Ich lenk Babbo und Amanda da drinnen ab. Je weniger die beiden wissen, desto besser!«

»Ja klar! Dich kann ich ja auch hochheben, schon vergessen? Da werde ich doch so ein Bild schaffen.«

»Stimmt, das war cool! Kannst du gerne mal wieder machen, als Training.«

Er lächelte, als ob er sich gerade unsere Aktion mit dem Schrank vorstellte, und ich beeilte mich, in das Bistro zu kommen.

Doch alle Vorsicht wäre gar nicht nötig gewesen, Amanda kramte hinter der Theke herum, die Gäste waren mit sich selbst und ihrem *caffè* beschäftigt, Babbo starrte auf die Kiste Wein, die er aus der Küche trug, und sah mich nicht. Ich gab Jannis hinter meinem Rücken ein Zeichen. Du kannst!

»Lucia!« Mein Vater hatte mich entdeckt. »Schon wieder zurück von San Michele?«

»Ja, war sehr beeindruckend. Jetzt bin ich mit Jannis kurz oben, Apollo kommt auch gleich. Letzte Proben.«

Babbo nickte nur, zu oft hatten wir ihn in den letzten Tagen mit den Proben gelangweilt. Ich teilte den Filzvorhang, schlüpfte durch die Tür dahinter und öffnete Jannis die Haustür. Zusammen schleppten wir das Bild nach oben und schoben es … natürlich unter mein Bett.

»Das ist also dein Zimmer, *Wonder Woman*.« Jannis schaute sich um. »Wo ist Apollo denn? Warum kommt der nicht zurück? Was macht der noch auf dem Friedhof?« Er schaute aus dem Fenster, doch von dort aus konnte man nur die Häuser gegenüber und den Kanal sehen.

Ich lachte verlegen. »*Wonder Woman* findet es etwas *weird*, dass du jetzt hier stehst.«

»Und du bist dir sicher, dass du nicht auch meine Gedanken lesen kannst?« Er kam wieder zu mir, blickte kurz zu meinem Bett, dann aber schnell wieder weg.

»Absolut sicher, aber ich habe da so eine Ahnung …«, antwortete ich.

Wir kicherten, und er nahm meine Hand, um seine Finger mit meinen zu verschränken. »Was denkst du denn, dass ich denke?« Er zog mich an sich.

»Ich denke, dass du wieder ein bisschen Beruhigung brauchst.«

»Könnte sein, hat aber eben nicht so gut geklappt …«

»Egal, wir müssen es wohl öfter probieren. Üben, üben, üben.« Das ich in so einer wunderschönen Situation mal den doofen Dr. Dr. Klaus zitieren würde, hätte ich auch nicht gedacht.

»Okay, zu ein bisschen Üben könnte ich mich überreden lassen. Hier?«

Wir sahen uns in die Augen, statt einer Antwort ließen wir uns auf mein Bett sinken. Ich landete auf ihm, was für ein wahnsinniges Gefühl! Sein Körper war warm, sein Brustkorb ziemlich hart, ich war ihm so nahe wie nie und konnte endlich wieder in seinem Duft versinken. Ich sah immer noch nur seine Augen, dann näherte ich mich seinem Mund, wir lachten leise, dieses Lachen ... dieses Lachen war überhaupt das Schönste! Seine Hand lag warm auf meinem Rücken, kurz über meinem Po, die andere lag in meinem Nacken, die Finger wühlten ganz sanft in meinem Haar. Er konnte so gut anfassen! Nicht zu fest und nicht zu zart ... Wir küssten uns. Wir küssten und küssten uns, immer wieder, irgendwann lag er auf mir, nicht ganz, um mich nicht zu zerdrücken, und wir knutschten weiter ... das ist das Beste, was man überhaupt mit seinem Leben machen kann, dachte ich gerade, als ...

»Werte Dame?!«

Oh no!

»Er jetzt wieder ...«, murmelte Jannis, als wir uns langsam voneinander lösten.

»Ja?«

»Ich bin empört, entsetzt, ja, völlig außer mir!«

»Wo warst du?« Ich setzte mich auf und strich meine verstrubbelten Haare glatt.

»Wo ich war? Oh, als ob die werte Dame wirklich begierig wäre, die Antwort zu erfahren! Ich war auf dem Todesacker, auf dem *Cimitero San Michele*, um meine arme Familie ein letztes Mal wiederzusehen, in ihren Gräbern! Dort, wo sie auf immer zur Ruhe gebettet wurden, bevor unser Zweig kläglich mit mir, dem ältesten Sohn, ausgestorben ist! Der älteste Sohn, das bin ich, wie ihr euch eventuell noch schwach erinnern könnt, und von dem gibt es nur einen winzigen Gedenkstein. *Geliebter Sohn, vermisst, unvergessen!* Nicht größer als ein Briefkuvert! Was für ein Schmerz!« Er rannte in den Salon, kam aber sofort wieder, als er merkte, dass wir ihm nicht folgten.

»Was grinst ihr beide so unverschämt, habt ihr nichts Besseres zu tun, als hier miteinander herumzuturteln? Darf ich dich erinnern, werte Lucia, dass du erst sechzehn und weder verlobt noch verheiratet bist mit deinem Galan?!«

»Äh, Apollo …?« Mein Galan und ich konnten uns das Lachen in diesem Moment wirklich schwer verbeißen.

»Nein, ich will nichts hören! Meine Seelenqual ist euch gleichgültig! Während ich als letzten Trost nur die Ergüsse meiner geliebten Claudia in der Hand habe, turtelt ihr sinnenfroh miteinander herum!« Er holte die schon recht verknitterten Seiten hervor und stürzte wieder hinaus.

Aus dem *salotto* kam ein plumpsendes Geräusch.

»Hat er sich jetzt wieder auf den *divano* geschmissen?« Jannis verdrehte die Augen.

»Darauf kannst du wetten.« Ich seufzte und erhob mich, nicht ohne ihm vorher noch einen langen Kuss zu geben. »Sagen wir es ihm?«

»Sollten wir, bevor er noch ganz ausrastet!«

Doch es rastete jemand anderes aus, als wir hinüber in den *salotto* kamen, und zwar unten auf der *Fondamenta*.

»Verbrecher!«, schrie derjenige, »Diebe!« Man konnte es mühelos bis zu uns in den ersten Stock hören. »Sie haben mir etwas gestohlen, denn sie wollen, dass ich gar nicht hier bin, sie wollen mich daran hindern, geboren zu werden, aber nein, das werde ich nicht zulassen! Ich werde leben! Kommt raus! Zeigt euch, ich weiß, dass ihr da seid!«

Ich trat zögernd an eins der großen Fenster, und da sah ich ihn, Francesco, wen sonst? In seinem Beerdigungsanzug mit der schwarzen Krawatte rannte er am Ufer des Kanals auf und ab, ballte eine Faust und streckte sie drohend zu mir nach oben. Jannis stellte sich neben mich, und dann kam auch, schniefend und sich die Tränen abwischend, Apollo dazu.

»Da. Dort stehen sie, die Verbrecher!« Francesco sprang auf und ab. Sein gegeltes Haar lag schwarz glänzend am Kopf an, wie eine Badekappe aus Latex. »Sie wollen Böses, sie sind das Böse schlechthin, sie verdrehen die Zeit, sie wollen alles ändern! Helft mir, helft mir doch, sonst bringen sie mich um!«

Zwei Passanten blieben in gebührendem Abstand von ihm stehen und hörten seinem Geschrei zu, und nun erschienen auch Babbo aus dem Bistro und einige Gäste.

»Wenn der da oben lebt, werde ich sterben!« Francesco zeigte mit dem Finger auf uns, aber er meinte natürlich nur Apollo, seinen Vorfahren.

»Er nennt sich Apollo, doch mit wahrem Namen heißt er Ugo Giacomo Antonio Goldonini! Er wurde 1724 in Venedig geboren und ist ein Zeitreisender, ein Bilderspringer, ja genau, er tritt in Bilder ein und aus und geht durch die Zeit, klingt für euch unglaublich, ist es aber nicht, Leute! Wacht auf! Wacht endlich auf! Der da wird alles zerstören!«

Mein Vater ging auf Francesco zu, wir konnten nicht hören, was er sagte, doch seine Hände sprachen Bände. Beruhigen Sie sich, so beruhigen Sie sich bitte!

»Fass mich nicht an! Du steckst doch mit denen unter einer

Decke! Sie sind eingebrochen bei mir, haben sich den Zugang erschwindelt! Da, die da oben!«

Babbo schüttelte ungläubig den Kopf und sah zu uns hinauf. Wir zuckten synchron mit den Schultern. Keine Ahnung, was der hat, nie gesehen, den Typ!

»Und du? Du verteidigst die auch noch?!«, brüllte Francesco, er stand drohend wie ein Boxer vor meinem Vater.

Ein Boot der Carabinieri kam vorbei, es wurde langsamer, denn auch wenn sie nicht ahnen konnten, worum es ging, musste die Szene schon von Weitem nach Ärger aussehen. Das Boot legte an, zwei der Uniformierten sprangen an Land. Francesco sah sie, ballte die Fäuste und fing wieder an zu brüllen. »Ich muss ihn aufhalten! Er wird es tun! Er wird mich und meine Familie auslöschen! Indem er ›zurückspringt‹, wird er alles verändern, passt auf, das betrifft euch alle! Er wird hier alles verändern! Unser schönes Venedig, wie wir es kennen!«

Ein weiteres Boot kam den Kanal herauf, das Blaulicht flackerte tonlos. Eine Ambulanz. Das Boot verlangsamte seine Fahrt und wurde dann von den Carabinieri herbeigewunken.

Ich stieß Jannis an. »Wenn er weiter so rumtobt, lassen sie ihn vielleicht einweisen.«

»Beinahe tut er mir leid«, sagte Jannis. »Denn er hat ja recht. Es ist immer für jemanden tragisch, wenn man in das Schicksal eingreift.«

Die beiden Carabinieri nahmen Francesco in die Mitte und führten ihn zu ihrem Boot. Dort diskutierten sie offenbar mit dem in knallorangene Klamotten gekleideten Team der Ambulanz, bei wem Francesco besser aufgehoben wäre.

Babbo schaute zu uns hoch. Was will man machen?, sagte sein Blick. Über ihm hing eine kleine Wolke hellblauer Erleichterung, gemischt mit fliederfarbenem Mitleid. Ich winkte ihm fröhlich, er ging wieder in sein Bistro.

»Er scheint wirklich zu meinen, wir hätten ihm sein Bild gestohlen. Hat er vergessen, dass es umgekehrt war? Ist er denn schon so durcheinander, der unselige Spross?« Apollo wandte sich vom Fenster ab, er setzte sich auf sein geliebtes Sofa und stützte den Kopf in die Hände. Eine Minute lang sagte niemand etwas. Jannis und ich schauten uns an und grinsten. Sollen wir oder sollen wir nicht?

»*Va bene...*«, sagte ich schließlich.

»Was meint ihr mit *va bene,* ›nun gut‹, was soll das heißen?!« Apollo blickte auf. In seinen runden Augen Empörung. »Nichts ist gut! Und was soll das feiste Grinsen auf euren Gesichtern, ihr verliebten Vögel? Wollt ihr mich und mein wundes Herz noch weiter quälen?«

Verliebte Vögel? Ich presste meine Lippen zusammen, um ernst zu bleiben. »Niemand will dich quälen, Apollo. Während du neben dem Trauerzug entlangspaziert bist, haben wir... Ach, übrigens, warum hast du das eigentlich gemacht?«

»Nun, ich war nicht müßig und habe den tobenden Unhold da draußen seit dem Morgen heimlich verfolgt! Ich dachte, er würde mich zu dem Bild führen, dann kam das Geleit zum Todesacker dazwischen, doch ich ließ nicht von ihm ab. Er fühlte sich unbehaglich bei meinem überraschenden Anblick, oh gewiss, und das sollte er auch! Als sich die Angehörigen dann in die kleine Kapelle gequetscht haben, konnte ich meiner Familie die letzte Ehre erweisen.«

»Verstehe, aber als du dich tieftraurig an deinem eigenen, kleinen Gedenkstein aufgehalten hast, ist Francesco allerdings zurück zum *vaporetto*-Anleger gelaufen«, sagte ich.

»Woher wisst ihr das?!«

»Weil wir ihn gesehen haben. Wir waren auch da. *Stelldichein*, schon vergessen?«

»Nein, natürlich nicht.« Apollo rieb sich die Stirn. »Ich habe ihn aus den Augen verloren, das ist richtig! Ach je, und nun ist er in Gewahrsam genommen und wird uns nicht mehr zu dem Gemälde führen können.« Er warf sich wieder auf den *divano*, krümmte sich zusammen und verbarg sein Gesicht unter einem Kissen.

»Ihr werdet abreisen, alle beide, und ich werde einsam hier festsitzen in dieser zügellosen, verrückten Zeit!«, kam es dumpf darunter hervor.

»Apollo! He!« Jannis schaute mich an. Darf ich?, fragte sein Blick. Ja klar, sag es ihm endlich! Ich lächelte.

»Wir haben eine Überraschung für dich.« Jannis rüttelte sanft an Apollos Fuß. »Bestens versteckt, unter Lucias Bett!«

Apollo kam unter dem Kissen hervor und schaute auf, Tränen hingen an den langen Wimpern seiner Kulleraugen. »Nun, was werde ich da schon finden? Ich bezweifle, dass eine Überraschung mich zu trösten vermag …?«

»Nur eine Kleinigkeit. Schau sie dir am besten mal an!« Ich stieß Jannis in die Seite, und er griff nach meiner Hand, als wir Apollo in mein Zimmer folgten, um live an seinem Gefühlsausbruch teilnehmen zu können.

Er warf sich auf den Perserteppich vor mein Bett und schaute darunter. »Oh nein! Es ist verpackt – ist es das, was ich schon so lange erhoffe?« Er zog an dem Gemälde, Jannis half ihm dabei, es hervorzuziehen, und dann befreiten wir es gemeinsam von dem fürchterlichen rosa Laken.

Ich warf die mit purem Blau bemalte, lose Leinwand beiseite, die uns für einen Moment so übel geschockt hatte, und dann prangte da vor unseren Augen *Apollo und Diana*. Ein echter Tiepolo lehnte an meinem Bett!

»Es ist es! Es ist es! Das ist das Bild, dem ich Modell gestanden habe, seht ihr? Es ist ganz und wahrhaftig! Es ist wieder da!«

Ich zog die Vorhänge zurück, damit mehr Licht in mein Zimmer fiel und um das Werk zum ersten Mal richtig anschauen zu können. Es war grau, sehr grau, vermutlich im Laufe der Jahrhunderte verschmutzt und nachgedunkelt, doch die Figuren waren darunter noch einigermaßen sichtbar.

Apollo fiel auf die Knie und hob die Hände, als bete er sein eigenes Abbild an. »Ich bin gerettet! Ich darf zurückkehren, als glücklichster Mensch dieser Erde!« Er sprang wieder auf. »Lasst euch danken, liebe Freunde, und umarmen! Ja, es gehört zwar nicht zu meinen Gepflogenheiten, aber ich weiß, dass ihr das mögt, dass ihr jeden immerzu umarmt, Frauen und Männer und ... Ach, ich darf zurück! *Eviva!*«

Wir lachten und drückten ihn, Jannis und ich nutzten die Gelegenheit für einen Kuss, der von Apollo mit einem lauten Schnauben kommentiert wurde, doch dann hockten wir uns neben ihn und versenkten uns in das Bild. Minutenlang herrschte Stille, nur unterbrochen von Apollos glückseligem Schnaufen.

»Im Internet steht, Tiepolo hätte das Motiv als Fresco für die Villa Valmaran in der Nähe von Vincenza gemalt, und zwar erst 1759«, sagte Jannis irgendwann.

»1759? Wie denkt dieser Schreiber sich das? Wenn ich 1740 durch dieses Bild gesprungen bin?« Apollo schlug sich die Hand vor die Stirn. »Auch die werte Dame Lucia zweifelte zunächst an meinem Bericht ... Da habt ihr so viel Wissen angesammelt in euren Zauberkästchen, die ihr rund um die Uhr mit euch herumtragt, und kommt nicht auf die einfachste Lösung!«

»Erklär es ihm, Apollo.« Ich lehnte mich an Jannis' Schulter, ich war müde, aber so happy wie lange nicht mehr. Endlich wusste der Junge, den ich vom ersten Moment an so toll gefunden hatte, alles von mir!

»Dieses Gemälde hier vor euch war eine Probe, ein erster Versuch auf Leinwand, und es ist wunderbar geraten.« Apollo strich mit dem Zeigefinger zärtlich über die Abbildung seiner Brust. Ich sah es nicht, aber ich konnte förmlich spüren, wie Jannis wieder die Augen verdrehte.

»Mag sein, dass er meinen Körper und mein Antlitz in späteren Jahren noch weitere Male auf Fresken in Villen abgebildet hat«, fuhr Apollo fort. »Das war keine Seltenheit, das haben alle Maler gemacht, der Tiziano, der Tintoretto. Alle. Aber dieses hier, das war das erste Apollo-Abbild, wenn ihr doch nur die Farben sehen könntet, in denen es erstrahlte!« Wir nickten.

»Wir könnten morgen Abend schon versuchen, dich zurückzuschicken«, schlug Jannis vor. »Wenn Francesco noch immer bei der Polizei rumhängt und uns nicht dabei stören kann, umso besser!«

»Morgen Abend schon?!« Apollos Augenlider klappten auf halbmast, er sah plötzlich ängstlich aus.

»Nein, das ist zu überstürzt«, wandte ich ein. »Wir sollten das in Ruhe vorbereiten, müssen ja eine Nacht im Hotel buchen, unbedingt natürlich das Zimmer 114, was wenn das gar nicht frei ist? Wie kommen wir rein? Wieder mit dem Fernsehtechnikertrick?«

»Stimmt, du hast recht.« Jannis drückte meine Hand. »Und der Professor sollte auch dabei sein, er muss das Zimmer buchen, ein Erwachsener, der was von einer letzten Liebesnacht mit seiner verstorbenen Frau oder so erzählt – warum ist es sonst so wichtig, unbedingt Nummer 114 zu bekommen?«

»Werte Mitstreiter! Ohne euch hätte ich es nicht geschafft!« Apollo war aufgestanden und verbeugte sich tief vor uns. »Doch ich weiß immer noch nicht, wie ihr es erreichen konntet, dass sich das Bild jetzt wieder in meinem Besitz befindet!«

Wir erzählten ihm, was geschehen war, während er seinen Gedenkstein auf San Michele betrachtet hatte. »Bei deinem Anblick ratterte Francesco alles durch den Kopf, was wir über das Versteck wissen mussten, ja sogar die Zahlenkombination des Schlosses, mit dem er die Tür gesichert hatte!«

»Das heißt, die werte Dame Lucia beherrscht die Kunst des Gedankenlesens.« An Apollos Ton konnte man hören, dass ihn das nicht besonders zu überraschen schien.

»Ja, jedenfalls manchmal. Bei dir zum Beispiel nicht, und bei Jannis auch nicht.«

»Glück gehabt, Bro.« Jannis stupste Apollo in die Seite, der ihn daraufhin erstaunt anschaute.

»Ich weiß zwar nicht, wer Bro ist, dennoch erfüllt mich diese Nachricht mit Erleichterung.«

»Bei Francesco war es easy, ich muss ihn dafür aber sehen.« Ich winkte ab. »Und es klappt auch nicht immer.«

Apollo sah mich mit bewunderndem Nicken an. »Nein, nein, stell dein Licht nicht unter den Scheffel, du konntest mich von Anfang an in der Kammer wahrnehmen, du hast mich mithilfe eines Kusses vom Zustand eines Geistes in einen Menschen verwandelt!«

»›Mithilfe eines Kusses‹?«, flüsterte Jannis. »Dein Ernst?« War er eifersüchtig? Wie schön! »Nur auf die Hand, und das war schon *spooky* genug«, flüsterte ich zurück.

»Du bist eben etwas ganz Besonderes! Eine Zauberin!«, sagte Apollo.

»Ja, im Verzaubern bist du wirklich gut«, murmelte Jannis in mein Ohr, und ich spürte, dass ich vor lauter Glücksgefühlen rot wurde …

»Ihr turtelt hier herum, ständig und immer wieder, wie zwei Tauben! Es ist ja nicht zum Aushalten mit euch!« Apollos Nase kräuselte sich, als ob etwas nicht besonders gut Riechendes darunter klebte. »Dabei verlangt es doch gerade jetzt all unsere Aufmerksamkeit, meine Rückkehr gewissenhaft zu planen!«

»Sorry, Apollo, du hast recht«, sagte ich, und wieder wurde ich rot, diesmal weil ich verlegen war.

»Und deswegen musst du dem Professor durch dein Zauberkästchen Bescheid geben!«

»Moment«, sagte ich. »Wir sollten ihn jetzt nur herbestellen, wenn wir wirklich sicher sind, dass er dasselbe vorhat wie wir!«

»Er wird jubeln und uns tatkräftig zur Seite stehen!«, sagte Apollo.

»Bestimmt! Aber was für Absichten hat er wirklich? Jannis, ist dir aufgefallen, dass der Mann, der ihn gestern bei der *Ponte San Barnaba* erkannt hat, höchstwahrscheinlich Maler war?« Ich erzählte Apollo von meinen Beobachtungen.

»Du meinst, der Auftrag …« Jannis sah mich fragend an.

»Ich glaube, der Mann hat nicht den Kühlschrank repariert, sondern ein Porträt von Monsieur Creuset angefertigt.«

»Vielleicht will er selbst springen?«, sagte Jannis. »Vielleicht wird er darauf bestehen, das Buch an sich zu nehmen und für immer vor der Welt zu verstecken, und es dann doch nicht tun. Apollo, hast du ihm nicht sogar noch vorgeschlagen, dass er es zerstören soll?«

»Ja, ich war mir damals sicher. So verloren zu sein, so ohne Hoffnung dahinzuschmachten, wie ich es hier in eurer Zeit getan habe, das soll niemand mehr erleiden müssen! Aber nun ... ich weiß nicht mehr, was mit dem Buch geschehen soll.«

Jannis und ich schauten uns an. Dann fragte er mich auf Deutsch: »Ist dir klar, was das für Konsequenzen hat, wenn er wieder zurückkehrt?«

Ich nickte. »Ja, alles wird sich ändern, wenn nicht Cousin Carlo, sondern Apollo mit seiner Claudia eine Familie gründet. Sie werden vermutlich nicht aus dem Palazzo ausziehen, deine Architekten-Kollegen werden den kleineren Palazzo auf der anderen Seite des *Canal Grande* nicht umbauen, denn es gibt dort keinen Francesco, der auf schnelleres Internet besteht, wir werden uns nicht kennenlernen!«

»Aber wir werden doch beide in Venedig sein?« Jannis legte seine Stirn in Falten. »Nur weil ein gewisser Ugo Giacomo Antonio Goldonini irgendwann Mitte des achtzehnten Jahrhunderts seine Claudia heiratet, krempelt das doch nicht unser ganzes Leben um, oder?«

»Ich bin mir nicht sicher. In Filmen kapiere ich das auch immer nicht so ganz, das mit diesem Zeitparadoxon ...« Ich ging ein paar Schritte hin und her, um besser nachdenken zu können. »Wenn er sie heiratet, schreibt sie mit vierunddreißig Jahren natürlich nicht jenen Brief, mit den vielen Infos über das Bilderspringen, den Professor Creuset dann auch nicht in einem alten Buch finden kann, er ist also nicht dabei, wenn wir … ach, siehst du, keine Ahnung!«

»Ihr redet in eurer Sprache, doch ich höre meinen Namen und den meiner geliebten Claudia«, unterbrach Apollo uns. »Lasst mich bitte teilhaben – um was geht es?«

Wir erklärten es ihm.

»Natürlich wird alles anders werden! Ich werde dem Dogenrat dringend einige Dinge zu bedenken geben! Es muss ein Erlass geschaffen werden, der das Fällen von Bäumen unter schwere Strafe stellt, es dürfen keine Gärten zugebaut werden! Alle Gebäude müssen zu dem Zwecke genutzt werden, zu welchem sie angelegt worden sind! Keine Hotels in den Palazzi, die Familien müssen dort wohnen bleiben! Und keine Kaufhallen! Wundervolle Gebäude mit ihren Fresken und Erkern haben sie zu riesigen Markthallen gemacht, was für ein Frevel! Ich werde das alles verbieten lassen, wenn es in meiner Macht steht!«

»Ob du diese Entwicklungen wirklich verhindern kannst?« Ich zuckte mit den Schultern. »Sei auf jeden Fall vorsichtig, was du wem in deiner Zeit erzählst. Die halten dich garantiert für verrückt, wenn du auch nur kleinste Kleinigkeiten von heute erwähnst!«

»Das kann sein, werte Dame, doch wenn ich etwas zu ändern vermag, werde ich das tun! Und das sind zahlreiche Dinge.« Er nahm sich einen Zettel und notierte sich etwas. »*Nicht so viele Besucher in die Stadt lassen …*«, hörten wir ihn murmeln.

»Und wir?« Ich seufzte, und Jannis umarmte mich tröstend. So blieben wir stehen, bis Apollo verwundert aufschaute.

»Nun steht da nicht so leidvoll herum! Seid lieber heiter mit mir! Ich kehre nach Hause zurück, endlich! Im Sommer bin ich in das Bild gestiegen, nun ist es fast Winter!«

»Ja, das ist toll, und wir freuen uns ja auch für dich, aber wir befürchten, dass wir uns nicht mehr an dich erinnern können, nachdem du zurückgekehrt bist.«

»Wollt ihr das denn überhaupt?«

Nun lachten wir beide verlegen, und Jannis ließ mich los. »Vielleicht findest du ja noch einen Abschnitt in dem Buch, wo erklärt wird, wie die Menschen, denen du als Bilderspringer begegnet bist, ihr Gedächtnis nicht verlieren«, sagte er.

»Wie meinst du das?«

»Wir – wollen – uns – an – dich – noch – erinnern – können!«, sagte ich und betonte jedes Wort.

»Und an uns!«, ergänzte Jannis. »Wäre irgendwie doof, noch mal ganz von vorne anzufangen.« Wir hatten uns an den Händen gefasst und schlenkerten damit herum. »Es war schwierig genug.« Er fasste mich unter das Kinn, küsste mich dann aber nur auf die Stirn. Wir lachten.

»*Ancora! Sempre a tubare come due piccioni!*«, rief er. Aber seine Empörung über uns, die angeblich ununterbrochen wie zwei Tauben herumturtelten, war diesmal nur gespielt. »Warum sagt ihr das nicht sofort? Ihr müsst nur ein Schlückchen des Trankes zur gleichen Zeit genießen, da ich ihn zu mir nehme, und schon seid ihr vor dem Vergessen gefeit, so sagt das Buch. Habe ich das nicht erzählt?«

»Nein!«, riefen wir gleichzeitig.

»Und auf das Buch ist Verlass?«, fragte ich nach.

Er hob die Hände mit den Handflächen nach oben. »Das weiß nur der Himmel!«

»Ein Schlückchen des Tranks? Ich tu's!«, sagte Jannis. »Ich tu's auf jeden Fall!«

»Ich ... äh, auch«, sagte ich gedehnt, denn ich hatte den furchtbaren Gestank des Tranks noch intensiv in der Nase. Aber um Jannis nicht zu vergessen, würde ich natürlich noch ganz andere Dinge machen ...

»Ich hinterlasse euch eine kleine Nachricht, unter einer Brücke in den Stein geritzt, am besten unter der *Ponte Chiodo*, hier im *sestiere*, die einzige Brücke, die in eurer Zeit immer noch kein Geländer hat. Ja, bei uns hat kaum eine Brücke ein Geländer, und alle Nase lang fällt jemand ins Wasser. Ihr werdet die Nachricht erkennen, liebe Freunde, ganz gewiss, das werdet ihr!«

»Und wenn das mit dem Trank nicht klappt und wir uns nicht erinnern können, dort nachzuschauen?«

»Schreibt es euch auf ein großes Blatt von Papier oder in eure Zauberkästchen!«

Jannis und ich schüttelten den Kopf. Auch dort würden die Einträge verschwunden sein ... Der Trank war unsere einzige Hoffnung.

Ich holte tief Luft: »Okay! Was machen wir als Erstes?!«

18. KAPITEL

Professor Creuset kam die Treppe hoch und in den *salotto* gestürmt: »Ihr lieben jungen Leute! Was für Nachrichten! Kann ich es sehen?!« Er trug einen hellblauen Schal, der wie ein fröhlicher Farbklecks auf seinem ansonsten grauen Outfit leuchtete, dazu ein breites Lächeln auf den Lippen. Sogar seine Zähne schienen nicht mehr so grau bemoost zu sein.

Einen Moment später standen wir noch einmal andächtig vor dem Gemälde in meinem Zimmer, eine Minute und noch ein paar Sekunden mehr, bis Jannis den Rahmen ergriff und die Rückseite studierte. »Hier ist ein dünnes Drahtseil gespannt, sehr stabil, das ist gut, das können wir über jeden Nagel oder Haken werfen, mit dem im Zimmer 114 das jetzige Bild befestigt ist.«

Ich schaute den Professor nachdenklich an. Was hatte er vor? Sagte er die Wahrheit? Keine Ahnung, seine Gedanken waren nicht von der kleinsten Farbwolke umhüllt. Aber das war zunächst egal, erst einmal brauchten wir ihn.

»Professor, Sie müssen jetzt so schnell wie möglich im Hotel anrufen«, sagte ich. »Hoffen wir, dass das Zimmer für die nächsten Nächte nicht belegt ist!«

Während der Professor die Nummer in sein Handy tippte, presste ich die Fäuste zusammen und starrte ihn gebannt an, als er seinen Namen nannte, es musste einfach klappen! Doch da schüttelte er schon den Kopf. »Ausgebucht, sagen

Sie? Auch über Weihnachten, jaja, verstehe. Nein. Was sagen Sie, im nächsten Frühjahr? Danke, aber das ist zu spät!«

Verdammt! Wir konnten doch nicht ein Vierteljahr warten!

»Wie bitte, heute Nacht?!« Seine Stimme klang fassungslos. »Noch frei …? Einzige Möglichkeit?«

Wir nickten alle wie wild!

»Gut, heute Nacht ist besser als keine Nacht! Bis achtzehn Uhr einchecken, sonst könnte es sein, dass das Zimmer vergeben wird? *Bon*, reservieren Sie es mir, ich komme auf jeden Fall! 236,– Euro, ohne Frühstück? Wunderbar, ich nehme Ihr freundliches Angebot an!«

Mit einem Seufzer legte er auf. »Kinder, ihr habt es gehört, nun haben wir es ein wenig eilig …«

»Ganz schön teuer, dein Elternhaus!«, sagte Jannis lachend zu Apollo, doch der kniete längst wieder in Tränen aufgelöst vor dem Bild. »Ich kehre zurück! Heute schon! In mein teures, geliebtes Elternhaus!«

Wir schauten uns über seinen blonden Lockenkopf hinweg an und gingen leise hinüber in den *salotto*. Mit seiner Hilfe konnten wir nicht rechnen, wir würden alles selbst planen müssen.

»Wie bringen wir das große Gemälde ungesehen ins Hotel?«, fragte Jannis. »Das *Easy-WIFI*-Team wird man an der Rezeption nicht akzeptieren, wenn wir nicht angemeldet sind. Und in solchen Hotels gibt es meistens auch einen Sicherheitsdienst, der dich abcheckt, wenn du riesige Sachen in dein Zimmer mitnehmen willst.«

Wir schwiegen, bis der Professor den Kopf hob: »Wer sagt denn, dass wir es ungesehen hineinbringen müssen? Im Gegenteil, ich werde laut verkünden, dass ich meine drei Kinder und ein Gemälde mitführe, um die leibliche Mutter dieser Kinder in all ihrer Pracht an diesem Gedenktag bei uns zu haben. Dann können sie an der Rezeption das Bild anschauen, natürlich verpacken wir es, um es zu schützen, wir brauchen keinen Sicherheitsdienst, alles ganz transparent und offen!«

»Und deine Kinder, das sind dann ...« Jannis schaute ihn kopfschüttelnd an.

»Das seid ihr, natürlich. Drei Stück an der Zahl!«

»Wir können da doch nicht ankommen und verlangen, zu viert in einem Doppelzimmer zu übernachten!«, warf ich ein.

»Nein, ihr tragt zusammen mit großem Trara das Bild ins Zimmer und geht damit dann später wieder hinaus, meldet euch an der Rezeption sogar mit einem kleinen Gruß wieder ab.«

»Bis auf Apollo, der bleibt für immer ...«, sagte Jannis.

Der Professor nickte. »Hoffen wir es!«

»Gut, dass ich seine Sachen schon in der ersten Woche in die Reinigung gebracht habe«, sagte ich. »Jetzt kehrt er mit wohlriechenden Klamotten ins achtzehnte Jahrhundert zurück.«

»Wir brauchen Packpapier, um das Bild sauber darin einzuschlagen, wir brauchen das Buch, und wir brauchen natürlich die Flasche mit dem Trank!« Jannis zählte die Dinge an seinen Händen auf.

»Und ein Übernachtungsköfferchen für Sie, Professor!«, fügte ich hinzu, obwohl ich lieber mit Jannis die Nacht in dem Zimmer verbracht hätte. »Wann müssen wir spätestens da sein, damit die das Zimmer nicht weggeben?«, fragte ich.

Monsieur Creuset schaute auf seine Armbanduhr. »Uns bleibt noch eine Stunde!«

Den Rest der Zeit brachten wir damit zu, loszurennen und große, schwarze Mülltüten statt Packpapier zu kaufen, denn es hatte zu nieseln begonnen. Wir mussten das Bild darin wasserdicht einschlagen, und auch den Trank, das Ananas-Buch sowie Apollos Klamotten und seine Schnallenschuhe aus dem achtzehnten Jahrhundert mussten wir irgendwie zusammenpacken.

»Brauchen wir Tarnnamen, soll ich mich wieder als Junge verkleiden?« Ich spürte an meinen zittrigen Beinen, wie nervös ich war.

»Nein, warum? Wir gehen als Lucia, Jannis, Ugo. Sonst kommt der Professor vielleicht durcheinander. Wir sind die, die wir sind. Nur Geschwister eben!« Jannis lachte und fing mich mit seinen Armen ein, als ich das Tischchen vor dem Sofa zum fünften Mal umkreisen wollte. »Obwohl ich dich als Daniele schon auch ganz süß fand!«

»Marco hatte also einen *crush* auf Daniele?«

Jannis zuckte mit den Schultern. »Könnte sein.« Er drückte mich an sich.

»Das hat er sich jedenfalls nicht anmerken lassen!« Ich lächelte, plötzlich gar nicht mehr nervös, sondern total glücklich.

»Außerdem stemmt Marco nur Menschen hoch, die er wirklich mag! Allein daran hättest du es schon merken können.«

»Ach, wirklich? Interessant!«

Wir küssten uns, bis der Professor uns ermahnte. »Kinder, wir müssen los, ist jeder bereit? Was ist mit unserem Bilderspringer?«

»Der hat sich endlich was angezogen, worin er nicht ganz so seltsam aussieht, und verabschiedet sich gerade unten im Laden bei meinem Vater und Amanda«, antwortete ich.

»Er wird ihnen erzählen, dass heute Nachmittag die große Theaterprüfung stattfindet und er danach erst mal nach Hause fährt. Wo immer das auch ist.« Jannis verzog nachdenklich die Stirn. »Denkt mal drüber nach – er landet im selben Zimmer, nur 285 Jahre früher. Immer noch unglaublich, oder?«

»Ich glaube, das war früher kein Zimmer, sondern einfach nur ein riesiger Flur«, sagte ich.

»Wir werden sehen, wir werden als Augenzeugen dabei sein und schauen, ob es funktioniert!« Der Professor zupfte seinen hellblauen Schal zurecht. »Kann ich so gehen? Nehmt ihr mich so mit, liebe Kinder?«

»Aber ja!« Ich warf Jannis einen Blick zu. Sollten wir verhindern, dass der Professor das Buch an sich nahm, es selber für eine Zeitreise benutzte oder vielleicht sogar zerstörte, sobald Apollo gesprungen war? Und wollten wir ihn auch einen Schluck des Trankes nehmen lassen, damit er nicht alles vergaß? Darüber mussten wir unbedingt noch reden! Jannis wusste offenbar, was ich dachte.

»Ein Schritt nach dem anderen. Hast du die Sackkarre von Cosimo bekommen?«

Ich nickte. Die Reifen waren zwar etwas schlapp, doch wir würden das Bild damit bequem zum Anleger und dann auch direkt in das Hotel rollen können. »Er hat nicht einmal gefragt, was ich damit will, so durcheinander und wütend war er wegen des Briefes.« Cosimo hatte an diesem Morgen einen Brief von der Stadt Venedig bekommen, in dem stand, dass er eine hohe Steuersumme zahlen sollte.

»Darum kümmern wir uns später, wenn wir ihm das Bild zurückbringen! Jetzt müssen wir los!«

Draußen regnete es nun in Strömen. Apollo hielt den Schirm für Jannis, der die Sackkarre schob. Ich hielt wiederum einen Schirm über Apollo und mich, der Professor ging allein unter seinem grauen Schirm und warf unserer kleinen Prozession ab und zu einen zufriedenen Blick zu. »Einen Vorteil hat dieses Sauwetter ja«, sagte er. »Kaum jemand auf der Straße!«

Wir kamen ohne Zwischenfälle vor dem Hotel an. »Ich bin bald zurück!« Apollos Stimme war nur noch ein Hauch. »Mama, Papa, ich sehe euch doch noch einmal wieder!« Ich warf ihm einen strengen Blick zu. Bitte hier noch keine Gefühlsausbrüche, heb dir das auf für später!

Der Page kam unter seiner tropfenden Markise hervor und hielt uns mit einem Nicken die Tür auf. Wir klappten die Schirme zusammen und rollten mit dem schwarz verpackten Bild in die Halle.

»Ich bin Professor Creuset, ich habe das Zimmer 114 reserviert!«

»Herzlich willkommen, Professore! Wenn Sie sich bitte hier eintragen würden.«

Die Rezeptionistin warf uns einen langen Blick zu, der Professor drehte sich um. »Ach, das sind nur meine Kinder, sagt Guten Abend, Kinder!«

Wir stießen uns an, doch wir sagten artig *buonasera*. Apollo machte natürlich noch eine Verbeugung.

»Sie bringen das Bildnis ihrer geliebten Mutter, meiner viel zu früh verstorbenen Gattin, mit. Unser Gedenktag, wissen Sie, ein sehr trauriger Anlass, den ich später alleine im Zimmer ausklingen lassen werde ... Wollen Sie einen Blick darauf werfen? Keine Angst, die jungen Menschen bleiben nicht über Nacht!«

Die Rezeptionistin lächelte. »Kein Problem. Wenn ich jetzt Ihre Kreditkarte haben dürfte?«

Als wir vor Zimmer 114 standen, konnte ich mein Herz in meinem Hals klopfen hören. Apollo würde springen, wir würden das Zimmer und das Hotel ohne ihn verlassen ... Und wenn es nicht klappte? *Oh Dio*, ich durfte nicht daran denken!

Das Zimmer war genau so, wie Apollo es uns beschrieben hatte. Ein protziges Queensizebett, mit drapierten Vorhängen zu beiden Seiten des Kopfendes. Zwei hohe Fenster auf den Kanal hinaus, mit ebensolchen Vorhängen. Ein Schreibtisch, ein moderner Fernsehbildschirm, und da, an der Wand gegenüber, hing zwischen zwei halbrunden Säulen eine Ansicht von Venedig.

»Dort muss es wieder hin!« Apollo fegte durch das Zimmer und drehte sich wie wild im Kreis. »Ach, ich erkenne alles wieder!« Er rannte ins Badezimmer. »Hier, in dieser Wanne mit den goldenen Hähnen, habe ich die Nacht verbracht!«

Während Jannis und ich das Gemälde vorsichtig von den schwarzen Plastikbahnen befreiten, in die wir die Mülltüten geschnitten hatten, nahm der Professor die Reisetasche und reihte alle Gegenstände akkurat auf dem Schreibtisch auf.

»Zeit, sich umzuziehen!« Ich brachte die Kleidung zu Apollo ins Bad, wo er auf dem breiten Wannenrand aus Marmor hockte: das Hemd mit den langen Ärmeln, die Brokatjacke aus grünem Stoff, die knielange Hose, die weißen Strümpfe, die Schuhe mit den goldenen Schnallen.

»Oh, wie fremd riechend und doch wie vertraut!« Apollo presste sich das frisch gebügelte Hemd vor Mund und Nase und sah mich an. Seine Augäpfel verschwanden fast vollständig unter den Lidern, wie immer, wenn er traurig oder bedrückt war.

»Weißt du noch, genau so, in dem Outfit, habe ich dich kennengelernt.«

»In der Kammer! Himmel, wie verzweifelt ich war!«

Ich nickte und setzte mich zu ihm. »Wann sollen Jannis und ich den Trank zu uns nehmen?«, flüsterte ich. »Wir haben beschlossen, dass es besser ist, wenn der Professor sich nicht an die Bilderspringerkunst erinnert!«

Apollo kicherte, Mund und Nase noch immer hinter dem Hemd verborgen. »Da gebe ich euch recht. Um ehrlich zu sein, habe ich auch nicht mehr vor, ihm das Buch und den Trank zu überlassen, es ist richtig und angemessen, dass alles mit mir nach Hause zurückkehrt.«

Ich nickte. »Aber du wirst nicht mehr ›springen‹ und es auch keinem Menschen empfehlen, oder?«

Apollo wog grinsend den Kopf. »Wohl kaum. Und empfehlen würde ich es allenfalls meinem besten Feinde.«

»Das würdest du tun?«

»Nein, oder wenn, dann nur im äußersten Notfall, werte Dame, und nun hole heimlich den Trank her, dann trinkst du ein Schlückchen und schickst mir deinen Liebsten herein, auf dass er dasselbe tut. So schöpft der Professor nicht Verdacht.«

Ich sollte zuerst trinken? Ich schauderte, und mein Magen zog sich mit einem kleinen Krampf zusammen. »Warum dürfen wir nicht zusehen, wenn du in das Bild steigst? Musst du ununterbrochen an das Jahr denken, in das du reisen willst? Wird dir währenddessen schwindelig?«

»So viele Fragen auf einen Schlag, meine Liebe! Man könnte meinen, du hättest vor, selbst zu springen …« Apollo stand auf und streifte sich den Pullover über den Kopf, dann das T-Shirt. »Bei meinen letzten Sprüngen waren weder der Meister Tiepolo noch der Trankbrauer dabei, sie hatten sich in den weiten Flur zurückgezogen, damit sie mich nicht sahen, während ich vor dem Gemälde stand.« Sein Oberkörper war jetzt nackt, er griff nach dem weißen Leinenhemd. »Ihr werdet alle drei hier herinnen die Geschehnisse abwarten, sodass es mir möglich ist, zu der Flasche mit dem Trank auch das Buch mit mir zu schmuggeln.« Er schaute mich mit weit aufgerissenen Augen an. »Oje! Hast du an den Beutel gedacht?!«

»Natürlich!«

Apollo schlug sich erleichtert an die Brust, als ich ihm den Jutebeutel zeigte, den ich für ihn besorgt hatte.

»Ich falte ihn klein zusammen und lege ihn auf den Tisch, wo das Buch jetzt liegt. War schwierig, einen zum Umhängen und ganz ohne Aufdruck zu finden! Aber ich dachte, wir könnten dich schlecht mit Sprüchen wie *I love Venice* oder *Holy Aperoly* zurück nach 1740 schicken.«

»Holi aperoli – was besagt das?«

»Ach, das sind so Sprüche auf Englisch.« Ich seufzte und sah noch, wie er in die Kniebundhose stieg, bevor ich ins Zimmer huschte. Jannis und der Professor waren immer noch mit dem Bild beschäftigt.

»Es hängt schief, sehen Sie das denn nicht?«

»Auf keinen Fall!«

Ganz nebenbei legte ich den Stoffbeutel ab, nahm heimlich den Trank an mich und kehrte wieder ins Bad zurück. Ich betrachtete die Flasche, traute mich aber nicht, den Korken zu ziehen. »Einen Schluck, sagst du?«

»Aber ja, denk immer daran, es ist ein Zauber-, ein Wundermittel, dafür ist der Geschmack gar nicht so schlimm. Wie ein Mundvoll Wasser, den man schluckt, wenn man von einer Brücke gefallen ist, in sommerlicher Hitze bei Ebbe, und die Wellen, die man verursacht hat, von unten ganz sanft an den Fundamenten der Häuser nagen.« Apollo schloss leise die Tür und lehnte sich dagegen, damit der Professor uns nicht überraschen konnte.

Während ich die Flasche entkorkte, hielt ich die Luft an, die sommerlichen Kanäle von 1740 konnte ich dennoch riechen, wer wusste schon, was damals so alles im Wasser trieb ... Ich stellte mir Jannis vor, wie ich mit ihm an einer *Fondamenta* entlangschlenderte, wie ich in seinen Armen lag, wie wir lachten und uns küssten. All das wollte ich auch morgen noch mit ihm genießen – und auf keinen Fall vergessen haben.

Für ihn! Ich setzte die Flasche an und würgte einen Schluck hinunter, mit immer noch angehaltenem Atem stürzte ich dann zum goldenen Wasserhahn und spülte mir den Mund aus. Puuuh. Einfach widerlich! Ich entdeckte ein Tübchen Zahnpasta und verzehrte mit Appetit mindestens die Hälfte davon, dann erst ging ich hinüber und stellte mich hinter Jannis. »Wenn du mal was wirklich Köstliches trinken willst, musst du jetzt ins Bad gehen«, flüsterte ich in sein Ohr. »Ich lenke den Professor ab!«

Er verstand sofort. »Schlimm oder sehr schlimm?«

»Halt dir die Nase zu! Danach gibt's köstliche Zahnpasta! Ich habe dir was übrig gelassen.«

Ein paar Minuten später war es so weit. Das Bild hing akkurat ausgerichtet zwischen den Säulen, Apollo sah mit seiner Brokatjacke und den Schnallenschuhen wieder aus, als ob er frisch dem achtzehnten Jahrhundert entstiegen war, es wurde Zeit, wir mussten uns verabschieden.

»Alles, alles Gute, lieber Apollo. Ich werde dich nie vergessen!« Ich grinste ihn an und streckte die Arme aus. Traurig und gleichzeitig froh für ihn. »Hoffe ich jedenfalls!«

»Oh, das hoffe ich auch, und legt Blumen an mein Grab und an das von meiner Claudia und meiner Kinder!« Er ließ sich zu einer kurzen Umarmung hinreißen.

»Sonst noch was?«, murmelte Jannis. Doch auch er drückte Apollo an sich und schlug ihm auf die Schulter. »Gib dir Mühe, *ragazzo*! Wir werden bald sehen, was du mit Venedig angestellt hast!«

»Und du, gefährde nicht die Ehre und Tugend der werten Dame Lucia, meiner lieb gewonnenen Freundin!«

»Keine Angst!« Jannis lächelte und griff nach meiner Hand.

Der Professor verabschiedete sich sehr förmlich mit Handschlag. »Mein lieber Ugo, wie du weißt, werde ich ein großes Opfer bringen! Ich werde meine Studien über die Bilderspringerkunst nicht weiterverbreiten und deren gefährliche Indizien, das Buch und den Trank, sofort vernichten, wie versprochen, mein Guter! Damit kein Missbrauch mehr getrieben werden kann, keine unliebsamen Eingriffe in den Lauf der Geschichte!«

Jannis und ich wechselten unbemerkt einen wissenden Blick: Uns konnte der Professor nicht so leicht täuschen! Alle Studien aufgeben, alle Beweise vernichten, aber dann noch schnell ein Bild von sich malen lassen? Schulterzuckend gab ich Apollo ein kleines Abschiedsküsschen auf die Wange, was er gnädig stillhaltend entgegennahm, danach zogen wir uns zu dritt ins Bad zurück, um die Mission bloß nicht zu gefährden. Apollo musste sich jetzt konzentrieren, einen Schluck von dem Ekel-Trank nehmen, in das Bild hinein-

und als Ugo Giacomo Antonio Goldonini im richtigen Jahr wieder hinaussteigen.

»Was da eben alles zum Abschied gesagt wurde, war ja lieb und nett«, flüsterte der Professor, während er sich im Spiegel betrachtete, er schien sein Ziegenbärtchen zu vermissen, denn er rieb an seinem glatten Kinn. »Aber ihr wisst schon, dass wir uns spätestens morgen nicht mehr an die Dinge erinnern werden? Das heißt, wir werden uns ganz neu mit dem Buch und dem Trank beschäftigen müssen!«

»Nicht wir, sondern Sie!«, sagte Jannis. »*Sie* werden sich damit beschäftigen müssen!«

Monsieur Creuset rieb sich die Hände und wisperte: »Wie gut, dass ich die Stellen unterstrichen und mit kleinen bunten Papierchen gekennzeichnet habe, auf denen meine Anmerkungen stehen!«

Wir schauten ihn erstaunt an.

»Nun ja, bevor ich alles vernichte, sollte ich vielleicht noch einen Blick hineinwerfen.« Er knetete nervös seine schmalen Hände.

»Schon gut, Professor«, Jannis winkte ab, »*uns* interessiert die Kunst des Bilderspringens nicht so sehr.«

»Ich weiß, ihr interessiert euch nur für euch. Nun ja, ihr Lieben, so ist das nun mal mit der Jugend, aber ob ihr euch denn hier zufällig wieder trefft, möchte ich bezweifeln, es tut mir leid!«

»Psst!«, sagte ich. »Wir wollen Apollo nicht stören!«

Andächtig warteten wir ein paar Minuten. »Ich hätte schon gerne gesehen, wie er das macht«, sagte der Professor leise, »sich da mit aller Kraft in das Bild hineinzuziehen.«

»Ich auch!«, sagten Jannis und ich zugleich. Endlich öffneten wir die Tür, liefen in das Zimmer und schauten uns um. Kein Apollo mehr zu sehen. Er hatte es tatsächlich geschafft! Ich ging zu dem Gemälde und berührte den Rahmen leicht. »Bist du gut da drüben angekommen?«, wisperte ich und zog schon mal voller Vorahnung die Schultern hoch, und richtig, da kam er, der Schrei des Professors.

»Aber wo ist es denn, das Buch?! Und der Trank? Die große Flasche, das schwere Exemplar, das kann er doch nicht mitgenommen haben!! Er muss doch ...« Der Professor suchte unter dem Schreibtisch und hinter den bodenlangen Vorhängen, er zerwühlte das Bett und schaute in den Kleiderschrank, doch viele Möglichkeiten gab es nicht. Schließlich saß er regungslos auf dem breiten Bett. »Er muss doch die Hände frei haben, hat er gesagt!«

Jannis sah ihn an. »Ich glaube, er hat Sie reingelegt, Professor, kann das sein?«

»Er hat es mir versprochen, aber ach, was gilt ein Versprechen denn heute noch? Wahrscheinlich so wenig wie schon vor 285 Jahren ...«

»Vielleicht war er sich nicht ganz sicher, wie edel Ihre Absichten waren?« Ich sah, dass sich eine große Wolke über seinem Kopf niedergelassen hatte. Die Farben von dunklem Königsblau für Ärger und Empörung mischten sich mit neongrünem Ehrgeiz. Hatten wir es doch richtig vermutet, er hatte nie vorgehabt, das Buch zu vernichten, er hatte ein Porträt von sich anfertigen lassen und selber springen wollen. Irgendwie mochte ich ihn, aber ich mochte es nicht, angelogen zu werden.

»Nehmen wir das Bild wieder herunter?«, fragte ich Jannis. Ich wollte so schnell wie möglich weg von dem Professor, der jetzt aufgestanden war und erneut nach Buch und Trank zu suchen begann. Noch wusste ich alles, was passiert war, doch würde es wirklich so bleiben?

Jannis und ich machten uns an die Arbeit, das Bild war schnell abgehängt und verpackt. Der Abschied war kurz. »Wir sehen uns morgen, Professor, wenn Sie wollen, schauen Sie doch im *Boccadoro* vorbei!« Falls Sie sich erinnern ...

»Das werde ich, das werde ich bestimmt, es ist immer schmerzvoll, wenn ein Projekt beendet ist und einem das nächste wegbricht, dem man mit wissenschaftlichem Interesse und Leidenschaft entgegengeschaut hat ...« Seine Augen flackerten unruhig, und ohne dass ich es wollte, konnte ich seine Gedanken lesen. *Nun haut schon ab! Meine Güte, es hat nicht sollen sein, dabei wäre ich doch so gerne ... Was für einen Aufschrei es in der Fachwelt gegeben hätte, wenn ich meinen Zeit- und Bildersprung hätte beweisen können, es ist doch schon alles vorbereitet, das Porträt war teuer, und es sieht noch nicht mal gut aus und gleicht mir nicht im Entferntesten ...*

»Da wäre noch etwas ...« Nachdem ich seine Gedanken gehört hatte, sprach ich nun doch aus, was mir bis eben noch unangenehm gewesen war.

»Ja?«

»Das restliche Geld, von den Tausend, die wir nicht für Zutaten und Kostüme ausgegeben haben.«

»Genau 821 Euro müssten das noch sein!« Jannis hatte sein Heft herausgeholt. »Und 70 Cent. Davon gehen ja noch 236 Euro für die Übernachtung ab.«

»Wie wäre es, wenn wir den Rest durch drei teilen?«, schlug ich vor. »Apollo hätte das Geld ja nicht mitnehmen können, ihm wäre es bestimmt recht.«

»Macht genau 195,23 Euro für jeden!«, verkündete Jannis an meiner Seite.

»Nun ja, natürlich, das hätte ich ja beinahe vergessen!« Mit leicht säuerlichem Gesicht teilte der Professor die Scheine aus.

Kurze Zeit später verließen Jannis und ich samt Sackkarre und Gemälde das Zimmer. Wir winkten den beiden Rezeptionistinnen zu. »Wir nehmen es wieder mit!«, rief Jannis.

»In Ordnung! Hatten Sie eine schöne Feier?«

Wir zeigten beide den erhobenen Daumen und spazierten lässig aus dem Hotel. Vor dem Eingang blieb ich stehen. »Ich bin sooo gespannt, was passiert, wenn wir morgen aufwachen! Vielleicht ist ganz Venedig ja rosa angemalt …?«

»Das wäre dann aus einem Film geklaut.« Jannis lachte.

»Egal. Ich weiß nur eins: Es wäre echt blöd, dich nicht mehr zu kennen, so wie ich dich jetzt kenne …« Ich umarmte ihn, wobei uns die Sackkarre etwas im Weg war.

»Dann lass uns wenigstens die Nacht gemeinsam verbringen«, sagte Jannis, bevor er mich küsste. »Falls wir dann morgen getrennt aufwachen, weil der Trank nicht gewirkt hat, ist das schlimm genug, aber immerhin waren wir noch zusammen!«, sagte er, als wir aus dem Kuss wieder auftauchten.

»Eine Nacht, an die wir uns dann aber auch nicht erinnern würden …«

Jannis zuckte mit den Schultern. »Das kann passieren. Aber ich will heute keine Minute ohne dich sein. Nicht, wenn es vielleicht unser letzter Tag ist!«

Wir brachten das Gemälde an den Anleger und nahmen das *vaporetto* zurück. Schon von Weitem sahen wir, dass in Cosimos Laden kein Licht brannte, und als wir an der Tür rüttelten, war sie verschlossen.

»*Oh Dio!* Schau mal.« Ich hatte ein handgemaltes Schild im Schaufenster entdeckt, auf dem Cosimo in Italienisch und auf Englisch verkündete, dass er den Laden aufgeben werde. Und er versprach einen *big discount*, viele Sonderangebote.

»Er hat den Brief von der Steuerbehörde bekommen und gibt sofort auf?«, rief ich. »Das geht mir zu schnell! Er kämpft gar nicht!«

»Wahrscheinlich kämpft er schon seit Jahren gegen die *Comune* und ist einfach fertig mit den Nerven!«

»Um so schöner, dass wir ihm jetzt diese coole Überraschung machen können!« Ich suchte nach einer Klingel, fand aber keine. Also klopften wir an die Glastür, erst leise, dann immer heftiger.

»Kinder, ihr habt vielleicht etwas Großartiges für den Laden gefunden, aber ich kaufe keine Sachen mehr an!«, waren Cosimos erste Worte, als er uns mit der Sackkarre sah. »Aus. *Basta. Finito!*«

»Wir wollen dir nichts verkaufen, wir bringen dir dein Gemälde wieder zurück!« Ich rollte das Bild in den Laden und gab Jannis ein Zeichen, es auszupacken.

»Ach so, dann stellt es da hin, Reklamation ist eigentlich ausgeschlossen!« Cosimo lächelte und sah wirklich verdammt müde aus. »Nur weil du es bist, Lucia!« Auf seinen abgelatschten Clogs klapperte er wieder davon.

»Cosimo, Mimmo! Nun bleib mal stehen, der Typ, der es für zehn Euro bei dir gekauft hat, hat den Schein wieder mitgenommen, er hat sowieso nicht bezahlt, es gehört also dir!«

Ich rannte hinter ihm her. »Es ist ziemlich wertvoll, was du da in der Kammer stehen hattest!«

Cosimo drehte um und kam zurück. »Ach, das da.« Er schüttelte den Kopf. »Wertvoll? Das kann nicht sein. Die Kopie einer Kopie, so hat mir der Händler gesagt. Habt ihr es schätzen lassen?«

»Nein! Wir wissen es aber!«

»Aus erster Quelle, sozusagen«, fügte Jannis hinzu. Ich musste zugeben, das Gemälde sah nicht besonders attraktiv aus, wie es da so stand. Die Leinwand war immer noch von der grauen, wächsernen Schmutzschicht bedeckt, der ehemals goldene Rahmen angelaufen, am Boden war es umgeben von schwarzen Mülltütenstreifen. Ich raffte sie zusammen. »Es ist ein echter Tiepolo, Cosimo! Eine frühe Version von dem Fresko ...«

»... das in der *Villa Valmaran* zu sehen ist, ich weiß!« Cosimo kniete sich jetzt vor das Gemälde, er zog eine kleine Taschenlampe aus der Hosentasche und prüfte die Signatur rechts unten in der Ecke. »*JB Tiepolo!* So kürzte er seinen Vornamen immer ab, sieht echt aus. Wenn das stimmt, Kinder ...«

»Dann kannst du die Steuern für deine beiden Häuser zahlen!« Ich strahlte ihn an.

»Und für neue Dächer reicht es wahrscheinlich auch!« Jannis legte seinen Arm um meine Schulter.

»Ich würde es nicht hier unten im Laden stehen lassen, Cosimo«, sagte ich. »Vielleicht nimmst du es besser mit in deine Wohnung.«

»Ich wüsste da einen guten, sicheren Platz, auf den keiner kommt«, murmelte Jannis, und ich kickte ihm lächelnd meinen Ellbogen in die Seite.

»Und jetzt gehen wir deinen Vater fragen!« Jannis küsste mich weich auf den Mund.

»Unsere letzte Nacht, Babbo! Und nein, wir werden nicht ... sondern nur ... Ja, dafür ist es einfach noch zu früh. Das wollen wir beide nicht. Du kannst dich auf mich verlassen.«

Mein Vater sah mich an. Ihn umschwebten Wolken des Zweifels, der Besorgnis, der Liebe und der Eifersucht. Lila, ein bisschen Grau, Dunkelrot, Neongrün. Eine ziemlich farbenfrohe Mischung.

»Hast du mit deiner Mutter mal über diese Themen geredet?«

»Du meinst, über Verhütung?« Wurde er jetzt rot? Ich nicht! Dennoch war ich froh, dass Jannis nicht neben mir stand.

»Ja, genau.«

»Ja, habe ich, aber wie gesagt, Jannis und ich, wir teilen uns das ein bisschen ein ...« Ich grinste. Nur im Arm halten, nur küssen und seine Haut spüren. Und selbst wenn es das letzte Mal wäre, es würde unheimlich schön werden, das wusste ich!

19. KAPITEL

Am nächsten Morgen erwachte ich und wusste nicht, wo ich war. Diese weiße hohe Decke ... gehörte die zum Krankenhaus oder zur Rehaklinik? Ich suchte und suchte in meinem Gehirn und konnte mich nicht erinnern. War das wirklich mein Kopf hier auf dem Kissen? Ich mochte ihn nicht bewegen, denn hinter meiner Stirn pochte es tierisch, mein Mund war trocken, und alles tat mir weh. Der Unfall! Ich war wieder im Krankenhaus, irgendetwas musste passiert sein, aber ich war doch zwischendurch schon wieder beinahe gesund gewesen, ich war herumgelaufen, hatte mich mühelos bewegen können, war irgendwie auch glücklich gewesen? Ja, es hatte sich nach Glück angefühlt. Ich spürte es noch in meinem Brustkorb, warm und fluffig leicht und winzige goldene Funken sprühend. War das alles ein Traum gewesen?

Wahrscheinlich. Und nun war ich wieder zurück und musste mit allem noch einmal neu anfangen, wieder laufen lernen, wieder nach Worten suchen, die ganze blöde Mathematik und küssen, küssen musste ich auch lernen, obwohl das gar nicht so schwer war, wie sich herausgestellt hatte. Moment, ich hatte jemanden geküsst?

Nun versuchte ich doch, den Kopf zu heben. Es ging, und mir wurde auch nicht übel, wie befürchtet. Ich setzte mich auf und dehnte meinen Körper vorsichtig. Nein, die Klinik war das hier nicht, auch nicht die Reha ... Ich stand vorsichtig auf, machte zwei wackelige Schritte zum Fenster und zog die Vorhänge beiseite. Der Himmel war blau, das Dach gegenüber mit terrakottafarbenen Schindeln gedeckt, und unten führte ein wunderschöner, schmaler Kanal vorbei … Das hier war Venedig! *Siii!*

Venedig, und ich hatte jemanden geküsst, meine Zunge, meine Lippen und mein Herz wussten noch davon. Doch wen? Es war, als ob ich mich an einen Film erinnern wollte, von dem ich nicht sicher war, ob ich ihn überhaupt zu Ende gesehen hatte.

Auf dem Nachttisch fand ich einen großen Zettel, irgendwer hatte *Heute, 10.00 Uhr, Ponte Chiodo!* darauf geschrieben. Meine Handschrift war das nicht, so viel wusste ich. Doch es klang dringend. Ich schaute auf die Uhr, meine Güte, es war schon halb zehn! Aufstehen, Zähne putzen, anziehen! Als ich eine Tablette nehmen wollte, waren die Kopfschmerzen plötzlich verflogen, ich warf sie wieder zurück in die Schachtel, keine Zeit für einen *caffè*, nur ein bisschen schminken, und dann lief ich auch schon los. Gott sei Dank war die Brücke nicht weit entfernt, ich wusste nicht, warum ich das wusste, wie im Schlaf fand ich die *Fondamenta di Misericordia*, und noch ein paar Meter, da lag die Brücke auch schon vor mir. Sie hatte kein Geländer und führte über das Wasser, landete aber direkt vor dem vergitterten Zugang des Hauses auf der anderen Seite des Kanals. Da hatte sich damals jemand eine Brücke direkt ab der eigenen Haustür über den Kanal gebaut …

Und nun? Es war kalt, die Sonne hatte sich hinter mehreren Wolken versteckt, ich zog die Jacke, die ich übergestreift hatte, enger um meinen Hals zusammen. Noch immer durchforstete ich meinen Kopf nach dem Film, der in den letzten

Tagen abgelaufen war. Ich konnte mich nur noch erinnern, wie ich nach Venedig gekommen war, es hatte geregnet, Babbo, Amanda, das *Boccadoro*, mein gemütliches Zimmer, alles war da, doch dann?

Etwas Großes verbarg sich hinter der Nebelwand in meinem Kopf, ich bekam ab und zu einen Fetzen davon zu fassen, ein Palazzo, eine Gondola, jemand, der fast ins Wasser gefallen wäre, eine grüne Brokatjacke ... Was war mit dieser Jacke? Ich kam nicht weiter.

Langsam stieg ich die flachen Stufen der Brücke hoch und blieb auf der obersten stehen, ohne Geländer erschien es mir in meinem Zustand ziemlich einfach, in den Kanal zu fallen. Ich sah mich um. Die *Fondamenta San Felice* knickte hier ab und wurde zu einem Ausläufer der *Fondamenta Misericordia*, über die ich gekommen war. Ein paar Menschen waren unterwegs, einer von ihnen lief direkt auf mich zu. Und obwohl ich nicht recht wusste, wer er war, wurden die kleinen Goldfunken in mir sofort zu großen Goldfunken, und ich wusste, diesen Typ da mit dem weiten schwarzen Mantel, der ein bisschen wie ein Cape aussah, hatte ich geküsst!

Auch er schien davon zu wissen, denn sein schöner breiter Mund wurde noch breiter, als er zu lächeln anfing, während sein Blick immerzu auf mir ruhte und er näher kam. Ich spürte, wie meine Mundwinkel sich hoben und immer höher wollten, er war so *sweet*, so hübsch, und ich kannte ihn aus diesem Traum! Er hielt einen Zettel in der Hand und streckte ihn mir wie eine Eintrittskarte entgegen, während er die wenigen Stufen zu mir hochkam. Darauf stand in meiner Handschrift: *Heute, 10.00 Uhr, Ponte Chiodo!* Offenbar hatte ich ihn hierherbestellt.

Ich nickte und lächelte ihn nur an. Ohne ein Wort zu sagen,

umarmten wir uns. »Hallo …? «, sagte er rau auf Deutsch. Ja, klar, er sprach deutsch, er war aus München, und er hieß …

»Jannis!«, murmelte ich. Er blieb auf der Stufe unter mir stehen, nun war ich genauso groß wie er, und sein Gesicht war dicht vor meinem.

»*Buongiorno* …« An seinem Ton hörte ich, dass er meinen Namen nicht wusste, das schien ihn aber nicht davon abzuhalten, mich küssen zu wollen.

»Darf ich?«, flüsterte er noch, kurz bevor seine Lippen meine berührten. Statt einer Antwort küsste ich ihn zuerst, und dann, mit einem Mal, kam alles wieder zurück. Cosimos Laden, Apollo in dem schäbigen Sessel, das Gemälde, der Palazzo seiner Familie, Francesco, Jannis! Jannis, Jannis, Jannis … der Klau des Ananas-Buches, der Professor, das Trank-Rezept, unser vergeblicher Versuch, das Bild zu finden … Es war, als ob wir gemeinsam durch unsere eigene Geschichte liefen, während wir uns immer noch innig küssten.

Es dauerte lange, bis wir aus dem Kuss wieder auftauchten, die milde Novembersonne war unterdessen zwischen den Wolken hervorgekommen und wärmte uns von oben.

»Ich könnte mir keine schönere Art vorstellen, meine Erinnerungen wiederzufinden«, sagte Jannis und schaute mich grinsend an.

»*Sì!* Was für eine unglaubliche *storia*!« Ich schlang die Arme um seine Schultern. »Und was für ein Glück für mich, dass sie dich mit einer der Hauptrollen besetzt haben!«

»Danke, ich bin auch ganz zufrieden mit der Besetzung.« Wieder knutschten wir ein bisschen, weil es so schön war und weil sich das letzte Mal so verdammt lang her anfühlte, obwohl es am gestrigen Tag gewesen sein musste. Hatten wir nicht auch die Nacht miteinander verbracht? Hoffentlich kam die Erinnerung daran bald wieder!

»Und die anderen?«, fragte Jannis. Er tastete zart nach meiner Hand, langsam stiegen wir wieder die Stufen hinab.

»Wen meinst du, den Professor?«

»Ja, und Apollo … ich will unbedingt erfahren, was aus dem *Hotel Palazzo Goldonini* geworden ist.« Er zog sein Handy hervor.

»Nein! Befrag jetzt bitte nicht dein ›Zauberkästchen‹. Lass uns lieber ein *vaporetto* nehmen und hinfahren!«

»Okay!« Er steckte das Handy wieder ein. »Aber warte mal, einen Moment noch!« Jannis hielt im Gehen inne.

»Apollo!«, sagten wir aus einem Mund, denn nun war es auch mir wieder eingefallen. »Er wollte uns doch eine Nachricht unter die Brücke schreiben!«

»Mal sehen, was der crazy Bilderspringer sich ausgedacht hat!«

Wir entfernten uns ein bisschen von der *Ponte Chiodo* und gingen in die Hocke, um besser darunter schauen zu können. »Sieh mal, da oben rechts, ein Herz! Er muss in einem Boot darunter gefahren sein, um das da einzuritzen.«

»*Piccioni!!!*«, las Jannis vor. Und gleich mit drei Ausrufezeichen. »*Sempre a tubare…*«

»›Nur am Turteln‹, würde man heute wohl sagen … Das kann wirklich nur von ihm sein«, sagte ich mit einem kleinen Seufzer. Jetzt, wo ich mich wieder voll und ganz an ihn erinnerte, vermisste ich ihn!

»Und seine Botschaft hat sich 285 Jahre lang gehalten.«

Wir gingen Hand in Hand zur Haltestelle *Ca d'Oro*, nahmen das nächste *vaporetto* und stiegen zwanzig Minuten später an der *Ca'Rezzonico* wieder aus.

»Ich bin so aufgeregt!«, sagte ich und machte trotz meiner Hüfte ein paar Hopser. Es ging, es ging sogar richtig gut!

»Jedenfalls hat er Venedig nicht rosa angemalt!« Jannis grinste.

»Gibt es mehr Bäume? Mehr Gärten? Weniger Hotels?« Ich schaute mich suchend um.

»Scheint mir nicht so ...«

Wir erreichten den Vorplatz des Palazzo. »Guck mal«, sagte ich zu Jannis, »die Bar, vor der ich mit Apollo saß, gibt es noch, sie heißt auch genau gleich, doch das Hotel ...«

»Das Hotel wurde zum ... *Museo Palazzo Goldonini*«, las Jannis von dem Hinweisschild vor uns ab.

»Er hat es geschafft! Das muss er so beschlossen haben! Komm, wir gehen rein, haben die auf?«

Sie hatten. Wir betraten die große Halle. Da war der gesprenkelte, glänzende Steinboden, wie ich ihn noch aus dem Hotel kannte, die Wände mit den Fresken und den protzigen Leuchtern, die hohen Fenster, aber bis auf ein paar an der Wand aufgereihte, goldene Stühlchen war sie völlig leer. Eine Frau saß an einem einfachen Holztisch, wir kauften Tickets, nahmen ein Infoheft, durchquerten die Halle und stiegen die breite Treppe hinauf. »Sein Zuhause!«, sagte ich immer wieder, als wir noch höher stiegen und in einen ebenso leeren Saal kamen. »*Der Empfangssaal*«, las ich in dem Heftchen. »*Während unten in der Halle Empfänge und Bälle ausgerichtet wurden, war* la sala del ricevimento *eher privaten Besuchen vorbehalten.*«

»Wow!« Jannis blieb der Mund offen stehen, als er nach oben schaute. »Da hat sich jemand an den Wänden und der Decke mit dem Pinsel ausgetobt!«

»Lass uns sehen, ob wir Apollo finden!« Ich wurde ganz aufgeregt. »Vielleicht hat er sich ja noch öfter in seinem Leben malen lassen!«

Wir liefen durch weitere Räume. Brokat, Gold, schwere Vorhänge – und auch hier gigantische Gemälde, sowohl an Wänden und Decke als auch in Goldrahmen. »Wo sind wir hier? Im ersten Stock? Müsste hier nicht auch irgendwo Zimmer 114 gewesen sein?«

»Wäre möglich«, sagte Jannis, und in dem Moment entdeckten wir auch schon das Gemälde zwischen den zwei Säulen an der Wand. Hell und leuchtend thronte Apollo auf seiner golden angestrahlten Wolke, mit der Harfe in der einen Hand und dem Köcher mit den Pfeilen in der anderen. Diana rekelte sich unter ihm, immer noch abgewandt von uns, aber viel besser erkennbar.

»Das glaubt mir auch keiner, wenn ich behaupte, dass ich genau dieses Bild gestern noch hier an die Wand gehängt habe.« Jannis machte ein Foto von dem Gemälde, und wir gingen weiter.

In einem kleineren Raum, im Infoheft als *privates Gemach* bezeichnet, entdeckten wir ihn schließlich!

»Apolloooo!«, riefen wir beide und fielen uns vor Freude in die Arme. »Das ist er! Sieh ihn dir an, kaum verändert!«

Es war ein großes Gemälde, auf dem sechs Personen und ein Hund abgebildet waren, die sich in einem ziemlich ungeordneten Haufen um einen Tisch scharten. *Ugo Giacomo Antonio Goldonini mit Familie*, stand auf einem Goldschild darunter. Wir betrachteten die Figur mit den blonden Locken und dem festlichen Gewand. »Er sieht total happy aus, und daneben seine Claudia, schickes Kleid, Wahnsinnsausschnitt!«, sagte ich.

»Und guck dir die vier Kinder an! Denen hat er seine Goldlöckchen und hervorquellenden Augen vermacht.« Jannis schüttelte den Kopf. »Am liebsten würde ich da reinsteigen, um mit ihm zu sprechen!«, sagte ich, während ich näher an das Bild herantrat. »Ach nein! Guck mal, was da hinter dem Hund auf dem Hocker liegt!«

»Das Buch! Das Ananas-Buch, nicht zu übersehen!«

»Meinst du, es steht hier noch irgendwo? In der geheimen Kammer?« Ich schaute mich um.

»Würdest du es wirklich haben wollen?«, fragte Jannis.

»Warum denn nicht? Dann könnte ich ihn besuchen. Wir wissen, wie der Trank zubereitet wird, ich brauche also nur noch ein Bild mit mir drauf. Vielleicht tut's ja auch ein ausgedrucktes Selfie …«

»Nein, werte Dame, das möchte ich stark bezweifeln!«

»Jetzt hörst du dich total an wie Apollo!«

»Ja, das war Absicht, und darum gibt's jetzt einen kleinen Gruß an ihn!« Jannis zog mich an sich, und wir küssten uns lange vor dem Bild.

»Ciao, Apollo«, wisperte ich, als wir uns voneinander lösten. Hand in Hand verließen wir dann den Raum und gingen wieder hinunter in die Eingangshalle.

»Möchten Sie auch den Garten anschauen?«, fragte die Dame an der Kasse. »Ist im Preis inbegriffen und wunderschön! Einer der größten ehemals privaten Gärten in Venedig!«

»Wir müssen erst mal frühstücken, dürfen wir dann noch mal hinein?«

Die Dame zögerte. »Nun ja, das ist eigentlich nicht …«

»Bitte!«, sagte ich. »Ein Freund von uns hat den Garten mit angelegt!«

»Okay?«, sagte sie etwas verwundert, aber sie nickte.

Wir traten auf die Straße, setzten uns in die Bar gegenüber und bestellten *cappuccini* und *cornetti* mit *crema*.

»Wie toll von Apollo! Er hat sein Elternhaus behalten.« Jannis biss sofort in das *cornetto*. »Ich habe lange nichts gegessen, glaube ich ...«, sagte er mit vollem Mund. »Sorry. Ach, übrigens, kannst du dich an die letzte Nacht erinnern?« Er grinste. Ich grinste zurück und sagte: »Das kommt langsam alles wieder.«

»Wann wiederholen wir das?«

»Ich weiß nicht?«

»Wie wär's mit heute?« Seine Stimme klang drängend.

»Vielleicht?« Ich liebte es, ihn ein bisschen zappeln zulassen.

Wir steckten gerade mal wieder die Köpfe über den Tassen zusammen wie zwei *piccioni*, als wir eine Stimme hörten, die uns verdammt bekannt vorkam.

»Kinder, nun lasst die Mama mal essen!«, sagte jemand auf Italienisch, mit deutlich französischem Akzent. Das hörte sich an, wie ... das konnte nur der Professor sein! Wir drehten die Köpfe. Er saß am Nebentisch mit drei jüngeren Kindern und einer Frau. Er trug einen roten Rollkragenpullover und eine dunkle Jeans, seine grau melierten Haare wallten bis auf die Schultern und breiteten sich in seinem Gesicht als Vollbart aus. Kein Wunder, dass wir ihn nicht erkannt hatten.

»Professor!« Wir standen beide auf. »Sie sind hier!«

»*Pardon?*«

»Professor Creuset?«

Die Frau schaute ihn erstaunt an, doch er antwortete: »Ja, schon richtig, aber den Namen habe ich abgegeben und stattdessen den meiner geliebten Frau angenommen, die mich spät, aber noch nicht zu spät, mit den wunderbarsten Kindern der Welt gesegnet hat!« Er kicherte in seinen Vollbart. »Ich hatte es satt, immer wieder mit der Bratentopf-Dynastie verwechselt zu werden.«

»Alain, nun erzähl den Leuten doch nicht immer gleich deine komplette Lebensgeschichte.« Die Frau neben ihm lächelte jetzt.

»Warum nicht, Schatz? Wo sie doch mehr als erstaunlich ist! Jeanette!« Der Professor hielt mit einer beiläufigen Bewegung das Glas Orangensaft des kleinen Mädchens vom Umkippen ab.

»Wir kennen Sie von früher … und haben gehört, Sie interessieren sich auch für die Kunst der Bilderspringerei?« Ich warf Jannis einen Blick zu. Er nickte.

»Oh, dieses alte Märchen, nein, nein, was für ein Mumpitz, ich bitte euch! Keinerlei Grundlagen, keinerlei Beweise! Das wäre ja so, als ob wir alle noch glauben würden, die Erde wäre eine Scheibe! Schnickschnack! Wenn ihr heute Nachmittag zu meinem wissenschaftlichen Vortrag über die Malerei des achtzehnten Jahrhunderts in die *Scuola Grande di San Rocco* kommen wollt, seid ihr herzlich willkommen! Aber über diese äußerst zweifelhafte Bilderspringerei werdet ihr dort kein Wort hören. Kein einziges Wort!« Er lachte und wandte sich wieder seinen drei Kindern zu. »Odile, gib deiner Schwester die Hälfte von deinem Croissant ab! Es ist ja schon dein drittes.«

»*Grazie*, Professor! Wir überlegen uns das.«

Auf unserem Weg in den Garten von Apollos Palazzo blieb Jannis plötzlich stehen. »Seltsam, was eine kleine Sache im Leben ausmachen kann!«

Ich nickte. »Monsieur Creuset sah viel glücklicher aus als gestern!«

»Was wohl aus Francesco, unserem berühmten Influencer, geworden ist? Darf ich den wenigstens mal kurz im Netz suchen? Vielleicht ist er ja doch geboren worden!«

»Okay!« Ich schaute Jannis neugierig über die Schulter. Zwei Sekunden später ploppte Francescos Bild auf. Lange schwarze Haare, ernster Blick.

»Er ist offenbar Umweltschützer, hat die Initiative gegen die vielen Kreuzfahrtschiffe hier in Venedig mit gegründet …«, sagte Jannis.

»… und er sammelt Geld für den Schutz der Marschlandschaften auf den unbewohnten Inseln rundherum. *Das sind unschätzbar wertvolle Biotope*, schreibt er hier. Cool!«, sagte ich.

»Genau wie der Garten!« Wir sahen uns an. Die hohen Bäume trugen zwar kein Laub mehr, doch Rasen und Hecken waren grün, Vögel flatterten herum, es war himmlisch ruhig.

»Bleibt nur eine letzte Sache!« Jannis seufzte.

»Ich glaube, das habe ich mich auch schon gefragt.« Ich setzte mich auf eine der Steinbänke. »Wenn das Apollo-Gemälde in diesem guten Zustand oben im Palazzo auf dem Flur hängt, kann es Cosimo jetzt in diesem Augenblick wohl kaum schätzen und versteigern lassen.« Ich legte meine Hand auf Jannis' Bein und rüttelte leicht daran. »Aber wir werden eine Lösung finden, vielleicht hat er ja noch andere wertvolle Bilder in der Kammer stehen, von denen er nichts ahnt! Oder er hat überhaupt keine Geldsorgen mehr? Kann ja alles sein …«

»Ich hatte eigentlich etwas anderes im Sinn …« Wieder ein tiefes Seufzen von Jannis.

»Was denn?«

»Werden wir uns in München wiedersehen? Willst du auch *dort* ... mit mir zusammen sein? Du Ver-Zauberin?«

»Wer sagt denn, dass ich *hier* mit dir zusammen sein will?« Ich verzog ungläubig mein Gesicht und versuchte, möglichst arrogant zu lachen.

»Ja, siehst du, das frage ich mich eben ...« Jannis starrte auf seine Schuhe.

»Natürlich, was denkst du denn?!«

Ich sprang auf und setzte mich auf seinen Schoß. Wir küssten uns und hörten einfach nicht mehr auf, und ich hatte das wunderbare Gefühl, dass uns dabei ein blond gelockter Junge in Brokatjacke und Schnallenschuhen von irgendwoher zusah ...

ENDE

Oscar, Leo, Emma – großes Herzdilemma!

Ausgerechnet an dem Tag, an dem der megacoole Oscar aus dem Skaterpark sie so süß angelächelt hat, beschließen Emmas Eltern, sie zu ihrer Tante nach Rom zu schicken. Emma will unbedingt in Köln bleiben, um keinen Moment mit Oscar zu verpassen – Sommer, Sonne, große Liebe, so stellt sie sich das vor! Würde Emma nach Rom fliegen, würde sie dort auf Leopold treffen, der total romantisch und mindestens so süß wie Oscar ist. Sommer, Sonne, große Liebe ... Moment mal, was denn nun: Oscar oder Leo? Sommerliebe in Köln oder Sommerliebe in Rom?

Eine zauberhafte Sommergeschichte mit zwei möglichen Verläufen – für alle, die an das Schicksal glauben

Stefanie Gerstenberger
**Emmas Herzdilemma
Alle Umwege führen zu dir**
336 Seiten, Klappenbroschur
978-3-7373-4362-6

Weitere Informationen zum Kinder- und Jugendbuchprogramm der S. Fischer Verlage finden Sie unter *www.fischerverlage.de*

Body Switch: Junge wird Mädchen und Mädchen wird Junge

Alle Mädchen in der Siebten finden den Neuen süß. Auch Isa: haselnussbraune Augen, verstrubbelte Haare – ach, Anthony ist sooo cool. Doch er hat ein geheimes Hobby, von dem Isa zufällig erfährt. Und noch während sie sich fragt, wie cool ein Typ sein kann, der in seiner Freizeit so viel Haargel benutzt und Hemd und Fliege trägt, passiert etwas Magisches: Isa landet in Anthonys Körper – und umgekehrt. O nein!!! Sie müssen diesen oberpeinlichen Körpertausch unbedingt rückgängig machen!

Ein magisches Leseabenteuer mit Slapstick-Humor vom Feinsten – von der Autorin der beliebten Serie »Die Wunderfabrik«

Stefanie Gerstenberger
Plötzlich vertauscht
400 Seiten, gebunden

Weitere Informationen zum Kinder- und Jugendbuchprogramm der S. Fischer Verlage finden Sie unter *www.fischerverlage.de*